DRUGI
BRZEG

fabryka słów®
WYDAWNICTWO

MICHAŁ GOŁKOWSKI

DRUGI BRZEG

ILUSTRACJE
SZYMON RADOMSKI

fabryka słów®

LUBLIN 2014

Seria Fabryczna Zona:

Michał Gołkowski – *Ołowiany świt*

Wiktor Noczkin – *Ślepa plama*

Michał Gołkowski – *Drugi Brzeg*

Wiktor Noczkin – *Czerep mutanta*

Bartek Biedrzycki – *Kompleks 7215*

Michał Gołkowski – *Droga donikąd*

Przeprawa

Wciskam włącznik latarki – żarnik LED powinien zalać fasadę budynku stusiedemdziesięciolumenowym snopem trupio sinego światła, ale nie dzieje się nic. Naciskam jeszcze raz i drugi, potem daję sobie spokój. Przez chwilę walczę z pokusą wyciągnięcia z plecaka zapasowych akumulatorków, ale to i tak nic nie da – jeszcze wczoraj latarka świeciła jak złoto, a dziś po prostu zdechła. Jestem za głęboko w Zonie, żeby dziwić się czemuś tak mało groźnemu – ot, Gospodarze zapalili mi lampkę ostrzegawczą (a w zasadzie nie zapalili): „uważaj, stalker, tutaj już nie przelewki". Wyrzucam z głowy niepotrzebne myśli, wlepiam wzrok w ciemność, starając się rozróżnić szczegóły majaczących przede mną budynków.

Jestem... GDZIEŚ. Przypuszczam, że muszą to być okolice dawnego sioła Zimowiszcze, ale tutaj trudno być czegokolwiek pewnym. W każdym razie zgadzałoby się to z mapą – zszedłem z Nasypu, pokonałem jakiś kilometr na południe wzdłuż pozarastanego rowu melioracyjnego, potem widziałem przed sobą drzewa i resztki zabudowań. Po lewej zostało jeziorko, na którym jeszcze trzymają się resztki zimowego lodu – niby wiosna już przyszła, ale tutaj nic nie jest takie, jak powinno. Schodziłem z torów – jeszcze widno było, słońce powoli zapadało za horyzont, podświetlając purpurą kruczoczarną sylwetkę CZAES na prawym brzegu Prypeci. Od anomalii jest tu naprawdę gęsto, co i rusz trafiają się jakieś dziwne rzeczy, które muszę obchodzić szerokim łukiem, więc gdy wszedłem pomiędzy zrujnowane zabudowania, nad głową migotały mi już gwiazdy. Latarka by się przydała, ale dam radę bez niej – i tak wolę nocą po Zonie chodzić niż za dnia.

W dzień wszystko wydaje się oczywiste, człowiek ma wrażenie, że wszystko widzi, że istnieje coś takiego jak bezpieczeństwo. Nocą nikt nie ma złudzeń – każdy jest zdany tylko na własne siły.

Przebiegam przez drogę, wtulam się w ceglaną ścianę budynku. Czuję, jak pomimo warstw ubrania i sprzętu chłód muru przenika mnie aż do kości – noce nadal są zimne, zresztą tu zawsze jest chłodno. Po omacku podnoszę z ziemi kawałek gruzu, rzucam w prześwit pomiędzy domami. Czysto. Na ugiętych nogach, starając się nie pokazywać w świetle okien, przemykam dalej pozostałością ulicy. Aż ciężko uwierzyć, że kiedyś żyli tu ludzie, że była to część normalnego świata. Porzucone domostwa sprawiają naprawdę przygnębiające wrażenie – puste okna ze zwieszającymi się z pordzewiałych karniszy resztkami firanek, na parapetach popękane doniczki wypełnione martwym pyłem. Mieszkania przypominające obrabowane groby – wyprute ze ścian przewody i instalacje, meble wywleczone na podwórza i porąbane w poszukiwaniu kosztowności. Wchodzę do jednego z domów, żeby przejść przez sień na drugą stronę – w dawnej kuchni podłoga usłana Drogą Mleczną usypaną z potrzaskanych na kawałki talerzy i szklanek, szkło chrzęści pod nogami, gdy mijam okruchy czyjegoś życia. Nigdy nie rozumiałem bezsensownego niszczenia czegoś, co po prostu stoi i nie zawadza. Rozumiem, że można zdjąć klepkę z podłogi, po kawałku rozbierać drewniany regał na opał – sam tak nieraz robiłem. To zwykła konieczność, kwestia przeżycia, potrzeba ogrzania się przy ogniu. Nigdy nie palimy ognisk dla zabawy czy dla przyjemności – ogień jest niebezpieczny, i nie mówię tu o zaprószeniach czy zaczadzeniach. Ogień widać, i to z daleka – zawsze fascynował on człowieka, więc przyciąga też drapieżniki. Nie, rozpalenie ogniska to dobrze skalkulowana inwestycja, a nie fanaberia. Pali się je tylko wtedy, gdy trzeba, drewna bierze się tyle, ile będzie niezbędne. Po co więc bez sensu niszczyć meble? Po co bez sensu niszczyć – czyjeś ŻYCIE? Bo przecież to nie nasze domy, to nie nasza ziemia. 27 kwietnia 1986 roku o godzinie 14.00 rozpoczęła się TYMCZASOWA ewakuacja – wciąż dźwięczy mi w uszach znaleziony w jakimś archiwum katastrofy komunikat, nadawany wtedy przez głośniki i w radio:

Uwaga, uwaga! Szanowni towarzysze! Miejska rada deputatów ludowych ogłasza, że w związku z awarią na czarnobylskiej elektrowni jądrowej w mieście Prypeć występują niesprzyjające warunki radiacyjne. Organy partyjne i państwowe oraz oddziały wojska podejmują już konieczne kroki; jednakże celem zapewnienia pełnego bezpieczeństwa ludziom, zaś przede wszystkim dzieciom, zachodzi konieczność tymczasowej ewakuacji mieszkańców miasta do pobliskich osiedli rejonu kijowskiego. Dlatego też pod każdy dom mieszkalny w dniu dzisiejszym, dwudziestego siódmego kwietnia, poczynając od godziny czternastej zero zero, podstawione będą autobusy eskortowane przez funkcjonariuszy milicji i przedstawicieli miejskiej rady wykonawczej. Zalecane jest zabranie ze sobą dokumentów, skrajnie niezbędnych rzeczy oraz, na wszelki wypadek, produktów spożywczych. Kierownictwo zakładów i instytucji określiło krąg pracowników, którzy pozostaną na miejscu celem zagwarantowania normalnego funkcjonowania zakładów komunalnych. Wszystkie domy mieszkalne będą na czas trwania ewakuacji znajdować się pod ochroną funkcjonariuszy milicji. Towarzysze, tymczasowo opuszczając swoje mieszkania, nie zapomnijcie, prosimy, o zamknięciu okien, wyłączeniu urządzeń elektrycznych i gazowych oraz zamknięciu zaworów instalacji hydraulicznej. Prosimy zachować spokój, ład i porządek przy przeprowadzeniu tymczasowej ewakuacji...

Na upiory Zony, to było prawie trzydzieści lat temu! „Tymczasowa ewakuacja"... Ci ludzie wyszli stąd tak, jak stali, ufni, że zaraz, niezadługo tu wrócą, no bo przecież jakżeby inaczej? Chodzimy po CZYICHŚ podwórkach, śpimy w CZYICHŚ domach, na CZYICHŚ kanapach – bardziej jak w skansenie niż na ziemi utraconej. Rozumiem, że ludzie mają różną motywację do życia; rozumiem, że można szukać w Zonie skarbów – sam poniekąd tak robię. Ale bezsensowny wandalizm...? Powyrzucane z szafek garnki, potłuczone szklanki, poprzewracane meble, powybijane okna, ślady siekier na ścianach – to niczemu nie służy. To tylko ślepa agresja, złudne poczucie władzy, jakie daje nam możliwość ZNISZCZENIA czegoś – bo taka jest prawda, że kontrolujemy to, co możemy zniszczyć. Możecie, tu i teraz, zniszczyć „wasz" dom? Możecie? To zróbcie to, a wtedy uwierzę, że jest WASZ, że kontrolujecie go niepodzielnie. Władza to zdolność zniszczenia, i dlatego lubimy głowice jądrowe – bo dają nam WŁADZĘ nad światem, który rzekomo możemy zniszczyć. Władza to łaskawe powstrzymanie się od niszczenia, i dlatego udajemy, że obchodzą nas gatunki zagrożone – bo NIE ZABIJAJĄC ich, myślimy, że mamy nad nimi WŁADZĘ. I dlatego ludzi na Dużej Ziemi przeraża Zona – bo nie mogą Jej nic zrobić, a więc nie mają nad Nią żadnej kontroli. I dobrze. Wychodzę z opuszczonego domu przez ganek, z nabożną czcią zamykam za sobą drzwi.

Powoli, krok za krokiem, nasłuchując i przystając co chwila, idę obok stojących przy drodze zabudowań. Chyba nie były to domy, może jakaś szkoła czy coś... Prostokątne okna wyglądają jak wyłupane przez neandertalczyków w betonowych ścianach, socrealistyczna konstrukcja przeraża i przytłacza prymitywizmem nie tylko zamysłu, ale i samego wykonania – byle jak spasowane cegły, grube na dwa palce spoiny, krzywe węgły. Gdy znikniemy my, ludzie, zostanie po nas tylko architektura. Rzym zostawił nam Koloseum i Panteon, Bizancjum dało nam Hagia Sophię i cysterny, średniowiecze Akwizgran i Sienę, potem przyszły: Wersal, Petersburg; Barcelona... a co zostało po tych ludziach, co zostanie po nas? Potworki z wielkiej płyty, eternit, paraderma i paździerz.

Mijając resztki sklepu, zaglądam odruchowo przez zakratowane okna do środka, ale i tak jest za ciemno. Trzeba będzie tu za dnia przyjść, sprawdzić, może szabrownicy coś przeoczyli... Konserw mam co prawda pół plecaka, ale nie zaszkodziłoby uzupełnić zapasu. Odruchowo wciskam przycisk latarki – o dziwo, żarnik nawet trochę bździ; w słabym, pomarańczowym świetle widać puste półki i przewróconą witrynę chłodniczą. Na pierwszy rzut oka pusto, ale i tak tu wrócę. Na szczęście wychodzę już chyba z pola działania „psujaka", więc jest nadzieja, że nie rozwalił mi do cna akumulatorków.

Na nocleg wybieram sobie stojący na skraju wsi dom wielorodzinny z przeszkloną werandą na piętrze. Spod osłony stojących rzędem komórek lustruję najpierw podejście... niby spokojnie, ale wydawało mi się wcześniej, że coś słyszałem z tej okolicy. Może jakiś mutant tędy akurat przechodził... a może jest tu cały czas i gapi się na mnie. Latarka działa już lepiej, więc pozwalam sobie na ekstrawagancję i omiatam światłem budynek i podwórko – jaskrawy snop płoszy spod ściany kilka szczuroskoczków, obgryzających truchło ślepego psa. Stworki, piszcząc, rozbiegają się w różne strony i znikają w ciemnościach, ale trzeba będzie uważać, bo może ich się tu więcej gnieździć. Z drugiej strony, jak są tuszkany, to nie powinno być nic poważniejszego...

Futryna drzwi wejściowych obrośnięta „rdzawym włosiem" nie wygląda zachęcająco. Być może tuszkany się tu bez problemu mieszczą, ale ja raczej nie będę ryzykować – gramolę się do środka przez otwarte na oścież okno, od razu przykucam i mierzę w ciemny otwór drzwi. Cisza, spokój. Wychodzę z pachnącego wilgocią i pleśnią pokoju gościnnego, wyglądam ostrożnie na korytarz, świecę latarką; żarnik już nabrał pełnej mocy, więc widać wszystko jak na dłoni. Wspinam się stromymi schodkami na górę, przeżarte przez korniki i wilgoć drewno skrzypi złowieszczo, ale powinno mnie utrzymać – zarzucam *Zbawiciela* na plecy, wyciągam pistolet i jedną ręką delikatnie popycham pokryte łuszczącą się pomarańczową farbą drzwi werandy. Zastały się trochę, to dobry znak – nikogo tu nie było... ani niczego.

Weranda na pięterku sprawia wrażenie, jakby rzeczywiście właściciele po prostu stąd wyszli i nie wrócili. W doniczkach stoją uschłe kikuty jakichś roślin, pomieszczenie pachnie kurzem i pleśnią, wszędzie dokoła pełno pajęczyn, parapety pokrywa warstwa martwych, zasuszonych much. Pod ścianą stoi dziecięcy rowerek – szczyt marzeń, jak na osiemdziesiąty szósty rok; rozkładana kanapa z wystającymi sprężynami kusi pozorami komfortu, ale materiał rozlazł się i zwisa płatami z boków mebla. Na niskim stoliku koło okna leżą kredki świecowe i jakieś wyblakłe, pomarszczone strzępy, w których można dopatrzeć się resztek dziecięcych rysunków sprzed ćwierć wieku... Straszne miejsce, jak epitafium wymarłego świata, ale paradoksalnie czuję się tu bezpiecznie.

Wyłączam latarkę, bo pamiętam już ułożenie sprzętów, więc mogę działać dalej, a do tego światło mi niepotrzebne. Porządnie zamykam i podpieram kanapą drzwi, przesuwam na bok stolik, robiąc miejsce na śpiwór. Siadam na podłodze, po omacku otwieram konserwę i paczkę sucharów, stawiam sobie odkręconą flaszkę z wodą – pora na chwilę relaksu. Jem powoli, przeżuwając i rozgryzając każdy kęs, smakując kolację, która jest najbardziej upragnionym posiłkiem dnia stalkera – bo aż do samego końca nie wiadomo, czy się do niej dożyje. Na koniec łykam zwyczajową porcję tabletek – dwie małe: jedna okrągła, druga owalna powlekana, i dwie podłużne łączone; znam je już na dotyk, nie ma mowy o pomyłce. Szkoda, że nie widać stąd miejscowej panoramy, bo chętnie popatrzyłbym sobie na anomalie nocą. I przyjemnie dla oka, i dla zdrowia pożytecznie, bo „elektry" i „żarniki" ładnie widać. Zdarza się, że artefakt się jakiś czasem wypatrzy...

Kończę, zwijam, składam, chowam. Za potrzebą nie muszę, bo byłem wcześniej – staram się nie obwieszczać zapachem swej bytności wszystkim okolicznym zwierzętom. Układam się na posłaniu, zamykam oczy – jeszcze zanim żołądek się zbuntuje na farmaceutyki. Pora spać.

...

Budzę się zlany potem – nie pamiętam ani kawałka snu, ale czuję, że coś nie gra. Leżę chwilę, wsłuchując się we własne odczucia i odgłosy. Serce powoli uspokaja rytm, staram się wyrównać oddech, szum krwi w uszach cichnie... I słyszę, jak ktoś idzie po korytarzu na dole. Równe, miarowe, powolne kroki – tum... tum...

tum... tum... Jakby w chodakach ktoś szedł, albo w gumofilcach. Normalnie trębacz przy hejnale mariackim. Wyciągam rękę, namacuję *Zbawiciela*, przyciągam do siebie broń; po cichu, tak, aby nie narobić hałasu, odciągam rączkę przeładowania... Szczęk mechanizmu i naboju wsuwającego się na miejsce jest dla mnie jak huk wystrzału, ale nie sądzę, aby było go słychać poza tym pomieszczeniem. Wygrzebuję się ze śpiwora, wciąż słysząc na dole miarowe: tum... tum... tum... – jak gdyby ktoś chodził po domu. Czasem kroki cichną albo zmieniają tonację, w zależności od tego, jakie echo jest w którym pokoju na parterze, ale zdecydowanie stają się coraz wyraźniejsze – piechur powoli, systematycznie zbliża się do wejścia na górę. Tum... tum. Tum... tum – słychać już obok samych schodów. Odsuwam się na bok, żeby mieć wejście dokładnie na wprost, zastanawiam się, czy lepiej być bliżej, czy dalej? Jednak bliżej. Drobny śrut może stracić za dużo impetu, przebijając się przez drewniane drzwi, a ja nie będę czekał, aż ktoś (coś?) je otworzy i wejdzie. Błyska mi myśl, że może to być ktoś z naszych, stalkerów, ale to niedorzeczne – nie chodziłby tak głośno, raczej starałby się skradać przecież. Przyklękam na jedno kolano, słysząc, jak trzeszczy pierwszy schodek na dole – *iiiiiik... skrzyyyp...* tum... tum... *krrrr...* Próbuję przypomnieć sobie, ile było stopni – chyba piętnaście? dwanaście? Trytowa muszka i szczerbinka układają się w równy rządek, gdy biorę na cel drzwi. Tum... tum... *skrzyp*. Tum... tum – kroki zatrzymują się na samej górze, za drzwiami. Wstrzymuję oddech, palec drży mi na spuście, ręce zaczynają boleć, czoło zroszone mam już potem – widzę, jak powoli, niczym w zwolnionym tempie, porusza się w dół wysłużona, aluminiowa klamka. Śmieszne, że nie zwróciłem wcześniej uwagi na wąski, wyciągnięty kształt osłonki, tak podobnej do tej w przedpokoju u moich dziadków. Mam wrażenie, że drzwi lekko trzeszczą, jak gdyby ktoś naparł na nie z zewnątrz, ale nie otwierają się, podparte kanapą. Potem klamka znów podjeżdża do góry... I bez niczego, bez jakiegokolwiek innego dźwięku: tum... tum... *skrzyp*. Tum... tum... *krrrrr*... – dźwięk kroków na schodach. Słucham tego, nie wiedząc, czy cieszyć się, czy żałować, że nie pociągnąłem za spust... Nie. Broń to w Zonie ostateczność, a nie pierwszy sposób rozwiązania problemu. Nie wolno broni ufać, tylko sobie. Tum... tum... tum... – kroki oddalają się korytarzem na dole. Nagle przypominam sobie, że żyję, wypuszczam z płuc dawno już przerobione na dwutlenek węgla powietrze, osuwam się na podłogę, wycieram ręką mokrą twarz. Napięte mięśnie pieką jak po biegu, zdrętwiałe ramiona wyją bólem, a ja łkam i śmieję się po cichu, zasłaniając usta dłonią. Dziękowałbym Bogu, gdyby nie to, że tu Go nie ma.

Tutaj jestem tylko ja i Zona.

Nie muszę wam mówić, że tej nocy nie zmrużyłem już oka.

Świt wstaje szary i mglisty; przyglądam się, jak kawałek po kawałku wyłaniają się z mroku kontury zabudowań i kształty drzew, jak pejzaż nabiera wyrazistości budzącego się nowego dnia dla tego umarłego świata. Oczy pieką mnie i bolą, w ustach mi zaschło, ale nie mogłem przemóc się, by spróbować zasnąć.

Obserwuję stado snorków, jak przemierzają okolicę, wyłaniając się w podskokach z obłoków mgły. Stwory przemieszczają się nierównymi zrywami, to przystając w miejscu i węsząc, to znów podbiegając bokiem do budynków, a potem nagle wykonując z miejsca kilkunastometrowe skoki. Węże masek przeciwgazowych majtają się pod zębatymi pyskami, potrzaskane szkła wizjerów lustrują okolicę. Nie powinny mnie tu zobaczyć, ale i tak przykucam, by zmniejszyć sylwetkę – nie musiałyby włazić do mnie po schodach, a przy zabarykadowanych kanapą drzwiach ta przeszklona z trzech stron weranda szybko stałaby się moim grobem. Stojący na uboczu dom szczęściem nie zwraca uwagi mutantów, które prą na przełaj przez wieś i kierują się ku jezioru na wschodzie – może wracają do swojego habitatu po nocnych łowach, a może po prostu lezą tu jeszcze od samego Sarkofagu. Zima w końcu dość długa była, ponad trzy tygodnie, więc znowu się paskudztwo rozpełzło, łażąc w tę i we w tę po skutych lodem rzekach. Czekam na tyle długo, by po snorkach nie było już nawet śladu, w międzyczasie zjadam lekkie śniadanie i załatwiam co trzeba – teraz można, i tak już stąd idę, a nieczęsty to komfort, pod dachem i bez strachu, że coś człowieka z tyłu zajdzie. Przepatruję z okien drogę do sklepiku, odblokowuję i uchylam drzwi, wyglądam na schody – czysto.

Sklepik okazuje się zupełną ruiną – ktoś kiedyś musiał wyciągnąć stąd wszystko, co mogłoby przedstawiać jakąkolwiek wartość. Miałem nadzieję, że kraty powstrzymały rabusiów, ale drzwi od zaplecza wyrwano razem z futryną. Ktoś się nie certolił, pewnie traktorem podjechał i pociągnął. Co prawda tu i ówdzie poniewiera się jeszcze kilka puszek bez etykiet, ale wydęte denka dobitnie świadczą o tym, że okres przydatności do spożycia musiał upłynąć kilkanaście lat temu. Za to w komórkach na podwóreczku znajduję „kroplę" – do garnka nie włożę, ale zawsze miło. Pojemnik na artefakty mam już w połowie pełen, a nawet jeszcze nie przeszedłem na tamten brzeg. Najwyżej będę po drodze skrytki robił i chował towar. O ile znajdę tam kogokolwiek, komu będę mógł go sprzedać.

Patrzę na nie tak już odległy komin CZAES, wznoszący się pośród morza mgieł niczym Jasna Góra podczas oblężenia w siedemnastym wieku. CZAES, Elektrownia, Sarkofag, Mekka stalkerów – a ja wcale nie mam ochoty się na tę pielgrzymkę wybierać. Najchętniej przeszedłbym tak daleko od Sarkofagu, jak dam radę – ale nie mogę, idę wzdłuż torów, a one po moście przeprowadzą mnie na Drugi Brzeg. Ale nie Dniepru – na drugi brzeg Prypeci. Śmieszne, jak inny punkt odniesienia zmusza człowieka do adaptacji starego nazewnictwa do nowych warunków. Gdzieś tam, po drugiej stronie rzeki, leży INB Agroprom, a mam uzasadnione powody przypuszczać, że gdzieś tam trafię na ślad eksperymentów i laboratoriów profesora Łabodkina.

ŁABODKIN. Aż dreszcz mnie przechodzi, gdy na wspomnienie nazwiska z otchłani nocnej udręki wypływa pozbawiona wyrazu twarz w rogowych okularach. Znam tę twarz, choć na jawie widziałem ją tylko raz, na zdjęciu – ale niezliczone koszmary, w których pojawiał się Anatolij Gieorgijewicz, sprawiły, że pamiętam każdy jej szczegół, każdą zmarszczkę na czole, każdy rys kości pod bladą skórą. Każde drgnięcie muskułu, wąską bliznę ust, gdy nachylał się nade mną po raz kolejny i kolejny, żeby...

Przystaję, zamykam oczy, potrząsam głową. NIE NADE MNĄ! To nie ja, to nie moje, to nie tu i teraz... ale odruchowo dotykam dłonią lewego ramienia. Boję się ściągnąć kurtkę, unikam patrzenia w lustro, bo obawiam się, że mogę zobaczyć na swoim ramieniu wytatuowany numer 037. Ale teraz jest dzień, teraz jestem tu, teraz muszę skoncentrować się, by nie stracić PRAWDZIWEGO życia.

Cmentarz. Patrzę na porośnięty drzewami pagórek, obok którego biegnie stara droga. Resztki drewnianego płotku otaczają nierównym kołem wzgórze; z pożółkłej, szaroburej trawy wyglądają żelazne *ogradki* i kamienie nagrobków. Powykrzywiane drzewa sięgają ku niebu rosochatymi konarami, dywan liści zalega pośród korzeni i osiadłego gruntu. Nie, nie pójdę ja obok cmentarza. Nie pójdę i koniec. Skręcam w lewo, żeby szerokim, bezpiecznym łukiem ominąć złe miejsce. Sięgam do kieszeni po muterkę z dowiązanym bandażem, rzucam zamaszystym ruchem przed siebie. Ląduje normalnie, ale coś jej bandażowy ogonek się dziwnie w jedną stronę skrzywił – podchodzę do niej ostrożnie, czując na twarzy lekki powiew zefirku, który wciąga w siebie niewidoczny „grawikoncentrat". Zastanawiam się chwilę, rzucam kolejną, ruszam jej śladem. Sporo drogi się nadłoży, ale takie życie stalkera. Najkrótsza droga tylko do grobu prowadzi.

Wychodzę znów na dawną gruntówkę niedaleko od obowiązkowego sowieckiego pomnika wiecznej sławy bohaterów wielkiej wojny ojczyźnianej. Nie wiem dlaczego, ale anomalie upodobały sobie dawne radzieckie monumenty – tutaj iglica z gwiazdą na szczycie otoczona jest całym polem „wyżymaczek" i „karuzeli", przelewających się wirami powietrza i wydzierających sobie nawzajem poderwany z ziemi pył, suche liście i gałązki. Widzę nawet kręcące się w martwych polach grawitacji kilka artefaktów, ale chyba musiałbym być niespełna rozumu, żeby się po nie pchać – niewykluczone, że tylko pierwszy był tu oryginalnie, a pozostałe są teraz jedynym śladem istnienia bezimiennych stalkerów, którzy równie bohatersko, co głupio i tragicznie próbowali go wyciągnąć.

Dróżka prowadzi między dwoma rządkami zniszczonych zabudowań, ale niespecjalnie mam wybór – tu przynajmniej widzę, co jest przede mną, polami na przełaj tu przyszedłem, więc wracać tym samym sposobem się nie odważę. Zostaje tylko droga przez opuszczoną wieś – muszę iść powoli, rozglądając się na boki i przepatrując ciemne jaskinie pokojów za potrzaskanymi szybami. Skądś z daleka słyszę ponury ryk, odbijający się echem od ściany lasu, i zaraz potem jakby odpowiadające mu zbiorowe ujadanie i wycie – pewnie stado ślepych psów wlazło na jakiegoś dużego drapieżnika. Odruchowo sprawdzam *Zbawiciela* – tu nie ma się co certolić, broń na podorędziu, załadowana, niejeden już głupio zginął przez noszenie karabinu na bezpieczniku, a tu, w Zonie, życie liczy się w sekundach. Nie podoba mi się ilość stworów, jakie się tu kręcą – naprawdę jest o wiele gęściej niż na naszej starej, dobrej Jołczy – ale nikt nie mówił, że będzie łatwo. W ogóle nikt nic nie mówił – chcesz, idź, twoja sprawa. Mało kto z naszych zapuszczał się tak głęboko w Zonę, tylko Dr kilka razy podchodził podobno do brzegów Prypeci, ale nie potrafił nic konkretnego o tych wymarszach opowiedzieć, tylko tyle, że mutantów i anomalii tym więcej, im bliżej do Sarkofagu.

Licznik Geigera odzywa się nieprzyjemnym trzeszczeniem w uchu, krzywię się, wyciągam słuchawkę, próbuję wyregulować głośność. Musiało mi się nocą przestawić... albo „psujak" coś popierniczył. Niby niegroźna anomalia, a taka irytująca – „psujak" po prostu obszarowo osłabia znane nam procesy fizyki mechanicznej: latarki słabiej świecą, magnesy przestają trzymać, rozładowują się baterie, nawet zapałki nie chcą się palić. Niby nic, a wyobraźcie sobie, że próbujecie strzelić z naboju, w którym nagle zamiast nitrocelulozy macie czarny proch dymny. Zabawne? No nie, nie bardzo, szczególnie jak wam w decydującej chwili pocisk w lufie utknie. Ja dlatego właśnie lubię strzelby gładkolufowe – nawet jak proch za słabo poda, to przecież śrut mi przewodu nie zablokuje, a przeładować mogę ręcznie. Ale ja tu gadu-gadu, a licznik trzeszczy, widocznie przeciąg coraz większy; cofam się kilka kroków, rozglądam na boki – kolejne obejście trzeba robić. Skręcam ze szlaku, tym razem na prawo.

Wpłynąłem na suchego przestwór oceanu... idę po kolana w płożącej się trawie, rosnącej nierównymi pagórkami na idealnie równym polu. Młody dzień nabrał już normalnych barw, w plecy świeci mi słońce, rzucając długi cień na zapuszczoną łąkę – przede mną niczym nieograniczony *prastor*, przestwór nicości, przeogromna pusta przestrzeń, w której człowiek zaczyna tracić świadomość własnego istnienia. Dawno już przestałem uważać się za intruza na tej ziemi, ale ostatnio znalazłem w sobie odwagę, by to wyartykułować – JESTEM CZĘŚCIĄ ZONY. Nie zakradam się do niej, nie uciekam do rzekomo bezpiecznego świata zewnętrznego. JA TUTAJ MIESZKAM.

Organizm reaguje odruchowo, zanim zdążę do końca uświadomić sobie, co się dzieje – szyna celownicza pojawia się przed okiem, przyrządy układają się w linię, gdy ciemne kształty wypadają z zarośli. Pierwszego czarnobylca trafiam w locie, kiedy już jest w pół skoku na mnie – dobrze znajomy odrzut szarpie ręką, zwierz, skowycząc, zawija się w powietrzu niczym szmaciana lalka, ciągnąc za sobą szkarłatny bryzg posoki, spada w trawę, miotając się tam i charcząc krwawą pianą. Strzelam od razu w drugiego, ale nie trafiam, bo jak gdyby znając mój zamiar, pseudopies w ostatniej chwili odskakuje, więc wiązka śrutu wyrywa tylko bruzdę w ziemi. Mutant wpada w zarośla, strzelam mu w ślad, ale pudłuję – słyszę donoszące się skądś z gęstwiny złe, gardłowe warczenie. Widzę pomiędzy krzakami ruch, ale nie będę strzelał na ślepo, szkoda amunicji. Rzucam za siebie najpierw przysłowiowym okiem, chwilę potem zupełnie realną muterką – powoli, krok za krokiem, nie spuszczając z oka ciemnej plątaniny gałęzi, cofam się, aby zwiększyć dystans. Bydlę nie chowa się ze swoją obecnością – warczy i burczy, jak gdyby celowo próbując mnie odstraszyć... Może za blisko do ich leża podszedłem czy jak? Przykucam, podnoszę mutrę, rzucam kawałek dalej, odchodzę od krzaków, zostawiając martwego pseudopsa w trawie.

Muszę i tak znów wrócić na drogę, bo przede mną rozłożyło się jakieś starorzecze albo inny staw – porośnięta trzciną i szuwarami woda płynie nierównymi bąblami, wzdymającymi się ponad powierzchnię od przytajonych w ciemnej głębinie anomalii grawitacyjnych. Coś za często na tę gruntówkę wracam, nie powiem, żeby mi się to podobało. Zaczyna siąpić deszczyk, więc naciągam na głowę kaptur – przede mną resztki kołchozu, jakby się nawet rozpadało, to tam przeczekam.

Gospodarstwo musiało być w czasach świetności imponujące, bo nadal robi wrażenie – ale chyba nie do końca takie, jak sobie to autorzy sowieckiej reformy rolnej wymarzyli. Duża część budynków straszy pustymi oknami i wyrwanymi drzwiami, dachy pozapadały się pod własnym ciężarem, tu i tam widzę przeżarte wilgocią ściany, w których już tworzą się rozległe wyrwy. Wszędzie walają się arkusze szarego eternitu, pozrywane z przerdzewiałych gwoździ przez anomalne wichry. Wiaty parków maszynowych świecą pustkami, choć tu i ówdzie stoją jeszcze potężne skorupy wraków, które zapewnić miały pokój i dobrobyt imperium sowieckiemu w jego niepowstrzymanej walce o *mir wa wsjom mirie*, czyli pokój na świecie albo, jak twierdzą złośliwi, pokój w pokoju. „Chcemy uczyć się, żyć i pracować w pokoju" – jak przez mgłę pamiętam wielki, czerwony napis na podstawówce tysiąclatce, którą będąc małym brzdącem, wielokrotnie mijałem w drodze do składnicy harcerskiej w naszej pipidówce pod Puszczą Kampinoską. Nigdy tego nie rozumiałem, jak to – CAŁE ŻYCIE W JEDNYM POKOJU? Po prawej resztka napisu „Ostrożnie z ogniem" na jedynym ocalałym kawałku kamiennej ścianki, stojącej pośród poczerniałych pozostałości rumowiska po pożarze. Wciąż jeszcze tańczy tu kilka

„żarników", widocznych po obłoczkach pary, w które zamieniają się strugi deszczu. Na środku placu stoi na wyłamanych kołach pordzewiały SK-6 Kołos, ogromny radziecki kombajn zbożowy, teraz bardziej podobny do jakiegoś potwornego owada z innej planety, który zdechł tu z braku pożywienia. Schodzę w bok, mijając resztki zwalonego płotu – warto się tu pokręcić, może coś ciekawego znajdę.

Deszcz się nasila, więc niechętnie, ale porzucam myszkowanie po ruinach – z pola „żarników" wyciągnąłem „mamine korale", naprawdę ładny i rzadko spotykany artefakt, miły o tyle, że nieposiadający skutków ubocznych działania... w każdym razie nieposiadający ZNANYCH skutków ubocznych działania. Nie jestem fanem używania na samym sobie tworów Zony, no, może poza ekstremalnymi wypadkami, ale jestem za głęboko, żeby liczyć na czyjąkolwiek pomoc albo opiekę medyczną. Jeszcze tu wrócę, spokojnie. Lawirując między anomaliami, kieruję się do przedziwnego budynku z cegły, podwyższonego blachą falistą i zakończonego drewnianą nadbudówką w kształcie grubej strzały – gdyby gobliny uprawiały ziemię, to pewnie tak by wyglądały ich spichlerze.

Ustrajam się na odpoczynek na szczycie starego silosu – wchodzi się tu po żelaznej drabince, więc powinienem być bezpieczny. Przeszedłem od świtu niepokojąco dużo, według mapy... hm, według mapy byłyby ze dwa-trzy kilometry w linii prostej, o ile jestem tam, gdzie mi się wydaje. Nie mam pojęcia, która może być godzina, ale pół dnia już minęło, jak nic. Niby nie czuję się zmęczony... Tylko krótki odpoczynek i ruszam dalej.

КОЛОС

Nie ma mnie.

Nie ma mnie, przestałem być. Zamiast mnie jest tylko jednolita, kojąca ciemność, spowijająca miłosiernym całunem świat dokoła i moje rozedrgane resztki. Chyba przestałem czuć ból, a może to ból przestał czuć mnie. Być może minąłem jakąś granicę odczuwania, poza którą przychodzi już tylko otępienie. Nie wiem. Nie jestem pewien. Resztki wspomnień i odczuć wirują wokół głowy, ale nie jestem pewien czyjej. Jakieś urwane strzępki i obrazy, twarze i dźwięki. Jak kolorowe czasopismo pocięte na konfetti.

Zwierzęca groza powraca i odzywa się skowytem, gdy snop światła zalewa moją bezpieczną, ciemną celę – próbuję zmrużyć oczy, zasłonić ręką, wcisnąć się w kąt, ale nie mogę zamknąć powiek, które chyba mi wycięto, ale nie pamiętam kiedy. Trzy cienie dopadają do mnie i wloką przez korytarz, pamiętam popękane kafelki pokrywające podłogę i miarowy stuk wojskowych butów pomieszany z odgłosem moich stóp uderzających bezwładnie o betonowe schody. Chyba się boję, ale nie wiem, nie jestem pewien. Słyszę czyjś głos rezonujący pod czaszką, więc chyba coś mówię.

Potem jest białe światło i biały pokój, lampy piekące światłem w oczy, a potem wrzeszczę – wiem, że to ja wrzeszczę, i jestem dumny z tego, że wiem, że to ja – kiedy nachyla się nade mną twarz bez wyrazu...

Budzi mnie jakiś dźwięk, jeszcze rezonujący echem w ścianach dawnego elewatora – odruchowo łapię za broń i rozglądam się, dopiero po chwili dociera do mnie, że to musiał być mój krzyk. Wycieram połą kurtki mokrą od potu twarz, drżącymi rękami odkręcam flaszkę wyciągniętą z plecaka i pociągam łyk wódki. Palący smak ohydnej gorzały wykrzywia przełyk i drażni żołądek, ale pomaga mi szybciej wrócić do rzeczywistości... Jeeeezu. Czyli zdrzemnąłem się, nawet nie czując, że zasypiam. No świetnie, po prostu doskonale.

Schodzę po drabince na dół, rozglądam się – czysto. Deszcz już minął, wypogodziło się, widać, że słońce bliżej już zachodu niż południa, ale kawałek jeszcze przejdę. Jakoś odeszła mi ochota na polowanie na artefakty – szczęścia nie należy wystawiać na próbę, ale z drugiej strony... Mógłbym tu zanocować i jutro skoro świt ruszyć dalej. Prawda jest taka, że siódmy dzień idę przez Zonę dość forsownym marszem, a most na Prypeci powinien być już niedaleko – warto byłoby odsapnąć przed przeprawą i wejściem w Martwe Miasto. Tak, dokładnie tak zrobię – tutaj dłuższy postój i nocleg, może ognisko nawet sobie napalę, rozgrzeję i opiekę jeden chleb wojskowy, zjem coś na ciepło wreszcie. Tylko roboty trochę z tym będzie... ale w sumie mam czas. Znajduję jakieś normalne miejsce, rozkładam panelik słoneczny, podłączam ładowarkę do akumulatorów, zawijam przewody w foliową torebkę – niech się podładuje do wieczora. Wracam na górę, na płaski szczyt silosu, zostawiam tyle rzeczy z plecaka, ile dam radę wyjąć, żeby mieć wolną przestrzeń ładunkową.

Myszkując między anomaliami i po zrujnowanych budynkach, zbieram od razu opał – kawałki boazerii, spróchniałe, ale nie zawilgocone deski... sporo wyciągam z okolic „żarników", bo tam suche wszystko jak pieprz. Co się da, to od razu ściągam w jedno miejsce i rąbię saperką na kawałki, które potem popakuję do plecaka. Znajduję jeszcze „kwiatkamień", ale nawet go nie biorę – nie ma co się drobnicą dociążać. Łażę po okolicy, aż robi się ciemnawo... Obładowany kolejnym transportem paliwa wspinam się na górę, układam i podpalam stosik drewna przy samej krawędzi silosu, zaraz obok drabinki – tak na wszelki wypadek. Mutanty nie powinny umieć po drabinie włazić, ale cholera je wie – było tutaj przecież to stado snorków, a to niegdysiejsi ludzie w końcu, ręce jeszcze mają. Nie ma co ryzykować, a strzeżonego Zona oszczędza.

Dymek szybko zmienia się w przyjemnie pełgający ogienek, wsuwam w żar konserwę i puszkę z wojskowym chlebem – na codzienne żarcie koszarowe się to nijak nie nadaje, a na samotny rajd jak znalazł. Ognisko przyjemnie grzeje, jest szansa wysuszyć wiecznie wilgotne buty i skarpety, wyciągam od razu z plecaka zmianę bielizny; mogłem uprać poprzednią w deszczówce, nie pomyślałem, a teraz już za późno. Trudno, wywietrzy się chociaż. Jest jednak coś hipnotyzującego w otwartym ogniu, człowiekowi przypominają się młode lata... Cholera, zabiłbym teraz za kartofla, żeby go upiec w popiele. I solą poprószyć, masełkiem okrasić. Mmmm. Zamiast tego wyciągam z puszki gumowaty, pachnący metalem i chemikaliami wojskowy chleb – nie zrobił się jak trzeba, pewnie za ciepło mu było, teoretycznie w wodzie się to powinno gotować, ale trudno. Kroję bladą, ciągnącą się masę na niby-pajdy, nabijam na badyl i opiekam nad ogniem, żeby potem zjeść z plastrami pasztetu.

– Rrraaarrr!... – ryk skądś z zewnątrz przerywa mi sielankę. No tak, ogień na takiej wysokości musiał ściągnąć jakieś cholerstwo. Z ciężkim westchnięciem odkładam patyk z powoli rumieniącymi się chlebkami, naciągam parujące wilgocią buty na nogi w foliowych torebkach – patent podebrany bezdomnym z Centralnego przeszedł najpierw do wyposażenia kurierów rowerowych, a potem trafił do nas, stalkerów. Powinienem zgasić ognisko, ale nie mam ochoty – po pierwsze, większość stworów Zony prowadzi nocny tryb życia, więc ognisko przeszkadza im jeszcze bardziej, niż mnie. Po drugie, ogień blokuje podejście po drabince i daje mi chociaż bezpieczne plecy. Po trzecie, jestem tu samotnym człowiekiem z Cro-Magnon walczącym przeciwko dzikim neandertalczykom, więc z zasady nie oddam nikomu mojego obozowiska i mojego ognia. Po czwarte... nie wiem, co po czwarte, bo wtedy właśnie stojąca na dole plastikowa beczka podnosi się z ziemi, wylewitowuje jakieś dwa-trzy metry nad ziemię i z głuchym łomotem uderza o ścianę silosu. Zauważam, że przeważająca część wszelkiego śmiecia leżącego w szopie elewatora zaczyna podrygiwać albo unosić się w powietrzu – czyli już wszystko wiemy, burery przylazły. Prawdziwe neandertalce tego świata – brudne, złośliwe, prymitywne śmierdziele... i kanibale w dodatku.

– Brrraaaa!... – kolejny ryk z ciemności pozwala mi domyślić się, że mutant (mutanty?) krążą dokoła mojej fortecy, nie chcą pchać się do środka, jednocześnie nie mogąc poradzić sobie ze zgubną ciekawością. Przez chwilę zastanawiam się, czy nauczony dobrym doświadczeniem nie powinienem posłać im na zewnątrz granatu, ale rezygnuję – nie mam tu ze sobą całej zbrojowni przecież, tylko ergiedeszkę i „limonkę", a każdej z nich szkoda na walenie na ślepo. No i w plecaku leży na specjalną okazję hiszpańska alhambra – nówka sztuka z 2003 roku, czterystugramowa piękność w antypoślizgowej koszulce odłamkowej. Cud inżynierii wojskowej, elektroniczny zapalnik dający stuprocentową pewność odpalenia na czas... Znaczy się dający na Dużej Ziemi, bo w Zonie ni cholery nie chcą takie wynalazki działać. Znaleźliśmy tego całą skrzynkę kiedyś, Dr sporo się z tym bawił, w końcu zdołał elaborować skorupy jakimś cudem na bazie oktogenu i uzbroić porządnym czeskim zapalnikiem od URG-86. Ot, taka klasyczna improwizacja, sznurek i szmata, ale odłamki latają aż miło, zostało kilka sztuk, to jedną wziąłem na drogę. Ale przecież na te małe ruskie zasrańce nie będę hiszpańskiego granatu marnować, nie?

Raz i drugi widzę nawet odbłysk światła w wielkich oczach mieszkańców ciemnych podziemi – stwory też mnie widzą, bo wtedy złom z ziemi zaczyna wyjątkowo natarczywie uderzać w silos. Hałas jest od tego straszny, ale poza tym, że mogę stracić słuch, to wiele mi nie zrobią – ściany są dość blisko, więc mutanty nie mają miejsca, żeby rozpędzić swoje improwizowane pociski, a pionowo w górę się niewygodnie rzuca. Pewnie jakby podeszły bliżej, to ich psi-pole i do mnie na górę by sięgnęło – ale wtedy musiałyby podejść naprawdę blisko, a na to pewnie ochoty nie mają. Niech tak połomoczą jeszcze trochę, może przylezie coś większego i je zje... chociaż nie, bo wtedy ja będę musiał się z tym czymś większym bujać. Chwilowo ignoruję irytujących, aczkolwiek nieszkodliwych prawie-napastników – siadam nieco dalej od krawędzi, żeby nie rzucać im się w oczy, kładę sobie *Zbawiciela* na kolanach i wracam do pieczenia chleba. Na wszelki wypadek rozkładam szczapki drewna wokół krawędzi silosu – ot, prosty sygnalizator, jak zaczną podrygiwać, to znaczy, że karzełki za bardzo podeszły i trzeba je odstrzelić. Burery łażą, ryczą i beczą na dole, złom dudni i bębni o ściany elewatora, a ja sobie chlebek z pasztetem zajadam. Siedzę na szczycie świata i mam was wszystkich w dupie.

Tak jak się spodziewałem, burery w końcu znudziły się łomotaniem i łażeniem dokoła i sobie poszły... albo przytaiły się gdzieś i czekają, aż zejdę. Niedoczekanie ich, taktyków chałupniczych spod ciemnej gwiazdy. Dorzucam do ognia, suszę tyle sprzętu, ile dam radę, zawijam się w śpiwór i płaszcz, i kładę się spać. Gdzieś daleko ponad bezkresem Zony rozlega się dalekie wycie, księżyc świeci bladym światłem na pejzaż jak z innej planety.

Budzę się szarpnięciem całego ciała – już świt, szara mgła przelewa się ponad polami. Nie pamiętam, co mi się śniło, chyba coś paskudnego. Jak zawsze zresztą od pewnego czasu. Ognisko już wygasło, ale popiół jeszcze trzyma ciepło – podgrzewam w nim resztkę wczorajszej kolacyjnej konserwy na śniadanie, popijam wodą tabletki. Burerów nigdzie nie widać, pewnie faktycznie se poszły w cholerę. Dachy budynków kołchozu unoszą się w morzu mgły niczym fantasmagoryczne statki z obrazów Hieronima Boscha... Dla zasady spoglądam na mapę, wyciągam kompas – igła tańczy jak oszalała, wskazując coraz to inne kierunki; jeśli dobrze kalkuluję, to do Nasypu i w lewo, torami i za jakieś dwa-dwa i pół kilometra most na Prypeci... w linii prostej znaczy się, bo iść tam mogę i dwa dni. Zbieram sprzęt, schodzę na dół. Co prawda burery nie znalazły mojej ładowarki i panelu, ale dały radę je przypadkiem zrzucić na ziemię – na szczęście folijka nie puściła wody. W drogę.

Problemy zaczynają się od razu – idę w tej lekko siwej mgle już dobry kawałek, a nasypu kolejowego nie ma. Nie ma, i tyle. Droga idzie sobie przez pola, kręci, czasem znika, ale Nasypu nie ma. A powinien być. Tak na dobrą sprawę – powinien BYŁ być od razu w zasadzie, po raptem stu pięćdziesięciu metrach. No cóż, Zona. Ujmuję tylko pewniej strzelbę, gęściej rzucam mutrami. Jak się mgła podniesie, to się okaże, gdzie jestem.

– No i co, zgubiliśmy się.

– Wcale się nie zgubiliśmy – odpowiadam sam sobie. – Po prostu nie wiemy, gdzie jesteśmy.

– A to nie to samo? – zadaję retoryczne pytanie.

– Czepiasz się. – Macham ręką, obserwując lot mutry we mgle.

– Wcale się nie czepiam – ofukuję sam siebie, idąc ku jaśniejszej plamce bandaża w trawie. – Po prostu usiłuję nam uświadomić, jaka naprawdę jest nasza sytuacja.

– No i niby jaka jest nasza sytuacja?

– Trudno orzec. – Wzruszam ramionami. – Skąd mam wiedzieć niby?

– No to przynajmniej co do tego jesteśmy zgodni.

Niby że wy nigdy do siebie sami nie gadacie? Aha.

Powoli robi się jaśniej, żółtopomarańczowa poświata słońca najpierw nasyca, a potem rozgania mgłę, rwącą się na pasma, a następnie rozpuszczającą się w rześkim powietrzu poranka. Co ciekawe, jestem na JAKIMŚ nasypie, ale na pewno nie kolejowym – gruntowa droga wznosi się powoli ku górze, dając dobry widok na rozlewiska i łęgi. Po lewej widzę kawałek jakiegoś takiego sierpowatego stawu. Jeśli wierzyć blaskowi wstającego słońca, to idę bodajże na południowy zachód, czyli w zupełnie stochastycznym kierunku. Ale jak tu się spodziewać normalności, gdy tutaj to właśnie aberracje wyznaczają standard? Szlak skręca jeszcze bardziej na południe, więc idę nim siłą rzeczy... najpierw słyszę, potem widzę niewielkiego mięsaka, brnącego przez zabagnioną łąkę w dole – mutant z początku mnie nie widzi, dopiero gdy jego ruchliwe trzecie oko w końcu mnie dostrzega, mięsak zamiera i przysiada nisko na pajęczych łapach, jak gdyby próbując ukryć się w wysokiej trawie – nie strzelam, bo i po co? Przecież obydwaj tędy tylko przechodzimy, każdy ma jakieś swoje sprawy i swoje życie. Gdyby on był głodny, toby mnie zaatakował, gdybym ja miał jakiś powód, też bym strzelił, jeden z nas by zginął na pewno, a tak rozejdziemy się swoimi drogami – taki *win-win*. Może mięknę na starość... kiedyś strzelałem do mutantów bez wahania, od razu. Człowiek polował na mięsaki i tuszkany, chodziło się we trzech na prypeć-kabany, każdy chwalił się, ile ustrzelił ślepych psów na wymarszu, obszywało się kurtki futrem czarnobylców. A teraz – nie wiem. Albo zmiękłem, albo... dorosłem? Dorosłem do Zony? Oglądam się za stworem, który już znika pośród suchych krzewów. Może i jestem już stary wedle tutejszych standardów, a może właśnie taki, jak trzeba; w końcu niejednego młodszego od siebie już przeżyłem.

Wokół mnie, jak okiem sięgnąć, tylko łąki i grzęzawiska, rowy i starorzecza... ale której rzeki? Wydaje mi się, że po prawej jest bagnisty, porośnięty krzakami brzeg, ale nie mam pewności. Nad wodą mgła stoi jeszcze nieprzenikniona dla oka zasłoną, anomalie międlą białe pasma, przerzucając lejące się tumany z miejsca na miejsce, pejzaż faluje i płynie przed oczami... a potem słońce wychodzi zza chmur i zalewa blaskiem dachy i kominy nad CZAES, światło rozszczepia się w setkach anomalii grawitacyjnych rozłożonych w pobliżu Sarkofagu, tworząc wokół elektrowni dziesiątki nieforemnych, powypaczanych odcinków łuku tęczy i okrywając ją półkolistą aureolą w kolorach wymykających się ludzkiemu postrzeganiu. Zorza nad czwartym energoblokiem pełga i faluje w powietrzu wiosennego poranka, lśniąc perłowym blaskiem mieniącym się opalizującymi barwami. Upadam na kolana i patrzę w niemym zachwycie na niesamowite zjawisko, czując, jak łzy niczym groch lecą mi po policzkach, a tęsknota za nieznanym ściska gardło niczym żelazne kleszcze... Aż wszystko kończy się tak nagle, jak się zaczęło, wokół mnie tylko puste łąki, po prawej nurt rzeki, za nim złowrogi, obcy masyw CZAES – a przede mną linia Nasypu, wchodzącego na żelazny most ponad rzeką.

Doszedłem.

Potężna stalowa konstrukcja spina sześcioma ażurowymi łukami obydwa brzegi Prypeci, zachodząc daleko na zalewowy prawy brzeg. Rdzawobure szyny biegną pomiędzy rdzawoburymi barierkami, z którymi mocno kontrastują szarosrebrne żelazne tregry i przypory. Pozrywane przewody trakcji leżą nieregularnymi zwojami na ziemi, farba łuszczy się i odchodzi bąblami od przerdzewiałego żelaza, tu i ówdzie popękały i pokruszyły się betonowe podkłady, a pogięte tory tańczą pijanym tańcem między anomaliami. Schodzę z Nasypu pomiędzy drzewa, gdzie widzę zrujnowany domek toromistrza z przylegającymi doń komórkami. „Odessa" – głosi napis cyrylicą, wymalowany czarną farbą na ścianie; pewnie pamiątka po durnych turystach z czasów, gdy głupi ludzie przyjeżdżali tu na zorganizowane wycieczki autokarami, popatrzeć na martwy świat i poudawać współczucie dla ludzkiego nieszczęścia sprzed lat. Tutaj się rozłożę przed kolejnym etapem mojej podróży.

Domek jest zupełnie zdewastowany, ale w najmniejszym stopniu mi to nie przeszkadza. Dach prawie cały, ściany jeszcze stoją, w trawie walają się zdjęte z zawiasów drzwi – co prawda nie ma okien, ale coś się na to zaradzi. Jest nawet ziemna piwniczka – najważniejszy element architektury, bo od biedy można będzie się tam przed emisją schować... jak tylko rozprawię się z poprzednimi właścicielami. Śmierdzi dość ostro zgnilizną, więc obawiam się, że jakiś drapieżnik mógł urządzić tu sobie leże – albo zombi się w okolicy kręcą. Coś jednak wydaje mi się, że to drugie. W trawie widać kilka wydeptanych do gołej ziemi ścieżynek, idących nierównymi zygzakami wokół domu, ginących w zaroślach i krzyżujących się w dwóch miejscach – stawiam na zombi. Wyciągam z kabury glocka, szkoda dużej amunicji – w samą porę, bo trup w porwanych łachach już wychodzi z krzaków. Przyczajam się, żeby mnie za wcześnie nie wyczuł, wolę poczekać i zobaczyć, ile ich tu będzie. Powłóczący nogami zombas chowa się w zaroślach, okrąża domek, wychodzi z drugiej strony, przełazi przez podwórko, znów znika mi z widoku... Nie ma go dobrych kilka minut, gdy w końcu pojawia się znowu, podpuszczam go blisko i jednym przymierzonym strzałem roznoszę mu głowę na strzępy. Korpus robi dwa chwiejne kroki i przewraca się w trawę, czekam jeszcze trochę i wychodzę z mojej kryjówki. Nie podchodzę od razu do ciała, sprawdzam najpierw teren dokoła domku, zapamiętuję i oznaczam anomalie oraz gorące plamy, dopiero potem robię z paracordu pętlę i zaczepiam truposzowi za rękę. Odciągam cuchnące ścierwo tak daleko, jak tylko mogę – w pewnej chwili zahacza się o jakiś wystający z ziemi ostry pieniek, a mi nie chce się mocować z przegniłym truchłem. Odcinam linkę nożem tak blisko umarlaka, jak daję radę podejść na bezdechu, wracam po śladzie do stróżówki, żeby przygotować sobie lokum.

Myślę chwilę, czy nie dołożyć tego jednego wystrzelonego naboju do magazynka... Nie, może jednak nie. Albo tak. Nie. Nie wiem. Rozpinam kieszonkę, wyciągam pudełko, wytrząsam na dłoń zielonkawą tackę, na której złocą się mosiądzem denka nabojów dziewięć para – wiernych żołnierzy, od ponad stu lat nieprzerwanie służących w najlepszych broniach tego świata. Wyłuskuję jednego szczęśliwca, wsuwam w otwór magazynka, chowam pistolet do kabury, potem patrzę smętnie na pozostałe w zapasie naboje. Najlepsza amunicja, tak – tylko co z tego, jeśli to amunicja z Dużej Ziemi? Tutaj, poza Kordonem, króluje dziewięć na osiemnaście, niby gorsza i słabsza, a jednak nieporównanie bardziej popularna, młodsza i brzydsza siostra parabellum. Po raz kolejny żałuję, że nie wziąłem ze sobą starego, wysłużonego stieczkina – na pewno byłaby większa szansa na zdobyczne naboje. No cóż, trudno. Ewidentny błąd; mam nadzieję tylko, że jedyny, jeśli o przygotowania do wyprawy idzie.

Wstawienie skrzydła drzwi we framugę to chwila-moment roboty, trochę dłużej schodzi mi się z wymontowaniem drewnianych furtek z komórek i założeniem ich na powybijane okna – na szczęście udaje mi się pozbierać trochę pordzewiałych, krzywych gwoździ i znaleźć złamaną, tępą siekierkę, której używam zamiast młotka. Robiąc saperką, kopię przed wejściem półmetrowy wilczy dół, który przykrywam resztką słomianej maty – zaostrzone kije na dnie nie zabiją żadnego mutanta poza tuszkanem, ale dadzą mi chwilę tak zwanej przewagi taktycznej. Wydobytą ziemię przeciągam na kawałku grubej folii pod ziemiankę i zasypuję okienko, szykując sobie schron antyemisyjny – wejście do piwniczki zabijam od góry dechami, strzępami blachy i kawałkami eternitu, zostawiam tylko tyle miejsca, żeby przeczołgać się dołem, zbijam z desek prowizoryczne drzwiczki, którymi będę to od środka zasłaniał. Gówniana to ochrona, gdy na zewnątrz szaleją huragany anomalnej energii, ale lepsza gówniana niż żadna, nie? Na ocalałym na dole regale ustawiam moje konserwy i inne zapasy, przy okazji prześwietlam geigerem kilka stojących tu jeszcze chyba od Pierwszej Katastrofy weków – no, niby nie takie wysokie tło, otworzymy wieczorem, może coś się jeszcze nada. Ogórki pewnie już poszły w diabły, kompot po kolorze widać, że niepijalny, ale dżemy... hm... chlebek z dżemem, mniam. Skoro radiacja tu niewysoka, to i ja może jakoś się uchowam w razie czego.

Do rzeki jest niespełna sto metrów, więc ruszam z rozwijanym foliowym workiem po wodę – od razu przefiltruję sobie nowy zapas, bo w obecnym już dno widać. Nigdy nie byłem tak głęboko w Zonie, jednak tygodniowy rajd potrafi wyczerpać – szczególnie że przez ostatnie dwa dni piłem tylko po niecałym litrze na dobę. Przygotowałem sobie wcześniej zapas wody na Bocznicy, ale jeszcze dzień poślizgu i byłaby kiszencja. Podchodzę niepewnie do brzegu... duże rzeki to jedyne bezpieczne źródła wody w Zonie, no chyba że ma się studnię głębinową – woda nie zdąży się na tyle napromieniować, żeby stać się niebezpieczna, w końcu z Dniepru potem cały Kijów pije. Ja i tak przepuszczę to jeszcze trzy razy przez filtr węglowy, ot tak, dla pewności. Tyle tylko, że woda przepuszczona przez aktywny węgiel staje się jałowa – nie destylowana, a jałowa. Macie tam niby komplet minerałów, ale są... no martwe, no. Pijesz wodę, a ona nie daje ci energii – jest wilgoć, jest płyn, ale nic poza tym. Bierzesz z rzeki wodę brudną, ale żywą, i zabijasz ją, żeby móc się napić... Wbrew pozorom w Zonie najtrudniejsze do zdobycia są nie artefakty, nie amunicja, a jedzenie i czysta woda właśnie. Patrzę w bury nurt – od razu przypominają się wszystkie opowieści stalkerów o tym, co rzekomo widzieli w odmętach Dniepru i Prypeci. Rak spawacz to raczej jezioro Jantarnoje, ale prypeć-pławun... Raz tylko w życiu coś mi mignęło w rzece przy Moście na Jołczy, od tamtej pory nawet nogi do wody w Zonie nie wsadziłem. Nie i koniec. Teraz też lewą ręką napełniam pojemnik, a w prawej ściskam pistolet, cały czas wpatrując się w lustro wody. Niby płytko tu jest, ale... Odchodzę od rzeki tyłem, nie odważam się odwrócić plecami do mętnego nurtu.

Cały następny dzień poświęcam na rekonesans – uczę się terenu, sprawdzam i oznaczam anomalie, staram się „wyczuć” miejsce. Od samego początku widzę, że most naszpikowany jest pułapkami jak dobra kasza skwarkami – już na samym wejściu straszą sparowane „karuzele”, mielące pętlę Möbiusa zeszłorocznych liści, niedaleko za nimi „elektra” zagnieździła się pomiędzy porcelanowymi izolatorami na żelaznym dźwigarze. Cała konstrukcja skrzypi i jęczy w uścisku anomalii grawitacyjnych, które jak gdyby upodobały sobie to jedno jedyne przejście przez Prypeć. Nie wiem, jakim cudem mutanty dają radę przechodzić na nasz brzeg... o ile teoria o tym, że rodzą się gdzieś w otchłaniach Sarkofagu, jest w ogóle prawdą; osobiście w to trochę wątpię. Może przechodzą po lodzie Prypeci, zamarzniętej podczas krótkiej zimy? Anomalie przesuwają się tu po emisjach, to widać aż nazbyt dobrze – widzę miejsca, gdzie działały „grawikoncentraty” i „wyżymaczki”, w ogóle stary most wygląda jak ser szwajcarski, cud, że jeszcze się trzyma. Całe drugie przęsło musiała kiedyś otulać „żrąca mgła”, po farbie śladu nie zostało, rdza łuszczy się płatami, z nitów widać tylko resztki główek... beton podkładów kruszy się pod nogami, aż strach iść.

Linia kolejowa przez Zonę to w ogóle ciekawa sprawa – absurdalnie prosta nitka biegnie przez całą znaną mi część strefy zamkniętej ze wschodu na zachód, od Czernihowa aż po daleką Owrucz. Podobno to właśnie ta magistrala częściowo uwarunkowała budowę tu, a nie gdzie indziej, Czarnobylskiej Elektrowni Jądrowej, co w zasadzie znaczy, że te pordzewiałe, stare szyny ponoszą częściową odpowiedzialność za Pierwszą Katastrofę i pojawienie się Zony dwadzieścia lat później... Oś tej linii wyznaczyła też plan lokacji miasta pracowników CZAES, osławionej Prypeci, w pobliżu niewielkiej stacyjki Janów. Po Katastrofie w osiemdziesiątym szóstym na tej samej trasie powstało bliźniacze miasto dubler Prypeci, czyli Sławutycze... Aż ciężko uwierzyć, że konstrukcję tej linii rozpoczęto wiosną, bodajże w maju, dwudziestego siódmego roku, a już we wrześniu, podobno z dwutygodniowym wyprzedzeniem, zakończono budowę nasypów i kładzenie torów. Dopiero potem rewolucyjni inżynierowie z pieśnią na ustach wzięli się za konstruowanie mostów, spławionych tu barkami aż z Dniepropietrowska. Co tu dużo mówić – tryumf myśli ludzkiej nad dziką przyrodą Dwurzecza.

Jeszcze przed połową mostu leży trup stalkera. Nie ma żadnej anomalii w pobliżu, trup niby cały, niepogryziony i niepostrzelany, a leży tu już dobrych kilka miesięcy, wnosząc po stopniu rozkładu i zardzewienia broni – na boku leży, głową oparty o szynę, więc nie powiesz, czy szedł od Prypeci, czy do niej właśnie... ekwipunku nie znam, więc nie ma co w dochodzenia się bawić – ot, wziął i zginął. Bo to mało sposobów, żeby umrzeć w Zonie? Na wszelki wypadek omijam go łukiem, a i tak mam wrażenie, że gapi mi się w plecy, gdy idę dalej.

No i klops. Dochodzę już do dwóch trzecich długości przeprawy, wszystko idzie prawie dobrze, pode mną w dole już zaczyna się złocisty piasek suchego brzegu – i staję przed ścianą anomalii. Nie to, że gęstym skupiskiem, ale prawdziwym murem. Są tu przynajmniej dwa „grawikoncentraty" z „karuzelą" pomiędzy nimi, „wyżymaczka" i stosunkowo niegroźna „winda", która po prostu podnosi wszystko dwa metry w górę – niestety prosto w objęcia powietrznej „trampoliny". O istnieniu tej ostatniej dowiaduję się na własnej skórze, gdy wrzucona w „windę" mutra podjeżdża do góry, a potem jak wystrzelona z karabinu rozmazaną smugą wystrzeliwuje ku mojemu brzegowi, rykoszetuje od żelaznej tregry i boleśnie uderza mnie w łopatkę. *Jezzzzuuuuu!*... Aż mi się ciemno przed oczami z bólu robi, dłuższą chwilę łapię oddech, na zmianę pomstując na czym świat stoi i śmiejąc się z własnego durnego szczęścia – przecież kawałek wyżej i byłbym dostał prosto w potylicę... Rzucam jeszcze mutrami i innym śmieciem, ale niestety – gdziekolwiek spróbuję, moje pociski spotyka paskudny los. Przy okazji odkrywam jeszcze „komarzą łysicę" po lewej, która sprasowuje moje nakrętki do grubości jednego mikrona i okleja nimi podkłady kolejowe. Dawno już „łysicy" nie widziałem... Patrzę niepocieszony na tak bliską, a zarazem tak daleką CZAES i Prypeć na drugim brzegu. Pod mostem też się nie da, nie jestem akrobatą, żeby po wspornikach łazić i wieszać się na rękach... nie z kilkunastoma kilogramami sprzętu na plecach. Kontempluję przez chwilę drogę górą, patrzę na przęsła ponad przewodami trakcji, a potem wzrok jakoś tak sam ucieka w dół, na leżącego na torach biedaka. Tjaaaaa. Nie ja pierwszy mam głupie pomysły, jak widać.

Jeszcze około godziny kręcę się na próżno przy ścianie anomalii, rzucając śmieci i łudząc się nadzieją, że coś się zmieni. Niestety – Zona, jak to Zona, usłyszała moje plany i zrobiła sobie ze mnie pośmiewisko. Wracam jak niepyszny do domku toromistrza, zjadam kolację na daszku komórki. Jutro zaczynam realizację na szybko wymyślonego planu B – ruszę wzdłuż rzeki na południe i spróbuję przejść na drugą stronę po ruinach mostu drogowego. Cholera, stąd to ze dwanaście *keme* będzie w linii prostej... Trzy-cztery dni drogi jak obszył, plus zupełny brak gwarancji, że będzie lepiej. Byłem tam raz, ale porośnięte śliskim mchem resztki zwalonej betonowej konstrukcji nie wyglądały nawet trochę obiecująco. No cóż, tonący nadziei się chwyta. Pociągam na lepszy sen spirytusu z flaszki, zamykam się w pokoiku, kładę spać.

Moje oczy płoną.

Lampy bezcieniowe są już tylko dwoma punktami czerni w bezmiarze białego bólu, zalewającego cały mózg roztopionym ołowiem cierpienia. Słyszę wizg wysokoobrotowego wiertła przegryzającego mi się przez skroń, ale ból jest gdzieś na trzecim miejscu. Czuję wibracje piły skrobiącej mi o kość ciemieniową, ale to wszystko jest gdzieś obok. W ustach mam metaliczny posmak krwi ze zdartego od wrzasku gardła, nieustannie naprężane mięśnie płoną kwasem...

Budzę się z krzykiem, zrywam na nogi, toczę błędnym wzrokiem po ciemnym pokoiku. Gdybym miał w ręku broń, to pewnie strzelałbym na oślep. Na chwiejnych nogach podchodzę do ściany, opieram się o nią ciężko, osuwam na wilgotną drewnianą podłogę. Przeczołguję się w bok, kulę w kącie, płacząc, odkręcam drżącymi rękami flaszkę, pociągam długi łyk. Siąkając nosem i ocierając łzy, wychodzę na dwór – może świeże powietrze nocy trochę mnie otrzeźwi.

Piękna jest noc w Zonie – cicha taka, spokojna. Gwiazdy mrugają na niebie, z ziemi odpowiadają im blaskiem anomalie, pomarańczowy księżyc wisi w zupełnie niewłaściwym miejscu. Z zarośli nad brzegami Prypeci donoszą się porykiwania i miauczenie mutantów, walczących o miejsce przy wodopoju. Głośny plusk na rzece tylko potwierdza moje obawy związane z wchodzeniem do wody – nawet jeśli to coś na tyle zwyczajnego jak sumy, to wolałbym ich tu nie spotykać, wiedząc już, co Zona potrafi zrobić z bardziej nieszkodliwymi zwierzętami. Wspinam się na Nasyp, wodząc z lewej na prawą lufą *Zbawiciela* – trzeba uważać na spotkania losowe. Most wygląda jak ogromna choinka, idealnie widać sypiące iskrami „elektry" i wirujące słupy „treserów"...

...zaraz, chwila.

Podchodzę bliżej do żelaznej struktury, niepewnie patrząc na anomalie. Wymacuję w kieszeni zagubioną śrubę, rzucam szerokim łukiem od dołu – słychać tylko świst powietrza i cichy brzęk, gdy wiązka ektoplazmy posyła w dwie strony idealnie rozcięte połówki pękatego wkrętu. Patrzę na „tresera", kręcącego się ukośnie do torów, i podrygujący w „windzie" kawałek trudnego do zidentyfikowania śmiecia.

Przesunęły się! Na szybko przypominam sobie układ anomalii – inaczej, teraz leżą inaczej! Jeżeli tylko dam radę sobie przypomnieć, jaki miały rozkład za dnia, to powinienem – powinienem – dać radę wykorzystać moment zmiany i przejść!... albo zginąć, próbując. Takie życie.

Zbieram z domku swoje rzeczy, wyciągam zapasy z piwniczki, upycham wszystko gorączkowo do plecaka, zarzucam szelki na ramiona, napełniam kieszenie rzutkami – szybko, żeby zdążyć przed świtem! Na wschodzie robi się już lekko bladawo, muszę się zwijać, bo wolę nie myśleć, co będzie, jak nie zdążę.

Powoli, ostrożnie wchodzę pomiędzy anomalie – noc jest i łatwiejsza, i bardziej zdradliwa do pokonywania takich pól. Z jednej strony część pułapek wyróżnia się słabą poświatą, z drugiej tych grawitacyjnych wcale nie widać... Podskakuję ze strachu, tracę równowagę i prawie wpadam w „wyżymaczkę", gdy ryk od strony Nasypu wstrząsa powietrzem – widzę dwa punkciki błyszczących oczu, pędzących ku mnie przez ciemność. Na szybko, ryzykując więcej, niż powinienem, przeskakuję przez „trampolinę", chowam się głębiej w las anomalii – posokowiec skręca przed „treserem", zawija kołem, próbuje zrobić jeszcze jeden nabieg, przysiada w miejscu jak do skoku, zrzuca osłonę niewidzialności i ryczy wściekle, bezsilnie wyciągając ku mnie łapy... Ożeż ty w mordę i nożem. To zbyt sprytne bydlę, żeby się do mnie pchać przez śmiertelne pułapki, ale i tak włosy jeżą mi się ze strachu – jest naprawdę straszny, a dzieli nas nie więcej jak dwadzieścia metrów... Podnoszę strzelbę, stwór błyskawicznie rozpływa się w powietrzu i znika pod mostem. Słyszę go jeszcze, jak biega pode mną, kilka razy próbując znaleźć drogę pomiędzy anomaliami; na wszelki wypadek rzucam mutrami w najbliższe do niego „karuzele", aktywujące się anomalie wypełniają świstem i trzaskiem rozładowań powietrze, chłeptokrwij ryczy wściekle. Ja pierdykam. Na ten brzeg już nie ma powrotu, więc trzeba przeć naprzód – brak wyboru to jednak świetna motywacja.

Ścigam się ze słońcem, jak u Stokera w finale „Draculi"– jestem w połowie mostu, gdy jutrzenka zaczyna złocić blaskiem szczyt komina wentylacyjnego CZAES. Muszę włazić na podpory, omijać górą anomalie, czołgać się po twardych, kanciastych podkładach... bolą mnie już wszystkie kości, wybiłem sobie dwa palce lewej ręki, ale prę do przodu, bo wiem, że jeśli tu zostanę, to najpewniej po mnie. Już-już prawie pode mną jest linia piaszczystego brzegu, zostały mi raptem dwa przęsła, gdy anomalie zaczynają drgać i falować.

Cała ta bez mała stuletnia żelazna konstrukcja jęczy rozdzierająco i trzęsie się, gdy centra grawitacji zaczynają zmieniać swoje położenie – most wpada w wibracje, tracę grunt pod nogami, uderzam się boleśnie w łokieć, upadając prosto na szyny, które same zaczynają giąć się i tańczyć. To żelastwo oddano do użytku w 1928, na Dimę Szuchowa!... W powietrzu nade mną zaczyna rozkręcać się bąbel „grawikoncentratu", widzę, jak *Zbawiciel* podjeżdża do góry i zaczyna ciągnąć mnie trokiem za ramię... Pełznę jak najniżej i jak najszybciej, targany anomalnym wichrem kaptur łopocze mi wokół głowy, po nogawkach skaczą iskierki mrówek od nabiegającej mocą „elektry", czepiam się palcami podkładów i żelaznych wsporników, podrywam się i nadludzkim wysiłkiem przebiegam przez rodzącą się „łysicę", mimo że nogi mam jak z ołowiu, a ruszam się jak w smole... Dopadam do skraju mostu, rzucam się przez barierkę, zawisam na rękach, gdy ogłuszający huk anomalii rozdziera trzaskiem ciszę świtu, powietrze wypełnia się zapachem ozonu i spalenizny od na nowo znaczących terytorium „żarników" i „elektr", prawą nogę szarpie mi wisząca w powietrzu „karuzela"... Ogłuszyło mnie dokumentnie, oczy mam zaciśnięte aż do bólu w oczekiwaniu rychłej śmierci. Wiszę, aż palce zaczynają wyć tępym bólem, podciągam się jakimś cudem, zaczepiam nogą o żelazny wspornik, wtaczam na most, przewracam na plecy i dyszę ciężko.

Leżę tak, póki nie poczuję na twarzy pierwszych kropli porannego kapuśniaczku. Podnoszę się do pozycji siedzącej – oho, diabeł się żeni, deszcz pada i słońce świeci... Obmacuję się – wygląda na to, że w jednym kawałku jestem – wyciągam z kieszeni resztkę muterek, gramolę się na nogi. Parafrazując postać ze znanego filmu – „Jezus, Maria, jest dopiero wpół do szóstej, a ja już jestem śmiertelnie zmęczony". Zataczając się i trzymając żelaznych przęseł, powoli brnę naprzód. Gdy muszę się kawałek przeczołgać, to dławi mnie strach, że nie dam rady wstać. W końcu schodzę z torów, stawiam nogę na Drugim Brzegu.

Przeszedłem.

Jestem tak przerażająco blisko Sarkofagu, że aż boję się o tym myśleć. Ogromny masyw CZAES wyrasta na wprost mnie, czerwono-białe kominy chłodnicze dźgają w niebo, cały brzeg po lewej pokrywają jak okiem sięgnąć budowle i instalacje energobloków, z samego skraju widzę nigdy nieoddane bloki: piąty i szósty. Zsuwam się po nasypie, żeby nie widzieć i nie być widzianym – jednak *one does not simply walk into Mordor*; zmuszając nogi do nadludzkiego wysiłku, paralitycznym truchtem biegnę ku rzece, żeby schować się za krzakami i jak najbardziej oddalić od jądra ciemności.

Na południowy wschód od mostu widziałem wyrzucone na mieliznę pogłębiarki – planowałem spędzić w ich żelaznych skorupach noc, ale przecież nie będę tak blisko Sarkofagu się kręcił... Mijam anomalie, nie patrząc nawet na artefakty – tutaj nie ma się co rozdrabniać, licznik stuka równym rytmem, łykam tylko w drodze antyrad i naciągam maskę. Zbieram kamyczki do testowania anomalii, idę krok za krokiem, żeby z tej radości po udanym pokonaniu Prypeci nie wpieprzyć się w coś paskudnego.

– Łykśsmiljoł nam łoodić! – dobiega mnie z krzaków wysokie, dziwnie modulowane ćwierkanie. Nie waham się ani chwili – podrywam *Zbawiciela* do oka, lufa rzyga ogniem raz i drugi, przekoszone grubymi, wielościennymi śrucinami zarośla sypią się liśćmi i gałązkami, coś kotłuje się tam chwilę, a potem zamiera z bulgoczącym jękiem. To nie czas i nie miejsce na wątpliwości, trzeba ufać instynktowi, mam tylko nadzieję, że pseudomięsak (o ile on to był) dostał na tyle poważnie, że zdechł albo że właśnie zdycha. Doładowuję dwa naboje, omijam łukiem „popielniczkę". Chcę jak najszybciej wejść na wąski pasek pomiędzy nurtem rzeki a starym rozlewiskiem po lewej, tam przynajmniej będę widział, czego przed sobą mam się obawiać... oczywiście zawsze pozostają czarne głębiny starorzecza i bury nurt Prypeci, w których może siedzieć *szto tolko ugodna*, ale jakieś ryzyko trzeba podejmować.

Ziemia przesycona wilgocią po zimie nie jest w stanie już wchłonąć więcej wody, która ciamka nieprzyjemnie pod nogami, błocko lepi się do butów i trzyma podeszwy. Grunt jest tu dziwnie pofalowany, pozapadany i wybrzuszony nieregularnymi sferami od anomalii, które zalegają w okolicy gęstym dywanem. Kluczę i kombinuję, próbując przejść, zachodzę w ślepe zaułki i cofam się po śladach. Piach dobrze sprawdza się jako ręczny detektor – sypnięte szerokim wachlarzem drobinki idealnie otulają kształty pułapek, zawsze łatwiej... Jest chłodno, ale i tak jestem zlany potem.

Po niespełna pięciuset metrach robię sobie przerwę, bo już zaczynam powłóczyć nogami. Mapa jest haniebnie nieaktualna – jednak rzeki żyją swoim życiem, niespecjalnie przejmując się tym, co kartografowie sobie porysowali, część rzekomych kanałów dawno zarosła, pojawiły się nowe, ale z tego, co widzę, najłatwiej byłoby przejść brzegiem... dokładnie dlatego brzegiem nie pójdę. Wolę uhetać się, brnąc przez krzaki i grzęzawiska, ale przeżyć, niż zginąć, maszerując rzekomo prostą trasą.

Jestem w połowie drogi do dźwigów portowych na prypeckim *zatonie*, gdy zauważam po lewej stado prypeć-kabanów. Ogromne cielska niczym łodzie suną pośród bagien i podmokłych łęgów, przystając na chwilę w poszukiwaniu pożywienia i znów ruszając dalej. Stwory brodzą sobie po zalewiskach, niespecjalnie jeszcze się mną przejmując, ale trzeba uważać. Są pewnie ze czterysta metrów ode mnie, gdy zmienia się wiatr, niosąc mój zapach prosto do prowadzącego stado samca.

Zwierz unosi wielki, szablasty ryj, łowiąc woń w powietrzu – ostrzegawcze kwiknięcie sprawia, że jeszcze ze dwie sztuki przestają ryć i rozglądają się krótkowzrocznymi ślipiami. Przysiadam odruchowo na nogach, ale niewiele to zmieni, jeśli złapały wiatr. Rozglądam się na boki, gdy stado rusza w moją stronę, może jakieś drzewo, cokolwiek!... Kabany pędzą na mnie, rozbryzgując dokoła burą wodę, nie mam szans na ucieczkę, ale i tak próbuję – lecę na złamanie karku w bok, próbując zejść im z wiatru, mijam w obłąkanym pędzie anomalie, ryję nogami bruzdy, starając się skręcić przed „karuzelą", gdy przebiegam dalej, twarz owiewa mi – co za absurd! – zapach świeżych blinów w śmietanowej maczance ze skwarkami! Organizm reaguje odruchowo, usta wypełnia mi ślina, chyba po raz pierwszy w życiu burczy mi w brzuchu podczas panicznej ucieczki, pędzę dalej, przedzieram przez zawiesiste, pełne ciepłego i wilgotnego zapachu powietrze niczym w ogromnej ruskiej jadłodajni, potem nagle woń znika, wokół mnie są tylko zwyczajowe zapachy mokrej trawy i lekko cuchnącej stęchlizną wody. Lecę, aż zaczyna brakować mi tchu, oglądam się za siebie – kabany ugrzęzły w „blinówce", wielkie tusze kręcą się i przepychają, ruchliwe nozdrza próbują wyłapać źródło niebiańskiego zapachu, skonfundowane stado chrumka i porykuje niepewnie. Dzięki niech będą Czarnemu Stalkerowi, chyba mi się udało – i jeszcze na własnej skórze, pardon, na własnym nosie doświadczyłem na poły legendarnych anomalii sensorycznych! „Blinówka", hmm... Nawet niegłupia nazwa, w końcu znalazcy przysługuje prawo ochrzczenia anomalii. Niech będzie.

Nie mam już siły, dokumentnie się wyprułem. Walę się na piasek na niewielkiej łasze, po prostu dyszę ciężko, odcharkując gęstą flegmą i zanosząc się kaszlem. Dżiiiiiiiizas... w tym tempie to nie mutanty i nie anomalie mnie zabiją, a zwyczajnie na zawał wykituję. Wychylam duszkiem dwa ostatnie energetyki, odbekuję sobie soczyście. Taaak, tego kawałka bałem się najbardziej – od mostu do pierwszego miejsca, gdzie mogę się na nocleg przytulić... Leżę na boku, patrząc w nurt – przez jakiś czas wydaje mi się, że nie dam rady nawet się poruszyć. W końcu zauważam na środku rzeki falkę, która pojawia się i znika. A potem pojawia się nieco bliżej mnie i znów znika. I jeszcze bliżej... Tytanicznym wysiłkiem wstaję i chwiejnym krokiem oddalam się od brzegu. Zawał i wycieńczenie organizmu, jak nic.

Wychodzę na dawną drogę idącą obok nabrzeża towarowego dopiero wczesnym popołudniem – brudny, utyrmolony błockiem, zmęczony jak nieboskie stworzenie, ale żywy. Przede mną stoją na pajęczych nogach trzy potężne dźwigi portowe, na zawsze zastygłe w bezruchu na porośniętym trawą i młodymi drzewkami betonowym brzegu zbiornika wodnego, który ćwierć wieku temu obsługiwał Prypeć i miał być przyczółkiem dla transportów, służących do budowy piątego i szóstego energobloków. Przeciwległy brzeg *zatonu* zasypano piaskiem wybieranym z dna rzeki, szykując miejsce pod budowę nowej dzielnicy miasta, którą zasiedlić mieli pracownicy nigdy nieuruchomionych instalacji – a teraz port stoi i rdzewieje, czwarty dźwig leży w zielonkawej wodzie, przechylony na bok. Zamiast budowania nowych osiedli na usypanej główce wyryto głębokie rowy, które potem wypełniono radioaktywną ziemią, zwożoną tu wojskowymi transportami z całej okolicy. Port umarł razem z Prypecią.

Idę ostrożnie, starając się nie tracić czujności – najłatwiej zginąć na dojściu do celu, kiedy już się wydaje, że wszystko będzie dobrze. Nadkładam jeszcze kawałek drogi, żeby podejść do dźwigów od południa – widzę tam niewielką cementownię, a silos powinien być dobrym punktem obserwacyjnym. Oglądam się jeszcze tylko, czy nie zobaczę gdzieś stada kabanów, ale na szczęście stwory musiały odejść – przebiegam do niedalekiej kępy krzewów, cyrkluję sobie trasę pomiędzy anomaliami. Przynajmniej pomiędzy tymi widocznymi. I tak idę ostrożnie, rzucając muterki – na całe szczęście, bo pierwsza ląduje normalnie, a druga od razu tonie w kręgu sypkiej, szarawej ziemi. Kolejna „popielniczka" czy co?... Zmieniam drogę, omijam niepewne miejsce z prawej, podchodzę do betonowych postumentów, na których musiały stać kiedyś jakieś maszyny albo agregaty... Po trzydziestu latach zapuszczenia i grabieży trudno czasem rozeznać, co tu było czym; w ledwo widocznych spod trawy i powoju hałdach pordzewiałego złomu tylko dzięki resztkom szyb i srebrnym czaszom reflektorów rozpoznać można wraki zaporożców i żiguli. Wspinam się po żelaznej drabince na pokryty odchodzącą od skorodowanej powierzchni buroniebieską farbą silos cementowy, wyciągam lornetkę z futerału. Dobre, wysokie miejsce, odsapnę tu chwilę, przekąszę co nieco.

Cały teren dokoła porastają niewysokie brzózki, zieleniące się już powoli świeżym listowiem – na szczęście cokolwiek jeszcze przez nie widać, w przeciwnym razie dokumentnie zasłaniałyby widok i musiałbym iść na wyczucie. Do najbliższego dźwigu mam nie więcej jak sto pięćdziesiąt metrów, ale nie zamierzam się spieszyć – nawet bez lornetki widzę, jak samotny snork przeskakuje pomiędzy ramionami żurawi. Snorki rzadko kiedy występują w pojedynkę, więc jeżeli ten jest sam, to są dwie możliwości: albo stracił stado i próbuje jakoś przetrwać, nie mogąc znaleźć nowego – mało prawdopodobne, zważywszy na bliskość Sarkofagu i bogactwo tutejszej fauny; albo opcja B – jest na tyle wredny, silny i cwany, że go nie potrzebuje, preferując działanie w pojedynkę i obserwując tereny łowieckie z niedostępnej wysokości kilkudziesięciometrowych konstrukcji. Taaaak, boję się, że to opcja B jednak. Przez chwilę rozważam zmianę planów i wycofanie się, ale potem dociera do mnie, że nie bardzo mam DOKĄD się wycofać. Najwyraźniej miałem szczęście, skoro mutant zwykłym trafem jeszcze mnie nie dostrzegł – może o tej porze nic się nigdy nie dzieje i stwór akurat ma w planie dnia parkour po starych maszynach, a może kamuflaż dobrze się sprawdza. Jedyna alternatywna trasa to południowy brzeg *zatonu*, ale to oznaczałoby ponowne odwrócenie się frontem do CZAES i niebezpiecznie bliskie podejście do mogilnika Podliesnyj, czego wolałbym raczej uniknąć.

Podliesnyj powstawał jako pierwszy, budowany zaraz po Awarii mogilnik, stawiany na chybcika i bez jakiegokolwiek bardziej przemyślanego planu – ot, ustawiono betonowe ściany i wrzucano w środek wszystko, co tylko dało się podnieść. Jako że składowisko napełniano w pierwszych tygodniach po Katastrofie, to przeważnie trafiły tam rzeczy, na myśl o których przyzwoitemu stalkerowi aż włos się na głowie jeży: fragmenty wyrzuconego podmuchem pary wodnej wyłożenia komory reaktora, odłamki grafitowych prętów, kawałki przewodów chłodniczych, beton i gruz z najgłębszych trzewi Elektrowni... Praca szła wtedy w takim pośpiechu, że do dziś nie wiadomo, ile konkretnie i czego zaryto w Podliesnym, a wszelkie dane dostępne na rok 2006 były w najlepszym razie szacunkowe. Konstrukcja okazała się jednak na tyle wadliwa, że nawet przodująca radziecka inżynieria nie miała odwagi kontynuować jej eksploatacji, więc mogilnik zamknięto w stanie częściowego tylko zapełnienia kilku z jego komór. Oczywiście, z właściwą sowieckiej myśli technicznej nonszalancją, punkt składowania śmiertelnie niebezpiecznych odpadów radioaktywnych ulokowano na potencjalnych terenach zalewowych Prypeci, więc aż do Drugiej Awarii organizacje monitorujące poziom skażenia w Strefie trzęsły się co roku na wiosnę ze strachu, że rzeka wyleje szerzej i podmyje niestabilną konstrukcję, prowadząc do rozszczelnienia składowiska... No a potem już przyszła Druga Katastrofa i badanie promieniowania terenów wokół Prypeci stało się dla światowej nauki problemem trzeciorzędnym w obliczu istnienia samej Zony. Możliwe, że jestem pierwszym człowiekiem, który po tylu latach ogląda Podliesnyj na własne oczy...

No i dobrze, jak dla mnie tyle patrzenia w zupełności wystarczy. Nawet stąd widzę, jak wokół betonowych trumien mogilnika buzują i kręcą się anomalie, zdobne okazjonalnym artefaktem. Tło musi tam być niewiarygodnie wręcz wysokie, więc i związanych z tym atrakcji niemało. Nie, nie pójdę ja tam, nie pójdę, i tyle. Niebezpiecznie, to raz; brak potencjalnych schronień, to dwa, bo dalej tylko napromieniowane jeszcze w kwietniu osiemdziesiątego szóstego niesławne garaże, na które spadła duża część radioaktywnej chmury. No i po drodze byłby jeszcze nigdy niepoddany dezaktywacji cmentarz. Brak dezaktywacji to jeszcze, ale cmentarz... nie, nie pójdę ja tamtędy, i tyle; poza tym ryzykowałbym, że snork i tak mnie wypatrzy i postanowi sobie zapolować, czego wolałbym uniknąć zdecydowanie. Skoro włazi tak wysoko, to pewnie patrzy dalej, a nie pod same nogi. Rozpłaszczam się na dachu silosu i badam podejście, jednocześnie obserwując snorka. Trzeba ruszyć, kiedy on w biegu będzie albo w locie - nie za dużo czasu, ale powinno się udać. Na wszelki wypadek zmieniam amunicję - nie wiem, co to był za jeden, ten Brenneke cały, ale pocisk wymyślił, jak się patrzy. *Jak to Niemiaszki zresztą*... Zsuwam się z mojego punktu obserwacyjnego, ruszam krótkimi przebieżkami do pierwszego dźwigu.

Snork ewidentnie się nudzi - łazi po przekrzywionych ramionach żurawi, huśta się na poprzeczkach, zjeżdża po stalowych linach na rozczapierzone łyżki nabieraczek do piachu. Jest jednak metoda w jego szaleństwie - zauważam, że nigdy nie obserwuje tej strony, z której go widać. Z północnego dźwigu patrzy na południe, z południowego - na północ. Może lustruje teren na dobiegu, może taki sprytny jest, a może tak po prostu sobie wymyślił. A może się boi, że mu ktoś te wielkie maszyny ukradnie, więc stara się mieć je wszystkie na oku. Za mutantem nie trafisz. Stwór wybija się z drugiego na trzeci żuraw, a ja ruszam sprintem do kwadratowej budki, wślizgiem przelatuję pod anomalią, dopadam do betonowej ścianki, chowam się w środku - chwilowo trzeba olać snorka i rozejrzeć się po poziomie ziemi, żeby przy realizacji mojego błyskotliwego planu w międzyczasie nie dopadł mnie jakiś inny mutas. Jestem na wysokości podtopionego, przekrzywionego w wodzie dźwigu - wyraźnie widzę tańczący w wodnej „karuzeli" artefakt, chyba „grawik"... Słyszę łomotanie buciorów po najbliższym żurawiu, najwyraźniej potwór przeskoczył kolejkę i od razu wrócił tutaj; w sumie ciężko się spodziewać, żeby robił wszystko według planu i jak w zegarku. Gdy tylko przeskakuje znów na środkową konstrukcję, ruszam biegiem, dopadam do jednej z czterech podpór. Pordzewiałe koła przyrosły już chyba do szyn, portowy żuraw wygląda stąd jak maszyna kosmitów z „Wojny światów" Wellsa – tylko czekać, jak podniesie pajęcze nogi i ruszy w świat, bluzgając wokoło promieniem śmierci. Cholera, na ten nie dam rady wejść, drabinka urwana w połowie. Trzeba będzie do drugiego podejść... Jest tam chyba jakiś „żarnik" po drodze, ale zobaczymy, może się zmieszczę. Póki co trzeba będzie ominąć „tresera" i jeszcze coś, czego nie potrafię zidentyfikować, ale wydaje mi się, że jest tam, pod wysoką trawą. Ruszam nieco ryzykownie, gdy snork jeszcze buszuje nade mną, klucząc między pułapkami, widzę, jak jego cień przelatuje po krzakach. Starając się robić jak najmniej hałasu, powoli wchodzę na górę po stromych schodkach... zalegam w pół drogi, przytulając się do wspornika żurawia, gdy łomot zaledwie kilka metrów wyżej jasno wieszczy, że mutant jest dokładnie nade mną. Słyszę go, jak łazi po kabinie operatora, raz i drugi nawet widzę trąbę maski, majtającą się poza krawędzią budki. Zatajam oddech, snork w końcu wystrzeliwuje jak z procy na sąsiedni dźwig, ja puszczam się pędem po schodach – zupełnie zapominając o „żarniku".

Słup ognia uderza tuż koło mnie, czuję swąd zwijających się włosów w nosie i palących się brwi, odskakuję w bok, widząc tylko, jak mój prawy but ciągnie się gumą po żelaznych stopniach... Choleraaaaa!... Trzęsącymi rękami walę się po nogawce, próbując zgasić tlący się materiał, czuję, jak rozgrzana podeszwa parzy mnie w stopę – aaaaaa!!! Rozsznurowuję i ściągam but, wilgotna skarpetka paruje, but dymi i śmierdzi, a ja klnę po cichu i lezę na górę, wyżej, jeszcze tylko kilka stopni, zanim ten bydlak się zorientuje, już jestem w środku...

Łomot! – słyszę uderzenie o dach kabiny. Przekręcam się do drzwiczek, biorę wejście na cel – zorientował się czy nie zorientował? Czekam... może jednak nie? I wtedy widzę swoją stopę – pięć paluchów lekko prześwituje przez wytartą skarpetę z brudnawej, burozielonej wełny. Ojoj. Nie mam buta na nodze, nie mam go w ręku... zostawiłem na zewnątrz! Zostawiłem na zewnątrz!... Snork pewnie zaciekawił się, co też aktywowało anomalię, ale teraz na pewno już zobaczy leżący na środku ażurowego podestu dymiący wojskowy *bieriec*. Faktycznie – z zewnątrz dobiega odgłos metalicznego uderzenia o żelazną kratownicę, nierówne kroki zbliżają się, potem przystają, słyszę głuche, stłumione przez kauczuk maski warczenie... Nie myślę, po prostu działam – wylatuję z budki, kieruję *Zbawiciela* lufą w dół i pociągam za spust.

Pierwsza breneka idzie bokiem, wyrywając tylko dziurę w podeście – cholera, znowu za wcześnie dałem ognia! – ale druga idzie w cel, prosto w snorka. Jednak bydlak okazuje się szybki, szybszy, niż myślałem – gdy pierwszy pocisk opuszczał lufę, on rzucił się w bok, więc drugi ołowiany walec, zamiast zgruchotać mu żebra i wypchnąć kręgosłup przez mostek, trafia mutanta w bok, wyrywając mu spory kawał mięsa tam, gdzie człowiek ma wątrobę. Powinien po tym po prostu oklapnąć na ziemi, ale niestety, stwora nie interesują moje przekonania medyczne – przetacza się pod schody, uciekając mi z linii ognia i chowając za rogiem żelaznej konstrukcji. Faaaaakkkkk!!! W jednym bucie jak pan Twardowski, ześlizguję się po stopniach, boleśnie odbijając sobie piętę, i wypadam za róg z bronią w gotowości – nie ma go! Rozglądam się dokoła, patrzę pod siebie i nad siebie... na barierce widzę ślady gęstej, czarnej juchy, biegnące dalej wokół kabiny silnikowej. Ruszam tropem, ślad prowadzi wokół całego dźwigu, dochodząc aż... aż do budki operatora? A mój but stoi przy schodach, postawiony na rogu żelaznej poręczy – patrzę na jeszcze lekko dymiący *bieriec*, który przecież chwilę temu leżał pod ścianą, a potem rzucam się na ziemię, okręcam do tyłu i podnoszę lufę do strzału, widząc już lecącego prosto na mnie snorka z wyciągniętymi przed siebie pazurami i rozwartym ryjem z ostrymi kłami. Pociągam za spust, odrzut uderza równocześnie z kilkudziesięciokilogramowym cielskiem potwora, czuję piekący ból prawego ramienia, broczący krwią mutant zeskakuje ze mnie i wybija się do skoku, ale tym razem nie spieszę się ze strzałem – łapię go na chwilę przed najwyższym punktem lotu i ściągam palec wskazujący.

Dwudziestodziewięciogramowy, wydrążony na czubku ołowiany walec ze stabilizatorem lotu dosięga mutanta w powietrzu, trafiając go prosto pod łopatkę i wychodząc z drugiej strony krwawą fontanną odłamków kości i strzępów tkanki. Snork łapie niespodziewany spin i wirując jak szmaciana lalka, spada pomiędzy krzewy, rozpłaszczając się nieruchomo na betonowych płytach drogi. To bydlę cholerne... Dyszę ciężko, patrząc z satysfakcją na truchło w dole, potem z nieco mniejszą spoglądam na zakrwawioną kurtkę i poszarpane ramię pod spodem. Niech to cholera... i tak wykpiłem się sianem, bądźmy szczerzy – gdybym go nie trafił, jak na mnie leciał, to teraz on patrzyłby na mnie. Sięgam po but, ręka zamyka się na pustce – nożeż diabli nadali, musiał go zawadzić i strącić w locie... Czyli jeszcze obowiązkowa wycieczka na dół mnie czeka.

Na szczęście mam ze sobą niezbędnik artefaktowy, więc rany jako tako powinny zabliźnić się przez noc – tylko z grubsza zaszywam rozharatane ramię, na opatrunek przyczepiam „mamine korale" i „krewkamień" – dość mocne kombo, ale i okoliczności są hardkorowe. Muszę tylko pamiętać, żeby puścić sobie antyradiacyjną inhalację z „purchla" – mam nadzieję, że jego właściwości wystarczy i że nie obudzę się rano bez włosów i plując krwią... „Korale" niby mają być nieszkodliwe, ale jakoś w to nie wierzę. Oglądam but – protektor stopił się praktycznie do zera, przesuszona skóra popękała i zwęgliła się na pięcie. Trzeba będzie nowe znaleźć, tylko gdzie ja trafię w Zonie buty akurat w wojskowym rozmiarze dwadzieścia dziewięć i pół? Zanim kończę opatrywanie ran i wizję lokalną terenu, jest już w zasadzie wieczór – słońce zachodzi, płonąc purpurową łuną, ciemne, burzowe chmury nachodzą znad Kijowa. Roboczo zaznaczam na mapie większe skupiska anomalii, wytyczam sobie w myślach potencjalną trasę; powietrze nad mogilnikiem po drugiej stronie *zatonu* faluje i lśni, jarząc się rozbłyskami energii. Tamtędy muszę jutro przejść... jakoś. Kładę się spać, mając jak zwykle cichą nadzieję, że jednak się obudzę.

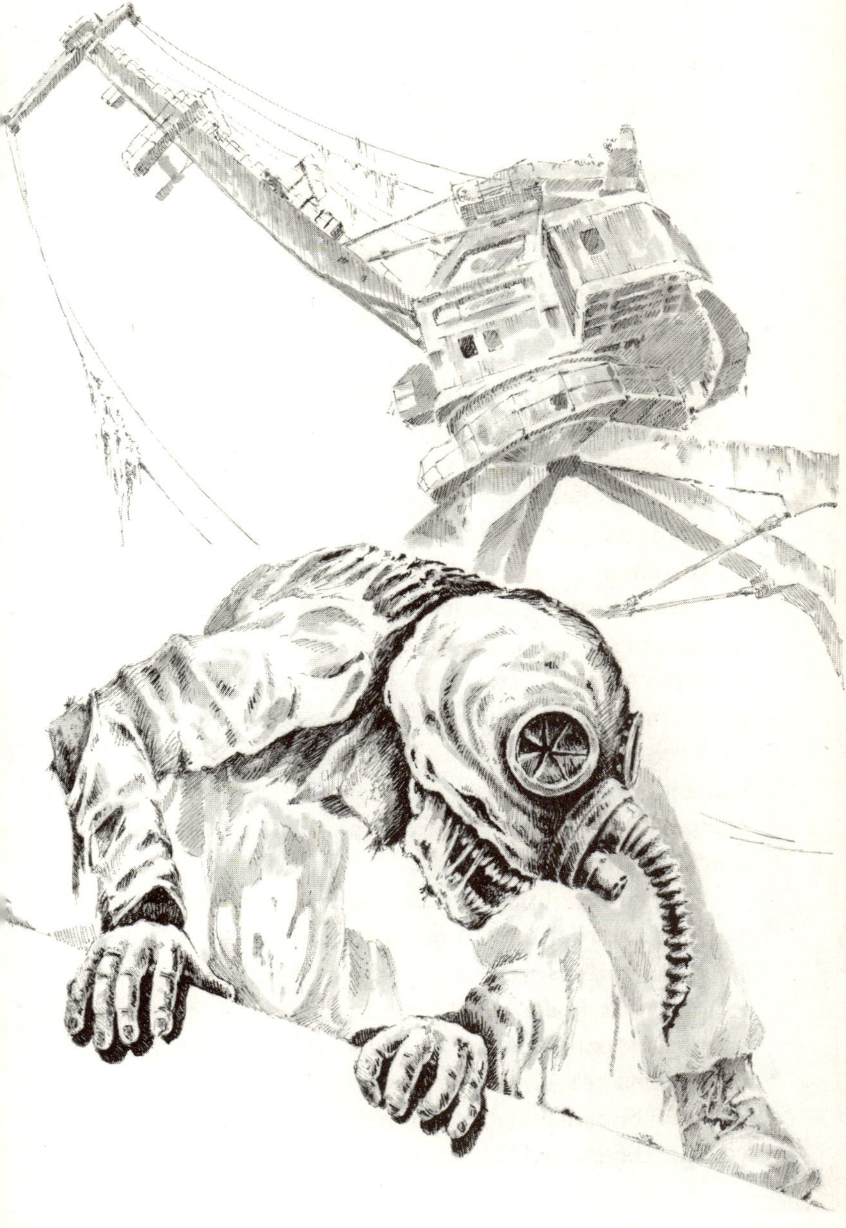

Jak rzadko kiedy mam inne koszmary – tym razem śni mi się, że kluczę pomiędzy anomaliami na zarośniętym trawą stadionie w Prypeci, a wokół mnie wyją i z hukiem eksplodują rakietowe pociski z RPG... To dlatego, że w nocy przychodzi burza – budzę się od basowego grzmotu i trzasku błyskawic, rozświetlających ciemność jasnobłękitnym blaskiem. Pioruny biją w kominy nad CZAES i żelazny most, przeskakując pomiędzy „elektrami" w powietrzu, z hukiem pękają „karuzele", aktywujące się od lejącej się strumieniami z nieba wody. Stalowe żurawie jęczą i trzeszczą w porywach wiatru, skowyczącego w pordzewiałych konstrukcjach i targającego przerdzewiałymi linami. Przez potrzaskane szyby wpada niesiony wiatrem deszcz, więc zawijam się tylko szczelniej w pałatkę i odsuwam dalej w róg kabiny.

Poranek wstaje rześki i przejrzysty – zaledwie delikatna mgiełka wisi nad wodą, powietrze jest świeże i krystalicznie czyste. Ruszam brzegiem zalewu ku grobli, mającej doprowadzić mnie w okolice mogilnika – ręka mocno ciągnie, ale chyba nie wdało się zakażenie, rana powoli zaczyna się goić. Jednak „korale" okazały się niegłupim pomysłem, muszę zrobić na nie specjalną kieszonkę.

Jeszcze przed południem jestem na grobli, po drodze minąwszy dawną automatyczną stację hydrometryczną. Budyneczek wygląda jak plastikowy model wsadzony do piekarnika – beton i deski pofalowały się i popłynęły, cała konstrukcja przechyliła na bok. O dziwo, żelazna krata z prętów zbrojeniowych jest cała i nieruszona, budka zdaje się trzymać tylko na niej, a gdyby ktoś nie daj Boże zdjął żelastwo z zawiasów, to pewnie zapadłaby się w sobie jak dziurawy materac. Do pierwszych zabudowań Prypeci mam jakieś dwa i pół, może trzy kilometry. Jeżeli złapie mnie po drodze emisja, to powinienem zdążyć dobiec – o ile nie właduję się w coś po drodze. A będzie w co, oj, będzie... Już stąd widzę płynący pejzaż pola anomalii na piaszczystej łasze, pod którą spoczywają tony radioaktywnej ziemi. Szykuje się niezła zabawa.

Kawałek po kawałku idę brzegiem mogilnika, mijając coraz to kolejne skupiska pułapek. Miałem nadzieję, że dam radę ściąć część drogi, ale okazało się, że musiałbym wejść sporym odcinkiem w wodę, czego nie zrobię z założenia. Jeszcze jakieś sto metrów i będę mógł odbić w prawo, zostawiając za sobą martwą ziemię – nie rośnie tu trawa, a nieliczne rachityczne drzewka są powykrzywiane i poczerniałe. Widzę kilka artefaktów, podskakujących sobie radośnie dosłownie kilka kroków w bok, ale nie mam zamiaru tu zginąć w przypływie chciwości – licznik i tak zanosi się trzaskiem, nawet nie chce mi się patrzeć, ile mikro-, mili- czy pełnowymiarowych rentgenów tu zgarniam. Pałatka będzie pewnie do wyrzucenia... oczywiście jak tylko znajdę nową.

Odrywam się w końcu od połaci radioaktywnej ziemi, z ulgą wychodzę na stosunkowo bezpieczniejszy teren. Straciłem prawie wszystkie mutry... trzeba będzie jakiś stary warsztat znaleźć i uzupełnić zapas. Chętnie posadziłbym tyłek, ale nie czuję się tu najlepiej, pośród tych krzewów i zarośli. Wychodzę na ledwo widoczną po latach gruntówkę, niegdyś biegnącą skrajem mogilnika pomiędzy rzeką a miastem.

Przede mną Prypeć.

Martwe Miasto

Prypeć zaczyna się jak wszystkie sowieckie zamysły urbanistyczne – po prostu. Wyłaniasz się z zarośli nad rzeką, spośród podmokłych łąk i krzaków, a wyłazisz prosto na dwujezdniowy, asfaltowy bulwar przy ośmiopiętrowym bloku. Żadnych garaży, przedmieścia, żadnego stopniowania napięcia ani architektonicznej gry wstępnej – ma być miasto, to budujemy miasto. Od razu.

Z bliska Prypeć wcale nie wygląda jak na zdjęciach satelitarnych – nie widać geometrii ulic, oko nie wyłapuje fantazyjnych esowatych kształtów bloków, całkowicie niedostrzegalne stają się „przestrzenne korytarze architektoniczne", giną „śmiałe urbanistyczne zamysły". Wszędzie krzewią się młode drzewka, widać tylko ponurą, szarą, podziurawioną oknami ścianę najbliższego mieszkalnego pudełka. Idąc po ulicy, ma się wrażenie, że z każdego okna ktoś cię obserwuje... miasto duchów, co tu dużo mówić.

Martwe Miasto jest dla stalkerów prawdziwą legendą: każdy o nim słyszał, wielu o nim opowiada, mało kto faktycznie tam był. Ja sam nie znam nikogo, kto zapuściłby się aż tak głęboko w Zonę – szczerze mówiąc, niespecjalnie cieszę się z tego, że mam zaszczyt być pierwszym na liście. Faktycznie jest tu zaskakująco niskie tło promieniowania – praktycznie nieprzekraczające normy, co samo z siebie już rozwiązuje wiele problemów. Co do anomalii... na pewno nie ma ich tyle, co w bezpośredniej bliskości mogilnika. Nie znaczy to, że nie ma ich w ogóle – idę ostrożnie, co i rusz rzucając mutrą z bandażem i rozglądając się dokoła. Tutaj nie ma przebacz, i tak miałem dużo szczęścia ze snorkiem; mogę liczyć tylko na siebie i swoje zapasy.

No właśnie, zapasy. Nie pchałbym się do Martwego Miasta, gdyby nie prozaiczna konieczność znalezienia czegoś do jedzenia i uzupełnienia wody... Co prawda *gastronomy* stoją rozszabrowane od dwudziestu lat, ale łudzę się nadzieją, że gdzieś, w jakimś zapadłym kącie, znajdę jeszcze kilka puszek starych konserw, z których chociaż część nada się do otwarcia. Taka puszka tuszonki to dzień życia albo, jak się napiąć, to i dwa – nie w kij dmuchał. Najbliższy sklep powinien być zaraz tu, na tym osiedlu, kolejny w sąsiednim *mikrorajonie*, bo tu wszystko było poukładane jak w zegarku. Czysta utopia, tylko ludzie niepotrzebnie popsuli idealny sowiecki świat. Zajrzę do tych dwóch, ewentualnie do jakiegoś jeszcze, który znajdę po drodze, idąc przedmieściem Prypeci, ale do środka miasta wchodzić nie będę – plan jest taki, że obchodzę je po obrzeżach, trzymam się pogranicza otwartych przestrzeni, obieram kurs łukiem na fabrykę Jupiter, potem na zakład produkcyjny ŻBI, czyli wyrobów żelazobetonowych, wymijam od zachodu Ryży Las i dobijam do zbiornika chłodniczego na wysokości sioła Kopacze, stamtąd drogą na Czarnobyl. Żadnego głupiego ryzyka.

Blok patrzy na mnie pustymi oczodołami okien, gdy podchodzę do pierwszej z brzegu klatki schodowej, tak zwanego *padjezdu* – na daszku rosną młode brzózki, wyrwane drzwi techniczne straszą ziejącą paszczą zsypu na śmieci. Pachnie tu wilgocią i rozkładem, wszędzie dokoła leżą kawałki tynku, odłamki szkła i fragmenty mebli. Wchodzę w półmrok wejścia przez podwójne drzwi, cała podłoga zasłana jest warstwą przegniłej celulozy, w której tu i tam da się jeszcze odróżnić fragmenty gazet; przekrzywiona, przerdzewiała skrzynka na listy wisi na jedynym haku. Uderza mnie déjà vu – znowu jestem w Mińsku, wchodzę do naszego bloku na Żukowskiego, powietrze pachnie betonem, wykładziną PCV, pastą do podłogi i ruskim fornirem... taki charakterystyczny zapach, który znają i rozumieją tylko ci, którzy byli na prawdziwym radzieckim wschodzie, kojarzący się z zielononiebieskim światłem jarzeniówki w przedpokoju, kwasem chlebowym i niedostępnymi wtedy w Polsce gorzkimi czekoladkami, które...

Potrząsam głową, iluzja opada – znowu jestem na zdewastowanej klatce schodowej w Prypeci, zapach rozkładu i śmierci jest tu aż nadto wyraźny. Wycofuję się na dwór, niemalże pewien, że na półpiętrze coś się czai. Wychodzę z bloku, zamykam za sobą drzwi, przystawiam deską – będzie przynajmniej słychać, jak się otworzą.

Z drugim blokiem mam więcej szczęścia – tutaj wspinam się po zwykłych, starych, zapuszczonych i zdewastowanych schodach aż na ostatnie piętro, mijając po drodze pootwierane na oścież drzwi do kolejnych mieszkań. Nie wchodzę tam, bo i po co? Szabrownicy dawno już wyciągnęli wszystko, co przedstawiało sobą jakąkolwiek wartość, a nie mam ochoty znowu oglądać śladów czyjegoś zrujnowanego życia – i tak pełno tu smutnych i strasznych wspomnień. Jest przerażająco cicho, tylko moje kroki niosą się echem po pustym budynku – betonowe pudełka ekranują dźwięk, nawet anomalie nie są tu aż tak liczne. Czasami tylko gawron zaskrzeczy na dworze, a potem znowu cisza zapada ciężką, watową zasłoną. Mocuję się chwilę z drzwiczkami na szczycie żelaznej drabiny, aż w końcu stara kłódka ustępuje – zawsze o tym marzyłem, żeby sobie tak wyjść... Przede mną pokryty papą dach *wosmietażki*, a dalej panorama Prypeci.

Niegdysiejsze pięćdziesięciotysięczne miasto, modelowy *socrealgorod*; założone w lutym siedemdziesiątego roku, w prawdziwie złotym wieku ZSRR, zbudowane od zera tylko i wyłącznie dla pracowników CZAES i ich rodzin. Symbol tryumfu przodującej radzieckiej nauki nad reakcyjną przyrodą. Ani jednego normalnego domu, same wielopiętrowe bloki; piętnaście przedszkoli, pięć szkół, jedna zawodówka, trzy przychodnie i szpital, pałac kultury, kinoteatr, szkoła muzyczna, basen, hotel, park, trzydzieści pięć placów zabaw, ćwierć setki sklepów i centrów handlowych, drugie tyle barów, kafejek i restauracji. W planach były jeszcze dwa centra targowe, nowy kinoteatr z dwiema salami, kolejny hotel, dwa kompleksy sportowe oraz specjalnie postawiona na potrzeby miasta stacja przekaźnikowa wzmacniania sygnału TV – w latach osiemdziesiątych ubiegłego wieku! Niejedno miasteczko w Europie nie może poszczycić się tak imponującą infrastrukturą i planami rozbudowy dla swoich mieszkańców... ale też pięćdziesięciotysięczne miasteczka w Europie w ogóle tych mieszkańców MAJĄ.

Decyzję o ewakuacji Prypeci podjęto na gorąco, dwudziestego siódmego kwietnia, gdy istniało realne zagrożenie, że stopiony rdzeń reaktora dotrze do podziemnych pomieszczeń pełnych wody, powodując kolejną eksplozję pary i nieodwracalne skażenie całego regionu. Nakazano wysiedlenie całej ludności z terenów klasyfikowanych jako „skażone" wedle pomiarów cezu-137... przy wartości referencyjnej odpowiadającej dwóm dziesiątym milisiwerta na rok, czyli dziesięciokrotnie niższej, niż normalne promieniowanie tła na planecie. Zupełnie jak gdyby komuś zależało na wyludnieniu tej nieszczęsnej ziemi. Nawet dziś tło w północnej części Prypeci jest niższe niż w Polsce, a mimo to nikt z jej mieszkańców nigdy nie wrócił do domu – specjalne oddziały milicji wyłapały nawet te kilkanaście osób, które próbowały pod koniec feralnego kwietnia ukryć się w mieście, aby uniknąć losu „tymczasowo" ewakuowanych. Jednym pociągnięciem pióra Prypeć stworzono i tak samo jednym podpisem ją zabito.

Spoglądam na rozciągającą się u moich stóp panoramę miasta widma. Tam na wprost *kalieso abzora*, czyli słynny diabelski młyn, podświetlony od dołu błękitnym blaskiem pola potężnych „elektr", przed nim owalna przerwa pośród drzew wyznacza teren dawnego stadionu miejskiego, w którego rogach wciąż stoją potężne kolumny przerdzewiałych reflektorów. Dalej jest słynny DK Energetyk i kinoteatr Prometeusz... resztę dnia i najbliższą noc spędzę właśnie tu, na tym dachu. Przemieszczam się tylko w jego dalszy koniec, idąc ostrożnie po omszałym pokryciu ze spękanej smoły. Stamtąd będzie idealny widok na całe miasto, pomoże mi to zaplanować trasę.

Dlaczego niby obrzeżami chcę iść, czemu nie ominąć Prypeci w ogóle albo nie skrócić sobie drogi przez jej środek? Ano, tutaj trzeba znać specyfikę Zony. Matuszka Zona lubi pogrywać sobie w swoje małe gierki, zmienić człowiekowi drogę, poplątać ścieżki, dwa razy przeprowadzić przez to samo miejsce w lesie. Zona nie lubi jednorodności, nie cierpi stanu spoczynku. Dlatego my, stalkerzy, wszędzie jesteśmy gośćmi – oczywiście, że o wiele prościej byłoby mieć swoich kilka anomalii, karmić je regularnie śmieciem i równie regularnie zgarniać artefakty. Wszystko byłoby pięknie, gdyby nie trzy kardynalnie błędne założenia w tym pozornie gładkim zdaniu: „swoich", „regularnie" i drugie „regularnie". W Zonie nic nie jest TWOJE, wszędzie jesteś gościem, złodziejaszkiem, ukradkowym skradaczem – stalkerem właśnie. Tu nie ma „regularności" – regularnie to się tu tylko ginie od głupoty i pewności siebie. Każdy ułożony plan jest planem skazanym na niepowodzenie, każde założenie błędne od chwili poczęcia. Sztuka polega na utrzymaniu chwiejnej równowagi na cienkiej nitce życia.

Dlatego właśnie zawsze chodzę pograniczem. Brzegiem mogilnika, opuszką lasu, obok ścieżki, skrajem drogi właśnie. To nie był piknik *na poboczu* – to był piknik *na skraju*. Jeżeli wejdziesz w las – zgubiłeś się, i wyjdziesz tam, gdzie wyjdziesz. Jeżeli wejdziesz między bloki – zgubiłeś się, i wyjdziesz tam, gdzie Ona zechce. Pójdziesz otwartym polem – będziesz nim szedł, aż ci nogi odpadną. Ale Zona też ma swoje słabości. Zona lubi tory kolejowe na przykład, i dlatego lubimy też je my, Jej cisi adoratorzy, pod osłoną ciemności podbierający Jej skarby. Tory są dobre, bo podróż to zmiana sama w sobie, bo jadąc koleją, niby siedzisz, ale się poruszasz, jesteś tu i tam zarazem, a zatem paradoksalny i wewnętrznie sprzeczny. Zona lubi strefy przejściowe, bo to, co już jest przejściem, nie może bardziej się zmienić – więc absurdalny pas ziemi pomiędzy ugorem a wielopiętrowym blokiem powinien być stosunkowo spokojnym miejscem.

Poza tym już teraz widzę, że Prypeć nie jest bynajmniej miastem wymarłym. Wystarczy usiąść w bezruchu, a nagle świat wokół ożywa... Tam na przykład leci przez szeroką ulicę sfora czarnobylców, skaczących po wrakach samochodów stojących przy krawężniku. Przez lornetkę wyraźnie widzę powolny, jednostajny ruch koło stadionu – sylwetka niby ludzka, a jednak idzie tak sztywno, niezgrabnie, potykając się, upadając i gramoląc na nogi. Tam z kolei, pomiędzy dwoma niższymi blokami, płynie w powietrzu kłąb ognia –

być może błądzący „żarnik”, a może ognisty poltergeist. A może i coś zupełnie innego, kto wie. O, o, o! – widzę snorka z iście małpią zręcznością wspinającego się na dach budynku po zewnętrznych schodach pożarowych. Hm, czyli dachy mogą nie być tak znowu bezpieczne... no ale przynajmniej takie obserwacje pomogą mi zawęzić krąg potencjalnych niebezpieczeństw.

Anomalii widać tu zdecydowanie mniej, ale znaczy to tylko tyle, że a) WIDAĆ ich mniej, co nie świadczy o niczym, oraz b) patrz: punkt a). Wolałbym chyba, żeby na ulicach kłębiły się „wyżymaczki” i „elektry”, a po dachach biegały stada mutantów – przynajmniej wiedziałbym, czego się obawiać. A tak miasto jest pozornie spokojne, a ja boję się rzeczy najstraszniejszej – nieznanego. Pusta, martwa przestrzeń działa na nerwy, cały czas oglądam się za siebie, mam wciąż wrażenie, że z drzwi wejściowych na dach coś za mną wyjdzie... Zamknąłbym je, ale boję się teraz, że narobię przy tym hałasu, który może ściągnąć stwory, mogące przebywać w budynku – nadążacie? Początki paranoi, jak nic. Ale czego się spodziewać, jak człowiek nie spał porządnie od ponad pół roku?

Noc w Prypeci zdaje się równie zdradliwa, co dzień – okazuje się, że anomalii faktycznie jest o wiele więcej, tylko że przytaiły się pomiędzy drzewami i wysoką trawą, dopiero w ciemnościach zdradzając się słabą luminescencją. Tonące w ciszy miasto śpi snem wiecznym, gdy noc rozdziera nagle wysoki, przenikliwy wrzask – niepodobny do niczego, co kiedykolwiek słyszałem... Może poza kilkoma nocami na Pograniczu, lata całe temu. Skrzypiący głos wibruje pod czaszką, rozchodzi się zgrzytliwym echem i tylko dlatego, że jak przez mgłę pamiętam ten dźwięk, to wiem, że to jednak krzyk. Odpowiada mu skądś basowy, groźny ryk posokowca, trudno powiedzieć, czy chcącego odstraszyć przeciwnika, czy broniącego terytorium łowieckiego przed konkurentem. A może to mutancie gody? Wielokrotnie zastanawialiśmy się przy wódce, czy i jak rozmnażają się mutanty. Snorki raczej nie, chyba że uczą się też zakładać i wiązać wojskowe buty; mięsaki na pewno tak, *quod* zresztą *erat demonstrandum*; a posokowce? Jaszczur (niechmuZonalekkąbędzie) opowiadał, że podobno jakiś jego znajomek z Drugiego Brzegu trafił kiedyś do gniazda juchociągów, że podobno znalazł tam resztki ni to jaj, ni to kokonów... ale czego to stalkerzy przy wódce nie opowiadają w końcu. Nie wiem, zawsze kończy się to kłótnią, czy widział ktoś młodego chłeptokrwija, albo starego, i po czym to poznać; ja w życiu widziałem ich pięć, w tym dwa z bliska, dziękuję bardzo, postoję, więcej nie trzeba. Chociaż coś mi mówi, że w najbliższych tygodniach statystyka mi się niebezpiecznie zawyży...

A kontrolery? Natrętna myśl wlatuje mi do głowy, niczym mucha przez ucho. Skąd w ogóle biorą się stwory w Zonie? I skąd u kontrolera numer wytatuowany na ramieniu, czemu nosi resztki wojskowej odzieży, jak to możliwe, że ja...

...płonę.

Serce pompuje kwas akumulatorowy w żyły, powietrze zamieniło się w spirytus. Każdy ruch to cierpienie, każdy oddech to tortura, krzyk wibruje bólem pod czaszką. Torsje skręcają wnętrzności, wywracając żołądek na lewą stronę, żółć leci mi po brodzie, ale nie jestem w stanie się poruszyć. Widzę odbicie własnej okaleczonej i zniekształconej twarzy w lustrze, po którego drugiej stronie wyczuwam obecność oprawców. Lampy stroboskopowe zalewają oczy falami jaskrawobiałej udręki, głośniki wyją i ryczą modulowanymi tonami, w których zmieniający się w galaretę mózg rozpoznaje jeszcze fragmenty pieśni wojennych, komunikatów i rozkazów. Projektory bezustannie wyświetlają na nierównych ścianach hitlerowskie kroniki wojenne, zdjęcia z obozów zagłady, kolonii karnych Kambodży i stalinowskich łagrów, sekcje zwłok i egzekucje, sceny rozstrzelań ludności cywilnej, zdjęcia dzieci poparzonych napalmem, płaczących matek i śmiejących się żołnierzy, małych kociaczków rażonych prądem, czołgów jadących po ludzkich ciałach i detonacji jądrowych, po których przywiązane do żelaznych palików owieczki zmieniają się w bezkształtne kule zwęglonej wełny, miotające się na płonących łańcuchach. Mój mózg płonie, ale to tylko tło.

Ja jestem już gdzie indziej.

– Hhaaaaa! Łaa! – budzę się z głośnym wrzaskiem. Leżę, dysząc ciężko, na chłodnym, wilgotnym dachu *mnogoetażki*, potem wtulam twarz w twardą papę i zaczynam bezsilnie łkać.

Świt nad Prypecią przychodzi wcześnie – z wysokości mojego bloku obserwuję, jak wstaje dzień w pełnej krasie. Mam już roboczy plan dojścia do mojego wybranego sklepiku, więc schodzę na dół i ruszam zawczasu wypatrzoną trasą.

To, co z góry wyglądać mogło jak prosta droga pomiędzy drzewami, w rzeczywistości okazuje się slalomem w gęstwinie kłujących krzewów i zarośli. Gdy idę wzdłuż ścian bloków, to jest sporo łatwiej, ale początkowy marsz po osi chodnika, ledwo widocznego spod kobierca przegniłych liści, jest prawdziwym wyzwaniem. Niby cały czas widzę ściany bloków ponad koronami drzew, co teoretycznie pomaga mi trzymać ogólny azymut, ale same budowle są tak absurdalnie ogromne w swoich proporcjach, że kilkudziesięciometrowe odchylenie od trasy jest na ich tle ledwo widoczne... W końcu zostawiam po lewej szkołę numer pięć, a między krzewami majaczy mi piętrowy budynek sklepu spożywczo-przemysłowego. Podchodzę ostrożnie, nasłuchując każdego dźwięku – widziałem wcześniej stadko szczurów, które co prawda uciekły na mój widok, ale nie znaczy to, że gdzieś tu nie krążą... Podnoszę leżący opodal „grawikoncentratu" artefakt, chowam do roboczej kieszeni przy pasie; nie po to tu przyszedłem, ale skoro Zona daje, to nie wypada nie wziąć. Ostrożnie uchylam lufą *Zbawiciela* drzwi do środka – czysto... chyba. Pomieszczenia ciastkarni Pirożkowaja niespecjalnie mnie interesują, ale i tak rzucam pobieżnie okiem – większość sprzętów leży w kawałkach, ktoś kiedyś musiał potłuc szklane witryny chłodnicze i poprzewracać regały wystawowe. Bezmyślne chuligaństwo... Nieco ciekawszy jest sklep chemiczno-przemysłowy na piętrze – tu jeszcze leżą na półkach jakieś pudełka, rolki lepu na muchy, zbutwiałe paczki zapałek i temu podobne barachło sprzed ćwierć wieku, ale na ścianach i suficie rosną podejrzanie wyglądające fioletowe grzyby, więc nawet nie przekraczam progu. W końcu znajduję część spożywczą – resztki lady, półki na żelaznych stelażach, wywieszki dla klientów... „Produkty z mleka kwaśnego do naszego sklepu trafiają z czarnobylskiej fabryki serów" – i dwa pięciocyfrowe numery telefonów. Zawsze jak czytam coś takiego, to pozwalam na krótką chwilę uwieść się sowieckiej propagandzie, wierząc, że wszystko w tamtych czasach było takie proste i piękne, jak u kota Leopolda – *riebiata, dawajcie żyć drużna!...* A potem rozglądam się dokoła i widzę, dokąd ta uśmiechnięta propaganda nas wszystkich doprowadziła.

Zanim zacznę moje poszukiwania, oblatuję całe pomieszczenie licznikiem Geigera, sprawdzam też podejrzanie wyglądające ciemne plamy w rogu, próbuję częściowo przymknąć drzwi... Tło radiacyjne normalne, nawet trochę niższe, niecałe dwadzieścia trzy mikrorentgeny – prawie jak w Warszawie. Wyglądam jeszcze tylko przez okno na zewnątrz, bo wydawało mi się, że słyszałem, jak coś przedziera się przez krzaki, ale może to tylko złudzenie. Słuch płata tu figle, a pozorna samotność sprawia, że człowiek ma nerwy jak postronki. Zaczynam systematyczne przeszukanie sklepiku – zaglądam w każdy róg, podnoszę poprzewracane regały, ostrożnie podważam leżące tu i ówdzie kupki szmat. To pewnie resztki dawnych zasłon albo może jakichś fartuchów... Po tylu latach trudno powiedzieć.

Niestety, sklepik jest dość rozczarowujący – miałem nadzieję, że w takim maleństwie na uboczu coś się uchowa, ale pewnie (jako że i zaopatrzenie było nie za hola) nie bardzo miało co się uchowywać... Nie znajduję nic, co mogłoby mnie zainteresować, więc ruszam dalej, do większego sklepu po drugiej stronie pobliskiego prospektu, biegnącego przez całą Prypeć.

Idę wzdłuż fantazyjnie wygiętego bloku, mając po lewej stronie ścianę z powybijanymi oknami pustych mieszkań. Pod nogami chrzęści szkło i kawałki gruzu, sypiącego się z przemrożonych ścian, krzaki zasłaniają widoczność, więc poruszam się krótkimi przebieżkami, co i rusz przystając, nasłuchując i rzucając mutry. Przede mną zejście do węzła ciepłowniczego pod blokiem... i czuję, że ani kroku już nie zrobię dalej w kierunku tych schodków. Nie podobają mi się betonowe stopnie, na których nie widać zeszłorocznych liści, nie pasują mi lekko uchylone, jakby niedomknięte niefrasobliwie przez kogoś drzwi. Nagle robi mi się gorąco, na czole i plecach perli się pot... Cofam się tą samą drogą, przypominam sobie najbliższą okolicę, bo na wprost nie pójdę, nie ma mowy.

Odbijam na północ, gdzie pośród krzewów powinno skrywać się przedszkole numer dziesięć o wdzięcznej nazwie Czeburaszka – rzeczywiście, było kiedyś coś takiego, taki socrealistyczny potworek z bajki dla dzieci, uszaty misiek z ruskiej olimpiady, bękart Colargola i Myszki Miki. Nie wiem dlaczego, ale od lat nie potrafię sobie wyobrazić tego stosunkowo sympatycznego stworka bez ociekających krwią pazurów i ostrych zębisk... ot, co Zona robi z człowieka.

Wiedziony jakimś absurdalnym impulsem przekraczam zwalone ogrodzenie i wchodzę pomiędzy sprzęty na dawnym placu zabaw – pordzewiałe huśtawki, zarośnięte alejki wyznaczone kolorowymi oponami, wiaty z ławeczkami... mają – MIELI – nawet małą ciuchcię zespawaną z blachy, stojącą na prawdziwych szynach. Znajduję wejście i zagłębiam się w utracony świat dzieciństwa...

Na ścianach wiszą grafiki z ruskich bajek, jest Car Zimy i Królewna-Łabędź, ale widzę też Czerwonego

Kapturka i niezdarnie podrobionego Kaczora Donalda. Dalej seria mikroplakacików edukacyjnych z uniwersum Wilka i Zająca, nad nimi dwoje pyzatych ruskich dzieci trzyma szablon z napisem „Popatrzcie i pomyślcie, jak się zachować winniście". Niemalże czuję zapach maślanych bułeczek z mlekiem na drugie śniadanie - takich, jak dawali nam w zerówce... Na podłodze leżą drewniane klocki i resztki zabawek, malutkie stołeczki stoją dokoła niskich stołów, z otwartych szafek wylewa się zawartość. Szeleszczą i szurają pod nogami resztki ilustrowanych książeczek, zeszyty kolorowanek, opakowania z ołówkami... Podnoszę z podłogi i otrzepuję z tynkowego pyłu pudełko *Samocwietów* - z wyblakłego rysunku spogląda na mnie zadowolone lwiątko, jadące przez dżunglę na żółwiku. Nie wiem, po co, ale grzebię po półkach, aż udaje mi się znaleźć w miarę cały i suchy blok do rysowania, chowam moje łupy do plecaka, zapinam sprzączki... i wtedy widzę stojącego w drzwiach burera.

Trudno powiedzieć, co robi ten mutant w środku dnia na powierzchni - może nie mógł spać albo i jego też złapał atak nostalgii. Dość, że stoi i patrzy na mnie, chyba równie zaskoczony spotkaniem, jak ja... Ja akurat kradnę kredki, on w nieforemnej łapie trzyma plik starych dzienników - nie sądzę, żeby szedł z nimi na zajęcia, więc jesteśmy tu w tym samym celu. Ja wypuszczam plecak, on puszcza dzienniki, które rozsypują się po podłodze - sięgam do kabury, mutant jest szybszy, wyciąga tylko rękę. Mam już glocka w garści, ale wtedy broń wyskakuje mi z dłoni i plując bez sensu kulami w ścianę, odlatuje gdzieś na bok, a żelazne krzesełko, nad którym stoję, podskakuje do góry i uderza mnie prosto w zęby. Tracę równowagę, krzesełko poprawia mi jeszcze w skroń, lecę na ziemię, przewracając dziecięcy stolik i wywalając regał. Leżę cokolwiek oszołomiony atakiem telekinetyka, który właśnie spierdziela ile sił w krótkich nóżkach - bose stopy klapią platfusowato po starych klepkach, w końcu słyszę, jak przedziera się przez zarośla na zewnątrz i ginie gdzieś w labiryncie miasta.

Faaaaakkk!... Spluwam krwią, palcem sprawdzam jedynki... no ukruszył, ukruszył mi zęba, bydlak jeden!... Na łbie będę miał guza jak malowanie, niech to Jurij Siemiecki. Tak to jest, jak się człowiek zaczyna w sentymenty bawić, zamiast rozglądać się i uważać na wszystko. Prypeć jest niebezpieczna, niebezpieczna jak diabli, i mam szczęście, że Zona pokazała mi tylko żółtą kartkę. Gdyby okazało się, że karzełek wstał coś przekąsić, to właśnie zajadałby się moimi oczami, a tak na szczęście uciekł. Koniec wycieczek w przeszłość, od przedszkoli trzymam się od tej pory z daleka. Podnoszę glocka, sprawdzam magazynek - cholera, mało. Jeszcze mniej niż poprzednio, straciłem dobrych parę sztuk cennej amunicji. Dobrze, że burerowi nie przyszło do głowy mnie zastrzelić z mojej własnej broni. Pierwszy raz mi się coś takiego zdarzyło, żeby mutant odpalił broń - nie wiem, może po prostu tak mocno ją „ścisnął" swoim polem telekinetycznym, że wystarczyło na przełamanie oporu spustu. Mam w każdym razie taką nadzieję i wolę nie myśleć, że zrobił to celowo. Smyrając jeszcze językiem ukruszoną jedynkę, zarzucam na ramię plecak, odpinam i repetuję *Zbawiciela*, pocieram siniaka, spluwam krwią. Ruszamy na poważnie.

Przechodzę przez stary plac zabaw, mijając pordzewiałe huśtawki i karuzele - wszystko wycyzelowane, dospawane kwiatuszki z giętej blachy, wymuskane zdobienia, nawet teraz resztki kolorowej farby widać... Sowieckie bydlaki, myśmy w dzieciństwie nigdy takich placów zabaw nie mieli. Przede mną po lewej i prawej rozciąga się ulica Gierojew Stalingrada, a po jej drugiej stronie mam budynek Kulttowarów - wbrew nazwie nie chodzi o dewocjonalia, a o zwykły wielobranżowy dom towarowy. Trudno powiedzieć, dlaczego fasada jest tak bardzo zniszczona - może to robota anomalii, a może po prostu złomiarzy i szabrowników, którzy jeszcze przed Drugą Katastrofą wypruli ze ścian aluminiowe ramy ogromnych okien. Rozglądam się na obie strony - czysto... nie podoba mi się to miasto, oj, nie podoba. Przebiegam na drugą stronę, mając na karku takie mrowiące odczucie, że ktoś mnie obserwuje. Niemalże czuję ulgę, widząc syczącą „elektrę", bo z anomaliami przynajmniej wiem, na czym stoję. Zagłębiam się w zdewastowany samoobsługowy sklep spożywczy na parterze.

Bez większego trudu odnajduję po wywieszkach dział konserw mięsnych i rybnych - co prawda chłodnie i zamrażarki już dawno rozbebeszyli złodzieje, ale jest nadzieja, że coś się znajdzie pośród ogólnego bałaganu. Przyjeżdżającym tu aż do 2006 turystom nie honor było przekopywać się przez hałdy śmiecia i łazić na kolanach, żeby zajrzeć pod regały, a nam, stalkerom, bez różnicy z grubsza.

Co to było? Podnoszę głowę, wyglądam zza przewróconej na bok lady chłodniczej. Na ścianie wyraźnie mignął mi jakiś cień... Teraz jest, jak było, słońce prześwieca pomiędzy drzewami, ale jestem więcej niż pewien, że... że COŚ. Na wszelki wypadek trzymam *Zbawiciela* prawą ręką, lewą próbując dosięgnąć kilku ocynkowanych puszek, które wpadły głęboko pod regał. Już-już mam je prawie w zasięgu, mogę dotknąć najbliższej opuszkami palców...

Wyraźnie widzę, jak przez jaśniejszą smugę światła wpadającą wąską szczeliną pod zamrażarką przesuwa się cień. Powoli się przesuwa, tak niespiesznie, nonszalancko wręcz. Bezszelestnie. Odwracam głowę, ale już go nie ma – tylko krzaki kołyszą się w podmuchach wiatru. Znowu wychylam się zza krawędzi chłodziarki, czując się trochę jak bohater początkowego kwadransa filmu kina nocnego, gdy nienazwana groza dopada swą pierwszą, niczego niespodziewającą się ofiarę.

Oj, nie lubię ja być ofiarą.

Zauważam leżący na podłodze kawał grubego drutu, podciągam go do siebie, zginam na końcu, tak zaimprowizowanym haczykiem zaczepiam i po kolei, powoli podciągam do siebie konserwy. Chodźcie do tatusia. Łapię puszki ręką, upycham po kieszeniach kurtki i spodni; potem się posprawdza jakość i rodzaj, bo na razie zaczynam się bać, i to tak na poważnie bać. Jest w człowieku coś takiego, że pewne rzeczy się CZUJE, a ja czuję w tej chwili, że na zewnątrz wychodzić nie powinienem. Rzucając okiem w kierunku otwartej na przestrzał witryny w ścianie wejściowej, chowam się w kręte korytarzyki zaplecza.

Ojjjj, nie podoba mi się tu, nie podoba. Wąskie przejścia z odpadającymi od ścian zielonkawymi kafelkami tworzą wrażenie ostrej klaustrofobii, zakręty ograniczają pole widzenia, a do tego liczne boczne drzwi i odnogi sprawiają, że dość szybko traci się wyczucie kierunku. Nie rzucam nawet muterek, po prostu kopię przed sobą kawałek złomu, który musi mi wystarczyć za próbnik. Skręcam w stronę, gdzie powinno być wyjście na dziedziniec załadunkowy, ale okazuje się, że trafiam do jakiegoś ślepego magazynku. Niedobrze, niedobrze... Poza tym narastające w korytarzach popiskiwania wyraźnie dają mi do zrozumienia, że chyba jestem na terytorium klanu szczurów – albo tuszkanów, jeśli mam pecha. Skręcam w drugą odnogę korytarza, schodzę dwoma schodkami na dół, na jakiś ciąg komunikacyjny chyba. Na szczęście światło z zewnątrz już odbija się od ściany zakrętu, przyspieszam kroku – i staję w miejscu, gdy jaśniejszą plamę zasłania cień. Jest dość wyraźny na ścianie, a mimo to jego pojawieniu się nie towarzyszy żaden dźwięk, nawet najlżejszy szmer... Wstrzymuję oddech, czując lodowatą strużkę potu spływającą po kręgosłupie, wycofuję się rakiem w korytarzyk, odwracam i prawie biegnę przez kręte przejścia, magazyny i składziki, przelatuję przez pomieszczenia dawnego sklepu odzieżowego, wpadam w kolejne ciemne drzwiczki, przeskakuję niemalże po omacku przez korytarz, wylatuję bocznym wejściem do dawnej apteki, podbiegam do wytłuczonej witryny sklepowej, już po drodze wyszarpując zawleczkę z granatu. Rzucam na wprost, niedaleko w krzaki, sam walę się plackiem za betonowym parapetem, licząc tylko w myślach: dwa... trzy... Huk detonacji rozrywa powietrze, szkło sypie się z brzękiem z okien, z sufitów odpadają place tynku i płaty farby, chmura (na pewno radioaktywnego) pyłu podnosi się z podłogi, ale ja już lecę przez poszarpane eksplozją krzaki, przedzierając się na oślep przez zieleniącą się gęstwinę, modląc się tylko zbielałymi wargami do Gospodarzy Zony, aby pozwolili mi dobiec do najbliższego budynku. Dopadam do zarośniętej klatki schodowej, kopniakiem wywalam drzwi do śmietnika, wpadam do środka i zamykam za sobą rozchwierutane odrzwia... Dyszę ciężko, w uszach dudni mi krew; nie jestem w stanie utrzymać prosto lufy strzelby, patrzącej w wąską szczelinę pełną wpadającego z zewnątrz światła. Gdzieś pomiędzy piętrami w przewodzie zsypu skowycze wiatr, łomocąc obluzowanym lukiem – –

Cień pojawia się dosłownie znikąd, bez jednego nawet dźwięku. Serce podskakuje mi do gardła, gdy coś zasłania dolną połowę szczeliny w drzwiach, słyszę tylko, jak ogromne nozdrza mielą powietrze w poszukiwaniu zapachu, a potem w wąskiej szparze pojawia się pojedyncze, zielonożółte oko pełne złośliwej, nieludzkiej inteligencji...

Nie czekam ani chwili, nie waham się nawet milisekundy – lufa *Zbawiciela* pluje ogniem, trzydziestogramowe ołowiane walce wyrywają w przegniłym drewnie dziury wielkości pięści – jedną, dwie, trzy!... Huk w zamkniętej przestrzeni prawie mnie ogłusza, drzwi majtają się na przetrąconych zawiasach, na zmianę oświetlając i pogrążając w półmroku wypełnione dymem pomieszczenie. Na zewnątrz, na podjeździe, powinien leżeć teraz trup mutanta – ale nie ma tam nic. Nic. Nie do końca wierząc oczom, wychodzę na zewnątrz – a tam na betonowych płytach kilka kropel czarnej jak smoła krwi. I tylko tyle. Rozglądam się po oknach, po niemych betonowych blokach, po zaroślach dokoła, a potem puszczam się panicznym sprintem.

Przebiegam kawałek - nie wiem, dwadzieścia, czterdzieści metrów - gdy blokowiskiem wstrząsa potężny ryk wściekłości, a krew w moich żyłach ścina lód. Po prostu wpadam do najbliższej klatki schodowej, na jaką natrafiam, w autentycznej panice lecę na górę po schodach, wlatuję do pierwszego lepszego mieszkania, przekręcam zamek w drzwiach, które w swoim obecnym stanie nie zatrzymałyby nawet dziecka, wskakuję z przedpokoju do dawnego salonu, przypadam na kolano w drzwiach, biorę na cel balkon, dyszę ciężko, zaciskając kurczowo zęby.

Chimera.

Nigdy żadnej nie widziałem, nie znam też nikogo, kto mógłby się takim osiągnięciem poszczycić. O chimerach wszyscy mówią, ale to zawsze opowieści powtarzane, z drugiej albo i trzeciej ręki - każdy ma znajomego, którego dobry przyjaciel kiedyś, zupełnie gdzie indziej, przez lornetkę... Od dawna przypuszczałem, że przyczyna tego jest aż nadto prozaiczna - nikt nie opowiada o chimerze, którą sam widział, bo po prostu nikt, kto ją zobaczy, nie żyje na tyle długo, aby podzielić się swymi wrażeniami i przemyśleniami z kimkolwiek poza Czarnym Stalkerem. Na poły legendarny tygrysopodobny stwór z głębin Zony, bardziej mityczny niż rzeczywisty dwugłowiec, bodajże jedyny, z którego się nikt nigdy nie śmieje i nie opowiada głupawych dowcipów. Każdy mutant ma swoją pogardliwą ksywkę - posokowiec to juchociąg, pseudogigant to brojler, nawet kontrolery czasem przezywają nudystami. Chimera nie ma nazwy slangowej. Nawet dowcipy o stalkerze Pietrowie, wielkim sowizdrzale Zony, mają tyle przeróżnych tematów: a to stalker Pietrow do burerów na kolację poszedł, a to Pietrowowi chciał kontroler mózg wyprać, a to Pietrow snorka nauczył z łuku strzelać – wszelkie możliwe pierdoły o wszystkich mutantach Zony; tylko o chimerze jakoś kawałów nie ma. Z pewnej śmierci nikt żartować nie chce.

Czekam długą chwilę, ale na zewnątrz nie pojawia się nic – powoli podchodzę do wyjścia na balkon, wyglądam na morze zieleni w dole. Zobaczę ją z góry?... Nie sądzę. Wielki, przynajmniej pięciocetnarowy stwór o pazurach niczym brzytwy potrafi poruszać się jak duch, nie pokazując się nikomu, przez kogo nie chce być widziany; będę miał szczęście, jeśli po prostu nie zobaczę chimery, co oznacza raczej, że to ja nie zorientuję się, kiedy ona będzie mnie obserwować. Muszę jednak zaryzykować. Przez chwilę chcę przejść na balkon obok, ale reflektuję się, że nic mi to nie da – przedostanę się po prostu do sąsiedniego mieszkania, a nie do sąsiedniej klatki. Ale jestem po przeciwległej stronie od wejść, podjazdy zostały od frontu. Klatka była środkowa, więc jeśli mutant czeka na mnie od wejścia, to mogę wygrać trochę czasu. Cholerne sowieckie balkony z litą betonową barierką... Po normalnym, ludzkim, cywilizowanym balkonie z żelazną balustradą by się człowiek spokojnie spuścił piętro niżej, a tak będę musiał w MacGyvera się bawić. Na szczęście w zarośniętej pleśnią łazience wisi nad popękaną wanną nieśmiertelna suszarka z poplątanymi linkami. Po prostu zrywam wszystko ze ściany, rwę i tłukę, wypruwając sznurki... i zamieram w pół ruchu, słysząc przyczajoną CISZĘ za drzwiami wejściowymi. Wycofuję się do salonu, na szybko składając na cztery i wiążąc nylonowe sznury – wiek dał im się we znaki, więc muszę mocno powiązać, krótkie to będzie, ale musi wystarczyć. Przekładam zaimprowizowaną linę przez udającą zwieńczenie „barierki" żelazną rurę fi dziesięć, trzymając mocno węzły na wiskozowej lince prawą dłonią, przerzucam nogi na zewnątrz, stoję plecami do otchłani trzech pięter... Wdech, wydech, puszczam nogi, zwieszam się na rękach, łapię lewą, potem prawą dłonią wiązki sznurków – trzeszczą, skrzypią, ale trzymają. Nie będę ich testował – przekładając dłonie, zjeżdżam piętro niżej, zeskakuję na balkon, pociągam jeden koniec sznurka, ściągam niby-linkę na dół i powtarzam całą procedurę. Nogi trzęsą mi się jak w febrze, kolana mam jak z waty, serce pompuje czystą adrenalinę – zebrało mi się, cholera, na parkour na stare lata...! Zjeżdżam tak aż na parter, ręce pieką żywym ogniem, mam pozdzieraną do mięsa skórę palców i już widzę zaczątki pęcherzy, ale nie czas się rozczulać. Już będąc na dole, upycham linkę do kieszeni, przesadzam balkonik parteru, zeskakuję na ziemię – niestety, noga mi się poślizgnęła na omszałym betonie, upadam prosto na ryj. Kurrrrrrr! Gramolę się z gleby, wypluwam zgniłe liście i zmuszając płuca do dodatkowego wysiłku, lecę wzdłuż ściany bloku.

Anomalie? Ludzie, jakie anomalie? Nie mam teraz czasu na myślenie o drobnostkach, ja tu o życie walczę.

Dopadam do najbliższego bloku, gdy znów czuję, że chimera mnie widzi. Nie muszę się oglądać, żeby potwierdzić swoje przypuszczenia – i ona, i ja mamy swoje małe sekrety, w końcu nie pierwszy dzień po Zonie chodzimy. Wyrównuję tylko krok – owszem, muszę ją zgubić, ale wygrałem dla siebie trochę zapasu i nie będę go utrzymywał za cenę własnego życia. Chowam się do klatki schodowej, przelatuję przez parter i wyskakuję balkonem po drugiej stronie – nie mam już czasu na akrobatykę. Lecę przez plac zabaw, przesadzam niewysoki płotek, wpadam pomiędzy drzewa, wybiegam na kawałek asfaltu, pędzę na złamanie karku, zasłaniam tylko twarz ramionami i znów wlatuję pomiędzy siekące gałązkami krzewy. Wściekły i przerażony skowyt wybucha wokół mnie i zostaje od razu z tyłu, gdy roztrącam i nadeptuję na odpoczywające stado ślepych psów, które najwyraźniej rozłożyły się w kotlince wśród gęstwiny. Przede mną rysują się kontury jakiegoś niewysokiego budynku, ale nawet nie mam siły się zastanawiać, co to takiego – zapalam po prostu latarkę i chowam się w (mam nadzieję) zbawienny mrok zadaszonego wejścia.

Szkoła. Licznik stuka równym tempem, ja nie mogę złapać tchu, serce zaraz wyskoczy mi z piersi, dyszę w rękaw, żeby nie zdradzić się świszczącym, ciężkim oddechem, próbuję naraz obserwować podejście do budynku i zerkać w ciąg korytarzy po lewej i prawej... Nie, to bez sensu. Jeśli chimera jest blisko, to tracę czas, jeśli jest daleko, to tym bardziej powinienem starać się ukryć głębiej w labiryncie pomieszczeń. Najważniejsze to się poruszać, tutaj nie ruszają się tylko trupy – chociaż w sumie nie, trupy też się tu ruszają. Tym bardziej. Zataczając się i potykając o leżące na ziemi gruz i deski, zagłębiam się w nieznany budynek.

Moje kroki odbijają się echem wśród pustych korytarzy, mijam porzucone klasy, przez okna bez szyb widać wyłącznie ścianę zieleni, powoli ukrywającej przed światem Martwe Miasto pod miłosiernym całunem liści. Wszystko pokryte jest warstwą wilgotnego pyłu, bardziej przypominającego błoto albo gips... Farba złuszcza się różnokolorowymi płatami, tworząc na ścianach mozaiki, o jakich nie śniło się artystom Związku Radzieckiego. Jest tu zaskakująco mało anomalii, więc jestem prawie przerażony, gdy widzę „trampolinę" rozciągającą się w dziurze pomiędzy piętrami; taka prosta, taka oczywista, a wygląda tu tak bardzo nie na miejscu... Zaglądam do mijanych sal: pracownia biologii, sala do geografii, pracownia chemiczna. Na stołach z kranami i palnikami wciąż jeszcze stoją w uchwytach kolby i probówki, ale wszystkie szafki wyciągnięte są na środek pomieszczenia, zawartość poniewiera się na podłodze; dezynfektorzy po Katastrofie albo już szabrownicy. Trójskrzydłowa tablica w odcieniu głębokiego granatu pokryta jest napisami kredą, ale krzywię się tylko, widząc, że to autografy idiotów, którzy przyjeżdżali tu na wycieczki przed Pierwszą Emisją. Szukam chwilę, znajduję strzęp suchej gąbki – ścieram wszystko pieczołowicie, jak dyżurny przed lekcją. O, właśnie – tak powinno być. Tabula rasa.

Dekuję się na piętrze, w jakiejś małej salce z jeszcze działającymi drzwiami – nie wiem, języka tu jakiegoś uczyli czy co, bo tak ponuro; sale przedmiotów ścisłych są zawsze o wiele bardziej kolorowe, takie z pomysłem, a lingwiści to chyba wyjątkowo smętny, mało kreatywny naród, bo wszystkie te salki jednakie – ze trzy zdjęcia wybitnych poetów i wieszczów, jakiś cytat, dwie uschłe paprotki i tyle. Muszę tu trochę odpocząć, bo się zaraz przewrócę normalnie... Ramię boli jak cholera, chyba sobie szwy naderwałem, bo znów mi jucha idzie, ręce mam zdarte do krwi, o połamanych paznokciach i wybitych palcach nawet już nie wspominam.

Ale żyję.

Siedzę tak po prostu, patrząc tępo w jeden punkt salki i nasłuchując skrzypienia drzew z zewnątrz, gdy dociera do mnie, że jestem w jakiejś szkole – z akcentem na „jakiejś". Nie wiem, w którą stronę biegłem, nie mam pojęcia, jak daleko. Trzy bloki? Cztery? Ale wzdłuż czy w poprzek? Okej, spokojnie – jeden był charakterystyczny taki, schodkowany jakby... wyciągam mapę, próbuję rozpatrzeć się w sytuacji. Tu byłem, o – w sklepie. A potem pobiegłem... na południe? na wschód? nie, na wschód nie... pobiegłem więc... cholera, po prostu pobiegłem! Były krzaki, bloki, znowu krzaki i więcej krzaków, i jeszcze bloki – a za mną pieprzona chimera! Podchodzę do okna, wyglądam na panoramę miasta widma: morze zieleni, a ponad nim identyczne pudełka sowieckich *mnogoetażek*. Szit, szit, szit! Otwieram drzwi, wyglądam na korytarz – czysto. Szybkimi przebieżkami od klasy do klasy przemieszczam się do prostopadłego skrzydła szkoły, tym razem trafiając na salę do... nie wiem, do czego. Wyglądam przez otwór okienny – to samo. Tylko korony drzew, w oddali jakiś wyższy blok, widnokrąg kończy się na podziurawionych otworami okiennymi szarych, betonowych ścianach wieżowców, których jedynym urozmaiceniem są rosnące na co poniektórych balkonach młode brzózki. Stado gawronów podrywa się z jednego z dachów, widzę sylwetkę snorka, który wyskakuje w powietrze, próbując złapać któregoś ptaka. Przestraszone, złe krakanie dobiega do mnie echem.

Zgubiłem się.

Nie, nie, nie, nie, nienienie – kręcę głową, uśmiechając się nerwowo. Nikt się nigdzie nie zgubił. Po prostu...

– Potrójne zaprzeczenie to w końcu „tak" czy „nie"? – mamroczę pod nosem sam do siebie, lekko nerwowym krokiem idąc przez zdewastowane korytarze. – Jak sądzisz, Miś?

– Nie wiem. – Wzruszam ramionami, przechylając się przez barierkę schodów i patrząc, czy nie ma kogoś lub czegoś na dole. – Mam w tej chwili ważniejsze sprawy na głowie.

– Ważniejsze niż ustalenie faktów? – Zaglądam do pokoju nauczycielskiego, zasłanego zbutwiałymi dziennikami. Dałbym sobie głowę uciąć, że w powietrzu wciąż unosi się zapach kawy i papierosów.

– Ważniejsze niż durne pytania pseudoontologiczne. – Przeciskam się pomiędzy drzwiami do skrzydła nauczania początkowego.

– Łaaaał... widziałeś? – Nie mogę powstrzymać chwili nostalgii, widząc w holu wejściowym ptaszarnię z żelaznej siatki. Dokładnie taką, jaka była w mojej podstawówce... Ciekawe, czy ktoś pomyślał i wypuścił ptaki po awarii. Co tu mogli mieć? U nas były papużki i kanarki chyba, coś kolorowego w każdym razie. Przegarniam nogą pył z podłogi – takie samo nakrapiane, szare lastryko. I ściany wymalowane w postaci z bajek...

– Daj spokój, nie pora na to. – Potrząsam głową, nurkuję do najbliższej klasy. Karne rządki maluśkich drewnianych ławeczek, przy których biurko nauczyciela zdaje się nieproporcjonalnie wielkie, na ścianie cała *azbuka* wycięta w drewnianych tabliczkach z wypalonymi rysunkami odpowiednich przedmiotów i zwierząt; nie mogę nie zauważyć, że pod A jest atom, a pod R – reaktor. Ci ludzie jednak byli popierdoleni...

– No i co? – Wyglądam przez okno na wciąż ten sam pejzaż. – Co jaśnie pan Polak mi powie?

– Co? – Wpatruję się w zieloną gęstwinę. – A to.

– Myślisz, że... – Patrzę wzdłuż własnego palca w rękawiczce.

– Nie „myślę", tylko wiem. – Niecierpliwię się. – Dawaj lornetkę.

Bokiem do nas (do mnie, do ciężkiej cholery!) stoi niższy od innych budynek, prawie tonący w zieleni – widać ledwie fragment geometrycznego dachu, ale po bliższym przyjrzeniu się można wypatrzeć za drzewami częściowo przeszkloną ścianę. Szyb dawno już nie ma, ale były tylko dwa budynki w całym mieście, mające tak bardzo otwartą przestrzeń.

– Łazurnyj... – szepczę sam do siebie. Basen miejski, działający nieprzerwanie do dziewięćdziesiątego ósmego roku, gdy wydano ostateczny wyrok na CzAES. Pamiętam, że rozmawiałem kiedyś z jakimś ruskim – a może uzbeckim? – byłym likwidatorem z Królewca, który kąpał się w Łazurnym jeszcze jakoś pod koniec ubiegłego millennium. Basen, umieszczony – bardzo zasadnie – przy ulicy Sportiwnej, która przy odrobinie szczęścia powinna wyprowadzić mnie z miasta prosto na fabrykę Jupiter. Warto spróbować.

Tym razem staram się raczej przekradać przez zarośla, niż je taranować; i tak już narobiłem szumu za cały miesiąc, pora trochę przyhamować w końcu. Kawałek po kawałku wybieram sobie trasę, przypadam nisko do ziemi, patrząc, czy nie ma przede mną czegoś nieprzyjemnego – nieprzyjemne rzeczy w Prypeci przeważnie mają zęby i cztery szponiaste łapy, a łatwo jest ich nie zauważyć. Zaczyna akurat padać lekki deszczyk, więc jest świetnie; woda rozmyje moje ślady, część co bardziej czułych na punkcie swojego *apparelu* mutasów (na przykład kotopodobne chimery) pochowa się do budynków, żeby nie zmoknąć, a ja sobie pod osłoną szemrzących o liście kropelek pójdę na basen...

Niestety, coś jest haniebnie nie w porządku. Jeszcze gdy wychodziłem ze szkoły, ściana basenu majaczyła raptem kilkadziesiąt metrów ode mnie – a teraz jej po prostu nie ma. Nie zgubiłem chyba drogi, bo na niespełna stu metrach trudno raczej jest zakręcić o dziewięćdziesiąt stopni, idę więc w dobrą stronę...

– ...tylko basen się przesunął – kończę na głos własną myśl. No tak, skoro Prypeć mnie złapała, to niby po co ma mnie wypuszczać za szybko? Idąc, zbieram jeszcze z ziemi kawałki betonu, kamyki i małe fragmenty żelastwa, żeby testować nimi potem anomalie. Przez chwilę wydaje mi się, że wychodzę na jakąś ulicę, ale tylko mi się wydaje – fragment utwardzonej ścieżki, a może dawna bieżnia stadionu... Ale przecież stadion powinien być na drugim końcu miasta!

Ha, ha, ha – „powinien". Jestem raptem kilka kilometrów od Sarkofagu i oczekuję, że rzeczywistość pozostanie taką, jaką mi się wydaje, że rzekomo powinna być. No bez żartów, naprawdę.

Po lewej mijam zardzewiałą zjeżdżalnię, a za nią... za nią z krzaków wyłania się masyw ogromnej *mnogoetażki*.

Próbuję policzyć piętra – dziesięć, jedenaście, dwanaście... liczę od góry, resztę zasłaniają mi drzewa, więc na pewno się mylę, ale... siedemnaście? Wow. Próbuję przypomnieć sobie plany i zdjęcia, które oglądaliśmy na ledwo ciągnącym internecie na Jołczy... O ile mnie pamięć nie zawodzi, to w Prypeci jest raptem kilka takich budynków: bodajże dwa koło Prospektu Stroicielej, którym wszedłem do miasta – odpada; chyba jeden na południowo-zachodnich krańcach, przy ulicy Lesi Ukrainki – to by było zbyt piękne... I jeszcze dwa przy ulicy Sierżanta Łazariewa, czyli gdzie? No gdzie? Tak jest, w samym zasranym, czarnym, martwym sercu Prypeci, rzut beretem od DK Energetyk, miejskiej centrali telefonicznej, hotelu Polesie, siedziby *gorispołkomu*, kinoteatru i szkoły muzycznej, jednym słowem – wszystkiego tego, czego przekradając się przez Prypeć, chciałem uniknąć.

Mam ochotę sobie powrzeszczeć i popłakać, ale wrzask usłyszą mutanty, a płacz Zona – tutaj, jak na Bagnach Rozpaczy, świat żywi się i nadziejami, i beznadzieją. Trzeba iść na automacie, na chłodno.

Łatwo mówić, nie?

Szesnaście pięter... dobry widok będzie. Obchodzę budynek dookoła, przez wyrwę w deskach zagradzających wejście wślizguję się do pachnącego wilgotną piwnicą wnętrza. Dobrze, że jest taka barykada, nie trafię tu nic większego niż...

Tuszkany. Strzelam od razu, gdy tylko widzę małego drapieżnika, ale zapominam, że mam w magazynku amunicję na grubego zwierza – breneka idzie dołem, rykoszetuje od betonowej podłogi i dopiero straciwszy dużą część impetu, trafia już skaczącego mutancika.

Wystarczy – dolna połowa kruchego ciała drapieżnego szczuroskoczka zamienia się w miazgę, której większa część ląduje na ścianie koło rozsuwanych drzwi windy. Nie czekam ani chwili, dwoma susami przeskakuję parter, widząc, że kolejne stworki już krótkimi skokami zaczynają wylewać się z drzwi po prawej. Biegnę na górę, przeskakując po dwa stopnie, cały czas słysząc za sobą pisk roju gryzoni i widząc szarą falę na schodach, lecę, w uszach łomocze krew... aż w końcu nie słyszę ich już. Zdyszany, zasapany, znowu zlany potem patrzę, jak dwa piętra niżej tuszkany powoli, niechętnie zawracają do swojego leża. Na trzysta sześćdziesiąt pięć śmierci Siemieckiego... mam tylko nadzieję, że zawróciły, bo im się znudziło, a nie dlatego, że na górnych piętrach mieszka coś groźniejszego. Czując, jak ciągnie mnie każdy mięsień, z trudem podnosząc nogi, lezę na górę.

Nie wiem, ile zajmuje mi dojście na najwyższe piętro. Nie mam już nawet siły jęczeć z bólu, po prostu idę, wdech–wydech, noga-noga-noga-noga... Najgorsze są wbrew pozorom piętra i półpiętra, gdzie na płaskim tracę rytm podnoszenia nóg; na czternastym zapominam, że wychodzę na równe, i prawie wybijam sobie zęby o wyciągniętą na korytarz komodę.

Na dach w zasadzie się wyczołguję. Nie mam siły nawet się podnieść, gdyby przyszło mi teraz uciekać... O, cholera! – patrzę przerażony na ogromny łeb z szeroko rozwartymi ustami, wiszący nade mną. Kto, do jasnej cholery, wpadł na pomysł zrobienia graffiti na szczycie kilkunastopiętrowego budynku? W ogóle cała Prypeć jest wymalowana tymi pseudoartystycznymi bazgrołami, które potrafią przyprawić człowieka o zawał serca –

cienie ludzi na ścianach, oczy na ogrodzeniach... bardzo zabawne, no chyba że jednak nie.

Ogromny herb Związku Radzieckiego spogląda z wysokości na ulicę i miasto w dole – nie odważam się podejść aż do samej krawędzi, nawet tutaj porywy wiatru są aż nadto odczuwalne, a dach śliski od wilgotnego po deszczu mchu. Próbuję porównać panoramę z tym, co pamiętam z mapy – jeśli tu jest główny plac, to ja chcę iść dokładnie w przeciwną stronę... Z mieszaniną rozbawienia i przerażenia konstatuję, że byłem przekonany, że jednak wchodzę do tamtego piętnastopiętrowca, bliższego dziecięcej *polikliniki*, a nie tego bliżej kolejnej szkoły, na którą spoglądam teraz z góry. *Oh, well*... Zobaczymy, z którego wyjdę. Oczywiście, mogłem się pomylić i wejść do nie tego budynku – krzaki były, ja uciekałem, straciłem orientację, normalna pomyłka. Błądzić to rzecz ludzka, zło na świecie to wynik braku pomocy społecznej, a śmierć jest zaledwie iluzją słabych umysłów.

Oczywiście.

I tak dziś już nigdzie nie zajdę – jest zbyt późno, słońce chyli się ku zachodowi, zalewając purpurą ściany bloków i rzucając przedziwne odblaski przez pryzmaty potrzaskanych szyb. Zaraz będzie noc... Waham się pomiędzy opcją spędzenia kolejnej nocy pod chmurką a poszukaniem czegoś w budynku, ale decyduję się na opcję biwakową. Powiem więcej – rozpalę sobie nawet ognisko. Drewna znajdzie się pod dostatkiem w mieszkaniach pode mną, a ogień od razu da mi oświetlenie terenu wokół mojego koczowiska. Rozłożę się na nadbudówce wejścia, zaraz za herbem CCCP, i rozpalę cztery ognie, po jednym na każdą stronę podejścia. Owszem, będzie mnie widać chyba zewsząd, ale mam to w dupie – jak zdychać, to przynajmniej z klasą, a na pewno nie po ciemku. Wypakowuję rzeczy z plecaka, idę po opał na dół.

Kolejna noc pełna koszmarów... na szczęście tych nie pamiętam, gdy budzę się w nocy. Dorzucam do ognisk po dwa krzesła, wyciągam lornetkę i badam rozkład anomalii. Jakieś zwierzęta kotłują się gdzieś w mieście – głuche porykiwania wskazywałyby na chłeptokrwija, ale słyszę co najmniej dwa, chyba nawet trzy głosy... może czarnobylce, a może co innego jeszcze. Coś świeci się zielonkawą poświatą w oknach hotelu Polesie, przepływając z pokoju do pokoju. Wokół pomnika na placu trzaskają „elektry", napełniając mrok srebrzystoniebieską luminescencją.

Prypeć żyje po śmierci.

Siedzę tak na dachu ogromnego wieżowca, u stóp mając Martwe Miasto, oparty plecami o nic już nieznaczący herb martwego imperium. Czekam na kolejny świt, minuty dłużą się niemiłosiernie, oddechy i uderzenia serca wyznaczają rytm myśli. W bok potwornie uwiera mnie kabura z kanciastym pistoletem... Wyciągam broń, patrzę w świetle bladych gwiazd na wyślizganą powierzchnię oksydowanego zamka, przesuwam palcami po porowatym plastiku chwytu, pstrykam niepotrzebnie przełącznikiem ognia. Wyciągam, oglądam plastikowy magazynek, wsuwam z powrotem na miejsce w rękojeści. Nie, nie zastanawiam się, jak smakuje mój pistolet. Nie muszę. Wiem to aż nazbyt dobrze, pamiętam gorzkawy posmak prochu i chłód metalu szorującego o zęby. Zamykam oczy, wsuwam lufę do ust.

Oddycham głęboko, czując opór spustu z podwójnym zabezpieczeniem pod palcem. Przed oczami przelatują mi wszystkie twarze tych, którzy tak właśnie zakończyli swoją przygodę w Zonie - Wańka... Łysy... bezimienny wojskowy z podziemi Obiektu na Tamtym Brzegu... I wielu, wielu innych. Najbardziej boję się właśnie o tej porze nocy – boję się, że świt nigdy nie przyjdzie i na zawsze zostanę w dławiącej oddech ciemności nocy. Boję się, że przesuną się anomalie i nie dam rady się wydostać. Boję się wszystkiego, co przyniesie mi nowy dzień, boję się nieznanego zagrożenia, boję się wszystkiego tego, co może stać się tak niespodziewanie. Ale przede wszystkim boję się, że znowu zasnę.

Ciężko, niemalże z bólem wypuszczam powietrze z płuc, wyciągam z ust glocka, wycieram o spodnie, chowam do kabury. Nie dziś. Być może przyjdzie taki poranek, że nie dam rady, że nie znajdę w sobie już więcej siły, a wtedy pociągnę za spust – ale jeszcze nie dzisiaj.

Świt wstaje wilgotny i chłodny, mgła ściele się po parkach i wzdłuż nabrzeża. Zarośnięte klomby i zdziczałe drzewa otula najdelikatniejszą powłoką krystaliczna rosa, ulice lśnią niczym po deszczu. Schodzę na sam dół, robiąc po drodze trzy przystanki i nasłuchując, ale tuszkany zdają się siedzieć cicho - może stado jeszcze nie wróciło po nocy, a może odsypia harce. Tak czy inaczej, trzeba się pospieszyć.

Ciężko mi się powstrzymać, więc sprawdzam jeszcze na szybko zdewastowany sklep Woschod przy sąsiednim bloku. Dach z blachy falistej jest niemalże w idealnym stanie, więc i wnętrze wygląda w miarę dobrze... oczywiście gdyby nie szabrownicy i złomiarze.

Stojaki są poprzewracane, półki powyrywane z regałów, wszędzie leżą płaty blachy i płyt wiórowych. Część noszących dziwaczny, seledynowo cielisty kolor kafelków odpadła od przemrożonych ścian, odsłaniając tynk o odcieniu zgniłej zieleni. Niestety, nic tu nie ma.

Idę wzdłuż ulicy Kurczatowa, starając się, by jedną stronę cały czas kryły mi bloki. W miarę możliwości nie wychodzę na otwarty teren, bo widziałem, że gdzieś tu kręciło się kilka ślepaków – nie tyle one są problemem, ile drapieżniki, które na pewno ściągnie odgłos strzałów. Czuję – wiem – że chimera mnie pamięta. Tym bardziej że musiałem ją drasnąć, więc stwór nie przepuści okazji do wyrównania rachunków, i to z nawiązką. Na draśnięciu się nie skończy, o nie.

Patrzę na zmieniające się numery bloków – 16, 18, a potem od razu 22. Głupie Ruski. Numer 20 to pewnie ten w głębi tam. Numeracja bloków to zawsze koszmar, ale początkujący listonosze umierali tu pewnie z głodu i pragnienia, próbując pokonać bezmiar sowieckich zamysłów urbanistycznych.

No, widać już otwartą przestrzeń poza Martwym Miastem – ostatnie domy na Kurczatowa, potem zostanie tylko przeskoczyć na drugą stronę Lesi Ukrainki... Ale z jakiegoś powodu skręcam ostro w lewo, przebiegam na drugą stronę ulicy i ruszam pomiędzy bliźniaczymi domami z przyklejonym do nich sklepem sportowym Start a stojącym ukośnie do jezdni czteropiętrowcem. Nie mam pojęcia, dlaczego tak akurat robię, przecież w ten sposób nie dojdę do Jupitera... a może właśnie dlatego? Zbyt ustalony plan, za dużo wysiłku skierowane w jedną stronę? Czuję, jak mięśnie odpuszczają, jak opada ze mnie ciężar odpowiedzialności za decyzje i planowanie. Dość. Sam jestem sobie okrętem i żeglarzem, pójdę tam, gdzie mnie oczy poniosą. Dosłownie.

Ulicę Lesi Ukrainki przecinam dobre dwieście metrów bliżej CZAES, niż planowałem. Przebiegam akurat przez potrzaskany asfalt, kiedy zauważam rozmyty kształt wyskakujący na skrzyżowanie, obok którego chciałem przejść. Nie zatrzymuję się, nie myślę. Nie tak znów odległy ryk wściekłości i zawodu chimery rozdziera powietrze i odbija się echem od wieżowców Martwego Miasta, gdy chowam się pomiędzy budynki bazy żetKaCha.

ŻKCh, czyli ruski ZGKiM, stoi po sąsiedzku z budynkiem komisariatu milicji, przy którym wciąż trzyma straż pordzewiały pancerny beerdeem z działkiem na wieżyczce. „Baza" to dość szumna nazwa – piętrowy budyneczek na biura, obok magazyn, garaże i kilka drewnianych baraków... przechodzę tylko tędy w drodze do remizy, której wieżyczka obserwacyjna wystaje już spomiędzy dalszych drzew. Od razu idzie mi się jakoś raźniej, Prypeć jednak działała na nerwy, a ja od... hm... kilku lat w dużym mieście nie byłem. Odwykłem od tego, że coś mi moje niebo zasłania, że nie da się czegoś przejść górą. Na zielonym od razu lepiej. O, „karuzela"! Prawie że cieszę się na widok pospolitej anomalii. Jednak stęskniłem się za tak oczywistymi przejawami działalności Zony, a tam, pomiędzy wielopiętrowcami, było tak... tak pusto jakoś było, przygnębiająco.

Ziemia. Nareszcie pod nogami ziemia, a nie beton. Przekraczam gruntówkę przez las, rozglądam się – czysto, można iść. Przemykam się jak cień pod ścianą remizy, wymijam łukiem „łysicę", chowam się z powrotem w krzaki, z pewnym podziwem patrząc na stojący na niedużej, murowanej komórce samochód półciężarowy. Zona bywa nieprzewidywalna, ale to jest – to jest dowcipne wręcz. A może o co innego chodzi? To stąd wyjeżdżały pierwsze wozy do pożaru reaktora w osiemdziesiątym szóstym, wszyscy ci strażacy poumierali na miejscu, w Prypeci – zaledwie jeden bodajże pożył na tyle długo, by zdążyli go przetransportować do Moskwy, gdzie męczył się jeszcze kilka lat. Może to taki sposób oddania hołdu.

Obchodzę szeroko cmentarzysko samochodów i maszyn – nie potrzeba licznika, żeby wiedzieć, że będzie tu ostro oddawać tłem, a przeciągi szkodzą zdrowiu. Potem wymijam jeszcze potężne pole „elektr" wokół podstacji wysokiego napięcia, kierując się konsekwentnie na KPP Prypeć.

KPP, czyli punkt kontrolno-przejazdowy. Prymitywna budka z zielonym dachem i zamknięta na łańcuch z kłódką brama, mimo że ogrodzenie z drutem kolczastym już dwa przęsła od niej leży zwinięte w kulkę przez „wyżymaczkę" – ucieleśnienie całej idei Zony i tego, ile robi sobie Ona z naszych ludzkich wymysłów. Przekraczam niewidzialną granicę, oddycham głęboko z ulgą.

Przeszedłem.

Welyky żołcień

Gdy widzę za drzewami tak dobrze znajomą nitkę torów, to aż wzruszenie ściska mnie za gardło. Taki kawał drogi przejść, tyle się nacierpieć, żeby znów do nich wrócić! Dwie proste, żelazne szyny na betonowych podkładach – niby nic, a jednak aż tyle. Jak tylko wyszedłem z Martwego Miasta, od razu pojawiły się też anomalie – kluczę i kombinuję, by jak najskuteczniej obejść „grawikoncentraty" i „żarniki", szyszkami sprawdzam zasięg „karuzeli", mutrami drażnię „elektry". Licznik potrzaskuje wesoło, zjonizowane powietrze wypełnia płuca, a ja znów czuję, że żyję. Skręcam w prawo, ruszam wzdłuż linii kolejowej, która zaprowadzi mnie do pobliskich cementowni i odlewni.

Wita mnie porzucony na szynach elektrowóz – zapewne jedna z maszyn służących do likwidacji skutków Katastrofy z osiemdziesiątego szóstego roku. Ciężko uwierzyć, że tu wszędzie były domki i domy... Na wschód stąd leżały najlepsze *dacze*, letniskowe domki mieszkańców Prypeci, na południu były dwie szkółki sadownicze, przez których smętne resztki będę szedł jutro, mam nadzieję. Po niedalekiej wsi Czistogałowka, która mogłaby być dla mnie idealną bazą wypadową, nie został nawet ślad – wszystkie domy zrównano z ziemią, gruz i drewno wywieziono do mogilników. Wokół Prypeci rozciąga się pas ziemi naprawdę martwej, bez jednego nawet miejsca na nocleg. Wzdycham ciężko, ściągając *Zbawiciela* z pleców – czeka mnie kilka dni forsownego marszu, trzeba by tu odsapnąć.

Wkrótce po awarii na czwartym energobloku, gdy podjęto decyzję o zamknięciu wciąż wrzącego i plującego ogniem rdzenia w betonowym Sarkofagu, wokół Czarnobyla powstały trzy ogromne cementownie, dzień i noc pompujące szarą mieszankę w ciężarówki gruszki, wożące budulec do CZAES. Pracowały tu non stop setki robotników, dowożonych specjalnymi autobusami; do punktu przesiadki dojeżdżały „czyste", potem pracownicy przesiadali się na „brudne". Tak samo wyglądała sprawa z cementem, który przelewano z samochodów dowożących na te pracujące już w strefie najwyższego skażenia. Cała okolica wyglądała jak jeden wielki obóz wojskowy, wszędzie lądowiska dla śmigłowców, parkingi dla sprzętu i wozów wojskowych, namioty i drut kolczasty. Piach ciągnięto dosłownie ze wszystkich miejsc, z jakich tylko się dało – stąd te ogromne żwirownie i wykopy, tak charakterystyczne dziś dla Zony. Teraz nie zostało po tym żadnego prawie śladu... Ciekaw jestem, czy cementownia, do której właśnie wchodzę, to jedna z tych „likwidatorskich"? Może to starsze jeszcze... tutaj chyba głównie profile robili – wielkie żebra i ćwierćłuki stoją ułożone w hałdy, lekko zapadnięte w ziemię pod własną wagą. To by mogły być elementy hangarów raczej... albo podziemnych korytarzy. Wtedy, w późnych latach osiemdziesiątych, mogło tu powstać dokładnie wszystko – wojska było z kilka dywizji, pełno saperów i inżynierów, beton płynął rzeką, pewnie nikt nawet nie kontrolował wydatku materiałów. Ktoś podobno policzył kiedyś, że gdyby cały beton, jaki poszedł na CZAES, miał trafiać na Sarkofag, to cały czwarty energoblok by się pod nim schował z nawiązką. Oczywiście podtekst był taki, że pod wpływem zabójczej radiacji beton wysublimował i poleciał w powietrze, żeby zabić niewinne pandy w Azji i biedne zagrożone wieloryby na biegunie, ale właśnie dociera do mnie zupełnie inny wymiar tych pseudoekologicznych wyliczeń. Może faktycznie Sarkofag był świetnym pretekstem, żeby kręcić tu zupełnie inne ciemne młyny? Ziemia z wykopów trafiła do betoniarek, sprzętu było pod dostatkiem, rotacja ludzi ogromna... być może zatem te profile czekały tu na transport do niedokończonych partii podziemi Agropromu – gdzie ja też będę chciał złożyć w swoim czasie wizytę.

Na razie myszkuję po opuszczonym zakładzie produkcyjnym, szukając bezpiecznego miejsca na nocleg. Zbrojonego betonu pod dostatkiem, nawet emisję przeczekać można – szczerze mówiąc, przydałaby się jakaś teraz, przynajmniej bym wiedział, że mam trochę spokoju, a tak co noc, to nerwy. Bunkruję się w końcu w zbudowanym z betonowych łuków hangarze, niegdysiejszym garażu – wciąż stoi tu przerdzewiały KAMAZ, tło ma co prawda wysokawe, ale w końcu jestem tak blisko Reaktora... Łykam antyrad, zakładam respirator, otwieram zaworek do „purchla" – smrodek siarkowodoru w pierwszej chwili zatyka, ale potem można się przyzwyczaić. Sprawdzam jeszcze wszystkie kąty, zakładam przed wejściem potykacz z przedostatnim granatem, znajduję przy okazji nieduży „wywich". Znalezione, nie kradzione. W ramach święta próbuję puszek ze sklepu w Prypeci – pierwsza syf, druga pozornie dobra, ale syf w środku, trzecia... no! Panie i panowie, wierzcie albo nie – najprawdziwsze kiszone pomidorki! Na tę podwójną okazję otwieram sobie pasztet, stawiam prawie już pustą manierkę z samogonem... chleb by się przydał. Ale i to dobrze, przynajmniej będzie czym zagryźć proszki. A, zresztą, co mi tam – na żelaznej skrzyni ładunkowej rozpalam niewielkie ognisko, wrzucam do środka wojskową puszkę; dziś wieczorem ucztujemy.

Powinienem był już umrzeć.

Taka myśl kołacze mi się w głowie, gdy wkładają mnie po raz nie wiem który do zimnego, szklanego pojemnika o kształcie wysokiego cylindra. Chyba wcześniej próbowałem w nim stać, ale teraz po prostu opadam bezsilnie na dno z żelaznej kratownicy, zwijam się w kłębek nieszczęścia i cierpienia, czekając pasywnie na swój los. Przykręcone mi do głowy śrubami przewody i rury naprężają się na całą długość, więc nie mogę nawet oprzeć głowy na rękach – jest cały czas uniesiona, cały czas w górze, jakby w ciągłym pogotowiu. Zupełnie jak ja tutaj; ani chwili wytchnienia, zawsze spięty, zawsze...

Pomarańczowe światło uderza w oczy, razem z nim z góry zaczyna lać się ohydna, śmierdząca maź o konsystencji rzadkiego kisielu i kolorze wodnistej krwi. Powinienem podnieść się, próbować utrzymać głowę powyżej poziomu cieczy, ale nie mam już siły. Leżę po prostu tak na dnie, czując, jak stopniowo podnosi się poziom płynu, jak moje ciało robi się coraz lżejsze i lżejsze, jak zaczynam unosić się we wszechogarniającym ciepłym niebycie. Widzę za szklaną ścianą obserwujące mnie twarze, czuję, jak wszczepione w mózg elektrody zaczynają podawać coraz mocniejszy prąd, a receptory wysyłają sygnał zwrotny do odbiorników. Świat milknie, gdy z uszu uciekają ostatnie bąbelki powietrza, jestem nieważki, otaczający mnie płyn owodniowy stwarza wrażenie niebytu, nieistnienia, roztopienia i rozpuszczenia się w czarnej otchłani...

Rano ruszam w dalszą drogę. Przekraczam nitkę kolei, zostawiając po lewej dwie linie dźwigów załadunkowych niedaleko od stacji kolejowej Janów – nawet stąd widzę charakterystyczną wieżę ciśnień, niczym kwadratowy domek na okrągłym słupie. Ta wieża i śliczny budyneczek stacji – tylko tyle pozostało po dawnym Janowie, nawet kamień na kamieniu nie świadczy o tym, że ongiś w przeszłości była tam urokliwa, ukraińska wieś. Zostawiam tory za sobą – obawiam się, że długo już ich nie zobaczę. Dziwna tęsknota ściska za gardło, ale szybko tłumię uczucia, zamykam w pancernej kasie serca. Tu jest Zona, nie czas na wspominki.

Idę na przełaj w kierunku, który powinien być południem, mając nadzieję dojść do drogi ku niegdysiejszej Czistogałowce. Łąki pachną wilgocią i świeżą ziemią, anomalie wyraźnie odróżniają się od tła w czystym powietrzu poranka. Zapaliłbym sobie, ale nie mam papierosa; bardziej z przyzwyczajenia, dla uczczenia ładnego dnia niż z potrzeby serca bym sobie zapalił. Omijam anomalie, czasami przystaję, gdy widzę, że jakiś stwór może przeciąć mi drogę. Zatrzymuję się przy ciekawszych miejscach, myszkuję w poszukiwaniu artefaktów. Koło południa robię postój, sprawdzam szczelność węża i dopasowanie maski, wymieniam pochłaniacz przy pasie na nowy.

Przechodzę akurat przez rzadki zagajnik, w którym widziałem chyba wcześniej jakiś ruch, ale nie to mnie teraz zajmuje – licznik zaczyna równo, mocno potrzaskiwać słuchawką, w ciągu krótkich chwil jego sygnały zmieniają się w jednostajny hałas. Nasuwam na plecy pałatkę, zakładam kaptur, na głowę naciągam śmierdzącą kauczukiem maskę, która nadaje twarzy wyraz tępej mordy goryla. Strzelba w dłoń, granat w kieszeni pod ręką.

Przede mną Ryży Las.

W pierwszych godzinach Katastrofy w osiemdziesiątym szóstym, gdy nad Reaktorem podniosła się chmura śmierci, to tutaj właśnie spadło pierwsze uderzenie promieniotwórczego huraganu zniszczenia. Cichy, spokojny las iglasty przyjął na siebie pierwszy impet skażenia, absorbując trudną do uwierzenia dozę 10 000 (dziesięciu tysięcy!!!) rentgenów, przy uznawanej za śmiertelną dawce ekspozycyjnej pięćset milirentgenów na godzinę. Drzewa umarły dosłownie w jedną noc, cały las przyoblekł się w rudobrązowy całun pogrzebowy. Cztery i pół tysiąca hektarów pierwszej strefy skażenia; dwanaście i pół tysiąca hektarów strefy drugiej; czterdzieści trzy tysiące hektarów strefy trzeciej... Nocami, przy pełni księżyca i bezwietrznej pogodzie, Ryży Las czasem świecił, podobno w wyniku reakcji soków fermentacyjnych martwych drzew z cząsteczkami radioaktywnymi. Ponury bór strefy pierwszej wycięto i zakopano, ale tego było mało – drzewa zaczęły odrastać, częściowo same, częściowo w wyniku akcji ponownego zalesiania. Duża część roślin zaczęła przejawiać oznaki gigantyzmu: metrowej wielkości liście łopianu, dmuchawce o puszystych kulach jak dwie złożone pięści, trawa po pas. Jeszcze w 2006 promieniowanie potrafiło sięgać tu aż jednego rentgena na godzinę, a poziom dziesięć milirentgenów na godzinę był uważany za normalny... a potem przyszła Druga Katastrofa.

Słyszałem, że las odrósł, ale nie wierzyłem w to – aż do dzisiaj. Przede mną po lewej jak okiem sięgnąć rozciąga się rudobura gęstwina powykrzywianych drzew, sosen pokrytych nienaturalnej długości igłami, czasem wyrastających nawet prosto z pnia, dziwnego koloru brzóz i ogromnych, skłębionych krzewów dzikiej jeżyny. Drzewa nie są tu martwe, ale... ale żywe na pewno też nie. Powietrze w radioaktywnej gęstwinie przelewa się i faluje anomaliami, wydaje mi się, że widzę ruch pomiędzy kolumnami drzew. Przez okulary maski niewiele da się wypatrzeć... Słysząc głuchy świst własnego oddechu w zaworze wylotowym, ruszam drogą na skraju przeklętej puszczy.

Ciężko się idzie w masce p-gaz – nie wie tego nikt, kto nie próbował. Świat zdaje się taki zamazany, nierealny, jakby odsunięty od nas. Najgłośniejsze stają się puknięcia sprzętu w wąż do pochłaniacza i tarcie kaptura o powierzchnię osłaniającej szczelnie całą twarzoczaszkę warstwy gumy w kolorze bladej zgnilizny, reszta odgłosów dobiega jak spod wody, na zasadzie cichszych bądź głośniejszych szumów. Pomimo naklejonej na nie ochronnej folii szkła i tak zachodzą mgłą, więc idzie się na wpół po omacku, odróżniając tylko zarysy przedmiotów - ale nie zdejmę maski, nie tutaj, o nie. Patrzę tylko na rosnące wskazania licznika i zastanawiam się, czy aby był to dobry pomysł...

Jestem cały mokry - pot ścieka mi po plecach i chyba spływa aż do butów, robi mi się autentycznie słabo. Próbuję wciągnąć w płuca więcej powietrza, ale tylko bardziej się przez to męczę, bo filtr ma przecież ograniczoną przepustowość. Dzień jest ładny, słoneczny, a gumowana pałatka nie przepuszcza pary wodnej, idę więc, niosąc na plecach przenośną saunę... teraz byle tuszkan by mnie zagryzł bez problemu, bo nie widzę już dokumentnie nic, a broń mam pod spodem. Ale jeszcze kawałek, jeszcze trochę, nie może być przecież aż tak daleko...

...prawda?

Gdy udaje mi się w końcu dojrzeć przez zaparowane szkła maski stojące nieopodal słupy linii wysokiego napięcia, to po prostu zrywam z twarzy znienawidzony gumowy kaganiec i walę się na trawę. Licznik uspokoił się już nieco, więc dyszę świeżym powietrzem... czuję, jak żołądek podchodzi mi do gardła, ledwo wyczuwalny zapaszek zgniłych jajek wciąż sączący się z maski przepełnia czarę goryczy - podrywam się na czworaki i rzygam w trawę, pusty żołądek wywraca się na nice, pluję i kaszlę żółcią. Wiedziałem, wiedziałem, że cholerny

„purchel" musi mieć jakieś skutki uboczne! Przecież taki smród – – zrywają mnie torsje na samo wspomnienie.

Długą chwilę leżę tak na przysłowiowym skraju drogi, czekając, aż zbuntowany żołądek się trochę uspokoi. Może to reakcja na wczorajsze pomidorki... dawno jednak nic świeżego nie jadłem. Ale jakie one świeże w końcu, dwadzieścia pięć lat mają jak nic. Zrzucam z siebie płaszcz, wyciągam resztę wczorajszego chleba i konserwy; prosta zasada odruchu Pawłowa – przeżyłeś, to nagroda będzie. Gryząc watowo-gumowaty chleb i próbując wódką spłukać zapach zbuków... – *hyp!... przepraszam, jeszcze jedna próba sprzeciwu była* – patrzę na druty rozpięte pomiędzy betonowymi słupami i tańczący pod nimi „letni gorąc". No, wesoło będzie, nie ma co.

Leżę pomiędzy filarami anomalii nieznanego działania, zastanawiając się tylko nad dwiema rzeczami: po pierwsze, dlaczego jedne anomalie dają artefakty, a inne nie? W sensie, może mają rację ci, co mówią, że „letni gorąc" nic nie robi, i może to nie anomalia, tylko zwykłe złudzenie optyczne? Po drugie: gdzie ja dziś będę spać? Wiem, że to dzikie, od rana o noclegu myśleć, ale takie już życie stalkera, że się na zapas człowiek martwi. Przynajmniej jak się chce jeszcze jedną noc przeżyć. Miałem nadzieję, że słupy linii napięcia będą solidne, żelazne takie, a tu zwykłe betonowe pałki z przewodami – ani wejść, ani nic. Wiem, wiem – nadzieja matką głupich. A tak na serio, muszę pokopać po opuszczonych stacjach energetycznych, może znajdę gdzieś raki, takie znaczy się do łażenia po słupach. Hmmm... niedurny pomysł. A co do „letniego gorąca"... kto to mi mówił, że to może nic nie robi? Pamiętam jak przez mgłę scenę, stoimy obok linii przez... o w mordę, nie pamiętam. Jakbym stał nad wielką, ziejącą dziurą w pamięci. Przecież muszę pamiętać... stoimy przed linią biegnącą przez... ja stoję i patrzę na nią... na nią? Kobieta? Ciepła, pachnąca smołą papa porośnięta mchem na dachu sklepiku... kąpiel w jakimś jeziorku, ale dlaczego kąpiel w Zonie? A może... może poza Zoną? Byłem za Kordonem?...

Byłem! Pamiętam smak piwa z butelki, pamiętam komary tnące po rękach! i pamiętam... pamiętam jej ciało, półkule kołyszących się piersi, pot skapujący z lekko zadartego noska... tak!! Staliśmy wtedy przy linii wysokiego napięcia pod Katiczewem, ja i...

Dura.

Aż uginają się pode mną nogi, gdy fala wspomnień zalewa mi głowę. Jak mogłem nie pamiętać? Co mi się takiego stało, że zapomniałem tyle rzeczy, że brak na MOJE wspomnienia miejsca w MOJEJ własnej głowie? Co mogło się wydarzyć, że...

– 037 –

...że nie jestem taki, jak wcześniej. No właśnie. Muszę tam dojść, muszę znaleźć to miejsce – nie tylko po to, by uwolnić się od koszmarów. Czuję, że dopóki tam nie dojdę, to nie będę znowu sobą – jestem jak szklanka, w którą ktoś próbował zmieścić za dużą pięść. Niosę ze sobą wszystkie kawałki, ale nie poskładam ich, dopóki TO we mnie tkwi.

Wycieram spoconą nagle twarz, rzucam mutrę. Czysto. Cztery kroki naprzód, podnieść mutrę, rozejrzeć się, zwrot w prawo, rzut. Czysto. Cztery kroki naprzód...

Robi się ciemno.

Wcale mi się to nie podoba, szczerze mówiąc. Noc jest dobra, kiedy wychodzi się na rajd w głąb Zony, bo od razu na starcie uczy pokory. Noc jest dobra na swoim terenie, jak się zna wszystkie zakamarki. Noc jest dobra, jak się jest na obrzeżach.

Ale tutaj noc dobra nie jest.

Przyspieszam kroku, chcąc dojść do rozłożystego grabu, który stoi dalej na skraju lasu – już wcześniej wydawało mi się, że widzę przy obrzeżach Ryżego Lasu jakiś ruch, a teraz jestem prawie że pewien. Nie mam pojęcia, jak wlezę na górę – najniższa gałąź jest niemal dwa i pół metra nade mną. Chyba że... jeszcze idąc, wyciągam z pochewki na ramieniu wojskowy nożyk w kształcie liścia – mojego pierwszego przyjaciela w Zonie, starszego jeszcze niż Glock 18 u pasa. Ryzykuję, że go tu zostawię... ale ryzyko to część naszego życia. Wybieram dogodne miejsce na pniu i wbijam na płask ostrze w korę – nie weszło za głęboko, ale to się zaraz zrobi... Jest to jeden z tych rzadkich momentów, gdy żałuję, że nie mam karabinu z kawałem solidnej kolby. Saperka musi wystarczyć – nie jest najlepszym młotkiem, ale przy pomocy grubej na dwa milimetry żelaznej łopatki i butów jakoś udaje mi się wbić nożyk aż po samą rękojeść. Utrzyma? Się zobaczy. Zdejmuję osprzęt, dowiązuję linkę do uchwytu na plecaku, młotek wsadzam za pasek. Odsuwam się, biorę rozbieg... Jeden, drugi, trzeci krok, wybicie, nogą opieram się o wystającą z pnia rękojeść, chwytam prawą ręką za konar, nie tracąc impetu, podciągam, łapię drugą... Uffff, hmpffff... – tak! tak! Zadowolony z siebie usadzam się na gałęzi, wciągam na górę wyposażenie. Ha-ha – tryumf myśli stalkerskiej nad bezduszną naturą!

Oj, chyba w samą porę ten tryumf, bo spomiędzy drzew Ryżego Lasu wypełzają na uroczysko pierwsze cienie...

Uroczysko Pni – tak się to miejsce nazywa na mapach. Ładnie, nie? – a zastanawialiście się czasem, skąd się wzięła nazwa „uroczysko"? No ja też nie. Aż do dzisiaj w każdym razie.

Upiory wyją i przelewają się pod moim drzewem, krążą po zalanej światłem bladego księżyca łące na skraju lasu, znikając w parowach i pojawiając się w całkowicie niespodziewanych miejscach. Nie wiem, czy są tu naprawdę, czy to tylko iluzja. Nie mam zamiaru sprawdzać, nie chcę wiedzieć. Widzę tam sylwetki ludzi i zwierząt niczym utkane z dymu i osypujące się czarną sadzą, tylko oczy błyszczą się lustrem... Nie wiem, czy są mi wrogie, czy przyjazne, czy w ogóle wiedzą, że tu jestem, czy są nawet świadome swego istnienia. Może to tylko jakaś projekcja z noosfery wzmocniona bliskością Sarkofagu, może to nietypowy rodzaj anomalii, w której zachowały się odbicia niegdysiejszych mieszkańców tej ziemi. A może to tylko moje złudzenie, spowodowane silnym polem psionicznym z nieodległego Radaru. Nie wiem. Zamykam oczy, zatykam uszy. Nie ma mnie.

Miłosierny świt nareszcie wstaje po nocy, która zdawała się trwać całą wieczność. Czy spałem? – nie wiem. Chyba nie – zdarzało mi się przymykać oko, owszem, ale taki rwany sen bardziej męczy, niż odświeża. Cienie znikły dużo wcześniej, ale nie znalazłem w sobie odwagi, żeby zejść na dół, zanim pierwsze chłodne promienie słońca musnęły drzewo. Ześlizguję się po mokrej korze, ale wbity w drzewo nóż łamie się pod moim ciężarem z suchym trzaskiem; nie znajdując oparcia dla nóg, spadam na ziemię. Cholera! Mój nóż!... Podnoszę pęknięty kawałek rękojeści – skorodowany metal rozpada mi się w rękach, rozwarstwiając się i krusząc pod dotykiem. Nylonowa linka, którą owinięty był chwyt, trzeszczy i sypie kawałkami przesuszonego włókna, gdy podnoszę ją z ziemi. Łąka wygląda, jakby nigdy nic złego się na niej nie wydarzyło, tylko Ryży Las po drugiej stronie uroczyska stoi nieruchomo, jakby czekając...

Idę brzegiem lasu, starając się nie wychodzić za bardzo na otwarty teren i jednocześnie obserwować poprzerastaną krzakami gęstwinę po prawej. Mimo że przejście przez Prypeć dało mi się we znaki, to zaczynam już chyba odzyskiwać rezon – złapałem znowu rytm równego, stalkerskiego kroku, idealnego do omijania anomalii i zmutowanych roślin, nie za szybkiego, nie za wolnego, takiego sobie akurat, dającego czas na myślenie i improwizację, czyli dwie najważniejsze w naszej egzystencji rzeczy.

Jakoś wczesnym popołudniem drogę przebiega mi sfora czarnobylców – będzie z pięć sztuk chyba... Zamieram, przypadam do ziemi, ale pseudopsy na szczęście mnie nie widzą, gnając na przełaj przez łąkę uroczyska. Nawet gdy bestie znikają w lesie po drugiej stronie, ja nasłuchuję jeszcze długą chwilę, bojąc się poruszyć – zawsze istnieje możliwość, że stado przegonił jakiś większy drapieżnik, a nie chciałbym spotkać się z czymś, przed czym bez walki czmychają te bydlaki. W końcu ruszam naprzód, bo w końcu jaki niby mam wybór...?

Plan był taki, że wyjdę na bazę MTS przy wsi Kopacze – nie mam pojęcia, co to jest ten emtees, pewnie jakieś *maszyno-transportnoje* coś tam... już wiem, *maszyno-traktornaja stancja*! Nie ma to tak naprawdę znaczenia, bo już widzę, że na nią nie wyjdę. Mapa twierdzi, że idąc wzdłuż skraju lasu, wychodzę prosto na nią. Otóż mapa się myli, bo wychodzę prosto na budynki dawnego kołchozu, czyli bite półtora kilometra bardziej na północ. Owszem, trochę nadłożyłem, przechodząc pod kolejną linią wysokiego napięcia, ale nie aż tyle przecież. CZAES majaczy na tle ciemniejącego nieba – podszedłem tak blisko i kręcę się w zasięgu ręki, pewnie Sarkofag nie chce mnie tak łatwo wypuścić. Tfu! – głupie myśli znowu... Znajduję miejsce na nocleg w starym składzie maszyn, ale nie odważam się rozpalić ognia. Za blisko Reaktora jestem, mam wrażenie, że cały czas coś się stamtąd na mnie gapi... Nawet gdy chodziłem po kołchozie, to starałem się iść tak, żeby budynki mnie od niego zasłaniały. Niech tylko noc minie i zrywam się stąd jak najdalej.

Budzę się jeszcze przed świtem – od Prypeć-rzeki wyciąga się bladymi językami mgła, otulająca drzewa szarą poświatą i tłumiąca dźwięki. Elektrownia góruje nad okolicą, niedokończony komin chłodniczy szóstego energobloku i jego ledwo zaczęty bliźniak wyrastają, niczym dwie góry ze ściętymi wierzchołkami, ponad linią lasu. Odwracam się plecami do sieci przewodów i labiryntu podstacji, ruszam wzdłuż starej drogi dojazdowej.

Autokar dostrzegam już z daleka – klasyczna, luksusowa „mrówka", ogromny, nowoczesny wysokoburtowiec ze wszystkimi wygodami, klimą, barkiem i filmami video stoi na poboczu. Drzwi są otwarte, tak samo, jak otworzył je kierowca w feralny dzień kwietniowy 2006, wokół poniewierają się ludzkie kości i nierozpoznawalne strzępy szmat, które kiedyś musiały być ubraniami i plecakami. Co ciekawe, luki bagażowe są zamknięte – czy to możliwe, żeby nikt przede mną tu nie dotarł? Aż dziwne. Albo może być tak, że bez zasilania nie ma ich jak otworzyć. Chociaż nasi pewnie daliby radę, młotek i siekiera to narzędzia stalkera... Bus dość mocno oddaje tłem, zgarnął przez te osiem lat sporo radiacji, ale może środek jest w lepszej formie, może bagaże aż tak mocno nie oberwały? A potem do mnie dociera – tam nie ma nic, co mogłoby się w Zonie przydać. Trochę fatałaszków, szpanersko-pedalskie kurtki pseudosurwiwalowe typu Norffejs, Ber Gryls i Dżek Łulsfkin reklamowane na Travel Channel, niepraktyczne buty, gówno warte noże z internetu, mapy odbijane na ksero w biurze podróży... śmieci. Niepotrzebne obciążenie. Zostawiam za sobą pomnik tragicznej bezmyślności, idę dalej swoją drogą.

Po lewej widzę jeden z nielicznych stojących jeszcze we wsi budynków, schowany pomiędzy drzewami – przy drodze stoi w niewielkim memorialnym zakątku pomnik lokalnego bohatera albo innego nieznanego żołnierza, ubrany w stylizowany mundur ruski gieroj trzyma w lewym ręku coś, co zapewne ma symbolizować *mir*, czyli zarazem świat i pokój... Nieznana anomalia oszpeciła połowę twarzy statui, więc żołnierz wygląda teraz jak żywy trup z wygryzionym okiem i wyszczerzonymi zębami. Za jego plecami pobielony, podparty kolumnami ganek przedszkola z jasnoniebieskimi drzwiami i oknami wygląda jak z zupełnie innej bajki, tylko pokrzywione drzewa, zeschłe liście i martwa trawa przypominają mi, że to ziemia przeklęta.

Zbudowana na cześć 50-riczcza welykoho żołtnia – czytam brązową tabliczkę przy wejściu. Czyli taka tysiąclatka ichnia... ale jaki to ma być miesiąc, ten *żołcień*, to nie mam pojęcia – październik pewnie, bo rewolucja... Ostrożnie zaglądam przez półotwarte drzwi – czysto, cicho... Tylko „wyżymaczka" pulsuje w sali po lewej, obok niej podskakuje... zaraz, czy to jest...? Kładę się na ziemi, podczołguję wzdłuż ściany do podrygującego w rogu artefaktu, czując, jak anomalia liże mnie zimnym podmuchem po karku. Wyciągam rękę, zaczepiam raz i drugi palcem, podtaczam do siebie ażurową konstrukcję w kształcie dwóch sczepionych łańcuchów DNA – czuję delikatne mrowienie palców, gdy podnoszę „bateryjkę" z ziemi i odpełzam na bezpieczną odległość. No proszę, proszę... Czyli znalazłem sobie wieczny akumulatorek, tylko trzeba będzie do niego dorobić przetwornicę na odpowiednie napięcie, i voilà! – koniec problemów z zasilaniem w Zonie. Podobno „bateryjki" działają też w strefach oddziaływania „psujaków" – zobaczymy, zobaczymy... Nie ma co wystawiać na próbę cierpliwości Zony – mamrocząc pod nosem podziękowania pod adresem Gospodarzy, wychodzę z budyneczku, upychając nowe znalezisko do pojemnika. Wychodzę i widzę na drodze...

– Hej, hej, *bradziagi!* – macham ręką i wołam do dwóch stalkerów, idących asfaltem. *Bradziaga*, czyli włóczęga, to zwyczajowy sposób zwracania się do mniej znanych stalkerów – na Dużej Ziemi mówi się per „pan", w ZSRR był *tawariszcz*, Ruscy przejęli od nas *gaspadina*, a w Zonie jest *bradziaga*. Taki lokalny zwyczaj... nie da się poza tym nie zawołać do kogoś radośnie, jeśli nie widziało się przez ponad dwa tygodnie żywej duszy. – *Zdarowy, bratwa stałkiery!*

Dwóch nieznajomych zatrzymuje się, przez chwilę próbuje się pewnie dopatrzeć, gdzie też mogę być – faktycznie, stoję w ciemnym portalu wejścia, białe ściany dają dość duży kontrast... Wychodzę do nich na ganek, a potem staję w pół kroku.

Coś jest nie tak.

Obydwaj są ubrani w wojskowy kamuflaż, ale jakiś taki... wypłowiały mocno, prawie że szary, jakby kolory wyblakły od słońca. Nie widzę ich twarzy, bo obydwaj noszą starego typu maski oficerskie z małymi, okrągłymi okularkami, pełny stalkerski osprzęt, ciemnobrązowe kamizelki bojowe, jakby kiedyś czarne, ale teraz też spłowiałe – ale coś jest z nimi nie tak, coś jest BARDZO nie tak, patrzą na mnie, a potem ten stojący bardziej z lewej przerzuca z pleców na przód ogromny ukaem PKM z pudełkowym magazynem...

– *Manalit!!!* – stłumiony przez membrany masek okrzyk rozbrzmiewa jeszcze bardziej przerażająco, nurkuję do wnętrza przedszkola, gdy początek serii z karabinu maszynowego rozpruwa na strzępy drzwi wejściowe i wyrywa dziury w ceglanych ścianach, siekąc na drzazgi deski podłogi i podrywając w powietrze chmurę radioaktywnego kurzu. Na kolanach i łokciach czołgam się w głąb budynku, próbując tylko znaleźć jakiekolwiek schronienie przed rykoszetującymi mi nad głową pełnokalibrowymi pociskami siedem sześćdziesiąt dwa wyrzucanymi z kryzowanych gilz długości pięćdziesięciu czterech milimetrów z energią kinetyczną prawie czterech tysięcy przerażających dżuli. Fak, fak, faaaaaakkk...! Dlaczego w takich chwilach mózg przypomina nam te zupełnie niepotrzebne statystyczne brednie? Wpełzam za jakąś ścianę, kanonada ucicha, ale to pozorny spokój – ten drugi na pewno jest już przy wejściu. Cholera...

...Monolit.

Ze wszystkich legend Zony, w tę gotów byłem wierzyć najmniej. O ile mógłbym ewentualnie przyznać, iż to prawdopodobne, a w zasadzie niewykluczone, że gdzieś w głębinach Sarkofagu leży sobie ogromny, błyszczący artefakt, wytwarzający potężne pole psioniczne powodujące halucynacje i każące ludziom wierzyć, że są szczęśliwi, o tyle w istnienie tej akurat organizacji w życiu bym nie uwierzył... aż do dziś. Sekta szaleńców; bojówka terrorystów; oddział zombi; organizacja paramilitarna – na temat rzekomego Monolitu słyszałem już tyle teorii, że uznałem, iż każda z nich musi być błędna. Przecież to na zdrowy rozum niemożliwe, żeby ktokolwiek spędzał czas nawet w pobliżu Sarkofagu, nie mówiąc o bezkarnym wchodzeniu do jego wnętrza! Kto poza tym chciałby ochraniać Reaktor, do którego nikt przy zdrowych zmysłach się nie pcha? A jednak...

Detonacja granatu w pomieszczeniu obok niczym nożem ucina moje rozważania – ściana wybrzusza się i sypie wapiennym kurzem, z sufitu osypuje się tynk, kolejny tuman pyłu podnosi się z podłogi, na szczęście zdążyłem naciągnąć maskę, więc przynajmniej nie kaszlę. W uszach mi dzwoni, lekko rozmywają się kontury otoczenia... Jeśli wrzucił granat, to teraz sam tam wskoczył, a ten drugi – no właśnie, gdzie ten drugi?

– *Manaliiiit!* – wycie z dworu ginie w dudnieniu serii z pekaemu, zmieniającej w sito pomieszczenie po drugiej stronie korytarza – ścianka działowa musiała być zrobiona z narzuconego na faszynę tynku, bo praktycznie dezintegruje się na moich oczach. Cholera, chciałem tam właśnie przeskoczyć, a to znaczy, że...

Jakimś cudem SŁYSZĘ metaliczne brzęknięcie odskakującej łyżki i stłumiony odgłos odpalającego w granacie zapalnika. Nie mam chwili do stracenia – rzucam się do drzwi, już w biegu sięgając ręką po nóż na ramieniu... Aaaaaaa!!! – palce zamykają się na pustce, przecież nóż straciłem przy drzewie! Jest jednak za późno, żeby zmieniać zdanie – wylatuję na korytarz, w drzwiach mijając się z wpadającym do mojego pomieszczenia granatem, ciągnącym za sobą smużkę dymu. Monolitowiec stoi przy ścianie, sięgając właśnie po kołyszący się na pasie nośnym subkarabinek AKS-74U – dobrze go wyczułem, zawsze człowiek jest bezbronny, jak rzuca granatem... Widzę przez szkła maski zdziwienie w jego oczach, potem wpadam na niego całym impetem, gdy pokoik za mną eksploduje ogniem, dymem i odłamkami. Lecimy obydwaj na ziemię, on już w locie łapie mnie za gardło i zaciska ręce niczym żelazne kleszcze – widzę przed oczami pół nocnego nieba nad Zoną, jest ewidentnie większy i silniejszy ode mnie, nie mam szans!... Próbuję dosięgnąć pięściami duszącego mnie fanatyka, oderwać się od niego, ale trzyma mnie jak w imadle, krew pulsuje mi w skroniach, płuca desperacko starają się zaczerpnąć powietrza, grdyka mi trzeszczy i chrzęści. Jeszcze chwila i będzie po walce – niby ja siedzę na nim, a to on zmiażdży mi tchawicę, chociaż wcześniej pewnie zdąży udusić, ja to wiem i on to wie, przez opuszczającą się na mnie zasłonę ciemności słyszę jego tryumfalny okrzyk – –

Nie wiem, czy monolitowiec widzi, jak wyciągam z kabury glocka, być może orientuje się, że coś jest na rzeczy, bo puszcza mnie jedną ręką, próbując pewnie przechwycić broń w drodze, ale dla niego jest już za późno – podsuwam mu automatyczną dziewięciomilimetrówkę pod samą brodę i pociągam za spust. Seria roznosi głowę pod maską niczym arbuza, okulary zabarwiają się bryzgami szkarłatu, ciało wiotczeje, ręce puszczają moją szyję. Opadam na podłogę, kaszlę i chrypię, łapczywie chwytając powietrze... drugi! Jeszcze ten drugi!

Zataczając się, wychodzę na front budynku, tam, skąd najpierw do mnie strzelali – korytarzyk i wejście wyglądają jak rzeszoto, muszę teraz znaleźć sprawcę tego kataklizmu – ruszam śladem kaemowca, zakręcając za winkiel po prawej po śladzie dymiących łusek na ziemi. Wyglądam na tył budynku – nie ma go, czyli musi być już dalej... przyspieszam kroku, zza przedszkola rozlega się kolejna kanonada. Pewnie sekciarz z maszynówką nie wie jeszcze, że jego kolega oddał ducha, i nadal kryje ogniem budynek wedle wcześniej ustalonego planu. Seria wyrywa ogromne fragmenty ceglanego narożnika, aż przypadam do ziemi ze strachu, ale zaraz potem, nie zmieniając staccato rytmu, odsuwa się dalej – bydlak szerokim wachlarzem polewa, nie żal mu amunicji... Czekam jeszcze chwilę, żeby na pewno był zajęty masakrowaniem drugiej części ściany, a potem wyskakuję zza rogu, biorę go na cel i naciskam dwa razy na spust.

Pierwsza wiązka śrucin trafia monolitowca w prawe ramię, którym był akurat do mnie odwrócony, karabin zachłystuje się i milknie; drugi strzał kontruję nieco za mocno w dół, druzgocąc mu łokieć i zmieniając miednicę w krwawą kaszę. Pekaem leci na ziemię, ale fanatyk nie upada – spogląda na mnie, pysk maski nie wyraża nic, ale prawie że CZUJĘ jego nienawiść; nie strach, nie ból, a nienawiść właśnie. Lewą ręką sięga do pasa po pistolet, ale trzeci i czwarty strzał uderzają go prosto pod napierśne płyty pancerza, wyrywając ziejące dziury w podbrzuszu i obalając na ziemię. Miota się jeszcze chwilę na ziemi, ryjąc obcasami bruzdy w zetlałych liściach, a potem zastyga nieruchomo. Podchodzę, nie opuszczając lufy, gotów w każdej chwili dołożyć mu dwa ostatnie naboje... Cztery shellsy przyjął! Cztery! Obchodzę go dokoła, opieram o szyję *Zbawiciela* i lewą ręką ściągam maskę z twarzy.

To nie są ludzie. Może kiedyś nimi byli, ale na pewno już nie są. Pozbawiona jakichkolwiek włosów głowa, niemalże białe źrenice wypalonych radiacją Reaktora oczu, kruszące się, brązowe zęby, łuszcząca się skóra pokryta bliznami, naroślami i plamami oparzeń popromiennych... To nie zombi, ale to też nie ludzie. Jeżeli można żyć przy Sarkofagu, to ci szaleńcy właśnie stamtąd przyszli. No właśnie, o cholera... dopiero teraz słyszę, jak wyje słuchawka licznika Geigera, która wysunęła mi się z ucha. Czym prędzej odsuwam się od napromieniowanego trupa, wyciągam z kieszeni miernik... Sziiit! Ten gość daje tło osiemnaście milirentgenów na godzinę! Patrzę na wypchane amunicją ładownice, na pistolet Jarygina w kaburze udowej... Obydwaj

są obładowani sprzętem, na pewno mają przy sobie coś fajnego, ale zdrowie i życie droższe. Wzdycham sobie ciężko i utykając na lewą nogę, odchodzę ku popękanemu asfaltowi.

Powinienem odpocząć chwilę, poczekać, aż wróci mi słuch, ale nie mam ochoty zostawać w pobliżu miejsca potyczki – drapieżniki na pewno zbiegną się na odgłos strzałów, a strzelali tu ostro, poza tym... jeśli było ich dwóch, to może być i trzeci. I czwarty. Przyspieszam kroku, chcąc jak najszybciej odejść z feralnego miejsca. Za blisko tu do Sarkofagu, za dużo się tu dzieje. Po lewej widzę resztki na wpół rozebranych domów z białej cegły, ale nie będę tu próbował – mam zamiar dojść do Leliwa, tam znajdę jakieś bezpieczniejsze lokum na lizanie ran.

Dzień szykuje się ładny, ciepły – wręcz parny, jak na tę porę roku. Czy może być parno wiosną? – chyba tak, skoro jest. Poza tym pogoda w Zonie jest zupełnie nieprzewidywalna, a lepsze już ciepło niż bezustannie siąpiący deszcz. Niebo jest szare, niskie chmury opalizują całą powierzchnią, w rozproszonym świetle drzewa nie rzucają cienia. Wokół mnie jak okiem sięgnąć otwarta przestrzeń niegdysiejszych pól uprawnych, teraz pozarastanych wysoką po kolana trawą i szarym burzanem, wśród których nieśmiało zielenią się młode drzewka. Spoglądam w prawo, wzdłuż potrzaskanego asfaltu wiodącego do bazy MTS; nadal nie wiem, jak to możliwe, że do niej nie trafiłem. To znaczy inaczej – wiem, ale nie pojmuję. Wzdłuż drogi stoją w równych odstępach ostrzegawcze trójkąciki z „wiatraczkiem" – tło faktycznie jest tu wysokie, dlatego właśnie cała wieś Kopacze poszła pod spychacz i do ziemi. Została tylko zardzewiała tabliczka z przekreśloną na czerwono nazwą i informacja obok, że kiedyś tu coś takiego było... Podnoszę do oczu lornetkę, widząc ruch na polach – stado tarków przegalopowuje przez łąki, skacząc nad niewidocznymi z daleka przeszkodami. Niby mutanty, a zachowały w sobie coś... coś takiego radośnie końskiego. Nie słyszałem nigdy, żeby ktoś mówił, że są niebezpieczne – w ogóle mało się o nich mówi, ja sam dotąd raptem jedno stado kiedyś widziałem. Swoją drogą, ciekawe, ilu mutantów nie znamy jeszcze i nigdy nie poznamy; skoro tarków nie widać, znaczy, że muszą być dość płochliwe i uciekają, jak tylko coś zobaczą albo usłyszą.

Robi się naprawdę duszno, powietrze nabiera konsystencji galarety. Boli mnie głowa jakoś tak dziwnie, ręce jak ołowiem nalane... Dochodzę właśnie do linii lasu, po lewej stronie mam dawny obóz pionierów Izumrudnoje, z niezrozumiałych dla mnie przyczyn figurujący we wszystkich źródłach anglojęzycznych jako *Emerald Camp*. Pomiędzy drzewami widzę skośny dach nad drewnianą sceną, wzdłuż drogi gniją kolorowe baraki z dykty i płyt wiórowych. Ocieram dłonią pot z czoła, pociągam łyk wody z manierki. Jakieś dwa *keme* przez las, a potem już będzie Leliw, tam odsapnę. Rzucam ostatni raz okiem ku majaczącej w oddali Prypeci – i robi mi się zimno ze strachu.

Niebo na północy przybrało barwę głębokiego granatu, który zaczyna od dołu nabiegać purpurą. Ołowiane chmury przelewają się i kłębią nad Sarkofagiem, który sam zdaje się otoczony bladą aureolą wiszącej w powietrzu mgiełki, wieżowce Martwego Miasta drżą w falującym na horyzoncie powietrzu. Mimo że wszystko tu stoi, zamarłe w bezruchu, to ściana otaczającego CZAES lasu pochyla się pod naporem niewidocznego wichru. Dalekim echem dobiega mnie odgłos szumu, jakby zbliżającego się z oddali pociągu. Stada gawronów podrywają się z drzew i łąk, napełniając powietrze nerwowym krakaniem. Nagły powiew zimnego wiatru targa trawą, uderzając w twarz pyłem i przynosząc ze sobą basowy pomruk grzmotu.

Emisja.

Cholera, przegapiłem ostrzeżenia! Przegapiłem! Zawsze Elektrownię widać gdzieś na horyzoncie, zawsze się na nią od czasu do czasu patrzy, a ja szedłem do niej plecami, nie widziałem!... Powinienem był się wcześniej zorientować, ale nie czas teraz na biadolenie i wymówki. Trzeba znaleźć schronienie, bo czasu niewiele.

W pierwszym odruchu chcę pobiec do obozu pionierów, ale uświadamiam sobie, że to bez sensu – zbutwiałe drewno nie zapewniłoby osłony przed emisją nawet na obrzeżach Zony, a co dopiero tutaj, tak blisko Reaktora. Do Leliwa też nie dobiegnę, tym bardziej że w lesie mogą być anomalie i lokalna fauna. Zostaje mi jedna jedyna szansa – pamiętam, że na mapie widziałem niedaleko stąd w lasku kilka małych prostokącików, oznaczonych lakonicznym *sar.*, czyli prawdopodobnie *saraji*, po naszemu „komórki, składziki". Może jakaś *liesopiłka* ichnia albo co... Nie ma czasu się zastanawiać, podejmuję decyzję i puszczam się cwałem na przełaj przez pole. Będzie jakiś kilometr – i blisko, i daleko zarazem, a do emisji zostało góra piętnaście-dwadzieścia minut, powinienem zdążyć, chyba że po drodze wpadnę w anomalię. Biegnę najkrótszą drogą, nie bardzo mając wybór, staram się tylko omijać anomalie, przeskakuję przez kępy brzytwa-trawy, słyszę, jak za mną z hukiem rozładowuje się „karuzela", którą najwyraźniej aktywowałem, przebiegając zbyt blisko. Wiatr wzmaga się, szarpie połami kurtki i przygina trawę do ziemi, jestem coraz bliżej ściany drzew, gdy z zarośli wylatuje ogromny prypeć-kaban. Prący na oślep w przerażonym pędzie zwierz, nawet mnie nie zauważając, tratuje kępę zarośli i leci dalej między pola i łąki, ja wpadam pomiędzy drzewa, starając się biec po śladzie mutanta. Przeskakuję obaloną siatkę, gałęzie uderzają mnie po twarzy i czepiają się ubrania, nogi więzną w jeżynach, już widzę polankę, na której powinny stać zabudowania, kiedy niebo rozdziera huk, wibrujący basem aż w głębinach mózgu; narastający ryk Sarkofagu zbliża się, a ja wypadam na pozbawiony drzew plac, przesadzając skokiem okrągłe zagłębienie w ziemi wylane betonem, widzę – hangar! Hangar i miejsca startowe dla rakiet, to jest od razu jasne, chociaż nie mam czasu na myślenie – dopadam do ziejącego czernią wejścia z podwójnymi, zardzewiałymi odrzwiami, gdy niebo za mną spada na ziemię, świat nabiera barw szkarłatu i fioletu, lecę w głąb schowanego pod ziemią półokrągłego schronu, widząc, jak blask rozpoczynającej się emisji maluje żebrowane ściany na czerwono, rzucając fantasmagoryczne cienie na stojący tu pordzewiały beteer na sflaczałych kołach i zalegające pomieszczenie pozostałości wojskowego złomu. Wciskam się przez półotwarte pancerne drzwi w jakiś boczny korytarz, dysząc ciężko, upadam na betonową podłogę, gdy świat na zewnątrz pęka na kawałki, hucząc i wyjąc gniewem Reaktora. Ziemia trzęsie się i jęczy, z sufitu sypie się kurz, żelazo dzwoni i skrzypi, po betonie przebiegają siateczki mikropęknięć. Wczołguję się jeszcze głębiej w bunkier, gdy ściana zaczyna migać i robić się półprzezroczysta, żołądek podchodzi mi do gardła, głowę jakby ktoś wziął w żelazne kleszcze... Włażę dalej, czując, jak warstwy żelbetu i ziemi coraz bardziej ekranują anomalną burzę na zewnątrz, powoli wraca mi czucie w nogach, łupanie i szum w głowie zaczyna zanikać. Przełykam to, co prawie mi wyleciało, opieram się o ścianę, łykam antyrad, zapijam wódą. Jeeeeezu. W pomarańczowosinym poblasku widzę tylko zakręt korytarzyka i zarysy własnych rąk, przejście pewnie ciągnie się kawałek dalej, ale muszę się najpierw wysapać. Włączam tylko latarkę – może dwa metry i kolejny zakręt, pewnie idzie takim zygzakiem, żeby wytracać energię podmuchu ewentualnej detonacji jądrowej. „Komórki"... Głupie Ruski. Niezłe komórki tu mają, nie ma co.

No, to jestem tu uziemiony. Emisja może potrwać i do kilku godzin nawet – nie mam pojęcia, jak to tutaj wygląda, nigdy tak blisko CZAES nie byłem w „tych" momentach Zony. Całe szczęście, że jest tutaj ten schron, bo szlag by mnie trafił w wyjątkowo idiotyczny sposób. Musieli mieć tu niedużą jednostkę obrony p-lot – w bunkrze trzymali rakiety, stanowiska startowe na zewnątrz; pewnie w lasku dokoła znalazłoby się budynki koszarowe. W końcu elektrownia jądrowa niedaleko, a i do instalacji radarowej Duga-2 też beretem rzucił, pewnie takich stanowisk bojowych jest tu w pobliżu więcej.

Dłubię w uchu palcem, bo coś mi w nim dzwoni. Najpierw tylko lewe, potem prawe też – taki wysoki, jednostajny pisk. Pierwszy impet radioaktywnej burzy już opadł chyba, więc nie powinno to być wzmagające się oddziaływanie psioniczne. No chyba że...

Zapalam latarkę, wyciągam przed siebie dłoń i z przerażeniem konstatuję, że wizja zaczyna mi się lekko rozjeżdżać – wszystko ma podwójne krawędzie, jakbym miał ostry astygmatyzm, pisk w głowie nasila się, a to znaczy...

...znaczy...

Zrywam się z betonowej posadzki, ruszam ku wyjściu do hangaru, podchodzę do zakrętu, ale okazuje się wtedy, że...

...podejdź bliżej...

...o nie, nie, nie, nie tędy droga. Kręcąc głową i chichocząc do siebie nerwowo, idę głębiej korytarzem, świecąc przed siebie przygasającą latarką – po prawej wejście do ślepego pomieszczenia jakiegoś składu, kolejny zakręt, korytarz biegnie dalej. Dzwonienie jakby osłabło, ścichło w każdym razie, mam więc chwilę – krótką chwilę – żeby pomyśleć.

Kontroler.

Jedyna rzecz, jaka przychodzi mi do głowy – cholerny psionik, który musiał siedzieć gdzieś w budynkach na zewnątrz, a teraz wybrał się, bydlę jedno, na spacerek w anomalnym deszczyku. Swoją drogą, istotna informacja – mutantom emisje nie szkodzą, kto wie, może nawet dodają im kopa swoją energią.

Na pewno mi się ta wiedza kiedyś przyda, o ile przeżyję.

Pisk nasila się, więc odbiegam jeszcze kilka kroków korytarzem, poza strefę pasywnego oddziaływania mutanta. Niestety, nie mam wątpliwości, że kontroler (o ile faktycznie to on jest) już mnie wyczuł i będzie lazł ku mnie... Rozglądam się po korytarzyku, ale nawet nie mam na czym zapiąć potykacza – goły beton wszędzie! No cóż, dwa razy tej samej sztuczki nie dam rady odstawić. Jedyna rada to iść dalej tunelikiem w nadziei, że mutant odpuści, a jak nie, to jakoś przyjąć nierówną walkę. Wyrepetowuję magazynek, montuję cztery breneki na początek; jeśli czterech nie starczy, to i sześć nie pomoże. Odskakuję głębiej, wychylam się zza zakrętu – czysto. Nadzieja w tych zakrętach, kontrolera najgorzej do siebie na długiej prostej podpuścić, a tak może będę nawet miał szansę. Jakieś pomieszczenia po lewej i prawej, kolejny zakręt – drzwi! Solidne, pancerne drzwi, uchylone tak, że... nie przecisnę się! Ściągam sprzęt, przepycham przodem, kilkanaście centymetrów chudszy daję radę przeleźć przez wąską szczelinę, schylam się po wyposażenie, naciągam na szybko, bo znów w głowie znajome, uporczywe dzwonienie i strzępy dziwnych myśli... zataczając się jak pijany, idę jeszcze kawałek korytarzem, wychodzę za róg – i spoglądam w otchłań. Nie przenośną, bynajmniej, jak najbardziej realną. Przede mną może jeszcze metr podłogi, a potem pionowy szyb o średnicy jakiegoś metra ucieka w dół. I nic, ślepa ściana korytarza i ten szyb.

Wstrzymuję oddech; przez szum w uszach słyszę skrobanie paznokci o pancerną blachę, kilka głuchych, słabych uderzeń, potem ni to pomruk, ni warkot: „Mmmmrrrrryyy...". No dobra, teraz pytanie – czy odszedłem od drzwi na tyle daleko, żeby stwór nie dał rady mnie tu sięgnąć?

NIE.

Nie. Dzwonienie nasila się, widać, że wkurzony mutant napiął się w sobie i chce mi zrypać mózg, żebym sam do niego wyszedł. No, plan był niezły, trzeba improwizować... Podczołguję się do krawędzi szybu, widzę pordzewiałą żelazną drabinkę uciekającą w mrok. Niewiele myśląc (szczerze mówiąc, nie za bardzo MOGĘ też już myśleć), spuszczam nogi w dół, zaczynam krok po kroku złazić po trzeszczących i osypujących się rdzą stopniach. Oddziaływanie kontrolera słabnie nieco, ale za chwilę znów się wzmaga – beton musiał mnie na chwilę osłonić, a teraz bestia wszystkimi siłami stara się mnie dorwać, nim jej się wyśliznę. Jeszcze krok w dół, jeszcze jeden, chichoczę sam do siebie, nie wiadomo z czego, jeszcze w dół... Z góry dobiega mnie ryk zawodu i frustracji.

– Niedoczekanie twoje, bydlaku jeden... – mruczę pod nosem z satysfakcją, a potem pęka pode mną żelazny szczebel. Próbuję postawić nogę na drugi, ale ten też nie wytrzymuje, szarpnięta drabina odrywa się z głuchym zgrzytem od ściany, opiera o przeciwległy brzeg szybu i z rozdzierającym uszy skrzypieniem składa na trzy, trzaskając na spawach i zasypując mnie chmurą rdzawego pyłu. Spadam, uderzam się udem o metalową konstrukcję, a potem z całym impetem walę się plecami na beton.

Uchty!

Robi mi się ciemno przed oczami, zapadam w niebyt.

W żelaznym kręgu

Ciemność przyszła głównie dlatego, że wypuściłem latarkę i chyba mnie przymroczyło. Leżę tak, nie mogąc złapać tchu, i zastanawiam się, czy w ogóle jeszcze żyję. Boli, czyli pewnie tak. Obracam głowę na bok – światło potoczyło się gdzieś dalej, snop pada na betonową ścianę pokrytą zaciekami. Na próbę poruszam ręką, potem drugą, w końcu nogami. Więcej szczęścia niż rozumu. Sztolnię nade mną zablokowała połamana drabina, której wspornik zatrzymał się raptem kilkanaście centymetrów od mojej śledziony... Odczołguję się spod groźnie skrzypiącej góry złomu, gotowej w każdej chwili przygwoździć mnie do ziemi, jak motyla w kolekcji, podnoszę z betonu posadzki *Zbawiciela*, zapalam latarkę, biorę drugą do ręki.

Boli mnie odbite płuco, stłukłem sobie łokieć i kość ogonową, znów ciągnie mnie rozharatane przez snorka ramię, ale żyję. Na górę już raczej nie wrócę, więc trzeba jak Armia Czerwona, *wsjegda wpieriod*... Sprawdzam jeszcze tylko sprzęt – glock nie ucierpiał, *Zbawiciel* się trzyma, czyli nie jest źle. Upadłem prosto na pochłaniacz maski, pogiął się, ale mam nadzieję, że się nie rozwalił w środku, w plecaku... cholera! Wyciągam pojemnik na artefakty, dość paskudnie pęknięty wzdłuż. No, wszystkich przecież nie wywalę, trzeba będzie sobie poradzić. Upadłem też prosto na przytroczoną do pasa saperkę, ale solidny radziecki trzonek wytrzymał. Wrzucam do wewnętrznej kieszeni „mamine korale" dla podratowania zdrowia, kuśtykam lekko opadającym korytarzem. Słyszę jeszcze ostatni, zły ryk kontrolera, który został za pancerną grodzią na górze.

No, to jestem w podziemiach.

Musiał to być rodzaj jakiegoś korytarza komunikacyjnego chyba. Jajowatego kształtu wąskie podziemne przejście ciągnie się pozornie w nieskończoność, latarka pomaga tylko na najbliższych kilkunastu metrach – mimo że snopu światła byłoby dobre sto metrów, to reszty nie rozróżniają już oczy, więc wydaje się, że idę wciąż tym samym odcinkiem korytarza. Moje kroki odbijają się echem od ścian i giną gdzieś w oddali, umieszczone w równych odległościach lampy w żelaznych koszach wyłaniają się z ciemności przede mną i znów przepadają w mroku za plecami. Słuch płata tu figle, czasami wydaje się, że słyszę jeszcze jakiś odgłos albo czyjeś kroki – wtedy przystaję, wszystko dokoła cichnie, a ja boję się poruszyć czy nawet odetchnąć. Powinienem zacząć oszczędzać baterie, ale nie chcę wyłączać latarki – tutaj niebezpieczeństwo może czaić się na każdym kroku, a i akumulatorki też szybciej wykończę takim mruganiem.

Idę.

Pod nogami pojawia się najpierw wilgoć, potem woda – z początku tylko ciamkają w niej buty, potem zaczyna sięgać ponad schodzone podeszwy. Wojskowe *biercy* mlaskają i chlupoczą w płytkim bajorku, a ja mam tylko nadzieję, że głębiej już nie będzie – liczę na to, że tu był najniższy punkt i musiał po prostu zatkać się odpływ. Faktycznie, podłoga zaczyna się podnosić, wkrótce robi się tylko wilgotno, a potem zupełnie sucho... tyle że buty już mam przemoczone. Idę dalej, zostawiając mokre ślady na betonie.

Dochodzę do jakiegoś skrzyżowania chyba, a może większej salki... Ha, wygląda to na podziemny kompleks koszarowy! Po lewej wejście do sal sypialnych, latarka wyciąga z ciemności szkielety piętrowych wojskowych łóżek, drzwi obok to część sanitarna; w podłużnym, zbiorczym umywadle bąbluje fosforyzujący „wiedźmi kisiel", w rogu pomieszczenia przelewa się na podłodze „glut", który zagarniam saperką do lekko rozszczelnionego pojemnika na artefakty. Nie wiem, czy „szczelność" się stopniuje, mam nadzieję, że tak i że znaleziska nie zaczną spontanicznie reagować w plecaku. Salka obok musiała być zbrojownią, koło niej skład i lokalny punkt dowodzenia... Ot, taki sobie mikroschron na wypadek trzeciej światowej, ale wszystko wyczyszczone, pewnie jeszcze po Pierwszej Katastrofie się stąd wynieśli. Mój korytarz ciągnie się dalej na przestrzał, więc idę naprzód, nie mając szczególnego wyboru.

Nie wiem nawet za bardzo, w jakim kierunku idę, co budzi mój lekki niepokój. Jednakże z drugiej strony bardziej niepokoił mnie kontroler, któremu udało mi się psim swędem wywinąć, więc póki co jestem na plusie. Tu w podziemiach nie jest zimno, wilgotność nawet znośna, więc na pewno przyjemniej tu niż na górze – szczególnie podczas emisji. O ile nie wracam do CZAES, to w zasadzie więcej zyskuję, niż tracę.

Pod warunkiem że dam radę stąd wyjść.

Trudno mi ocenić, jak daleko odszedłem – kilometr? półtora? – gdy drogę zagradzają mi stalowe drzwi. Nie żadna potężna gródź, ale zwykłe drzwi, zamykane na kołowrót. Zamykane na pewno, ale czy otwierane, to się okaże... Napieram całą siłą na dźwignię zamka, ale otwiera się zaskakująco łatwo, drzwi uchylają się nieco, słyszę wycie przeciągu w szczelinie, zaglądam na drugą stronę, przyświecając sobie latarką – czysto. W sensie przenośnym, bo w dosłownym jest brudno – kawałki desek i śmieci pod ścianami wyraźnie pokazują, że ta część podziemi jest łatwiej dostępna z powierzchni, a zatem należy mieć się na baczności.

Jestem w podobnym kompleksie, co poprzednio, ale tu panuje o wiele większy bałagan – możliwe, że to jeszcze sprawka ludzi sprzed Pierwszej Emisji, bo w kilku miejscach widzę na ścianie niby-wyszukane graficiarsko-chuligańskie podpisy farbą w sprayu. Dlaczego nie przeszli za drzwi pancerne? Może zajrzeli, poszli kawałek, ale ciemność ich odstraszyła? Nie wiem, pewnie nigdy się nie dowiem. Na szybko sprawdzam pomieszczenia, ale nie ma tu nikogo ani niczego interesującego – widać, że ktoś przede mną już czegoś szukał, meble są poodsuwane od ścian, w paru miejscach dostrzegam nawet skuty beton. Durni cywile. W wojskowych obiektach nie ma tajemnych przejść i skrytek, i to nie tylko dlatego, że wszędzie beton. Po prostu jak możesz gdzieś wejść, to wejdziesz, a jak nie możesz, to są strażnicy i drzwi. Tyle. Tu żadnych tajemnic ani „sikretów" nie ma, bo nie po to to było budowane. Ciekawe jest natomiast zupełnie co innego – okrągła klatka schodowa z obiegającymi centralny słup żelaznymi stopniami na górę. Schody już nieco nadgryzione zębem czasu, ale spróbujemy, w końcu cóż innego nam pozostaje? Powoli, ostrożnie, ramię w ramię ze *Zbawicielem* wspinam się na górę.

Na szczycie schodów jest nieduży ni to korytarzyk, ni to przedsionek, odgradzający mnie od świata kolejną grodzią pancerną – ta z kolei jest półotwarta, więc nie muszę robić stalkerskiego *strip-tease*, żeby się przez nią przedostać. Wyraźnie czuję wilgoć w powietrzu, które pachnie tu zatęchłą piwnicą i czymś jeszcze... nie potrafię określić tej nutki, ale wiem, że mi się nie podoba. Kojarzycie, jak pachnie stara padlina? Nie taka gnijąca, ale taka, która swoje już przeszła i teraz po prostu... jest. Takie wspomnienie śmierci. Poza tym dobiega do mnie jednostajny szum, jakby działających maszyn albo lejącej się wody. Nie wiem, gdzie jestem, ale już mi się tu nie podoba.

Jakiś słaby poblask daje szansę zobaczenia przynajmniej czegokolwiek bez światła, ale nie gaszę latarki – tutaj sobie na to nie pozwolę. Ostrożnie przeciskam się między pancernymi drzwiami a ścianą, starając się nie myśleć, co by było, gdyby miały się teraz zamknąć... Powoli, systematycznie omiatam snopem latarki całe pomieszczenie. Musiała to być jakaś maszynownia, ale naprawdę imponująca – rury przeróżnej średnicy wiją się pod sufitem i kaskadami opadają do zbiorników, fragmenty żelaznej siatki i kratownic leżą na podłodze, tworząc wrażenie strasznego nieładu. Wszystko jest przeżarte korozją, chociaż jasnoszara farba trzyma się jeszcze nieźle na skrzynkach kontrolnych i panelach z przedpotopowymi bezpiecznikami. Izolacja na przewodach ciepłowniczych porosła zielonkawym mchem, od którego profilaktycznie staram się trzymać z daleka, podłogę zaściela warstwa odłamków tynku, jakichś papierów i przegniłych książek, żelaznego złomu, w którym najliczniejszym elementem są sprężyno-stružki długości mojego ramienia. Nie jest to na pewno kotłownia w blokach wojskowych, oj nie... Musiał być na górze tego drugi poziom, bo widać kładki, przejścia i drabiny – no i są też okna, okna! Co prawda na zewnątrz musi się już zmierzchać, bo wąskie prostokąty otworów są ledwo-ledwo szarofioletowe, ale przynajmniej daje to nadzieję na wydostanie się z podziemi. To stąd ten szum – na zewnątrz pada deszcz, woda wlewa się strumyczkami do środka, ścieka po ścianach, kapie z rur i przewodów, z pluskiem wpadając do na wpół zatopionych zbiorników w betonowych zagłębieniach. Powoli, ostrożnie, patrząc pod nogi (jedną z głównych przyczyn śmierci stalkerów, obok potworów i anomalii, są odkryte studzienki techniczne), ruszam krok za krokiem naprzód. Od dłuższego czasu znów nie widziałem żadnej anomalii, poza typowym dla podziemi „wiedźmim kisielem" – powinienem się niepokoić? Chyba tak. W Prypeci też nie było anomalii, a i tak średnia moich niedoszłych śmierci niebezpiecznie podskoczyła. I tutaj mi się ten wiszący w powietrzu smrodek nie podoba... Co to za miejsce w ogóle?

Wchodzę po żelaznej drabince na górę, ostrożnie stawiając nogi, przesuwam się po żelaznej kładce technicznej nad maszynownią. Rzucam okiem przez okno... no tak, emisja się już skończyła! Nawet o tym nie pomyślałem w pierwszej chwili, przecież stąd ten deszcz; czyli cały boży dzień lazłem tymi korytarzami. Tak mi się zdawało, że kilka *keme* zrobiłem, bo nogi już nieco ciągną od marszu po betonie; w Zonie się odwyka od chodzenia po twardym, a jeszcze upalony obcas daje się we znaki. Okna pod sufitem wychodzą na zewnątrz dość nisko, na poziomie ziemi, widzę przez nie wrak samochodu strażackiego stojący na betonowym placyku, dalej ściana lasu... No, przede mną kolejna drabinka na wyższy poziom. Nieprzyjemny zapach nasila się, chyba czuć w nim też nutki spalenizny – zaraz się okaże, gdzie ja w ogóle jestem.

W pomieszczeniu na górze musiał szaleć kiedyś pożar, to widać na pierwszy rzut oka. Betonowy sufit pokrywa gruba warstwa sadzy, teraz przesyconej wilgocią i odpadającej całymi płatami, ale wciąż dającej charakterystyczny swąd. Co ciekawe, w większości ściany i pancerne szafy pełne układów scalonych i elektroniki zdają się nietknięte ogniem, tak jakby paliło się punktowo coś bardzo smolistego tylko... Ale przebijający przez spaleniznę zapach śmierci jest aż nadto wyraźny. Tutaj okien jest więcej, dawno już nie ma w nich szyb, więc widać przez nie las i betonowy plac wokół budynku, wszystko tonące w lejącym się z nieba ciężkimi strugami deszczu. Szum kropel działa zdradliwie uspokajająco, bo wydaje się, że dokoła jest spokój, że nie ma żadnych odgłosów i samemu idzie się cicho, ale to złudzenie. Tu jest Zona, tu nigdy spokoju nie ma.

Obchodzę dokoła dużą salę – wygląda na to, że nie ma tu piętra, bo nigdzie nie widać schodów, poza tym jest zbyt nisko, jak na piętrówkę. Oczywiście najłatwiej byłoby wyjść i popatrzeć, ale na dwór nie chcę się jeszcze pchać, tym bardziej że pada. Nie podoba mi się tu, oj, nie podoba...

Snop światła pada na kupę szmat w ciemnym rogu pomieszczenia. Przynajmniej na coś, co w pierwszej chwili WYDAJE SIĘ kupą szmat, ale zaraz potem widzę wystającą z niej rękę. Ludzką rękę. Zasuszoną i chudą, praktycznie same kości obleczone pergaminową skórą... To nie kupa żadnych szmat, a masowy grób, kurhan w zasadzie.

W niemym przerażeniu kontempluję widok. Ciał musi być tu przynajmniej kilkanaście – zrzuconych na hałdę w rogu, jak już nikomu niepotrzebne śmieci albo ogryzki, ręce i nogi powykrzywiane pod dziwnymi kątami... Mimo panującej tu wilgoci wszystkie wyglądają, jakby kiedyś były – zmumifikowane. Zasuszone. Jakby ktoś odessał z nich całą wilgoć...

Posokowiec – jedyna rzecz, jaka przychodzi mi do głowy. Odwracam się na pięcie, przysiadam, omiatam pomieszczenie za sobą światłem. Co za durny odruch. Gdyby stwór tu był, to już by było po mnie. Powiem więcej – jeżeli tu jest, to już po mnie. Wlazłem prosto w legowisko chłeptokrwija, niech to Czarny Stalker... Rzucam jeszcze raz okiem na trupy, próbując ocenić, jak długo tu leżą. Prawda, wszystkie zostały wyssane do cna z soków życiowych, skóra pozapadała się i pomarszczyła, usta rozwarte w niemym krzyku, oczodoły straszą pustką; ale też zdążyły już nieco zajść pleśnią, pokryć się kożuchem pajęczynopodobnego nalotu. Trącam nogą leżącego na samym wierzchu umrzyka – mundur mocno już zetlał, sprzączki zaszły rdzą, klamra paska z radziecką gwiazdą pokryła się nalotem zielonkawej patyny, wszystkie szczątki mocno przyprószone sadzą i poczerniałe od dymu; zatem muszą tu leżeć już dość długo. Kurtka osmalona od góry, resztki włosów pozwijane, jak od gorąca – czyli zginęli przed pożarem, który wypłoszył stąd mutanta. Ogień musiał iść górą, po suficie, może zajęła się izolacja na przewodach od jakiegoś zwarcia, trudno orzec. Dość, że posokowiec jakiś czas miał tu swoją siedzibę, a potem się stąd wyniósł... albo się zhajcował, czego mu szczerze życzę. Pewnie inne mutanty jeszcze nie odważyły się zajść do jego dawnego dominium, dodatkowo odstraszane zapachem spalenizny, więc budynek stoi pusty. Gratka, jakich mało, ale i tak się trzeba zabezpieczyć – kończę obchód budyneczku, na zewnątrz jest już zupełnie ciemno, deszcz nadal leje. Jakiś czas rozważam zaminowanie wejść, ale to głupiego robota, bo okna są tak duże i tak nisko, że żaden mutas nie będzie się bawił we wchodzenie drzwiami. Jest za ciemno, żeby teraz obszukiwać poległych, a jedna noc i tak im różnicy nie zrobi. Wycofuję się do podziemnej maszynowni, zakładam przed zejściem granat, moszczę sobie leże w kącie pomiędzy pordzewiałymi rurami, mając chronione trzy strony przez ściany i żelazo. Nawet jeżeli coś spróbuje tu wleźć, to większego potwora załatwi granat, a mniejsze nie powinny dać rady drabinkom... Teoretycznie. Detonacja w tak wąskiej przestrzeni pewnie mi urwie uszy, ale stwory łażące nocą po Zonie na uszach nie poprzestaną, więc i tak wyjdę na plus. Zjadam kolację na zimno, szprycuję się lekarstwami, zdejmuję buty, żeby trochę przeschły przez noc. Rundka opatrywania i szycia ran – ostatnie kawałki rozpuszczalnych nici chowają się pod skórę, pusta szpulka z etykietką bełchatowskiego YAVO zostaje tu jako niemy świadek skuteczności transgranicznego handlu sprzętem. Chowam się w śpiwór, starając się nie myśleć o tym, jak bardzo pachnie paloną gumą i mokrą sadzą. Że w zasadzie śpię w popiołach. Szum deszczu działa kojąco, więc odpływam chyba od razu, jak tylko gaszę latarkę.

Krew.

Krew kapie mi z głowy, krwawię z nosa i z uszu. Czerwony płyn zalewa mi oczy, piekąc w rany po wyciętych powiekach, dostaje się do ust, czuję posmak metalu na języku. Krzyczę, gdy wizg tarczowej piły chirurgicznej rezonuje mi pod czaszką, a głowę spowija aureola szkarłatnych kropelek. Wszędzie dokoła jest tak sterylnie czysto, tylko pode mną kałuża krwi. Nagle wszystko oddala się, gaśnie, przycicha – to elektroda wprowadzona w mózg wysyła kojące sygnały. Mózg podobno nie odczuwa bólu, bo musiałby mieć sprzężenie zwrotne z samym sobą... ale ja czuję każdy chirurgicznie cienki pręcik, który powoli wsuwa *mi się pomiędzy zwoje. Wrzeszczę, czując dokoła zimne umysły i sterylne myśli oprawców.*

Budzę się zlany potem, przez chwilę panikuję, nie wiedząc ani gdzie, ani kim jestem. Zapalam w końcu latarkę, oświetlam podziemną maszynownię... niech to cholera jasna! Pociągam wody z flaszki, uzupełniam zapas z foliowego pojemnika. Ile razy można umrzeć w przeciągu jednego żywota? Ile jeszcze różnych rodzajów bólu mam poznać we śnie? Jak cholerny Siemiecki normalnie...

Jurij Michajłowicz Siemiecki był podobno jednym z pierwszych stalkerów Zony, podobno też pierwszym, który rzekomo dał radę dotrzeć do Sarkofagu i odnaleźć tam legendarny Życzeniospełniacz. O co poprosił Siemiecki? Tak jest, o nieśmiertelność! Od tamtej pory ponoć błąka się po Strefie jako jeden z upiorów Zony, odradzając się co świt gdzieś pośród bagien Prypeci i przed upływem dwudziestu czterech godzin ginąc straszliwą śmiercią – rozerwany na strzępy przez anomalie, stratowany przez mutanty, napromieniowany tak, że ciało odpada mu od kości... Podobno niektórzy spotykali Siemieckiego albo podających się za niego ludzi, którzy nieodmiennie ginęli w pierwszym dniu znajomości. Nie wiem, ile w tym prawdy – swego czasu trochę się czytało, więc coś mi świta, że to może być jakaś książkowa hucpa... nie zmienia to faktu, że Siemiecki i jego połowiczna nieśmiertelność stali się częścią folkloru Zony.

Uspokajam się nieco. Przydałoby się zapalić, ale się nie chce. Chyba przestało już padać, więc wyjdę na zewnątrz się rozejrzeć – i tak już mi się odechciało spać przez te koszmary... Jeśli spałem cztery godziny, to to jest rekord świata normalnie. Przechodzę ostrożnie nad drutem podczepionym do granatu, świecąc latarką, wychodzę przed budyneczek. Las dokoła ciemny i cichy, księżyc świeci zza chmur, przeglądając się w kałużach; anomalie syczą i trzaskają iskrami. Znajduję drabinkę na dach parterowej konstrukcji, trzymając w jednym ręku *Zbawiciela*, wdrapuję się na górę.

O kurtka na wacie! Jest ciemno, więc część szczegółów mi ucieka – ale to nie jest pierwszy lepszy budynek w lesie. Pomiędzy drzewami widać żelazne kosze anten, ustawionych po idealnym kole wokół ażurowej maczugi centralnego masztu, dźgającego w niebo z rzekomej kotłowni. Jest chyba tylko jedna taka instalacja w Zonie, jedna na Amurze i jedna przy jakimś Nikołajewie, chociaż słyszałem, że w byłym ZSRR było ich jeszcze kilka – podobno dwie stoją w obwodzie kaliningradzkim, jedna gdzieś pod Kijowem chyba... Nie ma najmniejszej wątpliwości, to musi być osławiony SWNZ Krug.

Stacja zwrotno-skośnego sondowania jonosfery Krąg to chyba jedno z dziwniejszych miejsc Zony – nieduży, parterowy budyneczek schodzący dwa piętra pod ziemię, otoczony w promieniu stu pięćdziesięciu metrów podwójnym wianuszkiem dwustu czterdziestu dziesięciometrowych anten, wyglądających jak olbrzymie średniowieczne klatki na czarownice. Teoretycznie miał to być system wspomagający celowanie wiązki dla ogromnego radaru pozahoryzontalnego Duga-2, który widzę w blasku księżyca ponad koronami drzew, ale zdaje się, że instalacja nigdy nie działała zgodnie z pierwotnym przeznaczeniem. Zamiast tego prowadzono na niej najprzeróżniejsze eksperymenty w zakresie radiolokacji pasywnej w częstotliwości krótkofalowej w ramach tak zwanego projektu Turmalin; stacją interesowała się też (jakżeby inaczej!) KGB, ale podobno wojsko nie zgodziło się na oddanie obiektu. To były mocno nowatorskie idee – śledzenie startu i trajektorii rakiety na podstawie zakłóceń, jakie powoduje ona w jonosferze... Większość z tego pozostała co prawda tylko na papierze, w formie rozmyślań i teorii. Może to i lepiej – w końcu wystarczy rozejrzeć się po Zonie i od razu widać, do czego potrafi doprowadzić próba praktycznego wdrożenia pozornie genialnych pomysłów teoretycznych.

Rozglądam się jeszcze po spowitej całunem nocy okolicy – las wokoło podświetlają nieziemskim blaskiem anomalie, skądś z daleka słyszę ponure wycie, niosące się ponad wierzchołkami drzew. Czyli aż tutaj doszedłem pod ziemią... no dobra, skoro tak, to tak. Łapie mnie nagły atak nostalgii – patrzę na rozgwieżdżone niebo, na milczące drzewa i martwą aparaturę, przez krótką chwilę czuję się tak cholernie samotny... Schodzę z dachu, zabieram z podziemi swój sprzęt, rozkładam się na dachu pordzewiałego ZIŁ-a – samochód jest, o dziwo, zupełnie czysty, tło jest tu wszędzie zaskakująco niskie, a jestem przecież w tak zwanej „dziesiątce", czyli dziesięciokilometrowej strefie bezwarunkowej kwarantanny. Wyciągam z plecaka pudełko kredek i blok do rysowania ze szkoły w Prypeci – no tak, kredki się oczywiście połamały, gdy spierdzieliłem się z drabiny, ale na moje potrzeby wystarczą. Nawet nie mam noża, żeby je zatemperować, więc trzeba oszczędzać pokruszony, stary grafit – biorę głęboki oddech, zamykam oczy, łapię obraz i zaczynam rysować.

Całe lata nie miałem nic do rysowania w dłoni, cały czas tylko telefon i komputer, a potem pistolet i nóż... Nigdy nie byłem dobrym grafikiem, ale czuję potrzebę przelania tego, co widzę, na papier. Na razie tylko szkic, kolory się wypełni, jak znajdę więcej kredek. Nie jestem pewien, co to będzie, ale wkładam w to całe serce – wysokie, zimne betonowe ściany, puste oczodoły wybitych okien, wyrwane z zawiasów drzwi... Nie jest to piękne, nie jest idealne, ale świat też taki nie jest. Za to jest moje.

Nad Zoną powoli wstaje blady świt.

Gdy robi się jaśniej, zostawiam swoje bazgroły i wracam do budynku stacji radarowej, żeby pobawić się w hienę cmentarną. Nie jest to najmilsze zajęcie, ale tutaj każdy kawałek wyposażenia się liczy. Jedyna dobra rzecz z posokowcami to to, że nie rozdzierają ofiar na strzępy, tylko „po prostu" zadają czystą śmierć – o tyle, o ile to możliwe w Zonie, rzecz jasna. Wszystkie trupy mają praktycznie zdartą skórę z większej części szyi i karku, ale poza tym ciała są nieuszkodzone – nie licząc połamanych kości, ale to już mógł mutant zrobić po śmierci ofiary, ciskając ją na ten swoisty kompost. Porządny jakiś musiał być, swoją drogą: jedzenie do domu przynosił, odpadki w jednym miejscu zrzucał, normalnie perfekcyjna pani domu, cholerna jego mać. Dziewięć trupów... sporo. Trudno powiedzieć, kto tu był stalkerem, a kto cywilem, kto bandytą, a kto wojskowym – jedni mają na sobie więcej sprzętu, inni mniej, tu nawet jeszcze pistolet tkwi w kaburze... o, nóż! Wyciągam broń z zapleśniałej pochwy – długa, obosieczna klinga lśni chromowaną powierzchnią, rękojeść przystosowana do chwytu ostrzem w dół i dociśnięcia kciukiem, żeby się z mokrej od krwi ręki nie wyślizgnął. Wygrawerowany cyrylicą napis „Kizliar" i „Pamiontka s Czeczeni" – wygląda na autentyk, wnosząc po koślawym rosyjskim. I nazwa coś mi mówi... To nie jest nawet nóż do walki, a po prostu do zabijania; jeżeli ktoś wymachuje nożem trzymanym do góry, to robi popisówkę, ale jeżeli trzyma go lekko z tyłu, ostrzem w dół, to znaczy, że idzie, żeby zabić. Pierwszy cios od prawej tnie na wysokości tętnicy, przedramię zasłania nas przed kontratakiem wroga, a potem ręka, wracając, uderza sztychem w szyję – to nie walka, to zabójstwo. Sprawdzam tylko tło – w normie, więc od razu troczę trofeum do pasa. Przekopuję jeszcze zetlałe torby i nadgniłe plecaki, zasłaniając usta ręką, grzebię w ładownicach... Znajduję kilka puszek konserw i trochę zaciągniętej rdzą i patyną amunicji dziewięć milimetrów, mocno już dla mnie deficytowej. Najwyraźniej ktoś tu miał dwururkę, bo jest nawet parę sztuk nabojów śrutowych – parszywej produkcji co prawda, ale jest. Znajduje się też manierka z resztką spirytusu, którym roboczo odkażam łupy... No, bezimienni bracia stalkerzy, dzięki za pomoc zza grobu, niech wam Zona lekką będzie, a ja ruszam dalej.

Od Kręgu kieruję się na przełaj przez las, starając się trzymać azymut przez zakręt niegdyś prowadzącej tu drogi i dalej na Czarnobyl. Czekają mnie jakieś trzy kilometry marszu przez las i potem dobre drugie tyle do jakichkolwiek pierwszych zabudowań, ale nie martwię się tym za bardzo – świeżo po emisji nie trzeba się aż tak bać o schronienie, można pod chmurką nocować nawet. Tylko mutanty... Uciekłem kontrolerowi, przeszedłem bezpiecznie nieznanymi podziemiami, nie spotkałem się z tutejszym chłeptokrwijem – chyba mam dług u Zony, a ta stara lichwiarka upomni się o niego z odsetkami w najmniej sprzyjającym momencie. Zawsze tak jest, sprawdzone w praktyce i testowane na zwierzętach.

Zostawiam na północy gargantuiczne anteny radaru Duga-2, idę przez rzadki las pełen polanek i zarośniętych przecinek, przekraczając wiatrołomy i wymijając zapadliska anomalii grawitacyjnych. Słyszę gdzieś w głębinie drzew donośne pomiaukiwanie wielkich czarnobylskich kotów, które podobno żyją w opuszczonych wioskach i gęstwinach dzikich puszcz na tym brzegu Prypeci – wolałbym się z nimi nie spotykać teraz, albo jeszcze lepiej wcale. Nadzieja w tym, że koty będą bardziej pragmatyczne i wyrachowane niż psy, więc nie będą atakować uzbrojonego człowieka...

W końcu wychodzę spomiędzy drzew – trochę chyba zboczyłem z kursu, zamiast widoku na Czarnobyl przede mną spora polana wycięta pośród lasu. Przykucam pod drzewem, plecy kryje mi „karuzela", rozkładam mapę... no tak, jestem jakiś kilometr za bardzo na południe, o ile to właśnie to miejsce. No cóż, tak to jest, jak się kluczy po lesie pomiędzy pewną śmiercią a śmiercią gwarantowaną, trudno wtedy utrzymać jeden kierunek; i tak nieźle mi poszło. Patrzę na zasnute białą mgłą niebo – musi być już jakoś po południu. Do zmroku jeszcze parę godzin, więc mogę albo spokojnie dojść do niedalekiej stacji asenizacyjnej, albo próbować dotrzeć na przedmieścia Czarnobyla... ale to by oznaczało dodatkowe sześć kilometrów do zrobienia, a tyle się po Zonie robi w jeden pełny dzień, i to po znanym terenie. Owszem, to ślimacze tempo, ale głównie dlatego jeszcze żyję – bo się nie spieszę bez sensu. Kilka razy już otarłem się ostatnio o nieprzyjemności, a Zona to kapryśna bogini, nie ma co się z Nią chandryczyć.

Wybór okazuje się ze wszech miar słuszny – półtorakilometrowy marsz przez wycinkę zajmuje mi większą część pozostałego dnia, więc jest już szarawo, gdy wychodzę na popękaną wstęgę asfaltowej drogi z Korogodu na Czarnobyl. Stacja powinna być o tam, za tymi drzewami... broń w pogotowiu, bo na podejściu do celu najłatwiej zginąć.

Hm. Zawsze wydawało mi się, że „asenizacja" to jakieś uzdatnianie wody będzie, jak chlorowanie czy coś... Natomiast wnosząc po ilości rdzewiejących tu pośród chemicznych anomalii starych beczkowozów i szambiarek, to musi to być raczej zwykła przepompownia ścieków. No cóż, czego to się człowiek w Zonie nie dowie. Zapaszek wciąż wisi tu dość gęsty, mimo że instalacja pewnie nie działa od osiem szóstego – „żrące mgły" i „gazówki" unoszą się oparem wokół popękanych rur i zarwanych zbiorników zlewni, tu i ówdzie gotuje się „wiedźmi kisiel". „Gazówka" to chociaż się zielonkawym kolorem zdradza, ale „mgła" jest praktycznie niewidoczna. Tutaj trzeba naprawdę uważać, oj, trzeba... naciągam maskę, wyjmuję z kieszeni zapakowany w hermetyczną torebkę zestaw papierków lakmusowych, wzbogacony o pozabierane ze szkoły w Prypeci dodatkowe bibułki – nie jestem pewien ich przydatności, więc będę używał po dwie naraz. No i jedziemy... kawałek kija nacięty na końcu, próbnik wetknięty w szczelinę; wyciągnąć przed siebie, potrzymać, sprawdzić, dwa kroki do przodu, stop, powtórzyć procedurę. To nie są zwykłe szkodliwe opary, ale autentycznie zabójcze gazy, potrafiące przeżreć gumę maski i wypalić oczy w zaledwie kilka minut. Pod ręką mam już IPP, czyli *Indziwidualnyj Praciwachimiczieskij Pakiet* – życia na pewno nie uratuje, ale lżej dzięki niemu będzie umierać. Widzę artefakt wiszący w samym środku oparu po lewej, ale odpuszczam sobie na razie – nie pora na to, może jutro go jakoś wyciągnę. Przestępuję przez kupkę bezkształtnej materii, która kiedyś pewnie była nie tylko organiczna, ale i ożywiona – człekopodobny mutant albo wręcz nieostrożny stalker jakiś... Coś dużo tu trupów. Okazuje się, że w samej Prypeci jeszcze jako tako da się egzystować, a chyba najtrudniejsze musi być podejście do niej.

Daję radę w końcu dotrzeć do jednego z betonowych budynków – wydaje mi się, że lekko złapałem rękawem jakiś obłok gazu, ale to się okaże... Problem polega na tym, że „żrący" nie znaczy „kwasowy" – równie duża część anomalii chemicznych ma odczyn ostro zasadowy; nie wiem, czy nie groźniejszy, bo mniej oczywisty. Na wszelki wypadek neutralizuję potencjalną substancję najpierw na jeden, potem drugi typ skażenia. Pewnie jutro okaże się, że rozlazł mi się rękaw od tej neutralizacji właśnie, no ale co zrobić, lepiej cerować kurtkę, niż obudzić się bez ręki. Wchodzę przez okno do środka, sprawdzam kąty – czysto. Emisja była niedawno, więc anomalie się nie przesuną, można spokojnie odsapnąć...

Chociaż nie wiem, po co się oszukuję: i tak nie odpocznę w nocy, i tak się nie wyśpię, i tak nie dam rady wyluzować na tyle, żeby przestały mnie boleć nieustannie spięte mięśnie, żeby zelżał ból ponaciąganych ścięgien, żeby nie czuć się zmęczonym od rana do wieczora.

Nie wiem, co mi się w nocy śni. Nie pamiętam, nie chcę pamiętać.

Piołun

Gdy rankiem wychodzę nareszcie na mokrą od rosy asfaltówkę, widzę w końcu daleko przed sobą bloki Czarnobyla. Mijam resztki ogrodzenia z drutu kolczastego stojącego niegdyś wokół „dziesiątki", idąc poboczem pomiędzy anomaliami ku miastu, które dwa razy już umarło... Prypeć przynajmniej nie łudziła się nadzieją, pokornie przyjmując swój los miasta duchów; natomiast do Czarnobyla zdążyli przed Pierwszą Emisją wrócić ludzie.

Podobno nie było ich tak dużo – maksymalnie przebywało tam około dwóch tysięcy rezydentów, a i to czasowych tylko, głównie naukowców i pracowników instytutów badawczych, działających w systemie zmianowym. Łazili nieśmiało po Strefie, kontrolowali poziom promieniowania, badali wpływ radiacji na zmiany genetyczne, zamartwiali się stanem niszczejącego Sarkofagu, sadzili lasy na miejscu wyciętych puszcz, budowali jakieś śmieszne betonowe schrony na zużyte rdzenie z pozostałych energobloków... Jak u Strugackich normalnie, Instytut obok Zony – przepustki nawet mieli, punkty kontrolne, dozymetrię na powrocie i wszystko, jak trzeba. A potem przyszła emisja w połowie kwietnia 2006 i wszyscy zginęli w przeciągu jednej nocy. Poprawka – MAM NADZIEJĘ, że zginęli. Dlaczego? Ano, po pierwsze dlatego, że nie życzę nikomu przeżycia emisji, bo to chyba los gorszy niż śmierć. Po drugie dlatego, że nie chciałbym ich teraz spotkać.

Podobno po Pierwszej Emisji było zorganizowanych nawet kilka ekspedycji ratunkowych do Czarnobyla – nie sądzę, by nawet najbardziej naiwny wojskowy decydent liczył na to, że da się tam jeszcze znaleźć kogokolwiek żywego i zdrowego, chodziło pewnie raczej o sprzęt, wyniki badań i ostatnie zapisy urządzeń rejestrujących... Szczególnie na myśl o tych ostatnich nawet mnie robi się gorąco z wrażenia. Każdy stalker jest po części jeśli nie uczonym, to naukowcem, a amatorska pasja poznania nieznanego świata to potężny bodziec – w sumie każdy z nas właśnie dlatego i właśnie po to tutaj jest. Już dokumenty i dane z komputerów znalezione na Obiektach były pasjonującą lekturą, a co dopiero te zachowane w pełnowymiarowych laboratoriach... O ile wielka, uzbrojona w najnowszy haj-tek ekspedycja musi się w Zonie zakończyć katastrofą, o tyle samotny stalker-oberwaniec jakoś się pomiędzy Jej szczękami zawsze prześliźnie, czasami nawet dając radę wynieść zdjęcie przysłowiowych złotych zębów. Więc do Czarnobyla na pewno zaglądają stalkerzy, a ja właśnie na to liczę, że z którymś z „tutejszych" się spotkam.

Po lewej i po prawej mam ogromne, puste pola, zarośnięte wysoką trawą i krzakami - to nawet nie „nieużytki" i nie „odłogi", po rusku to się nazywa *zalieżi*, choć nie wiem, skąd znam to słowo... dobra nazwa na płożącą się warstwami kolejnych lat dziką roślinność. Od czasu do czasu wyciągam lornetkę, w której nie wiedzieć kiedy trzasnęło mi jedno szkło, i lustruję okolicę w poszukiwaniu mutantów - stada prypeć-kabanów pojawiają się czasami w oddali i znikają pośród traw, zdarza mi się widzieć wielkie koty na obrzeżach lasów, raz dostrzegłem, jak coś naprawdę ogromnego brnie na przełaj przez zarośla - czyżby pseudogigant? Kolejny półmityczny zwierz, hm. Równie dobrze może to być coś całkowicie innego, jakiś endemiczny osobnik na przykład. Głęboko wierzę w to, że nie wiemy o Zonie jeszcze prawie nic... i jak na razie taka świadomość własnej niewiedzy pomogła mi przeżyć cztery lata.

Przede mną rondo. Autentyczne, najprawdziwsze, drogowe, asfaltowe rondo. Jest tu tak bardzo nie na miejscu... i jeszcze dorodna „karuzela" na samym środku się kręci. Pordzewiała, spłowiała niebieska tablica informacyjna z rozjazdami - prawo Kijów, lewo AES Prypeć i Sławutycze, prosto Czarnobyl. Do Kijowa raczej nie dojdę; od Elektrowni właśnie idę; Prypeć widziałem. Sławutycze, hm... to pewnie droga do zwalonego mostu na rzece. Chętnie bym obejrzał, jak to od tej strony wygląda, ale to nie dziś chyba. Minęła już większa część dnia, muszę znaleźć jakieś spokojne lokum – ruszam drogą ku mostowi, zostawiając miasto nieco z prawej strony. Poszukam czegoś na obrzeżach.

Samotność zaczyna dawać mi się we znaki. Od wielu dni już nic, tylko ogromny przestwór pustego horyzontu dokoła, w zasadzie martwa przestrzeń bez śladów ruchu. Tylko wiatr wciąż gna ciężkie chmury po niebie bez ptaków, szeleści wiecznie żółknącymi liśćmi na pokrzywionych drzewach. Przez głowę przelatuje mi idiotyczna myśl, że może tutaj, w mieście, kogoś spotkam, kogoś, do kogo mógłbym się odezwać, z kim mógłbym porozmawiać, przełamać nieznośnie gniotącą uszy ciszę martwej ziemi... Po raz kolejny łapię się na tym, że poruszam ustami, szepcząc do samego siebie własne myśli na głos. Nie wiem tak naprawdę, czego boję się bardziej, gdy spoglądam na tak nieodległe już domy Czarnobyla – czy mogących czyhać tam mutantów, czy raczej tego, że sam mogę zamieniać się powoli w jednego z upiorów Zony. Kto wie, może faktycznie spotkam tu kogoś, jakichś tutejszych stalkerów, którzy podzielą się ze mną zapasami wody i żywności, a ja w nocy wyrżnę ich wszystkich we śnie. Albo okaże się, że podkradnę się do nich niezauważenie i otworzę do niczego niespodziewających się nieszczęśników ogień. *Manaliiit!* – wciąż dźwięczy mi w uszach bojowe zawołanie obłąkanych bojowników, na których natknąłem się przy przedszkolu na gruzach dawno zapomnianej wsi. A może to właśnie stąd biorą się legendy o Monolicie? Może wcale nie trzeba wchodzić do CZAES, może obłęd przychodzi właśnie stopniowo, niezauważenie, a potem człowiek błąka się po „dziesiątce”, coraz bardziej tracąc świadomość i człowieczeństwo? Może i ja, łażąc po Prypeci, poszedłem o blok za daleko? W końcu gdzie miałaby przebiegać granica pomiędzy zwykłym człowiekiem, szaleńcem z Monolitu a zombakiem? Od wielu tygodni, miesięcy nawet, nurtuje mnie to, co na Obiekcie Jeden powiedział mi Sałamon Wasilicz – „dawka potrzebna do pełnej transformacji to zaledwie trzydzieści trzy deko". Ale – w jakiej formie? Wziewnej? Przez skórę? Czy może wystarczy dotknąć tego paskudztwa? Przecież i wieże pomiarowe, i cały Obiekt Jeden, nie mówiąc już o laboratorium... Tam musiało być wszędzie tego pełno! Jeszcze na Jołczy co wieczór oglądałem sobie źrenice, patrząc, czy reagują na światło, szukałem z niepokojem początków plam opadowych na plecach po nocy. Głupota, tak – ale strach to potężne uczucie. Szczególnie gdy człowiek idzie już któryś dzień pod rząd przez sam środek Zony, nie mogąc zdrzemnąć się więcej niż trzy-cztery godziny na dobę, a i to z koszmarami. Może to już nie strach, a początki paranoi? Podobno szaleńcy uważają się za idealnie zdrowych... Chociaż prawdziwi psychopaci doskonale zdają sobie sprawę z tego, co się z nimi dzieje.

– Nie bój nic, Misiek, będzie dobrze – rzucam półgębkiem, lustrując nieodległe zarośla.

– Pewnie. Co niby miałoby nam się stać? – odpowiadam sam sobie.

Zaczyna się zmierzchać, gdy wchodzę pomiędzy pierwsze zabudowania przedmieść. Ukryte pośród zieleni, pozbawione wielopiętrowych budynków miasto jest praktycznie niewidoczne, tylko co poniektóre kominy i dachy wystają z morza rozrosłych ponad miarę dzikich drzew. Bez mapy ani rusz... Ze stojącego przy drodze, trudnego do wydatowania ni to billboardu, ni to plakatu propagandowego cieszy się do mnie socrealistycznej urody pani z lat siedemdziesiątych na tle zieleniącego się drzewa. Pani wygląda, jakby mocno nadużyła substancji odurzających i usług wiejskich fryzjerów, zaś napis pod nią głosi: *Zbireżemo prirodu naszczadkami!* – niby chyba, że sadzonki uratują świat. No, jak widać, może być ich na to jednak za mało. Zaraz obok, przy zasypanej liśćmi i zarośniętej trawą drodze, znak: *Czornobil*. Sadzonki... Mój Boże. Przecież to miasto wzięło swą nazwę od popularnej tu rośliny polnej o tej samej nazwie, znanej lepiej jako bylica pospolita, czyli piołun... *Trzeci anioł zatrąbił, i opadła z nieba wielka chmura, promieniująca niczym pochodnia, a spadła na trzecią część rzek i na źródła wód; a imię gwiazdy zowie się Piołun. I trzecia część wód stała się piołunem, i wielu ludzi pomarło od wód, bo stały się gorzkie* – Apokalipsa Świętego Jana, bodajże ósmy rozdział, wedle tłumaczenia zaproponowanego przez Elenę Fiłatową. W Zonie trudno nie sięgnąć czasem do odniesień religijnych, szczególnie takich – Prypeć była idealnym miastem-antychrystem, ani jednego kościoła czy nawet kapliczki, tylko stare cmentarze, połknięte przez nowy twór urbanistyczny. Taka współczesna Gomora... Jeżeli ktoś w takie rzeczy wierzy, naturalnie.

Idę poboczem asfaltu w zapadającym powoli zmroku i czuję, jak wbrew głupim myślom i kryzysowi osobowości powoli odzyskuję pewność siebie i werwę. Może to prawda, że do „dziesiątki" nie należy się zapuszczać na zbyt długo? W końcu od ponad dwóch tygodni jestem sam jak palec. Nie to, żeby samotność mi przeszkadzała, ale... jak tu być samotnikiem, skoro nie ma innych ludzi? Każdy potrzebuje tła, z którego może się (przynajmniej próbować) wyróżniać.

Przykucam, chowam się między krzaki, kiedy gdzieś z przodu kilka niskich sylwetek przebiega przez drogę. Na szczęście mnie nie zauważyli chyba... albo nie „zauważyły" raczej. Tyle lat już, a nie mogę się zdecydować, czy to są „te" mutanty, czy „ci" mutanci. Tym razem chyba trafiło na burery - wnosząc po gardłowych nawoływaniach oraz brzęku i łomocie wszelkiego zalegającego ulice śmiecia, pewnie się towarzystwo wyszło wieczorem zabawić. Zalegam w rowie, czekając, aż hałasy się oddalą; ruszam dalej.

Czarnobyl nie jest aż tak zdewastowany i zapuszczony, jak reszta miejsc w Zonie - mimo że miasto leży raptem dziewięć i pół kilometra od Reaktora, to podobnie jak Prypeć nie ucierpiało szczególnie - dziś tło jest tu nieznacznie wyższe od normy, przynajmniej tam, gdzie nie ma „gorących plam". Od samego początku rozlokowane tu były bazy likwidatorów i wojskowych, potem agencji naukowych, laboratoriów przyrodniczych i komórek „zielonych", za wszelką cenę próbujących udowodnić, że energia jądrowa to *zuo* i szatani. Spora część budynków jest jeszcze w nawet niezłym stanie, widać, że wszystko tu działało te osiem lat temu. Skręcam w lewo, pomiędzy parterowe zabudowania jakichś hal, czy może magazynów z przełomu tysiącleci... Sprawdzam roboczo teren, obchodzę wszystkie ciemne kąty - czysto, spokojnie, można się tu przybunkrować. Dziś potrzebne mi tylko spokojne miejsce na nocleg, jutro zajmę się eksploracją terenu.

Gdy tylko wstaje słońce, ruszam i ja na łowy. Trudno powiedzieć, od czego to zależy, ale naprawdę budzę się niemalże rześki i wypoczęty, jak gdyby ktoś zdjął mi jakiś ciężar z serca – może podświadomie bałem się, że nie dam rady dojść aż tu. Poza tym wiosna w Zonie jest niemalże równie ładna, jak na Dużej Ziemi, znowu robi się zielono, a to zawsze dobrze działa na człowieka. Nie pcham się na asfaltową drogę – skoro dałem radę nią tu przyjść, to nie ma co nadużywać bezpiecznej trasy. Przekradam się zamiast tego od budynku do budynku, wychylając się zza drzew i rzucając mutry, zostawiam po lewej stację energetyczną, po prawej szynowy dźwig przeładunkowy, za którym w krzakach stoi rząd niedużych domków. Po drodze wyciągam z krzaków artefakt... zwykły „kwiatkamień", ale zawsze się przyda. Kierunek na lokalną remizę straży pożarnej, widoczną już za drzewami.

Na miejscu wita mnie zwyczajowa dla Zony cisza. Miejsce wygląda, jakby strażacy po prostu stąd wyszli i nie wrócili albo jakby wszyscy wyjechali na akcję... ale pożarów w Zonie nikt już nie gasi od 2006. Zaglądam przez siatkę ogrodzenia, patrzę przez dziury w płocie – spory asfaltowy plac, zupełnie pusty, tylko otwarte drzwi do garaży świadczą o tym, że coś się tu musiało kiedyś dziać. Obchodzę teren dokoła, bo wszędzie solidne betonowe ogrodzenie, pewnie będę musiał wejść od ulicy, bo jest mi – bądź co bądź – ciężko. Mam na sobie komplet sprzętu, niedawno jeszcze doładowany znaleźnymi na trupach zapasami – co prawda większość żywności już zużyłem, ale i tak kilka kilo ten szpej waży. Taką miałem właśnie nadzieję, że tutaj urządzę sobie bazę wypadową do dalszych wypraw na miasto; w pierwszym odruchu chciałem większość rzeczy zostawić po drodze w jakimś bezpiecznym miejscu, sprawdzić tu bliższą okolicę i wrócić po nie później, ale w Zonie lepiej się nie wracać. Ciemno się zrobiło jakoś, szaroburo tak, słońce przykryły ciężkie, granatowe chmury. Plecami do muru przesuwam się do rogu, wystawiam lufę przodem – czysto. Szybką przebieżką doskakuję pod bramę wjazdową, rozglądam się po terenie, na przyszłość konotując w pamięci rozlokowanie anomalii.

Przed wjazdem stoją, niczym na wystawie, dwa wozy gaśnicze – potężne maszyny, przerobione z wojskowych czołgów, jeden wręcz wyglądający jak osławiony rosyjski TOS-1 Buratino, czyli Pinokio – wielkie bydlę na podwoziu T-72, wieloprowadnicowa wyrzutnia rakietowa... Ruscy są dowcipni z tymi swoimi nazwami, nie ma co. Nie wiem, jaki jest sens robienia pięćdziesięciolufowej armatki wodnej, ale oni zawsze mieli skłonności do przesady. Po drugiej stronie bramy pomnik pamięci strażaków, którzy zginęli przy gaszeniu Reaktora – jak to zwykle w Zonie, umajony anomaliami, wśród których widzę co najmniej trzy „żarniki". Bardzo na miejscu w sumie. Zakradam się do środka przez uchyloną bramę, od razu chowając się w podcień najbliższego budynku.

No tak, w feralną noc kwietnia zero szóstego, podobnie jak ich koledzy dwadzieścia lat wcześniej, strażacy chcieli ruszyć do tego, co uznali za pożar Sarkofagu... Ale nie wyjechali chyba nawet za bramę. Jeden samochód stoi – leży w zasadzie – na środku placu, przekoszony na bok i częściowo wciągnięty w beton. Słyszałem kiedyś o takiej anomalii, to jest... zaraz... „chciwula"! Ba, nie tylko słyszałem, ale widziałem na własne oczy, co potrafi zrobić – a to cholernie groźne, bo praktycznie niewykrywalne bydlę, obszarowo powodujące zmianę stanu skupienia przedmiotów w swoim zasięgu. Leży teraz uśpiona, a reaguje pewnie na ruch – wchodzisz niby na twardy beton i nagle zaczynasz w nim tonąć, jak w gęstej zupie. Aż sprawdzę z durnej ciekawości – rzucam mutrę, która jednak odbija się tylko od twardej powierzchni i chowa pod wrakiem. Hmm. Rzucam kolejną, też nic. No dobra, popatrzymy potem, a na razie dalej wizja lokalna. Kolejny czerwony wóz z białym zderzakiem i oponami stoi w garażu, zmięty jak nadepnięta puszka po energetyku – całe są tylko przód i tył, środek to miazga. Jeden chyba dał radę wyjechać jednak, bo drzwi otwarte na oścież, a po samochodzie ani śladu, może dopadło go coś po drodze albo... nie, nawet nie chcę myśleć. Wspominałem już, że nie lubię tej „nowej" Strefy, tej, co zasiedlona podczas Pierwszej Emisji w 2006 była, prawda? No więc wspominam jeszcze raz. Nie lubię.

Po lewej, pod niewielkim zadaszeniem, będzie pewnie wejście, więc tam też się kieruję. Wszystko zostało tak, jak w noc emisji – dyżurka, świetlica, reszta pomieszczeń... staram się nie myśleć za bardzo, przestępując nad bezkształtnymi tłumokami szmat i resztkami porozwłóczonych kości, ale nie jest łatwo. Schodami wspinam się na górę, szukając w miarę bezpiecznego miejsca na zostawienie rzeczy – i wtedy słyszę za sobą warczenie czarnobylca.

Skąd wiem, że to czarnobylec? Uwierzcie mi, to się po prostu wie. Głuchy, niski, pełen nienawiści warkot... oglądam się przez ramię, widząc, że wielkie, smolisto czarne bydlę stoi może pięć, może sześć kroków ode mnie, w wyłamanych drzwiach do któregoś z pokojów. Nie atakuje, tylko warczy groźnie, kładąc po sobie uszy i podkulając ogon – musiałem też go zaskoczyć i wystraszyć, ale na długo mi takiego elementu zaskoczenia nie wystarczy. Stoimy i patrzymy na siebie, ja przesuwam rękę z bronią, on powolutku wysuwa się z przejścia na korytarz...

Atakujemy w zasadzie jednocześnie – ja podrywam broń i strzelam, on skacze z krótkiego rozbiegu. Nie wiem, który z nas wychodzi na tym lepiej, który gorzej, bo w następnej chwili ja leżę jak długi na ziemi, a jego – – nie ma? Podrywam się, rozglądam dokoła, czując ból stłuczonego łokcia. No nie ma go, nie ma! Musiał... musiał przeze mnie przeskoczyć i uciec przez okno na końcu korytarza. Niby remis, ale na takich remisach się w Zonie przegrywa przeważnie – pseudopies ucieknie lizać rany, bo na pewno go drasnąłem, ale ja zdradziłem swoją pozycję hukiem strzału. Zbiegam po schodach na dół, skręcam nie w tę stronę w korytarzu, wpadam do porzuconej stołówki, gdzie w wazonikach wciąż jeszcze stoją smętne wiechcie martwych kwiatów – oj, coś mi się wydaje, że...

Jakby odpowiadając moim niewypowiedzianym obawom, przeciągły zgrzyt metalu o beton rozdziera martwą ciszę remizy. I to zgrzyt skądś nie tak z daleka, być może wręcz z tutejszych garaży... Zaraz potem kakofonia dźwięków rozlega się w całej remizie, słyszę tłuczone szkło i uderzenia o ściany – i już chyba wiem, kto przychodzi dziś na obiad. Wracam na górę, po drodze doładowuję jeden nabój do magazynka, sprawdzam, czy jest granat w ładownicy pod ręką. Będzie wesoło.

Pierwszego burera widzę, jak przebiega przez plac parkingu. Nie strzelam, bo i on dziwnie jakoś tak biegnie... Znaczy się burery w ogóle są dziwne, niekształtne takie, jak przerośnięte osiemdziesięcioletnie niemowlaki, ale ten akurat ewidentnie robi burerski sprint na setkę, przebierając krótkimi, pękatymi nóżkami i sapiąc tak głośno, że aż ja go słyszę z okna na piętrze. Paskudny karzełek ubrany w poszarpaną jesionkę chowa się w magazynie po drugiej stronie, a potem – wyobraźcie sobie tylko! – wygląda stamtąd nieśmiało na podwórzec, dosłownie jakby sprawdzając, czy go nic nie goni. O, to bydlaki jedne, próbują mnie podpuścić, żebym się zdradził, gdzie jestem. Niedoczekanie. Wiedziałem, że burery są wredne i sprytne, a podobno złośliwość to oznaka inteligencji, ale żeby aż tak... Moje rozmyślania na temat inteligencji bękartów Zony przerywa niestety krzesełko, które przelatuje mi obok głowy i roztrzaskuje się o ścianę – czyli mutanty są już w moim budynku, pytanie, czy będą włazić na górę. Starając się nie zaczepić o żaden z lewitujących w powietrzu sprzętów, wracam na środek korytarza, ustawiam się nad schodami, celując prawie pionowo w dół. Jak to mawiał gieroj w dżinsach i gumiakach z gry mojej młodości: *Come get some...*

Nie wiem, czy pierwszy burer chciał wejść na górę, czy się rozejrzeć na schodach, a może po prostu zrobił krok w bok. Jest to z grubsza nieistotne, bo gdy tylko nad muszką i szczerbinką pojawia się kawałek porośniętego rzadkim włosem łba potworka, bez chwili zastanowienia pociągam za spust. Głowa burera eksploduje jak dojrzały arbuz, zachlapując czerwonoszarą zawartością półpiętro i ścianę, kurdupel rozrzuca krępe łapy i wali się do tyłu, z dołu dobiega mnie wściekły ryk jego pobratymca. Nie mam zamiaru tu na nich czekać jak kto głupi – już lecę korytarzem w lewo, słysząc, jak za mną rozkręca się tornado żelaznego i drewnianego śmiecia, który wspólne wysiłki kilku telekinetyków poderwały chyba z całego piętra. Schylam się przed lecącym w powietrzu telewizorem, przeskakuję nad starym radioodbiornikiem, zahaczam nogą o lewitującą szufladę – i w tym samym momencie wszystko zmienia wektor ruchu, całe to barachło z impetem leci na mnie, dosłownie zasypując gradem uderzeń. Ciężkie, kanciaste radio uderza mnie pod kolano, dostaję w ramię kubkiem po kawie, na szczęście daję radę odskoczyć w bok, gdy kineskop rozbija się tysiącem odłamków o pomalowaną olejną farbą ścianę. Biegnę na oślep, byle dalej od tej burzy złomu, świadom tego, że najwyraźniej każdy, nawet najmniejszy potrącony przeze mnie przedmiot daje cholernym mutasom pojęcie o moim położeniu... Otwieram na oścież drzwi do toalety, osłaniając się częściowo przed atakiem burerów i mając jednocześnie nadzieję zmylić ich śmieciolokatory. Faktycznie, kilka drobnych elementów uderza ze stukiem w drzwi, a zaraz potem z całym impetem wbija się w nie żelazny stolik, którego nóżki z pospawanych rurek przechodzą na wylot przez paździerz, może o szerokość dłoni od mojego ucha... No grubo jest. Dobiegam do końca korytarza, wpadam w pierwsze lepsze drzwi, kartki na podłodze podrygują, więc staram się, nie nadeptując ich, przedostać się do okna, wychodzącego na nieco niższy daszek garaży. Mocuję się chwilę z zamknięciem, w końcu zamek puszcza, wyskakuję na falistą blachodachówkę; w samą porę, bo w ślad za mną lecą dwa krzesła i kryształowy wazon, który roztrzaskuje się o framugę, zasypując mnie miriadami błyszczących okruchów. Biegnę po dachu, blacha pode mną niebezpiecznie faluje, jęczy i dudni, konstrukcja skrzypi, jakby miała się rozpaść; widzę na placyku burera, który właśnie pokazuje na mnie brudnym paluchem, hamuję, biorę go na cel, pociągam za spust – i dokładnie wtedy poszycie pode mną nie wytrzymuje napięcia sytuacji i mojego ciężaru, z głośnym trzaskiem puszczając na dźwigarach. Spadam – bardziej zsuwam się z impetem – na dół, prosto na krypę wozu strażackiego, uderzając się po raz kolejny w stłuczony łokieć i boleśnie przygryzając język. Wokół mnie wiruje podniesiona tą małą katastrofą budowlaną chmura radioaktywnego kurzu, więc na bezdechu gramolę się na cztery, zsuwam po drabince na ziemię, dopiero tam naciągam na głowę maskę, biorę haust przefiltrowanego powietrza.

Nie wiem, czy burery zorientowały się, gdzie zniknąłem; nie wiem, czy trafiłem tego na parkingu. Przebiegam za czerwonymi zadami samochodów, kopniakiem otwieram drzwi na zaplecze. Hałasu i tak narobiłem tyle, że nie ma różnicy, więc też nie ma sensu się ukrywać – biegnę przez składzik detergentów i czegoś jeszcze, barkiem wyważam drzwi na dwór, gdzie karnym rządkiem stoją samochody osobowe, którymi osiem lat temu ostatnia zmiana przyjechała tu do pracy. Przez krótką chwilę wydaje mi się, że mutanty zgubiły mój ślad, ale już widzę, jak leżąca nieopodal europaleta odrywa się trochę od ziemi – nie ma chwili do stracenia, trzeba się zrywać... Ale najpierw mały ubaw. Wyciągam z ładownicy „limonkę", wyszarpuję zawleczkę i rzucam lobem ponad daszkiem garażu. Słyszę, jak granat odbija się ciężko od blachy raz, potem drugi i stacza się po pochyłości na drugą stronę budynku. Chwila ciszy... głuche „dup!" rezonuje zwielokrotnionym echem od ścian remizy, lecą z brzękiem powybijane szyby, odłamki orzą dziury w tynku i rykoszetują od ścian, słyszę wściekłe „brrraaaa!..." burera, ale tym razem jest w nim też nutka strachu i chyba bólu. Dobrze, bójcie się, skurczybyki, a ja wam się w międzyczasie wywinę. Wspinam się po żelaznej drabince na szczyt składu obok, przebiegam przez dwuspadowy dach, ześlizguję się po zewnętrznej krawędzi, na chwilę zawisam na odgromniku, odpycham się nogami od ściany i ląduję po drugiej stronie siatki. Nurkuję od razu w zarośla, chowając się pod osłoną zieleniących się drzew i klucząc pomiędzy starymi budynkami.

Teraz sobie mnie szukajcie.

Stary Czarnobyl to istna dżungla. Niby podobne to jest do tylu opuszczonych wsi, jakie widuje się po całej Zonie, a jednak tak bardzo odmienne – te same drewniane domki z pobielonymi oknami, takie same płotki z omszałych sztachetek, spadziste dachy z falistego eternitu... Ale tutaj są równe rządki działek, proste asfaltowe drogi, tabliczki z nazwami ulic i numerami domów. Przedziwne wrażenie sprawia taka globalna wioska; ogromne sioło, w którym mieszkało po wiejskich chatach paręnaście tysięcy ludzi. Większość domków jest zdewastowana i opuszczona, gałęzie wdzierają się do środka przez wytłuczone szyby, powój i bluszcz rozsadzają spojenia napęczniałych od wilgoci desek, wypaczone drzwi chwieją się na przerdzewiałych zawiasach. Mijam stojący na rogu ulicy Lenina dom, na który ileś tam lat temu zwaliło się stojące obok drzewo – przedziwnym kaprysem Zony suchy pień wypuścił zielone pędy, które jednak zamiast rosnąć w górę, popełzły w dół, stając się nowym systemem korzeni dla tego cudu (nie)natury. Wszędzie pełno jest anomalii, co i rusz aktywujących się od smyrających je w podmuchach wiatru gałęzi. Wicher gna po niebie ciężkie chmury, pierwsze grube krople deszczu uderzają w dachy porzuconych na ulicach samochodów.

Żywego trupa brnącego w strugach wody ulicą zauważam już z daleka, więc profilaktycznie schodzę mu z drogi; nie wiadomo, w jaki sposób orientują się w terenie brodzące po Zonie zombi, ale pewne jest, że ich zdolności poznawcze są dość mocno ograniczone. O ile nie pchać się takiemu na widok i nie podchodzić za blisko, to można się bez problemu schować... Nie chce mi się siedzieć w krzakach w deszczu, czekając, aż trup baby w gumofilcach raczy w końcu dokuśtykać aż tutaj i mnie minąć, więc przedzieram się na przełaj przez mokrą gęstwinę, idąc wzdłuż ciemnożółtej ściany stojącego w zaroślach drewniaka. Komórki jakieś, wychodek... to chyba tylko u Sowietów tak było, żeby na piętnaście tysięcy ludzi nie tylko kanalizacji, ale nawet szamba nie było. Zastanawiam się, jak by tu przeskoczyć przez rozchwierutany drewniany płotek, ale potem po prostu naciskam na niego nogą, a cały segment z niegłośnym chrupnięciem i skrzypieniem kładzie się na ziemi – w końcu stoi to tak od ćwierć wieku, czego się tu spodziewać, i tak szum wody o liście wszystko zagłusza. Teren zaczyna opadać, wychodzę z powrotem na asfalt, oglądając się tylko, czy aby zombiak nie polazł za mną... nie, idzie sobie dalej wzdłuż ulicy. W deszczu widać anomalie, wyróżniające się obrysowanymi nieregularnymi kształtami, więc przynajmniej jeden problem z głowy. Potoki wody płyną poboczem, droga biegnie dość mocnym spadkiem, potem zakręca ostro przed urwiskiem, za którym otwiera się widok na starorzecze Prypeć-rzeki i spowite szarą mgiełką czarnobylskie cmentarzysko statków.

Spokojna zatoka przy Czarnobylu była od zawsze naturalnym portem, doskonałym miejscem na ulokowanie właśnie tu przystani i zakładu remontowego floty barek, obsługujących ruch po Prypeci. W pierwszych tygodniach po kwietniu osiemdziesiątego szóstego statkami transportowano towary po rzece, wspomagając akcję ewakuacyjno-ratowniczą dla skażonych terytoriów wokół CZAES; gdy było już po wszystkim, napromieniowane barki zdecydowano się pozostawić w ich ostatnim porcie. Zakładu remontowego na półwyspie po drugiej stronie zatoczki już dawno nie ma, do dwa zero zero szóstego mieścił się tam Sowietlas, Czarnobylpuszcza czy coś takiego... zarząd lasów w każdym razie. Jako że remiza okazała się siedliskiem burerów, to bazę wypadową urządzę sobie jednak tutaj.

Idąc drogą wzdłuż nabrzeża, jednym okiem obserwuję zarośla na stoku po prawej, a jednocześnie przyglądam się pordzewiałym cielskom kutrów, łodzi i barek, zalegających w mętnych wodach zatoki. Tam na przykład stoi wrak ogromnego transportowca towarów sypkich „Skadowsk", obok niego jakaś bezimienna barka ledwo wystaje ponad powierzchnię wody. Większość skorup nurt zepchnął do północno-zachodniego rogu zatoki, gdzie wciąż unoszące się na wodzie kadłuby powpadały na pozatapiane wraki, tworząc piętrowe konstrukcje i poziomy z poprzekrzywianych pokładów. Woda tu i ówdzie wydyma się albo zapada lejami anomalii grawitacyjnych, widzę też wśród tworzących się od deszczu baniek jaśniejszą plamę jednej z najgroźniejszych anomalii wodnych – „saturatora". „Saturator" to po prostu rój gazowych bąbelków, które nieustannie powstają gdzieś w sercu anomalii na dnie rzeki i unoszą się drobnym rojem ku powierzchni. Co w tym groźnego, zapytacie? Nie, gaz nie jest trujący, zdaje się, że to zwykłe powietrze albo ceodwa; ale próbowaliście pływać kiedyś w gazowanej wodzie? No to powodzenia życzę. Taka woda wypełniona bąbelkami gazu ma sporo niższą gęstość, a co za tym idzie wszystko, co w nią wpadnie, idzie na dno jak kamień. Głównie dlatego Prypeć jest nieżeglowna i nikt się w niej nie kąpie, po prostu szkoda życia.

Zmierzam do resztek niewielkiego mostu pontonowego, umożliwiającego kiedyś wejście, czy nawet wjazd, na półwysep – chyba zbudowano go już po Pierwszej Katastrofie, bo raczej pod nim by te statki nie przeszły... Żelazno-drewniana konstrukcja spinała kiedyś obydwa brzegi zatoczki, ale najwyraźniej zatonęła, czy to pod własnym ciężarem, czy może pod wpływem działania anomalii. Przejście zostało tylko po wąskiej, przerdze-

СКАДОВСК
СКАДОВСК

wiałej kładce obok rury ciepłowniczej, na którą w dodatku włazi się po żelaznej drabince. Po drugiej stronie kołyszą się przy pontonowym pomoście dwa wyraźnie nowsze kutry, które musiały patrolować Prypeć przed emisją zero szóstego roku, na burcie jednego widzę wymalowaną żółtą farbą nazwę: „Stalker". No bardzo na miejscu, nie powiem.

Z pewnym niepokojem idę po trzeszczącym i skrzypiącym „moście" – podobne temu, ograniczone z dwóch stron przejścia w Zonie zawsze mnie denerwują, a toto jeszcze ledwo stoi na przeżartych korozją żelaznych dźwigarach... Niepokojąco blisko jest też kilka anomalii, ale daje się je bez szczególnej akrobatyki wyminąć. Patrzę tak z góry na pomost przy drugim brzegu i zastanawiam się przez chwilę, czy nie przydekować się na kutrze rzecznym, ale rezygnuję – jednak wolę mieć pod nogami twardą ziemię i widzieć kawałek nieba przez okna, a tam zamknięta metalowa puszka, jak w trumnie by było. Z ulgą schodzę w końcu na betonową główkę na półwyspie.

Dawna stocznia remontowa nie jest może ogromna, ale będzie z siedemset metrów z jednego końca na drugi... dokładne wyczyszczenie terenu trochę mi zajmie, ale przynajmniej przestrzeń w jakiś sposób ograniczona. Zacznijmy stąd zatem... Chwilę spędzam, zabezpieczając się od podejścia ewentualnych nieproszonych gości przez kładkę, jednocześnie podziwiając panoramę Czarnobyla – tylko biało-niebieska wieżyczka Święto-Iljinskiej cerkwi wystaje ponad korony drzew, niczym w epoce Rusi feudalnej nieomylnie świadcząc o tym, że za zieloną ścianą chowa się miasto.

W tej ziemi, co zawsze pod wodą lub śniegiem,
Są drogi, po których nikt prawie nie chodzi...

– nucę sobie kawałek Kaczmarskiego, który wypłynął skądś z głębiny synaps mózgowych; chyba mylę słowa, ale jakoś to przeżyję. Tak, „Rublow" Kaczmarskiego! Ciężko byłoby znaleźć bardziej pasującą melodię do tego widoku.

Wśród pól i rozlewisk tam białe są miasta,
Gdzie końmi handlują, jedwabiem i siarką.
Nad targiem wyrasta przejasny monastyr...

Odchodzę dwa kroki, krytycznym okiem spoglądam na rezultaty roboty. No dobra, to teraz na półwysep. Na mapie mam zaznaczone zaledwie sześć budynków, na pierwszy rzut oka orientuję się, że jest ich co najmniej dwa razy tyle – pewnie się trochę to rozbudowało od osiemdziesiątego szóstego, a tak była datowana moja sztabówka. Zupełnie nie mam pomysłu, jak to zrobić systematycznie, więc zaczynam od najbliższego, przysadzistego trzypiętrowego budynku po lewej.

Zapewne to właśnie tu mieściła się administracja tych ichnich lasów. Przeszklona dyżurka i bramka dozymetryczna na wejściu, gazetka ścienna z aktualnościami... Zabawne, że przez dwadzieścia lat styl urządzenia oraz funkcjonowania urzędów i instytucji publicznych nie zmienił się tu ani na jotę; idę o zakład, że mają tu gdzieś ścianę chwały ze zdjęciami przodowników pracy, a najnowsze fotki pochodzą jeszcze z marca 2006 roku.

Poza trzaskającą na środku korytarza po prawej „elektrą" jest tu zupełnie cicho i jakoś tak podejrzanie porządnie, czysto – brak zwyczajowego bałaganu, nie ma kartek walających się po korytarzach, nierówno pootwieranych drzwi... Potem dociera do mnie, że emisja 2006 roku przyszła przecież nocą, więc budynek był pusty – od tamtej pory zaglądać tu mogli co najwyżej stalkerzy, bandyci albo stwory Zony, żadnych złomiarzy ani poszukiwaczy skarbów. Nie wiem, czy umiem po takich miejscach chodzić, naprawdę stwarza to wrażenie, jakby się było złodziejem jakimś albo innym ukradkowym wynaturzeńcem... Nie, no pewnie, że umiem, ale zwyczajnie nie lubię; stalker potrzebuje pewnej ilości szumu środowiskowego, żeby się dobrze czuć, bo inaczej mózg zaczyna panikować z braku bodźców.

Szczególnie mój, szczególnie w jego obecnym stanie.

Na pewno nie jestem tu pierwszy. Obchodzę wszystkie piętra, sprawdzam korytarze, zaglądam do niektórych pomieszczeń – wszystko musiało być pozamykane, więc w przeszklonych drzwiach przejściowych wytłuczone są szyby, z kolei te wiodące do poszczególnych biur pootwierano „z buta" albo i mniej finezyjnie, po prostu przestrzeliwując zamki. Jedyna rzecz, jaka rzuca mi się w oczy, to wiszące na ścianie mapy Strefy z zaznaczonymi ogniskami opadu radioaktywnego – 2005 rok, czyli jeszcze ciepłe według naszych standardów. Nie wiem, czemu inni nie doceniają wagi rzetelnej informacji: w sumie jeśli Zona powstała rzeczywiście w wyniku jakiegoś przebicia noosfery, to informacja jest najcenniejszym, co możemy tu znaleźć i posiadać... Ktoś mi to mówił, ale kto? kiedy...? Nie pamiętam, ale i tak wierzę. Z nabożną czcią zdejmuję, składam i chowam tyle map, ile tylko znajdę – będą na później do rozkminki.

Wychodzę z budynku, rozglądam się po terenie – czysto. Tak to w Zonie bywa, że zdarzają się też takie miejsca, zupełnie nieciekawe i puste jednego dnia, a przyjdziesz tam kiedy indziej i aż się roi od wszelkiego paskudztwa... Ale coś ZBYT pusto tutaj. Ruszam pozarastaną ścieżynką ku centralnemu placykowi, na którym spogląda na mnie z lastrykowego postumentu ogromna statua brązowego Lenina w rozwianej marynarce i z klasycznie wyciągniętą do przodu ręką. W tym konkretnym przypadku anomalie usadowiły się na pomniku – nieduża „elektra" trzaska aureolą iskier wokół głowy Wielkiego Wodza, a dorodny, poziomy „żarnik" okazjonalnie zapala się płomieniem wylatującym z otwartej we władczym geście dłoni, dzięki czemu Włodzimierz Iljicz wygląda jak któryś z nieprzeliczonych kosmicznych złoczyńców w kolejnej odsłonie „Dragon Balla". Naprawdę, mają Gospodarze Zony poczucie humoru...

Podziwianie techno-Lenina przerywa mi stado gawronów, które właśnie z głośnym krakaniem poderwały się do lotu spomiędzy hal i magazynów głębiej na półwyspie. Człowiek w Zonie uczy się nie lekceważyć takich znaków, więc nie marnując ani chwili, przebiegam pomiędzy zdziczałymi klombami i chowam się w cieniu budynku po prawej – mogło spłoszyć je przysłowiowe „nic", ale równie dobrze mogło to być konkretne „coś", zaraz się okaże. Przyczajam się w dogodnym miejscu, czekam dłuższą chwilę, obserwując ptaki, które krążą jakiś czas nad dachami, a potem powoli opadają lotem i zaczynają osiadać na ziemi. Hm, fałszywy alarm najwyraźniej, ale strzyżonego Pan Bóg strzyże. Skoro już tu jestem, to od razu sprawdzę teren – nurkuję w ciemny otwór drzwi.

Oj, nie podoba mi się tu. Widzę od razu, że musiał to być hotelo-internat – zapewne mieszkanka tymczasowe dla pracowników Czarnobylpuszczy, czy jak to się tam nazywało. Wywleczone na korytarz materace, poniewierające się pod ścianami pierze z rozdartych kołder i poduszek, w stróżówce na potłuczonych szybach aż nazbyt dobrze widoczne bure bryzgi zakrzepłej krwi. I tak mam bujną wyobraźnię, więc niemalże słyszę, jak spokojną pozornie noc nagle napełniają krzyki ludzi, gdy niebo nad CZAES zaczyna nabiegać ołowianym szkarłatem, a Pierwsza Emisja uderza falą anomalnej energii w okna. „Szczęśliwi ci, co szybko giną" – tak głosi stalkerskie powiedzonko, i nie na darmo. Nie wejdę ja głębiej do tego budynku i koniec. Rakiem wycofuję się do przedsionka, starając się nie robić najmniejszego nawet hałasu, wychodzę po stopniach na dwór.

Idę wzdłuż brzegu zatoki, mając po lewej stronie zadaszony plac remontowy dawnego zakładu. To już wygląda jak Zona, do której jestem przyzwyczajony i z którą jestem zżyty – powyrywane w betonie dziury po „grawikoncentratach", na wpół roztopione hałdy złomu, fantazyjnie powyginane szyny jako pamiątka po „karuzelach". Licznik stuka miarowo, ale jeszcze nie jest źle – na próbę podchodzę do wyciągniętego na brzeg i częściowo pociętego rzecznego kutra, trzaskanie w słuchawce nasila się. Szkoda. Myślałem, że może na noc przytulę się w którymś ze starych wraków, ale chyba nie bez przyczyny je tu porzucono. Po lewej wycieczkowiec pasażerski, po prawej jakiś antyczny *biełyj parachod*, jak w piosence moskiewskiego Lube normalnie.

Skoro mnie nachodzi na śpiewanie, to nie może być aż tak źle, swoją drogą.

Skręcam w lewo, bardziej w głąb półwyspu. Złożony z betonowych wylewek plac przed główną halą remontowni wciąż jeszcze dumnie kłuje w oczy wielkimi, czerwonymi bukwami buńczucznego napisu: „Naszym celem komunizm!". Podobno taki sam napis widniał na jednej z sowieckich szkół wojskowych, tyle tylko, że było to technikum wojsk rakietowej obrony przeciwlotniczej, więc hasło idealnie komponowało się z baterią p-lot stojącą przy wejściu - nawet na chłopski rozum trochę niezręcznie, ale Ruskich takie rzeczy nie ruszają. Hala musiała zdrowo oberwać przy którejś kolejnej emisji - cały lewy róg to wielkie rumowisko, ale betonu i cegieł zdecydowanie za mało, musiało je albo rozrzucić, albo wessać w coś... potem się tam po artefakty wybiorę. A na razie, hmmm... patrzę w zadumie na ogromny dźwig przeładunkowy, którym pewnie kiedyś podciągano łodzie do naprawy. Drabinka jest, czemu by nie sprawdzić w sumie...

Wspinam się po z lekka przerdzewiałych klamrach na górę, gdzie wisi kokon budki operatora. Pan Geiger nie jest szczególnie zadowolony z mojego pomysłu, ale lepsze legowisko chyba mi się nie trafi - i widok niezły, i bezpiecznie będzie. Barierki na szczycie są cokolwiek przeżarte korozją, więc nie znajduję w sobie odwagi, żeby w pełni wyprostować plecy na górze - lekko zgięty przebiegam ku kabinie, mocuję się dłuższą chwilę z drzwiczkami, w końcu udaje mi się urwać klamkę. Cholera! W bezsilnej złości uderzam otwartą dłonią w metal, w środku coś zgrzyta i odpada, a drzwiczki odskakują. O, proszę – jak to dobrze czasem pokazać emocje. Piszcząc zawiasami, otwieram klapę – ufff, trochę tu gęsto w środku... uszczelki musiały dobrze trzymać przez te wszystkie lata, fiu... Aż ciężko tchu zaczerpnąć, powietrze pachnie i smakuje jak zmielone uszczelki do ciężarówki – ale to dobry znak, bo i szyby całe, a w Zonie to naprawdę rarytas. Z ulgą wrzucam do środka sprzęt, od którego już mi zaczęły krzywić się ramiona i kręgosłup, wyłuskuję tylko i przepinam wersję „lajt" – pas z nabojami, kabura, nowy nóż, miernik, ładownica na dwa granaty i jedna ogólnoużytkowa. No, to teraz możemy postalkerzyć... Zadowolony z siebie, z rozmachem zamykam drzwiczki, które znowu zatrzaskują się na amen. Ups. Chyba trzeba będzie wyciągnąć z jakichś drzwi wolną klamkę... albo znaleźć łom, o to drugie pewnie łatwiej będzie. Ani jednego, ani drugiego jednak tutaj na pewno nie znajdę, więc i tak złażę na dół.

Na placu przed halą podchodził chyba kiedyś do lądowania wojskowy śmigłowiec – wypalony wrak maszyny leży pośród powykrzywianych fragmentów żelastwa na boku, połamane i poskręcane wirniki sterczą na boki, jak przetrącone skrzydła. Wszędzie dokoła pełno resztek porozrywanych gilz i dziur w asfalcie – pewnie amunicja detonowała podczas pożaru, a może wcześniej strzelali do czegoś, co w końcu ich z tego nieba strąciło. Na wszelki wypadek omijam karkas szerokim łukiem – niewybuchy to rzecz groźna nawet w normalnym świecie, a co dopiero w Zonie.

Dawny *cech* remontowy to pełna ruina – większość maszyn pewnie wywieziono albo pocięto na złom, resztę zrobiły anomalie. Wyraźnie czuć tu wilgoć od rzeki, wszystko jest pordzewiałe i pokryte patyną. Znajduję resztki kilku trupów, ale jak starych – trudno powiedzieć. Widać otwory wlotowe po kulach, ale żadnej krwi, więc to pewnie zombiaki, na które natknął się jakiś brat-stalker przeczesujący te okolice. Co dziwne, na żadnym nie widzę typowych dla Zony śladów padlinożerców – wydawać by się mogło, że kabany i mięsaki zeżrą wszystko, a tu jakby w ogóle się nie zapuszczały. Hm.

Kręcę się jeszcze jakiś czas po terenie, myszkując po starych magazynach i rozpadających się szopach, ale nie znajduję nic godnego uwagi. Owszem, jest sporo anomalii, ale... no nie wiem, no. Żadnych artefaktów, żadnych mutasów. W pewnej chwili łapię się na tym, że zaczynam chodzić na pewniaka, w zasadzie nie zachowując już podstawowych zasad stalkerskiego BHP – nawet licznik wyłączyłem, zupełnie nie wiedzieć kiedy! Wiedziony strasznym przeczuciem, sprawdzam *Zbawiciela* – na bezpieczniku! Przesuwam dźwigienkę kciukiem, czując, że coraz mniej mi się to podoba. Ruszając szybkim krokiem ku dźwigowi, gdzie zostawiłem sprzęt, sięgam ręką do kabury – nie muszę nawet patrzeć, już wyciągając glocka, czuję, że jest podejrzanie lekki. Pusta przestrzeń w rękojeści... aha, wyjęty magazynek mam w kieszonce. Ojj, nie zostanę ja na tym półwyspie, nie ma mowy. Wspinam się na dźwig, szarpię się z drzwiczkami do kabiny, w końcu daję radę dostać się do środka, wyciągam swoje rzeczy i tylko zarzuciwszy je na ramiona, nawet nie zapinając pasa, złażę na dół. Znam już drogę, więc prawie że biegnę pomiędzy anomaliami, modląc się tylko w duchu, żeby właśnie teraz nie stało się coś strasznego... Dobiegam do kładki, odcinam po prostu szczypczykami granat, którym zaminowałem podejście, na szybko wpycham go do kieszeni, chcąc jak najprędzej oddalić się z feralnego miejsca.

Idę ulicami Czarnobyla, patrząc w puste oczodoły okien. Lenina 41a, na domu tabliczka: „Tu mieszka i pracuje gospodarz domu". Jakiś dowcipny idiota ustawił kiedyś za potłuczoną szybą dwie lalki, których nieforemne ręce wystają przez kraty; obserwują teraz plastikowymi oczami bez wyrazu, jak mimowolnie przyspieszając kroku, przechodzę obok. Uszedłszy kawałek drogi, spoglądam przez ramię – obydwie patrzą za mną.

Miasta w Zonie – już wiem, dlaczego zawsze ich podświadomie unikałem. Zona nie lubi miast, więc daje nam to odczuć na własnej skórze. Niby mało anomalii, nie aż tyle stworów, ile by się człowiek spodziewał, a jednak idziesz i cały czas jesteś na skraju wytrzymałości – nerwy napięte jak postronki, miecz Damoklesa wciąż wisi nad głową. Mijam budynek starej szkoły muzycznej, wiedziony jakimś przeczuciem skręcam z zarośniętego chodnika, po dwóch schodkach wchodzę przez wyrwane drzwi do środka. Wsłuchuję się najpierw w swoje odczucia, potem podkręcam głośność licznika – w normie. Zapalam latarkę na *Zbawicielu*, powoli, systematycznie sprawdzam pomieszczenia.

Gdy siedzę tak wieczorem na stryszku i myślę sobie o tym, co widziałem przez ostatnie tygodnie, uderza mnie myśl: ile jeszcze zobaczę? Nie wiem dlaczego, ale dawna rzeczna remontownia strasznie mną wstrząsnęła. Owszem, zdarzają się miejsca o silnym polu psionicznym, gdzie traci się orientację. Tak, w Zonie trafia się w różne dziwactwa. Ale coś aż tak – – SUBTELNEGO? Miejsce, gdzie człowiek wykonuje PODŚWIADOMIE pewne czynności, których nawet nie zauważa, z których nie zdaje sobie sprawy – ile tak naprawdę zostawia to miejsca na wolną wolę? Czy oddziaływanie Zony się stopniuje, czy też jest tak, że każdy, kto przechodzi przez Pogranicze, znajduje się od razu w pełni pod Jej wpływem i kontrolą? Może mamy tylko ILUZJĘ wolnej woli i samostanowienia, a tak naprawdę to Ona decyduje o każdym naszym ruchu, bawiąc się stalkerami tak samo, jak przestawia pozostałe pionki na swojej szachownicy...? Ciężkie myśli na noc. Coś wyje i chichocze w ulicach zarośniętego zielenią miasta, mutanty skowyczą na polowaniu. Rozgryzam tabletkę, pociągam łyk spirytusu z manierki – to chyba jeden z ostatnich... w sensie przed jego, czyli spirytusu, końcem, nie moim.

Mam nadzieję.

Nie ma Boga.

Twarzą w dół leżę na stole operacyjnym, pode mną potrzaskane białe kafelki układają się w mapę krain, których nigdy już nie zobaczę. Krople potu pomieszane ze łzami bólu ściekają mi po nosie i odrywają się z jego czubka, rozpoczynając swą nieskończenie długą podróż ku podłodze, na której połączą się ze swymi siostrami, tworząc jeziorko mojego cierpienia i rozpaczliwej beznadziei.

Czuję nieregularne szarpnięcia całym ciałem, gdy kleszcze i sondy przesuwają się po otwartym na cały świat wyboistym szlaku Drogi Mlecznej mojego obnażonego kręgosłupa, wiercąc w szpiku rdzenia kręgowego w poszukiwaniu żył złota neuronów i bogatych w hormony złóż emocji. Ból jest nieludzki, ale ja też nie jestem już chyba człowiekiem – jesteśmy zamknięci we dwóch w tym sponiewieranym ciele, ja i mój ból, obydwaj świadomi swojego wzajemnego istnienia, ale nie do końca już pewni łączących nas więzi. Obrazy i emocje, uczucia i zapachy przelatują mi przez głowę i gasną, niczym niesione wichrem iskierki pośród ciemnej, zimowej nocy. Byłem ogniem, teraz jestem chłodem. Byłem żarem, zmieniono mnie w popiół. Byłem człowiekiem, a teraz jestem...

Patrzę przerażony w odbicie zupełnie obcej twarzy w kałuży na podłodze.

Świt zastaje mnie już gotowego do dalszej drogi.

Siedzę na szczycie dachu niegdysiejszej szkoły, w której dawno, dawno temu rozbrzmiewała muzyka i śmiech dzieci, śpiew i gwar rozmów. Teraz jest tu cicho, cicho jak na cmentarzu, i tylko upiory przemierzają nocami te korytarze w poszukiwaniu świeżej krwi.

Patrzę, jak budzi się dzień nad Zoną. Ostatnio stało się to niemalże moim zwyczajem, prawie że hobby, można by powiedzieć – jeżeli nie da się od czegoś uciec, trzeba to pokochać. A to, co kiedyś się kochało, staje się naszym koszmarem... Noc, która kiedyś była moim sprzymierzeńcem i wyborem, jest teraz prawdziwą zmorą – z przerażeniem patrzę co wieczór na gasnące promienie słońca, wiedząc, że oto zbliża się po raz kolejny nieunikniona tortura snów. Nauczyłem się niczym inwalida żyć ze swoim kalectwem; nie próbuję walczyć, nie staram się za wszelką cenę nie spać, nie przestawiłem się na inny tryb życia, bo koszmary i tak przyjdą.

Wolę już je kontrolować, sprawić, by miały swoje wydzielone miejsce w mojej egzystencji, niż gdyby miały mnie kawałek po kawałku zniszczyć. Wolę położyć się spać od razu po zmroku, doskonale świadom nieuniknionego, a potem obudzić się z krzykiem, ale czekać na świt; o wiele gorzej byłoby na siłę nie zasypiać, próbując na darmo odwlekać to, czego uniknąć się nie da. Dlatego też, nie chcąc na sen czekać, zmuszam się do niego od razu wieczorem; zamiast bać się nocy, wyczekuję świtu.

Piękna jest Zona o pierwszym brzasku. Zaczyna się od delikatnego paska różu na wschodzie, który powoli wysysa barwę z czerni i granatów nocy; potem pasek zamienia się w poświatę, najpierw ledwie widoczną, potem rozwijającą się, niczym róża z pąka, długimi płatkami postrzępionych chmur. Anomalie wychwytują i rozpraszają odbite od obłoków światło, powoli sycąc się rodzącym się dniem, a potem rozpływając się w rześkim powietrzu świtu, gdy pierwszy rąbek dysku słonecznego wychynie zza linii horyzontu. Wtedy dopiero czuje się wilgotną rosę, otulającą wszystko delikatnym całunem kropelek; wtedy najpiękniej grają „elektry", rozrzucając szeroko swe błękitnobiałe macki, rozbłyskami chcąc uczcić narodziny kolejnego dnia w tym najbardziej niesamowitym zakątku świata. Pierwszy powiew zefirku ożywia „karuzele" i „wyżymaczki", które jakby na próbę przeciągają się i wsysają w siebie wiatr, świszcząc i zawodząc niskimi tonami. Potem czasami, ale bardzo rzadko, da się usłyszeć najcichszy, wysoki ton, jakby ktoś stuknął paznokciem w kryształowy kieliszek – to pobliski „treser" dostraja się do częstotliwości drgań fal słonecznych... a potem nagle wszystko się kończy, magia znika, przed nami jest po prostu martwy świat opuszczonych ulic i wyludnionych placów zabaw, w którym pierwszy krok może równie dobrze być ostatnim. Ale wiemy, że warto przeżyć kolejny dzień – chociażby tylko po to, żeby jutro zobaczyć to jeszcze raz.

Kończę szkic, wkładam do teczki, zasuwam i chowam plecak w bezpiecznym kącie stryszku, zapinam na sobie lekki sprzęt. Zsuwam się po śliskim, skrzypiącym dachu do klapy na poddasze, ostrożnie nurkuję w pachnący pleśnią i butwą półmrok. Wychodzę z milczącej szkoły na ulicę martwego miasta.

Czarnobyl zdecydowanie nie jest moim terytorium, ale staram się go jak najlepiej poznać, oswoić, jak to mawialiśmy na Jołczy – zataczam wokół mojego legowiska coraz szersze kręgi, badając anomalie i ucząc się tutejszej Zony. Nie wiem, jak długo przyjdzie mi tu posiedzieć, czekając, aż ktoś z miejscowych się zjawi, ale muszę być przygotowany na dłuższe koczowanie. Przy okazji pozbieram „arty" – po ostatniej emisji chyba jestem tu pierwszy, więc i żniwo może być bogate. Nie mając w czym ich na moim stryszku składować, chowam do powyciąganych z opuszczonych kuchni żeliwnych garnków, gdzie leżą sobie pod ciężkimi pokrywami.

O ile Prypeć miałem drobiazgowo rozpracowaną, to tutaj poruszam się cokolwiek po omacku – nawet po osiemdziesiątym szóstym mało kogo w wielkim świecie interesowała ta mieścina, tylko naukowcy znaleźli tu swój kąt. Turyści hurmem walili do gwiazdy medialnego show, czyli Prypeci, że niby takie miasto duchów... a jak to zwykle bywa, wielka tragedia przyćmiła wszystkie pomniejsze, Czarnobyl był za mało epicki, bo ktoś tu próbował żyć, co nie pasowało do stworzonego przez dziennikarzy wizerunku. Prypeć ma swoje strony internetowe i fora entuzjastów, interaktywne mapy i encyklopedie; tymczasem nawet zdjęcia satelitarne Czarnobyla, które znaleźliśmy jeszcze z Drem, pochodziły z 2002 roku, czyli sprzed dwunastu lat, a i tak na wschód od linii wyznaczonej przez południk 30°06′ były tak potwornie nieostre, że nie dało się na nich prawie nic zobaczyć, więc w dużej mierze muszę chodzić „na czuja".

Jeszcze przed wieczorem wypuszczam się na zwiad głębiej ku centrum, gdzie mam nadzieję znaleźć resztki sklepów albo stołówek – działał tu hotel, naukowcy przyjeżdżali na krótkie, bo dwutygodniowe zmiany, więc całe zaopatrzenie musiało być dowożone na bieżąco. To na razie rajd wstępny, żebym znał rozkład anomalii i bezpieczne ścieżki, po ewentualne łupy przyjdę jutro. Wracając do mojej bazy wypadowej, podziwiam kolejny pomnik Lenina, tym razem stojący przy ulicy Sowieckiej, niegdysiejszym głównym deptaku miasteczka, prowadzącym dalej obok Parku Sławy i ku niedziałającej od osiem szóstego przeprawie promowej przez Prypeć. W zasadzie to już nie tyle pomnik, a raczej jego ogryzek – przedziwnie ukształtowane skupisko „grawikoncentratów" obrało monument z większości jego substancji, pozostawiając tylko cienką, pofalowaną szypułkę, na której nienaruszona głowa Wodza Zwycięskiej Rewolucji wygląda jak zatknięta na kiju. Naprawdę, ciężko się nie zatrzymać i nie uśmiechnąć.

Leżę już na stryszku szkoły i praktycznie zasypiam, gdy słyszę donoszący się z zewnątrz ryk i rumor. Wychylam głowę przez klapę na dach, próbując zlokalizować źródło dźwięku; hałas niesie się chyba skądś na południu, ale trudno dokładnie powiedzieć. Wsłuchuję się chwilę w odgłosy – grube, basowe pomruki i ryki to chyba prypeć-kabany, ale jest tam jeszcze coś... trzask łamiących się krzewów i tratowanych płotków skutecznie zagłusza jednak inne dźwięki. Potem rozgardiasz cichnie stopniowo, aż w końcu zamiera zupełnie, ustępując miejsca innym odgłosom. Z remontowni za zatoką dochodzi brzęk metalu i głuche uderzenia w blachę, niosące się daleko nad martwą wodą... „Elektra" strzela mackami na ulicy niedaleko stąd, coś szamocze się w krzakach w parku, głuche porykiwanie rozlega się nad polami...

...

BÓL

Przychodzi jak zwykle nocą, gdy jestem sam w mojej maleńkiej celi. Prowadzi mnie przez ścieżki zakończeń nerwowych ciała, poprzez labirynty synaps i zakamarki zwojów. Unoszę się niczym w powietrzu, płynąc na falach impulsów i zapadając się sam w siebie, jak wypalona gwiazda. Odkrywam miejsca, w których kiedyś były wspomnienia, a zamiast nich są tylko dymiące kratery; stoję na cmentarzyskach emocji, brodząc w popiołach myśli.

Ból

Wyczuwam katów, gdy przychodzą po mnie co dzień. Znam ich imiona, wiem, czego się boją i czego pragną. Ocieram się o ich umysły niczym parchaty kot o nogi w lakierkach, zostawiając swój nieczysty ślad. Przestałem być sobą, rozpuszczony w kadzi cierpienia, nie mam już nic, co byłoby moje. Pozostała jedyna rzecz, jaką mogę się podzielić.

ból

...

Miłościwy ranek nadchodzi zdecydowanie za późno. Patrzę spomiędzy zarośli, jak stado prypeć-kabanów kręci się dokoła budynku dawnej kawiarni Prypeć na głównym placu – pistacjowego koloru piętrowej szkarady z minionej epoki. Ciekawe, czy zmutowane dziki też dopiero przybyły do miasta i podobnie jak ja miały nadzieję, że coś tu jeszcze znajdą? Knajpka musi być zamknięta od osiemdziesiątego szóstego, więc może one jeszcze czują jakieś echo zapachów, ale ja raczej się tym nie najem, więc nic tu po mnie. Najwyraźniej nawet firmy turystyczne nie były na tyle pozbawione skrupułów, by otwierać w Czarnobylu lokale gastronomiczne, chociaż pewnie kasa by z tego była niezła – podać to na chamskim *farforowym* serwisie, bez noża, aluminiowe widelce, kisiel z niczego, rozgotowana kasza, wczorajsza *katljeta pad syrem*; za prawdziwie marny, sowiecki posiłek mogliby skasować prawdziwie porządne, europejskie pieniądze... Ruszam do hotelu.

Przekradając się pomiędzy Domem Bytu a innym bliżej nieokreślonym architektonicznym potworkiem, po raz kolejny zastanawiam się nad tym, jak straszne były radzieckie miasta. Wielkie przestrzenie, bez sensu poucinane na wysokości czterech metrów drzewa maźnięte u dołu białą emulsją, wysokaśne krawężniki i syf na ulicach... Farba łuszczy się płatami ze ścian, odsłaniając kolejne warstwy z wcześniejszych lat, i tak niezdolne do pokrycia nierówności tynku, położonego byle jak przez państwowych wyrobników, intensywnie niebieski kolor marnie spasowanych okien próbuje odciągnąć uwagę od brudnych firanek i niemytych szyb. Wiem, że to miasto stoi puste od dwudziestu lat, ale widywałem też podobne jemu, jeszcze żywe – nie było pod tym akurat względem wielkiej różnicy.

Sam hotel to dość nieforemny, prostokątny budynek w całości obłożony żółtą blachą falistą – nie tylko dach, a nawet ściany są pokryte nieśmiertelną ruską *riflionką*. Obchodzę „wyżymaczkę" przy wejściu, ostrożnie zaglądam do pachnącego zimnym chłodem wnętrza... czysto na razie. Rzucam mutrę, potem sam przeskakuję do pierwszych drzwi, omiatam wzrokiem pomieszczenie, chowam się w środku. Hotelik funkcjonował jeszcze w zero szóstym, więc tutaj mogło się coś niecoś jedzenia uchować. Poszukajmy stołówki.

Stałowuju znajduję w podpiwniczeniu. Zanim wejdę do ciemnego, zasłanego resztkami mebli pomieszczenia, długo lustruję z bezpiecznego podwyższenia schodów wejściowych wszystkie zakamarki i świecę latarką po ciemnych kątach – w takich miejscach może na nieostrożnych niejedno czyhać. Rzucam kilkoma kawałkami śmiecia na środek sali jadalnej, ale nie dzieje się nic nietypowego... omijając szerokim łukiem podejrzanie błyszczącą kałużę pod jednym ze stolików, zagłębiam się w korytarze zaplecza.

Świecąc latarką, daję radę wygrzebać spomiędzy pozwalanych półek i poprzewracanych regałów całkiem sporo dobra – jednak tutaj szabrowników nie było, a stołówka hotelowa musiała mieć swoje zapasy. Aż serce żal ściska, gdy widzę całą ogromną ladę chłodniczą mrożonek, które zdążyły już dawno zamienić się w jednolitą biomasę z wystającymi strzępkami folijek, na których zieleni się groszek, czerwienią buraczki i uśmiecha się dorodna marchew. Przełykam ślinę, chowam do plecaka kilkanaście znaleźnych puszek tuńczyka w zalewie, torbę skawalonej soli i dużą paczkę próżniowo zapakowanej kaszy. O, i nawet kawę zbożową mają... Waham się chwilę, ale w końcu nie biorę coli, która zalotnie mruga do mnie czerwono-srebrną puszką z aluminiową zawleczką na wierzchu. Co za dużo, to i stalker nie zeżre, Zona takich wymyślności nie lubi... i wtedy słyszę z głównej sali brzęk aluminiowego rondla, toczącego się po podłodze.

Gaszę od razu latarkę, myśli o jedzeniu ulatują w mgnieniu oka. Nasłuchuję, ale żaden inny dźwięk nie mąci ciszy, tylko mój oddech i bicie serca, szum krwi w uszach... Najciszej jak umiem przymykam drzwi, naciągam plecak i biorę do ręki *Zbawiciela*, sprawdzam kciukiem bezpiecznik – gotowy. Przyklejam się do ściany, starając się wyjrzeć na zewnątrz przez szczelinę, ale nic nie widać, bo dopiero co latarkę zgasiłem... Nic to, poczekam. Zastanawiam się jeszcze, czy zmieniałem ostatnio czok na lufie? Chyba nie, nadal biegam z tym polowym, „jeden w jeden", bo przecież strzelałem breneką; czyli duże skupienie śrutu będzie, nie za dobrze do budynków, ale teraz nic z tym nie zrobię.

Oczy przyzwyczajają się powoli do mroku, zaczynam rozróżniać kontury przedmiotów i lepiej widzieć zarysy ścian. Uchylam drzwi lufą, czekam... cisza. Wysuwam głowę, patrzę w lewo, w prawo – nic, tylko od okien dalej sączy się lekko bladawy poblask dnia za brudną szybą, drobinki kurzu wirują w snopach światła fantazyjnym tańcem. Wykradam się na korytarz, cały czas mając wrażenie, że poruszam się jak przysłowiowy słoń w składzie porcelany... Nic nie mąci martwego spokoju, ale CZUJĘ, że nie jestem sam – jakbym bawił się z kimś w chowanego i wiedział, że on jest w tym samym pokoju. Idąc w kucki wzdłuż ściany, krok za krokiem przesuwam się głębiej korytarzem, czując ból napiętych do granic wytrzymałości mięśni – niby nic, a pot już leje mi się po plecach. Tam dalej, za zakrętem, powinny być schody zaopatrzeniowe, którymi wymknę się na dwór.

Mijając pomieszczenia po obu stronach – ciemne, z wyjątkiem jednego, gdzie gotuje się zieloną fosforescencją „wiedźmi kisiel" – docieram w końcu do żelaznych drzwi na zewnątrz. Nawet nie zaczynam od klamki, od razu sięgam do zamka, wciskam blokadkę, powoli, czując, jak trzęsą mi się ręce, ciągnę solidną zasuwę; zastany smar trzyma mocno, w końcu odpuszcza, wydaje mi się, że niegłośny stuk niesie się echem po okolicy niczym wystrzał karabinowy. Naciskam na klamkę, popycham drzwi... zamknięte! Zamknięte na drugi zamek, w całości schowany między stalowymi płytami. Międlę w ustach przekleństwo, rozglądam się dokoła – są dwa okienka, ale obydwa wysoko i zakratowane, nijak nie dam rady wyjść. Czyli trzeba pchać się z powrotem przez jadalnię.

Nie lubię ja się wracać, oj, nie lubię. Tą samą drogą, ale cholernie już zmęczony, przekradam się do składziku, z którego wyszedłem, potem ostrożnie do rogu. Nie cierpię takich chwil, bo mam świadomość, że podczas gdy ja byłem gdzie indziej, do pomieszczeń, które mam teraz za plecami, mogło wejść wszystko i teraz skradać się do mnie od tyłu... Brrr, durne myśli, a Zona słucha. Potrząsam głową, koncentruję się na tu i teraz.

Podpełzam po podłodze do aluminiowej lady grzewczej, zza której kiedyś niezadowolona baba w białym czepku narzucała wielką chochlą „pjure z dżemem" pokornie stojącym w ogonku stołówkowiczom. Nasłuchuję - cisza... Ale coś tam jest. Ostrożnie wyglądam przez szczelinę pomiędzy segmentami - i czuję, jak jeżą mi się włosy na karku.

Widzę w półmroku pomieszczenia, na tle jaśniejszego prostokąta okna, ludzką sylwetkę. Ludzką. Nie burer, nie posokowiec, nie kontroler - człowiek. I właśnie to napawa mnie niepojętym strachem... ktokolwiek - cokolwiek - tam jest, po prostu stoi nieruchomo, nie wiem, czy bardziej przodem, czy tyłem do mnie. Nie było go tam wcześniej, bo świeciłem dokładnie po całym pomieszczeniu, a teraz jest i po prostu stoi.

Z nerwów zasycha mi w gardle, wzrok mam utkwiony w ciemny kształt tak długo, że aż zaczynają łzawić mi oczy... odganiam niepokojącą myśl, że może i on - to - patrzy teraz na mnie. Nie robi nic, po prostu tam stoi... i to jest najbardziej przerażające. Nie bałbym się aż tak bardzo, gdyby coś po stołówce łaziło, przewracało stoliki i ryczało, choćby i ściany drżały - wszystko, co jest z tego świata, można bronią tego świata pokonać. A tutaj, obawiam się, nawet *Zbawiciel* nie zbawi.

Nadal na czworakach, noga za nogą, ręka za ręką, przekradam się do końca kontuaru. Mam stąd może dziesięć kroków do schodów na górę... Ale nie odważę się pobiec, bo za blisko by było do tej dziwnej kałuży pod stolikiem; świeci się toto jak rtęć, mam wrażenie, że lekko drży i faluje. Wyglądam zza krawędzi... jest. Oj, wolałbym, żeby go nie było, wtedy mógłbym spanikować i pobiec, może by się udało nawet, a tak to jest tam i stoi po prostu, ani drgnie. Widać wąskie ramiona i chudą szyję, aureolę rzadkich włosów wokół głowy... i kołnierz marynarki? A może to ja sobie to wszystko dośpiewuję, wyobraźnia płata figle i dorysowuje to, czego nie mogę być pewnym. Nieistotne. Wysuwam się powoli na otwartą przestrzeń i tak, żeby chociaż częściowo zasłaniał mnie kwadratowy filar, pełznę pomiędzy nogami stolików i gąszczem żelaznych krzeseł ku ścianie po lewej. Nie odważę się odwrócić tyłem do tego CZEGOŚ, więc pełznę rakiem, oglądając się przez ramię i macając do tyłu wolną ręką, próbując nie potrącić żadnego z mebli... A potem ku wyjściu, ku schodom, chowając się pod blatami i za zwisającymi strzępami ceraty jak karaluch, najniżej jak się da, jeszcze cztery metry, jeszcze tylko dwa, metr... Rzucam okiem na stojące pośrodku stołówki COŚ – nawet nie drgnął, widzę oświetloną przez okno z boku połę ubrania... ale gula przerażenia nadal tkwi w gardle, więc najciszej, jak tylko potrafię, wycofuję się po schodach, nie spuszczając go z oka... a gdy tylko chowam się za rogiem, puszczam się biegiem, wypadam na górę, na zdewastowany korytarz, lecę ku wyjściu, tylko wiatr szumi mi w uszach, uderzam barkiem w drzwi, zlatuję po schodach na zewnątrz. Dżiiiiiizas!...

Dyszę ciężko, opierając się całym sobą o żelazną barierkę; wyciągam flaszkę, jednym haustem wypijam resztkę zawartości, oczy stają mi w słup – gorzała!... Najpierw tracę oddech zupełnie, potem dostaję potwornego ataku kaszlu, prycham i chrycham, próbując zaczerpnąć powietrza, łzy lecą mi ciurkiem po policzkach, w końcu zaczynam śmiać się z własnej głupoty, siadam ciężko na rozchwierutanej drewnianej ławeczce... Niech to burery! Jak mnie nic w tej Zonie nie zje, to się kiedyś udławię albo...

Nie kończę myśli, bo nad martwym miastem rozlegają się strzały. Bez żadnej zapowiedzi, bez gry wstępnej, od razu na gęsto: przynajmniej dwa małokalibrowe kałasze otwierają ogień, potem przychodzi im na zmianę AKM, wyróżniający się donośnym, trzeszczącym hukiem, potem znów staccato „siedemczwórek", w nim basowe przerywniki śrutówki... o rany, toż to cała kanonada! Ciężko jest zorientować się, gdzie dokładnie strzelają, bo dźwięk niesie się i odbija echem, ale wydaje mi się, że gdzieś z południowego wschodu, czyli z centrum – tak czy inaczej, wypada się zainteresować.

Przechodzę przez ulicę, kątem oka zauważając przybitą do drzewa tabliczkę w kształcie odyńca: *Obereżno! Dziky twaryny – ce nebezpeczno!* No super, jakbym sam nie wiedział, dzięki za przypomnienie. Idę na przełaj przez place i parkingi zastawione martwymi samochodami, rdzewiejącymi tu od 12 kwietnia 2006, rzucam mutrami i omijam anomalie. Co i rusz muszę sam siebie powstrzymywać, żeby nie puścić się biegiem, ale po Zonie się nie powinno biegać, chyba że po znanym terenie, a i wtedy lepiej nie – pułapek tu pod dostatkiem, a i na zwierza można się narwać, przecież znak był, hłe, hłe... Kierunek obrałem dobry, bo strzały robią się coraz wyraźniejsze, coraz dokładniej też słyszę, że nie jest to grupa stalkerów odbijających się dużemu mutantowi, a tak zwana *pieriestriełka*, czyli wymiana ognia. Broń uderza falami, w niedużych dwu-, trzygłosach: AK-74 bije pojedynczymi, razem z nim krótkie, mierzone serie jakiejś mniejszej terkotki, chyba pistoletu maszynowego; potem odzywa się AKM, zachłystujący się długimi seriami, wtórujący mu drugi siedem cztery i z rzadka strzelba. Czasem AKM ciągnie dłużej, wtedy pewnie ten drugi i śrutówka podsuwają się do wroga; od razu, gdy milknie, rozlegają się pojedyncze, suche wystrzały z AK-74 i terkotki... o, i coś jeszcze! Mocne, donośne huknięcie pełnowymiarowego naboju odbija się echem od odległej ściany lasu, płosząc dotąd wytrzymujące kanonadę gawrony. Zbliżając się coraz bardziej do miejsca potyczki, orientuję się, że nie słyszę już bicia jednej siedemczwórki. Pewnie mieliśmy właśnie popis strzelania wyborowego, ktoś dostał kulkę, ale kto? od kogo? – to się dopiero okaże.

Najpierw widzę rozbłyski ognia, gdy AK-74 puszcza trzy kule z parteru, zaraz potem ściana obok jego stanowiska ogniowego eksploduje odłamkami, gdy znów odzywa się AKM, rwąc na strzępy pociskami siedem sześćdziesiąt dwa aluminiowe ramy okien, tłukąc szyby i wzbijając chmurę ceglanego pyłu. Nasz *awtomatczik* ma szczęście, że chroni go solidny, gruby mur – sam budynek to zdaje się była odlewnia żeliwa, przedtem młyn, a ściany stawiano jeszcze w zamierzchłych carskich czasach początków dwudziestego wieku, bodajże na zamówienie niejakich braci Mariek. Porządna, przedrewolucyjna konstrukcja. Widzę ruch przez okna, gdy zawodnik z siedemczwórką podrywa się i chowa głębiej, korzystając z przerwy na zmianę przez przeciwnika magazynka; jednocześnie kawałek dalej ode mnie jakaś postać przebiega przez plac i dopada do rogu dawnego Uniwermagu.

– Wania, kryj! – drze się tamten do kogoś, kto chyba chowa się za wrakiem zardzewiałej ciężarówki. – Wal sukę!

Rzeczony Wania faktycznie wychyla się zza maski ZIŁ-a i zaczyna gęsto polewać ołowiem fasadę, tymczasem idący na szpicy sprintem pokonuje drogę do sporej kępy krzaków i tam dekuje się w niewielkim wykrocie. Przysiadam aż ze strachu, gdy z okien kinoteatru nade mną nagle rozlega się terkot karabinu, a na dół lecą wachlarzem łuski... o cholera, to ktoś tutaj jeszcze! I wali też po odlewni, widać się na tamtego jednego uwzięli.

– Chłopy, dawać, *jobany w rot*, do przodu!! – między krótkimi seriami słyszę zachrypnięty głos donoszący się z piętra. – Snajper mnie, *bljadź* stalkerska, w nogę zaczepił tylko, ja go już ujebał!! Wania, Morda! Naprzód, kurwa, tam jeden został tylko! Walić sukę!

Patrzę, jak Wania i ten drugi z krzaków biegną pochyleni ku budynkowi odlewni. Powoli zaczyna klarować mi się obraz sytuacji – Wania ma na sobie wyświechtaną skórzaną kurtkę z ćwiekami, Morda piękne spodnie od ortalionowych „szelestów” z żółtymi paskami, ale to jeszcze o niczym nie świadczy. To, co najbardziej mnie uderza, to zupełny brak sprzętu.

Bandyci. Czy po tej, czy po tamtej stronie Prypeć-rzeki, te bydlaki zawsze podobne. Więzienne, zakazane ryje, łby wygolone na krótko, wydziarane łapska, połamane nosy i zupełny brak skrupułów. Bandyta nie kupi licznika ani chociażby dozymetru, bo mu szkoda kasy; bandyta nie nosi pojemnika na artefakty, bo sam ich z anomalii nie wyciąga, tylko odbiera razem z opakowaniem naszym braciom-stalkerom; bandyta nie ma plecaka, bo idąc w Zonę, liczy na to, że ściągnie go z czyjegoś trupa. Bandycie niepotrzebny antyrad i odzież ochronna, bo bandyta nie boi się radiacji; ani jej, ani milicji się bandyta nie boi, to nieważne, że kiedyś jedna i druga i tak go dorwie. Ale bandyta nie ma wyobraźni, nie myśli o przyszłości; bandycie się wydaje, że wszyscy inni to frajerzy, a on jest gość, że właśnie jemu się na pewno uda.

– Dawaaaaaj go, ssssuukę!! – drze się z góry herszt bandy, bez sensu polewając ołowiem starą odlewnię.

Nie tym razem.

Przemykam się pod ścianą do tylnego wejścia, wślizguję do środka. Odwieszam na plecy *Zbawiciela*, wyjmuję pistolet, sięgam po saperkę, ale potem zmieniam zdanie, wyciągam z pochewki na ramieniu czeczeński nóż – dziś będzie premiera. Słyszę, jak z góry długimi seriami sieje z kałasza mój strzelec. Strzelaj sobie, strzelaj... Idę szybko, żeby przypadkiem się nie rozmyślił i nie wyszedł mi na spotkanie, ale mogę sobie na to pozwolić: jeżeli on tu wlazł, to i dla mnie czysto będzie...

Jessssst. Oparty o ścianę, stoi w sali na górze, mocując się ze zmianą magazynka. Ja mam czas, ja poczekam... oby tylko miał go też stalker chowający się w odlewni. Klnąc dość paskudnie, bandyta ładuje naboje do maga, potem wpina go na miejsce – tego domyślam się, sądząc po odgłosach, przekładam nóż do prawej ręki, potem wysuwam się zza framugi drzwi i ruszam ku niemu. Moment wyliczony idealnie, bo akurat pociąga rączkę przeładowania, nabój ze szczękiem wskakuje na miejsce, tłumiąc moje pierwsze trzy kroki. Bandyta podnosi broń do ramienia, składa się do strzału, ja wznoszę nóż...

Być może coś usłyszał, chyba szkło zgrzytnęło mi pod nogą, bo zaczął się obracać, ale jest już za późno. Kizliar wchodzi gładko w szyję, aż po samą rękojeść – jednak dobra stal... Krew sika fontanną, gdy wyszarpuję ostrze, bandyta wypuszcza broń, próbuje jeszcze zatamować dłonią strumień szkarłatu z rozpłatanego gardła, potem osuwa się na ziemię. Patrzę chwilę beznamiętnie, jak drga w konwulsjach, ręce coraz słabiej próbują powstrzymać chlustającą krew, potem oczy recydywisty mętnieją, rysy twarzy wygładzają się. Koniec. Powinienem bardziej przeżywać, że właśnie zarżnąłem człowieka – jakiś wyrzut sumienia, ukłucie żalu, poruszenie dawno zarzuconej etyki... Chociażby szybsze uderzenie serca. Tymczasem nie czuję nic. W zasadzie żałuję, że poszło tak szybko. Podnoszę klingę do ust, delikatnie smakuję czubkiem języka słono-mdły szkarłat...

Zamykam oczy, potrząsam głową, spychając w głąb podświadomości nie swoje myśli i wspomnienia. Nie. Nie poddam się.

Wycieram zakrwawiony nóż o połę kurtki bandyty, podnoszę z zasłanej szkłem podłogi AN-94, czyli popularnego abakana – nie lubię karabinów, ale tamtych jeszcze dwóch zostało, jak dygnę ze *Zbawiciela*, to się po innym odgłosie strzału zorientują, że coś jest nie hola, a tak może dam radę jednego oszukać. Broń swoją drogą niezła, tak mi się właśnie zdawało, że to nie do końca siedemczwórka... Czego te Ruskie nie wymyślą – Abakan ma unikalną opcję serii dwustrzałowej, która ponoć jest tak celna, że łolabogarety, ale ma tylko jedną wadę: nikt jej nie używa. Bezpiecznik ma oddzielną dźwignię, selektor też oddzielną z trzema położeniami, a akurat w to środkowe do „cudownych" podwójnych strzałów jakoś w ferworze walki się nigdy nie trafia. Wyglądam przez okno, licząc na łatwy strzał, ale bandosy już się zdążyli schować. Nic to, powtarzam sobie; nic to. Ruszam za nimi.

Przekradam się krzakami ku odlewni, skąd donoszą się strzały – to dobrze, znaczy, że mój stalker jeszcze się jakoś trzyma. Przebiegam przez ulicę, dopadam do ceglanej ściany, chowam się w cień zdewastowanego, rozpadającego się budynku.

– Tam on!! Morda, dawaj go, ja przykryję!

Ruszam na odgłos strzałów, trzymając głowę nisko i rozglądając się po kątach. *Czort wazmi*, jak ja strasznie nie lubię karabinów. Długie to, ciężkie, nieporęczne, tu coś od dołu wystaje, tu kolba jakaś zawadza, nie mówiąc już o obsłudze... No właśnie – sprawdzam bezpiecznik i selektor, żeby nie było kiszki, jak dojdzie co do czego.

– Suuukaa! – rozlega się w głębi ruin okrzyk, po nim niemalże równocześnie pada strzał z kałasza i śrutówki, potem odzywa się bliżej mnie akaem.

– Wania, uszedł on!

– *Niczewo*, tam mu nie ma gdzie uciekać, ja widzę stąd! – Rzeczony Wania musi być blisko, tuż za rogiem. – Dawaj ty, ja pozycję zmienię tylko!

Czekam, aż Wania „pozycję zmieni tylko", ostrożnie wyglądam za róg – widzę go, jak ustawia się do strzału

na betonowej belce nad rumowiskiem. Na spokojnie opieram broń o cegły, biorę go na cel...

– Dawaj!!! – krzyczy Wania.

...okej.

Pociągam za spust, abakan rzyga długą serią, która dosłownie zdmuchuje Wańkę z jego pseudosnajperskiego gniazda i posyła w krótki lot na dół, na spotkanie z oczekującymi już na niego deskami i betonem. Mimo wszystko zniesmaczony, odkładam karabin i wyciągam strzelbę – jakoś te małokalibrowe wymysły mnie nie przekonują. Ostrożnie wyglądam zza krawędzi ściany, zbiegam po gruzie, przypadam za hałdą zwalonych na kupę mebli. Teraz został tylko ten jeden, zarazem łatwiej i trudniej będzie; ruszam naprzód w przejście, gdzie na pewno polazł ostatni bandyta. Jednak nie ma to jak gładka lufa, tutaj nie trzeba...

Huk strzału, ból w ramieniu i klatce piersiowej zlewają się w jedno, ziemia nagle podnosi się i uderza mnie w głowę, czuję jeszcze, jak jakiś zardzewiały gwóźdź wbija mi się w przedramię, gdy niewidzialna siła podrywa mnie w powietrze, okręca dokoła i ciska na kupę drewna. Na świat opada nagle zasłona z grubej folii, czuję smak krwi w ustach, dźwięki dobiegają do mnie jak zza puchowej kołdry... Patrzę zdziwiony na własną rękę, która leży bezwładnie tuż obok – to zabawne, jest nadal przyczepiona do ciała, a nie mogę nią poruszyć... chociaż palce się zginają. Czując, że chyba jest to ważne, wyciągam pistolet, ale nie jestem w stanie złapać ostrości, obraz płynie i faluje, widzę to jedną, to dwie wersje świata, przyrządy celownicze rozmywają się... Jakaś ciemniejsza plama pojawia się gdzieś na horyzoncie, chyba stamtąd padł strzał... Strzał? No tak, jestem ranny, strzelili do mnie – chyba bandyci, prawda...? Podnoszę rękę, ale pistolet zostaje na ziemi, ręka zresztą też, przez chwilę daję radę utrzymać ostrość na stojącym nade mną Mordzie, ten coś chyba mówi, a potem nagle znika. Znika, na miejscu jego głowy przez chwilę wisi taki obłoczek szkarłatnej mgły, a potem słyszę taki głośniejszy szum... Nie, to wystrzał był! Najpierw wystrzał, potem mgła wokół głowy, a potem bandyta zniknął. Czyli to znaczy, że...

Pojawia się druga plama, ale ta już nie ma twarzy – zamiast niej widzę ciemne gogle ochronne i maskę filtracyjną. Plama patrzy na mnie, potem przykuca, chyba o coś pyta, ale słyszę dźwięki, nie słowa... A potem nagle jakby ktoś zdjął poduszkę z głośnika i przestał przytrzymywać taśmę w magnetofonie palcami, wszystko nabiera normalnego tempa i głośności.

– Ty kto? – słyszę te same dźwięki, które teraz układają się w słowa.

Próbuję się uśmiechnąć, na próbę poruszam palcami lewej ręki... Aaaaa, jak boli, cholera!... ale poruszyć daję radę, czyli i prawą ruszę – a w niej nadal mam pistolet.

– Ty kto? – pytanie pada jeszcze raz, gdy nie zdradzam się z tym, że szok już minął. Bo i po co? Tylko głupi od razu karty odkrywa.

– Ja stalker... – głos wydobywa się ze mnie zaskakująco słaby i chrypiący, ale w ogóle jest. – Stalker, jak i ty. Wstać pomóż.

– A ty broń oddaj i leż na razie. – Nieznajomy zaskakująco szybkim ruchem wyłuskuje mi z ręki pistolet. – Skąd mi wiedzieć, że stalker?

– Uwierzyć musisz. – Nie mam siły się zaśmiać, więc tylko dyszę kilka razy przez nos, żebra z lewej strony narywają jak cholera, więc krzywię się z bólu. – A skąd mnie wiedzieć, kto ty?

– To ja pytać będę. – Facet wciąż nie ściąga gogli ani maski, nawet nie wiem, co może myśleć, głos też zniekształcony przez membranę. – A skąd mnie wiedzieć, czy ty nie bandyta?

– A co, ja na bandosa tobie podobny? – Powoli przekręcam głowę, patrzę na krwawą kaszę lewego ramienia. – A po co by ja do nich strzelał, a?

– Ty może *chabar* im zabrać chciał. – Wydaje mi się, że słyszę w jego głosie rozbawienie. *Chabar* to w stalkerskiej nowomowie artefakty i towar; znaczy się, że to ktoś nowy, bo kiedyś mówili tak tylko uciekający do Zony przed organami ścigania kryminaliści, potem przejęło to świeżactwo, ale weterani nigdy się z tą więzienną grypserą nie pogodzili. Można tak powiedzieć przy kimś, kogo się zna, ale nie przy pierwszym spotkaniu. – Może ty swoich ustrzelił i sam by chętnie łupy wziął.

– Toż durny ty, świeżak. – Uśmiecham się. – Najpierw poczekałby ja, żeby ciebie wykończyli. Wstać pomóż.

Nie bez trudu daję radę podnieść się na nogi, świat lekko płynie, ale jest już lepiej... z głową lepiej, ale z ręką nie, krew ścieka mi po przedramieniu, skapuje z palców.

– Ty ranę opatrzyć umiesz? – zapytuję stalkera, ten kiwa głową, ale z lekkim opóźnieniem; czyli nie jest pewny swego, tym bardziej, że ja go „świeżakiem" nazwałem, a on nie zareagował. Za taki tekst normalnie w zęby się od razu dostaje.

– Czekaj, tam jeszcze... – On nagle jakby przypomina sobie o czymś. – Poczekaj ty!...

Patrzę za nim, jak wspina się po rumowisku i ginie mi z oczu – no tak, dwóch ich pewnie było, stalkerów. Temu się udało, a tamten został. A kto w Zonie zostanie z tyłu, ten i z tyłu zostaje...

Wraca po jakimś czasie, już bez maski i gogli; nie muszę się go pytać, bo to widać u człowieka na twarzy, jak zginie ktoś, z kim się po Zonie chodziło.

– Pomogę ci. – Wstaję z trzeszczącego biurka, na którym sobie przysiadłem. – Prowadź.

– Co pomożesz? – Patrzy na mnie lekko niewidzącymi oczami. Kurczę, toż to dzieciak jeszcze... no nie, nie dzieciak, gęba zarośnięta blond szczeciną, ale ma w tej szczerej, słowiańskiej twarzy coś tak... chłopięcego. Blond czupryna, niebieskie oczy, te rzeczy.

– Pochować towarzysza, przecież go tamci ustrzelili, po minie twojej widzę. Tylko rękę mi opatrz najpierw, bo jak świnia krwawię...

Do opatrunków, które robił Dr, będzie daleko, ale musi wystarczyć. Na szczęście bandzior drobnym śrutem strzelał, badylarz jeden, boby mi rękę urwało... a tak duży rozrzut z obrzyna, poszło po ramieniu i po żebrach, wszędzie mam powbijane kuleczki ołowiu, ręką nie mogę ruszyć wcale, żebra bolą jak cholera, ale chyba nie połamane, tylko odbite albo trzaśnięte muszą być. Dobrze, że rękę przed sobą wyciągniętą miałem, bo łokieć by *w driebiezgi* poszedł. Rękaw w strzępach, bok kurtki jak zakrwawiona szmata – niech to cholera jasna przecież strzeli, skąd ja teraz wezmę nową *gorkę*... Wyciągamy tyle śrucin, ile się da, zalewamy gencjaną, bandażujemy – na drobniejsze skaleczenia, zranienia i stłuczenia już nie zwracam uwagi. Strzały niosły się echem daleko, tu za niedługo mutanty będą.

– Prowadź do niego. – Kiwam głową, gdy jako tako kończymy wzajemną pomoc.

Trup stalkera leży na piętrze budynku, na niewielkim kawałku podłogi, który jakimś cudem uchował się przy oknie. Dobre miejsce, widać cały dół jak na dłoni, nic, tylko stąd snajpić... w całej okolicy jedynie piętro dawnego kinoteatru daje pełne pole ostrzału na to miejsce, i właśnie stamtąd padł feralny strzał. Tylko pobrużdżona zmarszczkami twarz spokojna bezruchem śmierci, za to ciało podziurawione jak sito – pierwsza kula musiała dojść celu przypadkiem, potem nasz strzelec wyborowy pewnie osunął się na otwarte, gdzie bandyci naszpikowali go ołowiem. Obok niego leży wysmukłe, potężne cielsko SWD – bodajże najlepszego karabinu wyborowego w dziejach wojskowości, prawdziwej miss publiczności wśród broni strzeleckiej. Orzechowe łoże i ażurowa kolba, skórzana poduszka pod policzek... piękna broń, to nawet ja muszę przyznać.

– Tam chyba dobrze będzie. – Pokazuję jedyną sprawną ręką na jamę w osuwisku. – Przywali się płytą i gruzem...

– On do anomalii chciał – pociąga nosem młody stalker. Widać, że to młode jeszcze, śmierć towarzysza nim mocno wstrząsnęła. – Do „hrawitaczki" mówił, żeby ho wsadzić, ona na czysto...

– Czyś ty zdurniał, chłopie? – Potrząsam go za ramię. – Tu nie serial brazylijski, tu Zona! Jak ty go teraz do anomalii dotaszczysz, na czym? I tak stąd będzie go trudno ściągnąć! Idź ty, rury długiej poszukaj!

– Po co? – Patrzy na mnie, nie rozumiejąc, ale już ożywiony. To dobrze, człowiekowi trzeba od razu coś do roboty znaleźć, najgorsze, jak otępienie przyjdzie. – Po co rura?

– A jak go inaczej ściągniesz, a? Dawaj, ruchy, bo czasu mało! Rurę znajdź, nie cieńszą jak siedem ósmych, i trzy metry co najmniej! Biegiem!

Gdy chowa się wśród ruin, ja wyciągam z kieszeni linkę. „Siedem ósmych"... zanim zrozumie, o co chodziło, ja już swoje skończę. Wchodzę na betonowe rumowisko, zaczepiam pętlę o nogę nieboszczyka i zupełnie bezceremonialnie ściągam go najkrótszą drogą na dół. Ciało spada z miękkim, bezwładnym „szlumpf!", ja odwiązuję linkę, na spokojnie zdejmuję mu kamizelkę z ładownicami, zaczepiam pas pod ramiona i zaciągam do upatrzonej dziury. Nie jest łatwo tylko jedną ręką, ale zanim tamten wróci, jakoś zdążę.

– Słuchaj, siedem ósmych nie było, ja... – Młody zjawia się, faktycznie ciągnąc solidny kawał żeliwnej rury. Patrzy na mnie, na ciało w zaimprowizowanym grobie, na puste teraz miejsce przy oknie. – A ty... a ty jak ho?...

– Po prostu – ucinam. – Dawaj, pomóż mi go przywalić i spadamy stąd.

– Ale sprzęt jeho!... – Podchodzi bliżej, patrzy na ściągniętą z trupa kamizelkę i karabin. – On chciał, żeby ho ze wszystkim!...

– To przejrzyj, co można, weź, a co trzeba, to z nim pochowamy – zgadzam się. – Byle szybko.

Myśmy też Tribika pochowali ze wszystkim... rozumiem go aż nazbyt dobrze.

Zabieramy tylko jedzenie, opatrunki i amunicję – SWD i pistolet maszynowy starego typu wraz z resztą sprzętu układamy obok poległego, przykrywamy kawałem pilśniowej płyty i przysypujemy fragmentami betonu, cegłami i żelastwem. Na tym montujemy z dwóch skręconych drutem kawałków żelaza krzyż, zawieszamy maskę, kawałkiem zaprawy murarskiej młody skrobie na deseczce napis: „Dyniek".

– Dyniek. – Kiwam głową. – Niech mu Zona lekką będzie. A teraz dawaj, zbierzemy z *bandziuków*, co się da, i zrywamy się stąd.

Idzie nam szybko, bo i maruderzy dużo nie mieli. Niby niemało ich, w sumie czterech, jednego jeszcze wcześniej ten Dyniek położył, ale dla mnie nic ciekawego – tylko ten, co mnie prawie dorwał, ma przy sobie trochę amunicji drobnośrutowej, więc chociaż taki z niego pożytek. Dobrze, bo moje zapasy już się zaczęły niebezpiecznie kurczyć, a tak kilka łusek dodatkowo będzie. Oglądam sobie jeszcze jego strzelbę – hm, ruska sajga... bodajże jedyna rzecz, jaka byłaby w stanie mnie wzruszyć, bo to gładka lufa, ale na mechanizmie AK. Niezawodna na pewno, ale brzydka jak noc i cholernie nieporęczna. Młody stalker zgarnia więcej łupów – głównie przy herszcie bandy, ten miał przy sobie amunicji ze dwie garście, i magazynek zapasowy do jego AKS-74 pewnie mu nie zawadzi. Niby obszukuje zarżniętego przeze mnie bandytę, ale widzę, jak patrzy na mnie spod oka; nic nie mówię – rachunki wyrównane, łupy podzielone, teraz pora na jego ruch.

– Patyk jestem. – Wyciąga do mnie rękę. Faktycznie, chudy jak szczapa, więc ksywa pasuje, nie dziwota.

– Miszka. – Podaję prawicę. Mocną dłoń ma, pewną taką. – Dawaj, do szkoły muzycznej nam trzeba, u mnie tam sprzęt i artefakty są.

– Sprzęt? – Marszczy się powątpiewająco, potem kiwa głową. – Tobie też kohoś ubili?

– Ty co, myślisz, że ja tylko tyle mam, co na sobie? – pytam się go już w drodze. – Że ja tak na lekko przez Prypeć szedł?

– Ty od Prypeci idziesz? – Po raz kolejny patrzy na mnie, jakbym z byka spadł. – Którędy?

– Potem ci opowiem. – Macham ręką. – Ty drogę znasz tutaj?

– Nu, bywało się raz i drugi...

– To prowadź, bo ja tu pierwszy w życiu.

Okazuje się, że ze szkołą trafiłem niezgorzej – wedle słów mojego nowego przewodnika to jeden z nielicznych bezpiecznych punktów w mieście Gwiazdy Piołun. Zabieramy moje rzeczy z poddasza, przemieszczamy się do używanej przez „tutejszych" noclegówki przy ulicy Szkolnej, w gmachu byłego Centrum Radioekologicznego. Wierzę temu całemu Patykowi na słowo, idę za nim, nie próbując nawet kwestionować jego osądu – on już tu bywał, on wybiera drogę. Mam wrażenie, że próbuje oglądać się czasem na mnie, jakby szukając aprobaty przy wyborze trasy, ale udaję, że tego nie widzę... chociaż zapytam na pewno, jak tylko dojdziemy na miejsce.

– Nu, *pamianiem* padłych w bojach. – Podnoszę aluminiowy kubek ze spirytusem, wychylam jednym haustem. Oczy zachodzą łzami, gardło pali, ale tak trzeba. Zagryzamy tuńczykiem z moich zapasów... Ognisko rozpaliliśmy w byłej toalecie, wstawiliśmy sobie wodę na kaszę, prawie już skończyła podgrzewać się ostatnia puszka z chlebem. Niegłupio się tu urządzili - lokum na drugim piętrze, okna zasłonięte blachą, że nawet i emisję pewnie przeczekać by szło... no, może przesada, ale nie wieje chociaż i snorki nie wlezą. Drzwi do środka porządne, schody razem z węgłem budynku zwalone, więc wejście tylko po przystawionych do półpięter żelaznych drabinkach, pełne bezpieczeństwo.

– Ty z Dyńkiem długo chodził? – zapytuję w końcu, gdy gotowy już chleb brązowi się na patykach, a po pierwszej puszce zostało tylko wspomnienie.

– Dłuho – potakuje młody. – Będzie prawie rok... on mnie znalazł.

O, czyli takie buty. Zonowy ojciec chrzestny, znaczy się, i on mu pewnie też ksywkę dał.

– No to jeszcze raz polej, za jego duszy spokój. – Wyciągam rękę. – Ja by sam ugościł, ale wódka skończyła się, rozumiesz...

– Niczeho, dobrze jest. – Uśmiecha się do mnie półgębkiem. – Kaszy ja nie jadł już, oho-ho... Smalcu by się tylko zdało, i jeszcze skwarek.

– Kabana upolować, smalec wytopić. – Wznoszę setkę, wychylamy bez stukania się, bo to za nieboszczyka. – Tylko żołądka szkoda na świecące *sało*...

– Miszka, ty mówił mnie, że od Prypeci idziesz – zagaduje Patyk. Widziałem już wcześniej, że coś mu po głowie chodzi, że jemu też chce się o nowo napotkanym jak najwięcej wywiedzieć. – Ty którędy chodził?

– A co, tobie ciekawie samemu pójść pewnie? – Dla zmiany smaku po nijakiej kaszy ucinam nożem plaster „paprykarza". – Wy którędy próbowali?

– My na Prypeć nie chodzim, nie od naszej strony, bo tam CZAES po drodze przecież. Mnie i samemu dziw, że ty przeszedł... Ja dalej jak na Czarnobyl nie chodził, nawet i tu droha ciężka, my pięć dni szli, z Dziciatek zaraz po emisji ruszyli.

Właśnie sobie uświadomiłem, że ten stalker jest pierwszą od paru tygodni osobą – poza mną samym – z jaką rozmawiam.

– Ja podziemiem poszedł, ale przypadkiem – od Kręgu do Kopaczi jest podziemne przejście, do jednostki *zenitnej*, a potem brzegiem Ryżego Lasu... ale tam ciężko.

– Mówią, że od Prypeci wracać łatwiej, a mało kto dochodzi – kiwa głową Patyk. – A ty tak w ohóle nie od nas, a?

– Nie-a, z Drugiego Brzegu ja.

– Ty skąd? – Zagląda mi w oczy z niedowierzaniem.

– Stamtąd ja. – Pokazuję ręką za rzekę. – Nie raz ja Czarnobyl widział, ale zza wody.

– I ty przez Prypeć poszedł, przez kolejowy most?

– Tak trzeba było. – Wzruszam ramionami. – Wy jak z bandytami zetknęli się?

Młody wzdycha, patrzy na kawałek chleba trzymany w ręku; pewnie wspomniał zabitego partnera.

– Szli oni za nami już trzeci dzień, od Wężomostu jeszcze... ty wiesz, hdzie Wężomost?

Kiwam głową – domyślam się. Rzeka Usz albo Uż, czyli Wąż, ma ujście do Prypeci niedaleko stąd, a o ile pamiętam, most jest na niej tylko jeden.

– Tak my myśleli, że odpadną oni po drodze, między anomaliami kluczyli, ale tamci jak po śladzie za nami. No i w końcu jak do miasta doszli my, to ich już widać nie było, tak i my zaczęli się tu kręcić, artów szukać. I dziś się okazało, oni zasadzkę urządzili, a dalej ty już sam wiesz.

– Ty młodszy, ty pierwszą wartę trzymasz – ordynuję porządek nocy. – Ja źle śpię, pewnie krzyczeć będę, to się nie bój.

– Nie boję – uśmiecha się Patyk.

Boś młody jeszcze. Też się kiedyś nie bałem.

Droga

Zupełnie inna jest Zona na tym brzegu.

Taka właśnie myśl uderza mnie kilka dni później, gdy idziemy bezdrożami przez lasy, porastające gęsto tę część byłej Strefy. Na naszym brzegu były głównie łęgi i podmokłe pola, ale praktycznie co i rusz wychodziło się na jakieś zabudowania – a to stary kołchoz, a to kilka chatynek pod lasem, wszędzie coś. A tutaj... Do mostu na Wężu jeszcze było w miarę normalnie, ale dalej, gdzie się nie obejrzysz, wszędzie tylko drzewa, jedynymi przerywnikami są podmokłe uroczyska, gdzie ziemia ciamka i kołysze się pod nogami, wydymając się pęcherzami od leżących w głębinach anomalii. Bez przewodnika ani rusz – i dlatego właśnie cieszę się, że Zona akurat tego młodego stalkera mi zesłała. On, zdaje się, też nie narzeka na razie na moje towarzystwo – po początkowym okresie pewnej nieufności, który zawsze cechuje spotkania w Zonie, jest już dużo lepiej, chłopak nabiera pewności siebie z godziny na godzinę, gdy nagle okazuje się, że to on musi prowadzić i wybierać bezpieczną drogę pomiędzy anomaliami. Czasem zdarzy mu się zapytać o moje zdanie, raz i drugi zupełnie otwarcie pyta się mnie, co sądzę o tej albo innej trasie – ja, jak najbardziej, odpowiadam zupełnie szczerze i w zadanych ramach, ale poza tym trzymam gębę na kłódkę. Wielokrotnie bym inaczej poszedł i co innego zrobił, ale to każdy stalker tak ma. Poza tym układ jest prosty: idziesz za kimś, to idziesz jak on, a nie podoba się, to droga wolna. Sam tak zawsze mówiłem i nagle okazuje się, że muszę grać wedle własnych zasad. Ano, przewrotna nasza Zona jest.

– Teraz za mną idź, ale nie po śladach – zatrzymuje się Patyk, poprawia maskę i spogląda mi znacząco w oczy. – Zrozumiał?

Zrozumiał. Jeśli prowadzący każe nie iść po śladach, to tak będzie. Jakby kazał na czworakach, to na czworakach bym szedł... chyba.

Chyba, bo coś mi ten mój bok za bardzo doskwiera. Nie to, żeby był to pierwszy w życiu postrzał i pierwsza rana, ale wczoraj było już lepiej, a teraz znowu boli. Dotykam prawą ręką boku pod łokciem lewej, wciąż wiszącej na temblaku – gorący... Rana niby dobrze zaczęła się goić, głównie dzięki kuracji artefaktowej, ale boję się, żeby się zakażenie nie wdało, bo paprzą mi się strupy. Przyciskam mocniej palcami żebra, aż ciemno przed oczami robi mi się na chwilę, wyciągam spod zbyt lekkiej na tę porę roku letniej kurtki rękę i rozcieram między kciukiem i palcem wskazującym burożółtą, kleistą substancję. Ropa, czyli rana się jątrzy. Oj, niedobrze.

– Ty jak? – ogląda się przez ramię prowadzący, jak gdyby wyczuwając moje myśli. – Ręka boli?

– Dojdę, gorzej bywało. – Wykrzywiam się nieszczerym uśmiechem. No bo co niby mam zrobić innego, pewnie, że dojdę. Albo to, albo do ziemi.

Na trzęsawiskach nie widać w ogóle mięsaków, mimo że teren dla nich dobry – po naszej stronie praktycznie ciężko się o jakiegoś nie potknąć, a tutaj jeszcze ani jednego nie widziałem... Gdy pytam o to mojego przewodnika, Patyk tylko kręci głową.

– „Mięsak"?... A, ty pewnie „kleszcza" na myśli masz. Nie-a, tutaj mało ich, ja sam raptem parę sztuk widział do tej pory, strachliwe one. A co, stęsknił się?

– Nu, przywykł ja trochę – przyznaję się niechętnie. Przyzwyczajenie to niedobra rzecz dla stalkera. – A tam dalej na wschód co?

– Tam Martwy Las i Błota – pokazuje ręką młody. – Tam bahna już i moczary jedne.

– A my teraz co, nie na bagnach? – Rozglądam się po pejzażu niczym z delty Mekongu.

– Nieee, to mokradła tylko. Tam dalej, jak kiedyś Kamienka była, tam woda podeszła, ale las tam jeszcze, tylko drzewa pomarły, to i tak go zwiemy: Martwy Las. A potem aż do Opaczicz, hdzie nie spojrzysz, jedne tylko bahna i trzęsawiska. Ja tam podchodził kiedyś, ale na same Błota się nie pchał, bo tam drohi jak nie znasz, to lepiej już sobie samemu w łeb strzelić.

– I duże te wasze Błota?

– Aż do Kupowateho.

„Kupowate". Chciałem jeszcze o coś zapytać, ale chwilowo łapie mnie atak rozbawienia, więc zagryzam tylko rękaw i staram się nie parsknąć śmiechem. On Ukrainiec, po głuchym „hy" wnosząc, więc polskiego dowcipu z nazwą nie zrozumie... A mi się śmiać nie wypada, jeszcze pomyśli, że z niego łacha ciągnę. Ale nawet mimo bolącego jak diabli boku od razu nastrój mi się trochę poprawia... Jednak endorfina to piękna rzecz, powinni ją zacząć do apteczek w jednorazowych ampułkostrzykawkach dodawać.

Przed wieczorem wychodzimy na nieco suchszy teren, pod nogami wreszcie przestaje ciamkać błoto, chociaż w butach i tak mokro; w zapadającym szybko pośród lasów zmroku idziemy przesieką, po lewej i prawej mając zieloną ścianę brzóz i olszy, za którymi widać wysmukłe pnie sosen i świerków, czasami przerywane polaną wokół rozłożystego dębu. Wydaje mi się w pewnej chwili, że zauważam ruch jakoś dalej na naszej trasie...

– Patyk, tam coś przed nami jest – rzucam półgłosem. Ma chłopak dobre odruchy, od razu zatrzymuje się, przykuca, ja zaraz za nim, kryjąc tył. Słyszę, jak odpina futerał i wyciąga lornetkę, przez dłuższą chwilę wpatruje się przez szkła wojskowej B8x30 w zalegającą przed nami trawę.

– Prawda, coś tam się rusza – konstatuje. – Ale nic to, zdążymy my. Dawaj w las teraz skręcim, tu już można.

Kawałek dalej, na skraju lasu, z trzech stron otulony drzewami, stoi jakiś nieduży budynek. Trudno powiedzieć, co tu mogło być, wygląda jak jakiś... no nie wiem – posterunek straży leśnej? Chyba z tej „nowszej" Zony, bo niezarosłe jeszcze tak krzakami, na betonowym placyku stoi nieśmiertelna zielona niwa, trochę tylko podrdzewiała wokół uszczelek przy oknach. Ot, taki sobie budyneczek parterowy, jakiś kawałek komórki obok, nic więcej.

– Tu na noc można zostać – ni to informuje, ni to decyduje Patyk. – Okiennice są, to i bezpiecznie, można nawet ohnia napalić, tam drewno w sąhu za domem jest.

– Nie trzeba. – Uśmiecham się do własnych myśli; przejął się chłopak rolą prowadzącego, objaśnia i pokazuje „nowemu". Dobrze, to wszystko cenna informacja, przecież gdybym sam szedł, to nie wiem, czybym z Rudnej Wereśni teraz wychodził, a on ścieżki tutejsze zna, już dwa dni temu tam byliśmy. Jednak wiedza to potęga.

– Powiedz ty mi, Misz... – zagaduje do mnie, gdy jemy skromny wieczorny posiłek – jak tam u was, na Druhim Brzehu?

– Tak samo w zasadzie. – Wzruszam ramionami. – Ale i inaczej. Drugi Brzeg to tutaj, nasz ten właściwy jest... no, żartuję ja. Ale inaczej jest, lasu nie aż tyle, bardziej po równo jakoś tak; a tu to albo miasto wielkie, albo puszcza dokoła.

– To tutaj tylko tak, żeby do nas dojść, na Horno. A tak to i wsie są, i miasteczka... ale zieloneho dużo, prawda, i często bahna się trafiają. A mutanty u was jakie?

– Czy ja wiem... – trę zarośnięty policzek – kabanów sporo jest i mięsaków, cośmy to już ustalili, że u was ich mniej.

Może dlatego, że to właśnie po drugiej stronie rzeki, w Obiekcie Trzy, jakiś pomyleniec je stworzył.

– ...no, ślepe psy jeszcze u nas stadami biegają, tutaj też ich tyle nie widziałem. U was chyba te koty wielkie za to?

– Żeby koty one – kręci głową Patyk. – Bardziej na rysie podobne, wielkie to przecież i ohony jakieś takie krótkie też. „Indziukami" je u nas wołają.

– W sensie, że od Indian?

– Nie, chociaż też by pasowało, bo cicho się toto skrada; ale jak indyki mają podhardle takie napuchnięte, czerwone, to i tak się utarło: *kot-indziuk*.

– Niezłe... – Uśmiecham się, ale czuję, jak coraz bardziej narywa mnie lewe ramię. – A kontrolery u was są?

– Oj, są kontrolery – zacukuje się młody. – I spijawy na bahnach siedzą...

– A kontrolerów najwięcej gdzie? – Zaciekawiam się, bo może uda mi się skrócić moją wyprawę na Agroprom i od razu trafić do miejsca, które usiłuję znaleźć.

– Czy ja wiem... im bliżej Sarkofahu, tym więcej pewnie ich. Ale nie bój się, u nas ich nie tak znowu wiele, ja sam dwóch raptem widział.

Świeżak i „raptem" dwa kontrolery widział – tyle, co ja przez trzy lata... cztery nawet.

– Ty druhą wartę bierzesz? – Patyk już przyzwyczaił się do moich dziwactw, ale jeszcze się asekuruje. – Bo mohę i ja, przed świtem zawsze ciężej, a ty ranny...

– Ty pierwszy, ja prześpię się. Łyknę ja tylko przeciwzapalnego, coś mnie ta ręka boli.

Idę po opustoszałych korytarzach zasłanych ciałami. Lampy kołyszą się pod sufitem, żarówki przygasają i mi-

goczą, wypełniając cieniami wnęki okien. Słyszę krzyki, ale nie widzę nikogo żywego. Opieram rozpalone czoło o zimną szybę – farba spływa grubymi kroplami z krat, drzewa na zewnątrz płoną niczym pochodnie w podmuchach niosącego śmierć szkarłatnego wiatru. Niebo wyje i zawodzi cierpieniem, ściany trzęsą się ze strachu przed gniewem Niebios. Modliłbym się, lecz nie pamiętam słów, poruszam więc tylko bezgłośnie wargami, błagając o koniec.

Ale koniec nie nadchodzi.

Budzi mnie ból.

Musiałem chyba zajęczeć, bo Patyk zagląda do naszego pokoiku ze stróżówki obok.

– Misz, wszystko w porządku?

– Tak, ja... tak, w porządku. Ile jeszcze?...

– Ty raptem dwie i pół godziny spał. – Patrzy na stojący na obłażącym z politury regale nakręcany budzik, wskazujący losową godzinę. – Śpij ty...

– Wyspał się ja już. – Wycieram mokrą twarz w kurtkę, czując, że jest gorzej niż zazwyczaj. – Zgrzał się ja, daj, teraz w oknie trochę postoję.

Mijam go w drzwiach, nie widzę jego twarzy, bo księżyc za chmurami, ale jestem pewien, że próbuje mi zajrzeć w oczy. Wychodzę do pomieszczenia przy wyjściu, opieram się o zimną ścianę, dyszę szybko i płytko, czując, że świat dokoła lekko się kiwa. Ufff, tu już lepiej, chłodne powietrze liże zimnym jęzorem po czole. Czuję przez materiał i opatrunek, że bok mam spuchnięty jak diabli, żebra pulsują gorącem. Chciałbym odetchnąć głębiej, ale za bardzo gniecie mnie założony pod bandaż zwitek gazy. Jutro muszę sobie „mamine korale” gdzieś tam zawiesić, może one coś pomogą.

Ból pomaga nie zasnąć, ale i otępia – człowiek koncentruje się na własnych odczuciach, zamiast pilnować tego, co się na zewnątrz dzieje. Czas wlecze się niemiłosiernie, mierzony uderzeniami serca i oddechami, które rysują sinusoidę cierpienia na białej karcie myśli. Oj, nie powinno się w takim stanie na warcie stać...

Stoję oparty głową o żelazne kraty w okienku, rozkoszując się kojącym dotykiem prętów na gorącym, spoconym czole. Nie wiem, czy coś słyszę, czy po prostu CZUJĘ ruch – dość, że reaguję prawie że o przysłowiowy ułamek sekundy za późno. Kolana już uginają się, widok za oknem rozmazuje i zaczyna uciekać do góry, gdy z ciemności i mgły materializuje się wielka, szponiasta łapa, mknąca prosto ku mojej twarzy. Walę się jak długi na betonową podłogę, rana na boku eksploduje bólem; krata w oknie jęczy i sypie płatami rdzy, gdy ogromne ramię chłeptokrwija blokuje się pomiędzy prętami, przypadam do ziemi, a długa jak u goryla ręka przelatuje mi o włos nad głową, odpycham się piętami od ściany, widząc za wąskim okienkiem prawie ludzką mordę mutanta z oczkami płonącymi wściekłym blaskiem. Stwór już widzi, że mnie nie da rady dorwać, ale nie daje za wygraną – żelazo trzeszczy i skrzypi, gdy chłeptokrwij napiera na kratę całym ciężarem, próbując przecisnąć się jeszcze kawałek, żeby dosięgnąć mojej twarzy. Macki z przyssawkami wiją się zajadle – aż tutaj czuję smród przetrawionej krwi i zgnilizny, gdy bestia nabiera powietrza w potężne płuca i ryczy wściekle, nie mogąc znieść porażki. Pył osypuje się z sufitu, Patyk w pokoju obok podskakuje przerażony na posłaniu, a ja po prostu podrywam *Zbawiciela*, przeładowuję i prawie z przyłożenia wypalam w ohydną mordę.

Posokowiec ma refleks jak Człowiek Pająk na prochach, więc zaczyna wycofywać się, jeszcze zanim zdążę podrzucić strzelbę do oka; wepchnął się jednak ciut za głęboko, mięśnie i ścięgna jak postronki uwięzły pomiędzy solidnymi żelaznym prętami, więc nie ma czasu się wycofać. Pierwszy strzał trafia go w obojczyk i odrzuca od ściany, bydlę robi dwa kroki do tyłu, lekko chwiejąc się, rozkłada szeroko łapy niczym grabie, pochyla się i ryczy groźnie, próbując mnie zastraszyć. Sorry, nie przez zakratowane okienko. Może i kupił sobie tę milisekundę, bo zamiast trafić go centralnie w korpus, druga wiązka zrywa mu tylko kawał pokrytej zdrewniałymi naroślami skóry z pleców. On odwraca się już do ściany lasu – zdecydował się jednak podać tyły, długimi susami odbiega pomiędzy drzewa. Palec drga mi na spuście, ale nie strzelam trzeci raz. I tak go nie położę, a śrutu szkoda.

– Co jest?! Co to było?!! – Podlatuje Patyk, świeci na zewnątrz latarką ze swojego kałasza.

– Posokowiec... – rzucam tylko, zginając się wpół z bólu.

– Spijawa! ...dorwała cię?! – Młody skacze, żeby mnie podtrzymać, ale tylko odganiam go ręką.

– Rana mi się chyba otworzyła, cholera... poświeć, muszę to obejrzeć.

Jakoś udaje mi się ściągnąć kurtkę i nie zemdleć z bólu, z *tielniaszką* pomaga mi już Patyk – plama na niej przesiąkła aż z bandaża, faakkkkk, fakk, fak...

– Mów, co widzisz, młody. – Stękając z bólu, układam się na prawym boku i zakładam rękę za głowę. – Albo nie mów, czyść od razu...

– Ty pewien? – Zagląda mi w twarz, widzę, że minę ma nietęgą.

– Tnij i czyść, stalker, bo inaczej do waszej *stojanki* nie dojdę ja... – Wkładam sobie w zęby rękojeść noża.

Zaciera się granica między jawą a snem; nie wiem, który ból jest rzeczywisty, a który roi mi się w majakach delirium.

Przychodzi dzień, ale pamiętam tylko kilka wyrwanych obrazów: plamę światła na ścianie, mówiącego coś do mnie Patyka, rozwijającą się wstęgę bandaża.

Ból. Ból wypełnia każdą komórkę mego ciała, wysącza się przez oczy.

– Miszka, podnieś się, ja wody ci dam.

Kręgosłup pełny mam roztopionego ołowiu, ręce ciążą paznokciami z płonącego uranu.

Przesuwa się nade mną czyjaś twarz, ale nie jestem w stanie jej rozpoznać.

Duszę się, nie mogąc złapać tchu; woda zalewa mi nos i usta, szum wypełnia głowę.

– Daj, nie szamocz się ze mną! Trzeba ci artefakt podłożyć!

Krew zalewa świat, piecze w oczy, strumykiem sączy się z ust i nosa.

– Horączka ci chyba spadła, dobrze... nie umrzyj mi tu dziś, stalker.

Chłód przenika mnie do szpiku kości, gdy brodzę po opuszczonych korytarzach. Nie ma tu ciepła, nie ma jedzenia, wszystko umarło, tylko ja przeżyłem. Muszę znaleźć ciepło...

Patrzę na archipelag grudek tynku na suficie, wytyczam szlaki do krain, których nigdy nie odwiedzę.

Próbuję przypomnieć sobie, jak było na Dużej Ziemi i dlaczego stamtąd odszedłem. Nie pamiętam. Duża Ziemia to dla mnie teraz te trzy dni za Kordonem, ta jedna jedyna twarz, każdy kawałek ciała, zapach potu, dźwięczny głos...

– Żyw? – przysiada obok mnie Patyk. – Odezwij się, Misz!

– Pić daj... – daję radę wyszeptać spękanymi wargami.

Woda leje się po brodzie, nie mam siły przełknąć, krztuszę się i kaszlę, bok odzywa się bólem. Młody pomaga mi jakoś się uspokoić, wyciera czoło zwilżoną szmatką.

– Jak...? – Dotykam ręką opatrunku, pod którym czuję warstwę gazy i czegoś jeszcze.

– Nu, marnie było, ale pofarciło się tobie. – Uśmiecha się do mnie. – Ja tam ropy wycisnął ze dwa *stakany*.

– Ja cały ranek leżał? – Patrzę na jasne światło słońca, wpadające z pokoiku obok. – *Bljadź*, znaczy się, dziś już nie ruszym...

– Dziś? – wyszczerza się Patyk. – Wczoraj chyba.

– Ty co? Ty co, ja tu cały dzień?...

– I noc, i dzień, i jeszcze noc i dziś rano jeszcze. – Kiwa poważnie głową. – I tak szybko wydobrzał ty, artefakty pomohli.

Opadam na posłanie, zamykam oczy.

– Ty dwa „mięsochłapy" i „korale" swoje wyssał do cna. Dobrze, że ja u ciebie „zbuka" znalazł w pochłaniaczu, a to dziś świeciłby ty jak budzik nocą...

Czuję, jak robi mi się gorąco. Starając się nie okazywać emocji, pytam lekko łamiącym się głosem:

– Ty mówisz, „mamine korale" się zużyły?

– Do cna, wysuszony ohryzek został tylko. Ale za to ty żywy.

Walczę chwilę ze sprzecznymi emocjami wdzięczności za pomoc i goryczy z powodu straty najcenniejszego artefaktu; w końcu przełykam pigułę, wyrównuję oddech i bicie serca. Zona dała, Zona zabrała; pochwalone niech będzie Jej imię.

– Dobrze zrobił ty, Patyk. Dziękuję tobie.

– Czy dobrze, to się okaże jeszcze...

Otwieram oczy, patrzę uważnie na mojego towarzysza. Młody chłopak, a gada już jak weteran; chyba go nie doceniłem na początku.

– No, mów, co ci na wątrobie leży.

Stalker wzdycha ciężko, spogląda w jakiś kąt pokoju. Widzę, że zbiera się w sobie, szuka słów.

– Nam do Horno jeszcze kawał drohi, dni dwa jak minimum. Ty słaby jeszcze, jutro najwcześniej ruszyć możem, a tam szlak nieprosty, jeszcze jeden dzień po lesie. Ty ranny, więc...

– ...więc może lepiej i łatwiej byłoby mnie w serce nożem żgnąć, jakżem w gorączce leżał – gładko kończę jego myśl, która zdaje mi się zupełnie oczywista. – Dla mnie lekka i bezbolesna śmierć, a tak jak z rannym będziesz przez Zonę ty się pchał, to i obydwaj po drodze zginąć możemy.

– Nie, ja nie to... – broni się młody, ale przerywam mu ruchem ręki:

– Dokładnie to. Dobrze myślisz i prawidłowo, tak w Zonie czasem trzeba, żeby wybrać trudniejszy sposób, ale cierpienia oszczędzić. Tak czemu mnie i tak ratował, a?

– Bo zawsze nadzieja jest... – Uśmiecha się do mnie smutno. – A ja już w tej *chodce* jedneho partnera stracił, chociaż teho druhieho odratować wypadało.

– Będzie jeszcze z ciebie stalker, dzieciaku. – Znów zamykam oczy, czując, jak nachodzi mnie słabość. – Już jest...

Betonowe ściany wyrastają wokół mnie niczym klify skał nad morzem. Słyszę nawet huk fal rozbijających się o kamienie, ale to nie fale – to huczy pożar, wysuwając pomarańczowe języki przez puste okna.

Noga za nogą brnę poprzez plac zasłany ciałami, porywy pachnącego spalonym ciałem wiatru niosą ze sobą kartki zadrukowane wykresami, cyframi i słowami, które nic już nie znaczą. Pustka ogarnia mnie i wszystko dokoła, czuję ledwo tlące się węgielki neuronów i gasnące ogniki umysłów leżących wszędzie wokół ludzi. Część z nich jeszcze żyje, ale w ich głowach został już tylko popiół... sięgam na próbę do jednego ze Spopielonych, przesiewam jeszcze ciepłe ziarna przez palce, dmuchnięciem posyłam w niebyt zwęglone pozostałości wspomnień i emocji, uczuć i myśli, aż zostanie to, co uczyni go podobnym do mnie – –

– – Nic.

Następnego dnia rano daję radę o własnych siłach stanąć na nogi i założyć na siebie sprzęt. Gdy Patyk wraca z rekonesansu po okolicy, ja siedzę już ciężko oparty o ścianę z bronią w gotowości.

– Idziemy, Patyk. – Wstaję nie bez trudu, bok ciągnie jak diabli. – Pora na nas.

– Misz, ty jeszcze na wymarsz nie hotowy... – próbuje protestować młody, ale ja tylko kręcę głową:

– A kiedy gotowy ja będę, a? Za trzy dni? Za tydzień? Nie żartuj ty, zaraz woda się skończy, nam w drogę trzeba.

– Ty pewien? – pyta się jeszcze, ale widzę, że jemu też już do wyjścia tęskno.

– Pewien. Dawaj, prowadź.

– Nu, tak... dawaj, ja sprzęt zbiorę. My tutaj teraz. – Pokazuje palcem punkt na mapie. – Pójdziem na Dziciatki, przez las, tam na noc zasiądziem.

– A szlak normalnie jak idzie? – Patrzę na mapę, na której Dziciatki nijak nie pasują do poprzedniej marszruty. Ja wiem, że w Zonie się po prostej nie chodzi, ale to nie to.

– Normalnie my by poszli na Dwusosnę i jeziorko tu niżej, o. – Stuka w płachtę. – Ale że ty u nas inwalida, to trzeba asekurować się, więc na Dziciatki pójdziem, tam dach nad hłową chociaż.

– Ty boisz się, że ja zawadzać będę? – Uśmiecham się kwaśno do młodego stalkera, który coraz bardziej mi się podoba z charakteru. – Że nie dam rady?

– Ja się nie boję, Misz. Ja wiem, że zawadzać będziesz i że ty by rady nie dał. – Zarzuca na plecy swój AKS-74, na głowę nasadza kamuflażowy kapelusz z zawadiacko zagiętym rondem, spogląda na mnie pytająco. – Tak co, *starik*, idziemy?

Nie mówię nic; wychodzę za nim, zamykam drzwi na skobel.

Na Dziciatki wychodzimy już dobrze po zmroku, idąc ostatni kawałek drogi dawną gruntówką przez puszczę. Patyk nie ma moich skrupułów związanych z używaniem światła, więc maszerujemy przez ciemny las, zupełnie nie krępując się i przyświecając sobie latarkami. On prowadzi, jego zasady – ja bym nigdy na otwartym terenie światła nie zapalił, wolałbym krok za krokiem się wlec i macać drogę przed sobą kijem, jak Jurand wracający z Malborka, niż tak bezceremonialnie ogłaszać swoją obecność... no, ale tu Drugi Brzeg, to i zasady inne. A może tutejsze koty-indziuki właśnie boją się światła? Pytam o to Patyka, ale on sam wzrusza ramionami.

– A czort je tam wie, koty te. Na pewno wolą nocą łazić, to i jasne światło je oślepia pewnie, a czy się boją... jak masz takiego przed latarką, to już lepiej strzelić, niż próbować straszyć, nie?

Też prawda.

Mijamy resztki dawnej granicy, tak zwanego *Pierimietra*, czyli „obwodu", wyglądającego teraz, jak jakiś ponury żart – zewnętrzna granica Strefy w sercu Zony... A prawdziwy Kordon jest wiele, wiele kilometrów dalej. Patyk wie, jak iść, bo wychodzimy akurat na kawałek, gdzie zasieki z drutu kolczastego są równiutko przecięte nożycami, mimo że dalej ogrodzenie ciągnie się praktycznie nienaruszone.

– Lepiej jednym miejscem chodzić, mutantów z Lasu zawsze trochę się na kolczatce zatrzyma – wyjaśnia, widząc moje zdziwienie.

– I wy co, zawsze tą jedną drogą?

– Nu ty co, Misz? Toż to porwane anomaliami, pocięte, dziur tyle, że nie zliczysz. A jak kabany czasem pójdą, to zerwą i nie zauważą nawet. Tu akurat na Dziciatki wyjście, a jak kawałek jest cały, to po co go psuć, jak może stać?

Nie znajduję, co by tu odpowiedzieć – faktycznie, durne pytanie, durna odpowiedź. Jak człowiek idzie z tyłu, za kimś, to jakoś tak wyłącza myślenie, a ja ostatnio... ulala, będzie, że ze dwa lata temu, jak za Łysym chodziłem, *niechmuZonalekkąbędzie*... A potem już tylko sam, czasami grupą, ale jako równy, nie jako „drugi", nie jako świeży, niedoświadczony, nieznający terenu. Nie ma co, Drugi Brzeg – druga młodość.

Kolorowe domki Dziciatek wyglądają jak z książeczki dla dzieci – żółte, czerwone i zielone ściany z bierwion, malowane na niebiesko okiennice, na nich wycięte z deski całujące się białe gołąbki; zielone płotki i ażurowe zazdrostki w oknach. Jak wsie potiomkinowskie – wszystko piękne z zewnątrz, a w środku śmierć, przecież tu w 2006 mieszkali jeszcze ludzie, działał punkt kontrolny na wjeździe do Strefy... Staram się nie patrzeć w ciemne szyby okien, nie widzieć bielejących po obejściach kości. Na przekrzywionym słupie telefonicznym zatrzymał się samochód – wnętrze to chaos tobołków i walizek, na przedniej szybie wykwit białych pęknięć po uderzeniu głową. Światła latarek omiatają puste ulice i wymarłe domy, wyciągają z ciemności nieoczekiwane szczegóły krajobrazu osiem lat po nocy, gdy stanęły zegary.

– Zombi tam. – Patyk staje w miejscu, cofa się dwa kroki za róg. – Do tyłu, do tyłu! Nie wyczuli nas...

Nadkładamy drogi, żeby ominąć łukiem niebezpieczne miejsce, skradamy się pomiędzy wypalonymi komórkami i wzdłuż zarośniętej „żrącym puchem" ściany drewniaka. Wydaje mi się, że z domku słyszę rytmiczne, miarowe łomotanie...

– Tam w środku baba jest – szeptem rzuca Patyk. – Martwa znaczy się; niehroźna, ale hałasuje.

Włosy jeżą mi się na karku, ale nie mówię nic. Z jakiegoś powodu żywe trupy pojawiają się w Zonie dopiero po zmroku, ja sam raptem kilka widziałem przy normalnym świetle. Przeważnie nie robią nic albo bezmyślnie powtarzają ostatnie czynności zapamiętane z życia, czasami po prostu stoją bezczynnie, aż jakiś wyjątkowo silny bodziec je „aktywuje". I tylko nocą je widać, za dnia ani śladu... Niby stosunkowo niegroźny, najprymitywniejszy potwór rodem z filmów klasy C, a jednak przeraża.

Nowsza część Dziciatek, zupełnie nielicująca z wiejskimi chatynkami, to przede wszystkim magazyny, placówki naukowe i paskudny budynek lokalnego urzędu gminy albo jego ruskiego odpowiednika – piętrowa, szara szkarada z obowiązkowym gankiem innego koloru, do którego prowadzi poprzerastany trawą chodnik. Wokół budynku dość gęsto zaległy „elektry", ale Patyk prowadzi nas bezpieczną ścieżką pomiędzy anomaliami, aż do żelaznej drabinki na dach, pod którą ktoś kiedyś zbudował prowizoryczne rusztowanie z metalowych pojemników na śmieci.

– Nu, doszli my. – Zaciera ręce zadowolony z siebie, wdrapuje się po kontenerach do drabinki, bierze za pierwszy szczebel rękami. – Tam na hórze klapa w dachu, my... ojej.

Stoję na dole i patrzę na niego, sceptycznie i wyczekująco zarazem.

– Misz, ty dasz radę?... – Urywa w pół zdania. Przecież obydwaj wiemy, że nie.

– Nawet jak wejdę, to nie dam rady zejść. A najpewniej w pół drogi spadnę.

– No dobra, to zrobimy tak... – zaczyna, ale nie daję mu skończyć.

– Patyk, spokojnie. Tam na górze bezpiecznie, to i dobrze; ty tam wleź, a mi powiedz, gdzie ja przespać się mogę.

– Misz, nie będziemy rozdzielać się przecież.

– A my co, mąż i żona? – Uśmiecham się do młodego, który niezdecydowany przestępuje z nogi na nogę. – Dawaj, ty na górę właź i pilnuj terenu z dachu, a ja się gdzie indziej przytulę. Jakby mnie jakaś *swołocz* zaczęła gonić, to uciekam do ciebie i świecę za siebie latarką, a ty ognia, tylko mnie przez pomyłkę nie ustrzel... Gdzie tu można?

– Tam masz dom, okna pobite, ale meblami pozasłaniali my z Dyńkiem...

– Żadnych domów.

– No to... hm, poczekaj ty... – Widzę, że zacukuje się z lekka. – Niech pomyślę no...

Widać, że młody jeszcze, mapy terenu nie ma wypalonej pod powiekami. Niby zna noclegówki, ale jak coś trzeba zmienić, to od razu problem.

– Magazyny jakieś? – podpowiadam. – Komórki, zabudowania gospodarcze?

– A, to tam ich będzie trochę. – Pokazuje mi ręką kierunek w ciemność. – Ale to...

– Dam radę. – Ruszam na azymut. – Jak o świcie nie przyjdę, znaczy, że nie żyję. Wtedy ty idź sam dalej.

Świeci na mnie jeszcze kilka chwil latarką, potem kieruje snop światła na górę, na swoją drabinkę ku bezpiecznemu miejscu. Słyszę, jak wspina się po żelaznych szczeblach, przeżarta korozją konstrukcja skrzypi pod wojskowymi butami.

Zostaję sam w mroku, sam na sam z moją kochanką, z moją Zoną.

Na chwilę zamykam oczy, staję nieruchomo, przyzwyczajając się do ciemności. Staram się całym sobą poczuć tutejszą noc, łowię ledwo wyczuwalne zapachy i szmery w zaroślach. Nie ma mnie jako mnie, jest tylko jedna Zona, której jestem częścią. Wciągam głęboko w płuca radioaktywne powietrze chłodnego lasu, otwieram oczy, ruszam bez światła pomiędzy zabudowania wymarłej wsi.

Niebo wyje cierpieniem, ołowiane chmury płaczą deszczem krwi.

Sale tortur stoją opustoszałe, martwe monitory odbijają tylko płomienie szalejące na dworze i ciemne sylwetki betonowych kazamatów. Z trzaskiem pękają białe kafelki, tynk pokrywa się bąblami i odchodzi od ścian, odsłaniając wijące się pod spodem kłębowiska białych, tłustych larw cementowej zaprawy. Skowyt sygnału alarmowego i błyskające czerwienią lampy ostrzegawcze są niczym przy pandemonium natury, szalejącym tej nocy na całym świecie.

Cienie tańczą na ścianach, bezcielesne głosy wołają wśród pustych korytarzy.

Zlizuję z palców pozostałości białoszarej tkanki, wciąż musującej resztkami myśli.

Budzę się z krzykiem. Przez chwilę wsłuchuję się, jak mój głos rezonuje i zamiera w pustym korytarzu, potem leżę i boję się poruszyć. Boję się, że obudzę się znów w koszmarze albo że zacznę spadać i nie będę mógł się niczego złapać ani się zatrzymać. Boję się, że dotknie mnie ręka czegoś, czego nie powinno tu być, że ruszę nogą i musnę czyjąś stopę. Boję się tak, że aż przestaję oddychać.

Chyba znów zasypiam, bo gdy ponownie otwieram oczy, to widzę już kontury okna. Ból żeber i ramienia jest niczym w porównaniu ze zdrętwiałą prawą ręką, której w ogóle już nie czuję... biorę ją lewą dłonią, przenoszę dziwnie zimną i otępiałą w inne położenie, potem zwijam się z bólu, gdy krew, a wraz z nią mrówki i igły nieskończenie powoli napełniają tkanki.

– O, jesteś! – Patyk akurat schodzi z drabinki, gdy zbliżam się do budynku gminy. – No, a ja myślał już, *chana* tobie... Hdzie spał ty?

– Gdzieś tam. – Pokazuję ręką równie nieokreślony azymut, co on wczoraj. – Prowadzisz?

– A co, ty chcesz spróbować? – Patrzy na mnie ze zdziwieniem.

– Ja czwarty rok w Zonie, parę razy się zdarzało... – Uśmiecham się do niego kwaśno. – Horno tam będzie?

Patrzy we wskazanym przeze mnie kierunku, kiwa głową. Ja mapy znam, byle Zona nie poprzestawiała i nie poplątała ścieżek.

– To idziemy.

Bajkowe domki stoją karnymi rządkami wzdłuż ulicy, pierwsze promienie wstającego słońca sycą kolorami ściany. Jak gdyby ludzie malujący je w tak wesołe kolory próbowali samych siebie okłamać co do tego, że wcale nie mieszkają w przedsionku piekła... Zielony płotek, czerwony płotek, błękitny płotek, żółty płotek; chatka w kolorze turkusu, lazuru, słonecznej żółci – i pusto, tylko wiatr stuka niedomkniętymi oknami. Pod płotem stoi porzucony rower, bańka na mleko pokrywa się zielonym narostem mchu, na sznurku wciąż kołyszą się strzępy prania sprzed lat. Tylko nasze kroki mącą grobową ciszę martwego świtu.

– Kabany tam, skręcamy w prawo – komenderuję, rzucam mutrę na nowy kierunek, ostrożnie zaglądam przez zwaloną bramę do gospodarstwa. Po prawej ogromna „łysica" zredukowała do rzutu poziomego stodołę wraz ze stojącym obok niej traktorem, nie wiedzieć czemu oszczędziwszy sterczący pomiędzy nimi stary rozkładany stolik turystyczny, na którym wciąż stoi flaszka z olejem i zrobiony z uciętej plastikowej butelki pojemnik na narzędzia. Rzucam dwie mutry – aż dwie, bo pierwsza już w locie zamienia się w płaski krążek metalu. Idziemy bezpiecznym – mam taką nadzieję – szlakiem, mijamy w końcu rządek domków i wychodzimy na zarośnięte burzanem pola. Po prawej spora kępa zmutowanego barszczu Sosnowskiego, więc lepiej nie podchodzić nawet blisko – barszcz w Zonie rozsiewa się na wszystkie możliwe sposoby, w tym przez kłącza, więc nawet przechodząc obok niego, można stracić podeszwy butów, o skórze stóp nie wspominając. Dalej widać równy rządek jednakowych domków, pewnie zbudowanych jako zamienniki dla dawnych mieszkańców wsi, a może dla pracowników tutejszego KPP, który jeszcze do dwa szóstego wpuszczał do Strefy autobusy pełne idiotów.

– Ty po asfalcie nie chcesz iść? – pyta się Patyk, gdy skręcamy z gruntówki bardziej na południe, skosem do ściany pobliskiego lasu. – Nie łatwiej by tobie było?

– Nie-a, nie lubię ja prostej drogi – odpowiadam tylko, uśmiechając się do siebie. Pewnie, że łatwiej by było... Coś czuję, że młody długo nie wytrzyma, i rzeczywiście mam rację.

– A ty wiesz, tam jak tym asfaltem pójść, to tam dalej „mączniawka" siedzi? – Nie wytrzymuje. – Na samym środku drohi się rozłożyła, nic a nic jej nie widać. I dłuha taka ona, tam jak w dwa tysiące szóstym kolumna *tanków* szła podobno, to teraz tylko jeden z niej wystaje, co na końcu jechał.

Nie mówię nic, czekam, aż on zapyta dalej.

– Ty wiedział?

– Nie – odpowiadam krótko. – Ale ja tym asfaltem przez las też by nie poszedł.

Idziemy środkiem rozległego pola, porosłego wysoką po pas trawą i splątanymi nisko nad ziemią pędami powoju. Dalej, za zarośniętym rowem melioracyjnym, widzę sylwetkę zwalonego na ziemię Krokodyla – potężna stalowa maszyna leży na boku, pogięte płaty wirnika sterczą w niebo, jak ręka wołająca o pomoc. Jeszcze dalej pod nieregularnym, na wpół ażurowym zielonym pagórkiem domyślam się kolejnego śmigłowca; pewnie przylecieli na pomoc tamtym, dali radę usiąść i tak już w Zonie zostali.

– Tam bahno przed nami, obok lasu – informuje mnie Patyk. Zaciskam oczy, zagryzam wargi, podnoszę kciuk do góry: zrozumiałem, dzięki. Młody chce być pożyteczny i przydatny, ale ja tak strasznie odwykłem od towarzystwa ludzi... A zarazem potwornie się do czyjejkolwiek obecności stęskniłem. A może tak naprawdę brakowało mi właśnie tego – irytacji, podrażnienia, wesołości? Emocji?

Po prawej mamy tchnące zgniłym oparem zabagnione łęgi, pełne czarnych jeziorek martwej wody. Przecinające kiedyś tę okolicę rowy zarosły i zamuliły się, ziemia podeszła wilgocią, pojawiła się roślinność bagienna; martwe, powykręcane drzewa stoją pod kożuchem zielonego mchu, trzciny kołyszą się i szepczą niepokojąco, mimo że ustał wiatr. Przesuwam na przód *Zbawiciela*, widzę, że Patykowi też udzielił się nastrój podenerwowania. Coś tam siedzi wśród tych moczarów, jestem tego prawie że pewien...

– Snork – rzucam cicho i jednocześnie lewą ręką łapię Patyka za nasadę lufy jego kałasza, który już zaczął wędrować do oka. – Czekaj, ty co, oczadział?

– Ale póki nie widzi nas... – Młody patrzy to na mnie, to na siedzącego nie dalej jak sto metrów od nas mutanta.

– I co, trafisz go ty z tej odległości? Ty sam powiedział, nie widzi nas on; jak strzelisz, to choćby i trafił, to nie zabijesz, a jego tylko rozwścieczysz. A ty pewien, że on tam jeden tylko? A jak ich tam sfora cała siedzi?

– Nu... – Patrzy na mnie skruszony. Ot, nie pomyślał – młody, zdarza się. Niestety, w Zonie tylko raz.

– Dawaj, tylko łeb nisko. – Krzywię się, gdy bok odzywa się bólem, ale w półprzysiadzie ruszam pierwszy, skradając się krok za krokiem przez wysokie trzciny, praktycznie podchodzące do ściany lasu. Odbijamy pomiędzy drzewa, bo tam snorki mniej groźne będą: korzystające ze swojej zwinności i niezwykłej skoczności stwory nie mogłyby między gęsto stojącymi pniami rozwinąć skrzydeł... w zasadzie szponów, no ale na jedno wychodzi. Żebra rwą mnie tępym bólem, idę praktycznie na bezdechu, zlany potem... W końcu, po nie wiem jak długim czasie, mijamy niebezpieczny odcinek; opieram się plecami o pień zmutowanej sosny i po prostu osuwam na ziemię. Gdy otwieram oczy, widzę przed sobą szczerze zaniepokojoną twarz Patyka.

– Nic mi, młody. Nic. – Uśmiecham się słabo. – Jeszcze nie dziś mój grób tobie kopać trzeba. Jutro, kto wie... Ale nie dziś.

Idziemy przecinkami i polanami, starając się nie wychodzić na otwarte przestrzenie, ale też nie zagłębiać w nierówno rosnący las. Drzewa tu posadzono rządkami, jak od sznurka, ale to było przed Pierwszą Emisją – od tamtej pory anomalie poprzesuwały ziemię, wynosząc i równając pagórki, tworząc uskoki i jary, pnie tańczą i wyginają się, świadcząc o ogromie działających tu sił grawitacyjnych.

– Tu zaraz koniec Zony będzie? – pytam Patyka. Nie muszę się oglądać, żeby wiedzieć, jak bardzo jest zaskoczony.

– A ty... ty skąd wiesz, Miszka?

– Tak to wygląda. – Wzruszam ramionami. – Tam dalej już Pogranicze, tak?

Co mam mu powiedzieć? Że po prostu czuję, że tutaj kończy się Zona? Że po tylu latach w jakiś sposób wiem, gdzie przebiega granica i jak rozłożyły się anomalie? Nie potrafiłbym tego opisać, każda próba zdefiniowania tych niby-zasad byłaby skazana na niepowodzenie, ale tak już tu jest.

Gdy powstała Zona w 2006, ludzie od razu spróbowali zrobić najgłupszą z możliwych, a zarazem tak bardzo charakterystyczną dla *Homo sapiens* rzecz: zmierzyć ją, zważyć, podzielić na części, zracjonalizować i wyliczyć. Uczonym wyszedł z tych mądrych pomiarów taki nieregularny kleks, jak ameba albo plama po zupie pomidorowej, więc od razu naniesiono go na mapy, oznaczono i określono, na granicy ustawiono wojsko, rozciągnięto setki kilometrów drutu kolczastego, który bardzo szybko wzbogacono minami i betonowymi posterunkami strzelniczymi, gdy tylko okazało się, co z głębin Zony potrafi czasem wyjść. Oczywiście wojsko zaczęło robić swoje mapy, wytyczać trasy naziemne i powietrzne, zbierać zdjęcia satelitarne... A potem przyszła Druga Emisja i wszystko to wzięło w łeb.

Okazało się, że nie da się Zony przewidzieć, że nie kieruje się ona żadnymi logicznymi przesłankami. Pola anomalii przesunęły się w nieprzewidziany i z założenia nieprzewidywalny sposób, fale energii spadły w zupełnie inne miejsca niż poprzednio, dotychczas „czyste" lokacje zaczęły oddawać promieniowaniem poza skalą rentgenometrów. Pewna była tylko i wyłącznie jedna rzecz: czterdzieści kilometrów. Żadna z dotychczasowych emisji nie sięgnęła dalej, więc ktoś gdzieś wziął mapę, cyrkiel i zakreślił wokół Sarkofagu koło o takim promieniu, które stało się oficjalnie uznawaną granicą. Przeważnie nijak nie odpowiadało to rzeczywistości, ale to była bezpieczna odległość, z której dało się okupić przetrwanie emisji tylko wymiotami i bólem głowy; na tej linii też zatrzymało się wojsko.

A Zona cały czas płynie, przelewa się i zmienia swoje kontury, w ciągłym ruchu falując pływami anomalnej energii. Tu jesteśmy już na Pograniczu – tak mocna koncentracja anomalii świadczy o tym, że to ostatnia (albo pierwsza, zależnie od kierunku marszu) rubież. Dalej nie powinno być już takiej radiacji, tam mutanty zaczynają słabnąć i opadać z sił, tam anomalie nie mają już zwykłej siły. Zony nie da się przewidzieć, podobnie jak nie da się przewidzieć wybuchu jądrowego – dwa domy w strefie rażenia bomby atomowej stoją obok siebie, jeden spalony na popiół i zrównany z ziemią, a drugi ledwo muśnięty. Albo zwierzęta w Strefie, do dziś pamiętam te wyrywki z jednego z pierwszych filmów ekspedycji badawczych, który na rzężącej kasecie VHS oglądałem we wczesnych latach dziewięćdziesiątych: trawa w lesie ma tło osiemset dwadzieścia mikrorentgenów, łoś żre trawę i ma tysiąc pięćset mikrorentgenów, a wilk żre łosia i ma tych mikrorentgenów raptem trzysta pięćdziesiąt. I gdzie się podziały te rentgeny? To nie jest prosta zależność liniowa, a siła emisji nie stopniuje się tylko odległością od Sarkofagu. Tu jest silniejsza, tu słabsza, tu mniej, a tu więcej, ale jedyny pewnik to tylko i wyłącznie to, że Zona na tym czterdziestym kilometrze się kończy, dalej na pewno nie sięga.

Na razie.

Przed nami Pogranicze – już stąd widać resztki dawnego Kordonu, niegdyś opasującego Zonę rzekomo nieprzebytą ścianą betonu, ognia i stali. Potężne betonowe ogrodzenia pokruszone niczym kostki lodu w mikserze, rdzewiejące wraki współczesnych rydwanów bogów wojny stoją martwe i milczące w polu, porośnięte bluszczem i powojem. Widzę rozerwanego miną przeciwpiechotną pseudopsa – część pochowanych w ziemi pułapek musiała przetrwać wszystkie emisje i wciąż czeka na szczęśliwego znalazcę, tylko potrójne wąsiki zapalników wystają z trawy.

– Patyk, dawaj na przód. – Zatrzymuję się i przepuszczam stalkera przed siebie, niech prowadzi sobie znanymi ścieżkami.

– Tu anomalii mało będzie, ale czujnie trzeba iść. – Rozgląda się po okolicy. – Szabrownicy tu przechodzą i na naszych polują.

Kiwam głową – jasna sprawa. Wojskowi znają swoje miejsce, bez rozkazu się za Kordon nie wysuną, a hieny zawsze krążą po obrzeżach, szukając łatwego łupu.

– Ty prowadź i anomalii pilnuj. – Wyciągam lornetkę. – Ja będę okolicę obserwował.

Idziemy powoli, ostrożnie – z każdego punktu lustruję widoczne budynki i drzewa w poszukiwaniu jakiegokolwiek ruchu. Patyk lekko się niecierpliwi, widzę, że chętnie by szybciej poszedł, pewnie drogę zna... ale mi jego zniecierpliwienie nie przeszkadza, nie po to przelazłem tu przez Serce Zony, żeby zginąć od zabłąkanej kuli w losowej potyczce.

– Tam możesz nie patrzeć – słyszę jego głos. – Tam budynki dobre, ale wejść się nie da, to i nikoho tam nie będzie.

– A co tam? – Przenoszę szkła lornetki na kępę krzaków dalej po lewej.

– Tam bukake wszędzie leży.

Mrugam oczami, opuszczam lornetkę. Spoglądam się na Patyka, który z kamienną twarzą wpatruje się w przestrzeń przed nami.

– Że co?

– Nu, bukake. – Spogląda na mnie jak gdyby nigdy nic. – Takie hluty białe się ciąhną. Niby niehroźne, ale pachnie dziwnie, a jak wleziesz, to nie domyjesz już.

– Patyk... – starannie dobieram słowa – zakładam, że nazwę „bukake" też tutejsi wymyślili?

– A-ha. – Kiwa głową.

– A ty wiesz, co to bukake jest?

– Pewnie.

Kiwam tylko głową, wracam do lornetki. Jak wiesz, to tym gorzej dla ciebie.

– Taki krem do twarzy. Japoński chyba – słyszę jeszcze.

Zamykam oczy, bez słowa chowam lornetkę. Unikam patrzenia młodemu stalkerowi w twarz, gdy ruszamy dalej przez Pogranicze.

Zaczyna siąpić lekki deszczyk, świat chowa się za delikatną zasłoną szarej mgły.

– Ty wiesz, dlaczego Dyniek zginął? – zagaduję Patyka, gdy chowamy się przed deszczem wśród domków dawnego sioła Zorin.

– Nu, bandyci nas z zasadzki wzięli... – bąka Patyk.

– Nie. Dyniek zginął, bo na pewnego chodził.

Patrzy na mnie dziko, widzę, że grdyka mu lata, zaciska usta, chce coś powiedzieć.

– Ty nie złość się, Patyk, ja z dobrego serca tobie mówię. Ja widzę po tobie, że on dobry stalker był, ciebie przecież doskonale przyuczył. Nikomu ja śmierci nie życzę, a już najmniej tobie, więc posłuchaj ty mnie. Obrazisz się potem, ja tobie nie będę mieć za złe; a do serca weźmiesz, jeszcze i na dobre tobie wyjdzie.

Młody siada, patrzy na mnie wyczekująco, widzę, że zaciska ręce, aż mu kłykcie bieleją.

– Ja i po tobie zauważył, że jak ja idę pierwszy, to ty mi w kark dyszysz, na pięty następujesz prawie. Tobie by się szybciej z Zony wyjść chciało, myślisz, że ja się niepotrzebnie powoli wlokę.

Nie mówi nic, ale też nie zaprzecza.

– Widzisz, ja w Zonie od dziesiątego roku siedzę. I nie dlatego ja przeżył, że kozak ja i weteran, a dlatego, że ostrożnie idę. A wy z Dyńkiem dlatego się bandytom dali, że Dyniek powiedział, że wy ich zgubili po drodze. Nie tak było?

Ponure kiwnięcie głową.

– I wracali wy na nocleg jak po swoim, nie patrzyli po oknach. Gorzej – tą samą trasą wy wracali, żeby czasu nie tracić na omijanie anomalii, a tak raz już przeszli, to i droga bezpieczna. Zgadza się? Nie musisz mówić, ja wiem. Nawet jak już was *bandziuki* ogarnęli, to on słusznie pomyślał, przecież pozycję do strzału dobrą wybrał, bo on strzelec był nie od parady, pewnie mawiał, że każdego ze swojej eswude zdejmie; dobrą, ale z jednego miejsca go widać było, tam z góry, gdzie ja szefa bandy zarżnął. Więc on na początku ostrożnie się wychylał, patrzył, potem się pewniej poczuł i zaczął do nich walić tylko, a miejsca już nie zmieniał...

Widzę, że oczy mu zaszły łzami, więc uderzam trochę mniej mentorsko:

– Dobry on był stalker i dobrą miał śmierć; żal, że ja go nie poznał. A tobie jeszcze lepszym trzeba być, i tylko dlatego ja ci to mówię, a nie, żeby krytykować albo ganić. Każdy chodzi, jak mu lepiej, ale życie najważniejsze. Przecież ty młody jeszcze, póki za późno nie jest, trzeba się giąć, bo potem coraz trudniej. Nu, powiedział, co powiedzieć miał. Przełknął?

– Przełknął – przez ściśnięte gardło odpowiada Patyk.

– Tu Zona, młody...! – Nachylam się do niego, rozkładam bezradnie ręce. – Tu niczego nie możesz być pewnym, a nawet jak możesz, to już za późno jest. Wiesz ty, co stalkerów zabija?

Patrzę mu w oczy, wspominam wszystkie twarze, jakie widziałem przez te lata.

– Nic ich nie zabija, sami oni giną. „Przypadek" to inna nazwa braku wyobraźni, „mutanty" to głupia ciekawość i pewność siebie, „anomalie" to pośpiech i nieostrożność. Ty myślisz, że nie umiem ja po dziesięć *keme* za dzień zrobić? Umiem, a i piętnaście by zrobił ja. Pytanie tylko, czy ZROBIĘ? Rozumiesz?

– Rozumiem, Misz. – Wzdycha ciężko, uśmiecha się smutno. – Dzięki za szczerość.

– A co innego nam pozostaje, a, brat-stalker? – Poklepuję go po ramieniu. – Dawaj, do tego twojego Horno już niedaleko nam, to tu na postój staniem.

– No, jakże to tak? – Podnosi się, zdziwiony. – Toż przecież nam nawet trzech kilometrów nie zostało, a przecież...

– I dlatego nigdzie nie idziemy – postanawiam. – Chcesz, to mogę ci powiedzieć, że mnie bok ciągnie i dalej nie dam rady, jak ci od tego lżej się zrobi. Tu nam na nocleg miejsca szukaj, a do Horno jutro dojdziem.

Deszcz bębni po dachach, gdy przemykamy się pomiędzy wyziębionymi domami.

Domek

Wtulam twarz w ziemię, zamykam oczy. Czuję łaskotanie źdźbeł na twarzy, kłujące łodygi drażnią oczy i nos pełen zapachu soczystej, kwietniowej trawy, lekko wilgotnego chłodnego gruntu i świeżo rozkwitłych kwiatów.

Nad głową przenosi mi się z ogłuszającym hukiem wirników Mi-24, zbrojny szybkostrzelną wielolufową śmiercią i niekierowanym piekłem zasobników o paszczach niczym plastry miodu. Wyobrażam sobie, że jestem tylko nieco ciemniejszą plamą na wiosennej łące, nieistotnym kawałkiem krajobrazu, fragmentem darni albo cieniem chmurki deszczowej... Stalowy potwór przelatuje nade mną i zawraca, robi jeszcze jedno koło, potem słyszę, jak odchodzi gdzieś ku wschodowi, nad wodę. Co to jest, że problemy zawsze muszą na wschodzie być, jak u Tolkiena normalnie.

Powoli, ostrożnie podnoszę głowę, rozglądam się – czysto. Beteery kurzą i dymią w oddali, słońce odbija się w wiszących na burtach idiotycznych, błękitnych hełmach UNFOR, którym to zawdzięczają dzielni żołnierze sił pokojowych swoją ksywkę u tutejszych: *gałubyje*. Po polsku byśmy mówili, że wojskowi w tę i we w tę na patrolach pedałują, czyli kto oni? No dokładnie, brawo. Ale i tak ruska wersja lepsza.

Powoli podciągam lewą nogę, wyrzucam do przodu prawą rękę, przenoszę ciężar ciała, potem prawa noga, lewa ręka, i tak na zmianę, jak w podręczniku do *naczalnej wojennoj padgatowki* w siódmej klasie. Nie spiesząc się, powoli, mierząc zamiar według sił, pełznę przez bezkres żółcących się mleczami łąk.

Nie muszę nawet sprawdzać, żeby wiedzieć, że po prawej stronie, niespełna dwa kilometry ode mnie, widać Rejon Umocniony Straholisja – marzenie każdego obłąkanego wojskowego, a najgorszy koszmar zdrowo myślącego stalkera, który chce po prostu przejść nie niepokojony z punktu A do punktu B.

Kiedy Anioł zatrąbił, a lokalna apokurwalipsa zero szóstego pochłonęła niezliczoną ilość istnień, to nieliczni stali mieszkańcy spokojnego przysiółka letniskowego Straholisja dowiedzieli się o wszystkim, dopiero idąc rano do sklepu po chleb, gdy na ich oczach gigantyczne wojskowe śmigłowce zaczęły wysadzać na polach desant *morpiechów* w pełnym sprzęcie bojowym, a wymuskane żywopłoty weekendowych domków należących do burżujów z niedalekiego Kijowa wmełły w błoto gąsienice transporterów i czołgów. Nikt tak naprawdę nie wiedział, co się stało, ale – wzorem najlepszych tradycji sprzed dwudziestu lat – podjęto decyzję o bezwarunkowym wysiedleniu całej ludności wioski i znalezieniu jej domków zastępczych w tak zwanych innych zamieszkałych punktach. O ile rzeczona ludność początkowo protestowała, o tyle nikt jej nie słuchał, więc przed upływem tygodnia wieś stała pusta – zresztą mieszkańcy, początkowo pomstujący na czym świat stoi na „samowolę prorosyjskiego rządu", bardzo szybko zmienili swoje zdanie o „wybawicielach i obrońcach", gdy tylko dowiedzieli się z brukowej prasy, jaki los spotkał nie-tak-znów-odległe Dziciatki. Koniec końców miejscowi na tym nie stracili, gdy ODIHR-y i inne ONZ-ety zaczęły wypłacać odszkodowania „ofiarom katastrofy cywilizacyjnej"; nie można powiedzieć tego samego o kijowskim establishmencie, który pewnie po dziś dzień płacze nad stratą luksusowych dacz, prywatnych łowisk i budowanych z drewna modrzewiowego luksusowych kopulodromów – ale nie dywagujmy. Dosyć, że Straholisja zamieniono na tymczasowy obóz wojskowo-naukowy, mający w przyszłości być przyczółkiem do rekonkwisty Zony... Nie wiem jak was, mnie w tym momencie śmiech złapał, bo ja jeden już taki niedoszły przyczółek znam dość dobrze; ale tu wydarzenia potoczyły się zupełnie inaczej.

Gdy uderzyła Druga Emisja w 2007, przerażeni żołnierze z Kontyngentu Straholisja zasadniczo zrobili to, co każdy doskonale wyszkolony profesjonalista zrobiłby na ich miejscu – spanikowali. Część rzuciła się do bezładnej ucieczki, część zaczęła ogłaszać wszem wobec swoje prawdziwe poglądy na orientację religijną, polityczną, towarzyską i seksualną partii rządzącej, a inni jeszcze upadli na kolana, prosząc Wszechmogącego o odpuszczenie w godzinę śmierci.

Jakież było ich zdziwienie, gdy w końcu – zarzygani, ledwo ciepli, ale mimo wszystko żywi – dali radę się z tych kolan podnieść.

Okazało się, że jako jedyna bodajże baza wojskowa na całym ogromnym obwodzie Zony, Straholisja znalazło się POZA strefą rażenia emisji. I tej, i poprzedniej, i każdej następnej. Nawet wytyczona zupełnie arbitralnie i na wyrost linia czterdziestu kilometrów omijała bazę Straholisja w odległości około tysiąca trzystu dwudziestu metrów.

Tego wojskowi nie mogli sobie odpuścić.

Rejon Umocniony Straholisja stał się polem do popisu dla wszystkich tych, którzy wymyślali poronione projekty w stylu Niedanczycz, a wychowali się na grach i książkach z serii WH40K. Tutaj obłąkany geniusz architektoniczny wojskowych mógł naprawdę pokazać, na co go stać.

No, powiem wam – sam Hitler byłby pod wrażeniem.

Pięciometrowej wysokości żelbetowy mur z prefabrykatów – u dołu najeżony na całej długości żelaznymi kolcami i okolony kłębami drutu kolczastego, opasany jeszcze szerokim na pięćdziesiąt metrów polem minowym, u góry zwieńczony blankami wieżyczek strażniczych, które nocą zalewają światłem jupiterów całą okolicę – widać z odległości kilku kilometrów. Na wieżyczkach non stop pełnią wartę przy wielkokalibrowych kaemach z kolimatorami strażnicy, gotowi rozerwać na strzępy serią przeciwpancerno-zapalających wszystko, co tylko poruszy się w zasięgu ich wzroku, czyli faktycznie w promieniu bitego kilometra od bazy. Cały czas, dzień i noc, trwa tam ruch – lądują i startują śmigłowce, do potężnego betonowego nabrzeża dobijają kutry z wyposażeniem, przez rozsuwaną żelazną bramę wyjeżdżają ku obrzeżom Zony na patrole wozy opancerzone i śmieszne pomarańczowe łaziki naukowców, którzy niczym młoda dziewczyna na pierwszym w życiu balu krążą wokół Zony, jednocześnie pałając dziewiczym rumieńcem fascynacji i nie śmiejąc podejść ani kroku bliżej. Nikt – w sensie nikt ze stalkerów – nie wie, jak wygląda RU Straholisja od środka, ale nietrudno się domyślić... pewnie jak baza dzielnych kosmicznych marines na nieznanej planecie, połączenie garnizonu, laboratorium i kaplicy, bo Zona sprzyja porywom religijności. Nawet stąd widzę złocące się w promieniach południowego słońca technobizantyńskie kopuły soboru Archistratiga Michaiła, zbudowanego na osobiste życzenie metropolity Wołodymira „dla odparcia ciemnych mocy od *Baćkałszczyny Naszej Wukrajiny*". Naprawdę, czasem odnoszę wrażenie, że w porównaniu z nami, ludźmi, to Zona jest zupełnie normalna.

Wzdycham ciężko, gdy słyszę, że zbliża się ku mnie kolejny beteer. Dopełzam do niewielkiej kępki brzózek, rozrosłych się w dawnym *wachtowom pasiołkie* Zielonyj Mys. Kiedyś było tu tymczasowe miasteczko postawione w osiemdziesiątym szóstym dla likwidatorów skutków awarii na CZAES, stały równe rządki uroczych domków dla przyjeżdżających na dwutygodniowe zmiany pracowników, była też podobno niezła stołówka, kompleks sportowy, przychodnia i klinika dentystyczna, nawet salka koncertowa i basen, a teraz tylko smętne ruiny zostały, ledwo widać podmurówki po domach. Układam się na granicy cienia, tak żeby resztki ścian chociaż trochę zasłaniały mnie od wież obserwacyjnych, i czekam. Maszyna ryczy i wyje silnikiem, wiatr najpierw przynosi zapach przepalonego oleju i spalin, dopiero potem z chrzęstem i hurgotem wyłania się spomiędzy porastających zrujnowane domki brzózek i przewala koło mnie wieloosiowe cielsko transportera, na którym widzę siedzących z poważnymi minami żołnierzy. Bandany na głowach, ciemne okulary lenonki, czarne kreski pod oczami – no, no, no, pełna stylówa... Co to jest, że kontraktowcy na akcji zrobią wszystko, żeby wyglądać jak najemnicy z Czeczenii? A może po prostu tak bardzo chcą upodobnić się do nas, stalkerów... Gdyby tylko wiedzieli, jak naprawdę wygląda życie i wyposażenie stalkera, toby się tak bardzo nie spieszyli.

Chcę już ruszyć dalej, podciągam bliżej wlokący się za mną na pasku wyładowany kontenerami na artefakty plecak, gdy na dłoni przysiada mi motyl. Piękny, absolutnie przepiękny rusałka pawik, najczęściej zwany mylnie paziem królowej – niby najzwyklejszy, do wyrzygania popularny motyl, a jednak tak cholernie śliczny... Zamieram, nie ośmielając się drgnąć, żeby nie spłoszyć tego cudu natury; on siedzi chwilę, rozkłada i składa rudobrązowe skrzydełka, coś tam sobie robi przednimi nóżkami, a potem tak samo, jak się zjawił, bez ostrzeżenia, podrywa się do nierównego lotu, trzepocze chwilę nade mną i znika w bezkresie łąki. Ja jeszcze moment

wstrzymuję oddech, jakby w nadziei, że zatrzymam ulotną chwilę, potem tylko uśmiecham się sam do siebie i pełznę dalej, ku ciemnej ścianie zbawczego lasu.

Gdy docieram w końcu do schowanych pomiędzy pierwszymi drzewami ruin jakichś magazynów czy innego kołchozu, pozwalam sobie na chwilę odpoczynku. Tutaj już się wojskowi z reguły nie zapuszczają, a na pewno nie piechotą, więc jakby co, to będzie ich słychać – ściągam z głowy maskujący kaptur, wycieram mokrą od potu twarz połą maskałatu, pociągam łyk wody z manierki. Ufff, słaby jeszcze jestem... Niby już prawie miesiąc rekonwalescencji i (w miarę) normalnego żywienia, a sił jeszcze nie odzyskałem po moim rajdzie przez Serce Zony. Ramię i bok wciąż ciągną bólem, choć to raczej już fantomowy, bo wszystko się zagoiło w miarę ładnie, tylko blizny pozostawały straszne – no, ale tak to jest, jak się postrzału ze śrutu na czas dobrze nie oczyści. Organizm i tak ciągnął już wtedy resztkami sił, nie dziwota, że infekcje się powdawały i paskudziło się wszystko; gdy po raz pierwszy spojrzałem w lustro na bazie w Horno, to aż się przestraszyłem – zarośnięty jak leśny dziad, wychudły, zapadnięte oczy... Jak nie ja normalnie. Nadal jeszcze dręczy mnie potworna nadkwasota, nie wiem, czy wrzodów nie mam. To znaczy mam na pewno, ale pytanie, w jakim stopniu zaawansowania? Przegryzam kilka (rzekomo) pełnowartościowych batoników żywieniowych, smakujących i pachnących jak karma dla rybek – skoro są tak ohydne, to muszą być zdrowe, a jeśli mam dojść w dającej się przewidzieć przyszłości do Agropromu, to muszę jeszcze na tę wyprawę nabrać sił, kolejnego miesięcznego wypadu na konserwach i *suchpajkach* mógłbym po prostu nie przeżyć. Popijam czystą, żywą wodą, smakującą dla mnie niczym najcudniejszy nektar... Zęby tylko kłują, jakby ktoś w nie gwoździe wbijał – posypało mi się szkliwo ostatnio, jednak artefakty nie dają swoich cudownych właściwości leczniczych za darmo. Przyspieszony metabolizm – tak, jak najbardziej, ale ma to swoją cenę, jak *overclocking* komputera albo żyłowanie samochodu. Coś w końcu zaczyna puszczać, coś się zużywa, energia nie bierze się z niczego, a odporność ludzka ma swoje granice.

Przegarniam ręką włosy, zastanawiając się, czy siwe da się wyczuć pod palcami. Jeszcze kilka lat i będę biały jak gołąbek... Łykam tabletki witaminowe, rozgryzam kapsułkę tranu. Przynajmniej zaopatrzenie mają tu chłopaki dobre.

Baza na Horno to w ogóle ciekawa sprawa. „Horno" to tak naprawdę Hornostapil, czyli pewnie po naszemu Gronostajpol, ale nazwa przydługa, to i ją do rozmiaru przycięli bagnetem. W ogóle tutejszy ludek lubi się słowem bawić – na przykład nieoficjalny szef bazy, były specnazowiec o ksywie Rudolf, twierdzi, że Straholisja to nie żadne „Stracho-lesie", a zwykłe *strahalisja*, czyli po rusku „wyjebali się" – no, w końcu skoro *gałubyje*, to i *strahalisja*. Ponoć to i on mięsaka „kleszczem" ochrzcił i przyznać muszę, że nazwa nawet bardziej trafna. A samo Horno to baza koczująca – nie na stałe w jednym miejscu rozłożona, a przejeżdżająca sezonowo na różne lokacje, w zależności od aktywności wojskowych patroli, rozkładu anomalii i widzimisię jej mieszkańców. Najczęściej obóz („kosz", jak nazywa go

Rudolf, zapalony ukraińsko-kozacki patriota) stoi na jednej z dwóch lokacji w Hornostapilu; gdy wojskowi zaczynają swoje rajdy, to przenoszą się głębiej w Zonę, choćby do leżącego na skraju Martwego Lasu Hubina, a na krótką czarnobylską zimę schodzą bliżej ku rzece, do malusiej wsi Łapući, gdzie nie sięgają już macki radioaktywnego mrozu. Nie ma ich tam dużo – siedmiu, ze mną chwilowo licząc – więc i organizacja dość efektywna, a Rudolf się na rozkazach zna. No i właśnie dlatego, że ich tak mało, to wybrałem się na swoją pierwszą na tym brzegu Prypeci dużą *chodkę,* ale nie w głąb Zony, tylko ku granicy.

Sprawa zaczęła się niedługo po tym, jak dobrnęliśmy w końcu z Patykiem do Horno – obydwaj ledwo ciepli, wygłodzeni i odwodnieni, ale bogaci artefaktami z głębokiej Zony. Z początku tutejsi traktowali mnie z lekką nieufnością – całkiem zrozumiałe, skoro młody stalker wychodzi z jednym towarzyszem, a wraca z innym – ale moja opowieść o przeprawie przez most, przejściu przez Prypeć i Krąg jest naprawdę tak absurdalna, że aż trudno przypuszczać, bym miał coś takiego zmyślić, więc dość szybko przekonali się, że najwyraźniej mówię prawdę. A w każdym razie otwarcie nie kłamię. No, naturalnie, pozostawała kwestia motywów mojej wyprawy, ale te na razie zachowywałem dla siebie. Niczyja to sprawa, czego stalker szuka, a i ja o swoich prywatnych koszmarach opowiadać nie miałem ochoty.

Tak więc jakiś tydzień po naszym przybyciu do bazy przyszła kolejna emisja – bardziej niż zazwyczaj niespodziewana, bo w naprawdę krótkim odstępie czasu po poprzedniej. Leżałem jeszcze wtedy w prowizorycznej kwaterze w budynkach dawnego kołchozu; jak oparzony zerwałem się z pryczy na pierwszy charakterystyczny odgłos gromu i widząc, jak niebo zabarwia się purpurą, poleciałem do schronu. Przesiedziałem tam całą kilkugodzinną emisję sam jak ten palec, w myślach pogodziwszy się już z koniecznością zrobienia tego, co zrobić będę musiał – czyli zaraz po wyjściu z ukrycia zastrzelenia niedawno poznanych towarzyszy, którzy z takich czy innych powodów ukryć się nie zdążyli i na pewno zmienili już w bezmózgie, śliniące się i chodzące bez celu trupy. Jakie było moje zaskoczenie, gdy okazało się, że Patyk wraz z Rudolfem i Majorem siedzą na górze i piją wódkę pod ogórki...

– Ty co, Miszka? – kręci głową Rudolf, zawsze uśmiechnięty łysy potwór o posturze antycznego atlety i wesołych oczach z hartowanej stali. – Emisji się wystraszył? Nu, patrzcie, biedak sam w piwnicy tyle godzin przesiedział! Chodź do nas, trzeba radiację wygonić, ogóraskiem z soli rzygowiny z zębów zmyć!...

Zaproszenie, jak najbardziej, przyjąłem, wypiliśmy, zjedliśmy i nawet pożartowali, ale pomimo ich żartów ze „świeżego weterana z piwnicy" nie mogę pozbyć się wrażenia, że chłopcy ryzykują. Emisji nie da się przewidzieć, a Zona pewnych siebie i butnych nie lubi. Stań na jej granicy, krzyknij: „Tu mnie nie sięgniesz" – a Ona zaprze się, zbierze w sobie, połowę „elektr" zgasi i przez pół roku emisji nie da, a ciebie w tej samej chwili w „wyżymaczce" na mielonkę przerobi. Nie wolno nic zakładać w Zonie, nie wolno na pewniaka iść... ale to ich sprawa. Ja im o moich wątpliwościach powiedziałem, oni przyjęli do wiadomości, poprosili, żeby jakby co szybko i bezboleśnie ich wykańczać. Niefrasobliwość straszna, ale co zrobisz. Patyk tylko cicho siedział, nie żartował i nie próbował mnie przekonywać – widać, że głupio mu było, pewnie naszą rozmowę i poległego towarzysza wspomniał. Ale tamta emisja była brzemienna jeszcze jednym wydarzeniem.

Trzy dni później do Horno przywlókł się Chudy – tutejszy, który akurat był wtedy na wymarszu. Mówię „przywlókł się", i nie przesadzam. Okazało się, że jego też emisja zaskoczyła, więc schował się w jedyne miejsce, jakie miał pod ręką – wczołgał się w najgłębszy kąt podziemnego *odstojnika*, jaki tylko dał radę znaleźć. Pod warstwą betonu, żelaza i ziemi fale anomalnej energii go nie sięgnęły, ale problemem okazał się zupełnie inny rodzaj śmierci, o wiele groźniejszej, bo niewidocznej.

Radiacja.

Do osadnika deszczowego latami spływała woda, gromadząc się jesienią i powoli odparowując latem – woda, ciągnąca z całej okolicy promieniowanie, które przez kolejne sezony przeniknęło ściany i zamieniło zbiornik w radiacyjną mikrofalówkę. Brnący po kolana w mętnej wodzie ku najdalszemu i najciemniejszemu kątowi, szarpany przez wymioty i targany zawrotami głowy Chudy nie spojrzał na licznik, który na pewno trzeszczał dziko, ale kto by go tam usłyszał przez ryk nadchodzącej emisji. A nawet gdyby spojrzał, NAWET JEŚLI PATRZYŁ, to co miał niby zrobić? Wyjść na dwór, na pewną śmierć? Więc przesiedział kilka godzin w miejscu z takim przeciągiem, że jego słabiutki, ręczny „Bierieg" najpierw *zaszkaliwał*, czyli pokazywał odczyty poza skalą, a potem po prostu zdechł, kiedy wyjący głośniczek zeżarł baterie. Gdy skończyło się piekło na zewnątrz, Chudy wylazł na dwór, zdusił w sobie myśl o załatwieniu sprawy szybko i bezboleśnie (czytaj: kulą w usta) i powlókł się na Horno.

Spuchnięty od zatrzymanej w organizmie wody, z krwawiącymi dziąsłami i potworną biegunką, Chudy od razu oczywiście wylądował w lokalnym prowizorycznym lazarecie, gdzie władowaliśmy w niego końską dawkę antyradu i podłączyliśmy pod respirator, do którego ofiarowałem mój „purchel"... Ano, taki człowiek głupi, zawsze pomoże innym. Obłożony kilkoma pochłaniającymi promieniowanie i leczniczymi artefaktami z jeszcze niesprzedanego zapasu dał biedak radę wykaraskać się nawet z zaczynających się już objawów żołądkowo-jelitowych (które generalnie są przyczynkiem i zapowiedzią jeszcze weselszych zmian limfatycznych i neurologicznych), ale artefakty go nie wyleczą – zahamować i wyciągnąć z niego pochłonięte rady, rentgeny i inne siwerty jeszcze mogą, ale zdrowia nie wrócą. W przeciągu kilku dni chłopak zaczął tracić włosy, zęby w dziąsłach mu się obluzowały... masakra. Umrzeć już nie umrze, nie w przeciągu tygodni ani miesięcy na pewno, ale władowaliśmy w niego chyba wszystkie lekarstwa, jakie były w zapasie. Sprawa była jasna – Rudolf od razu wysłał zamówienie na Dużą Ziemię (na Horno jest internet!), a ja zaoferowałem się, że towar od handlarza odbiorę. Czemu akurat tak? Ano, to proste – oni lepiej znają okolicę, jakby co, to dadzą radę chorego przetransportować, gdyby zaszła taka konieczność, a ja na stosunkowo nietrudnym wymarszu z tutejszą Zoną się przywitam, tym bardziej że z nich jestem najbardziej doświadczony... Rudolfa wołają tu „weteranem”, bo on już „ponad dwa lata w Zonie”; wybór był prosty – albo on idzie, albo ja.

Otwieram puszkę ruskiego energetyka z cycatą lalą na etykiecie, wlewam w siebie ohydną zawartość, starając się jak najkrócej trzymać smakujący szczynami płyn w ustach. Rozglądam się za anomalią, w którą mógłbym wrzucić pusty aluminiowy cylinder... No tak, jestem poza Pograniczem, teoretycznie tutaj to już Duża Ziemia. Wzdycham ciężko na niesprawiedliwy świat, zgniatam puszkę pod butem, chowam do kieszeni – wyrzuci się w „grawikoncentrat” po drodze.

Idąc przez las, nagle czuję, że coś się zmieniło. Nie da się tego, ot tak, opisać, ale... coś jest INACZEJ. Cofam się trzy, cztery kroki – i tu też coś innego. Do przodu – i coś się zmienia. Jakbym przechodził przez niewidzialną granicę... Zona – dociera do mnie. Idę wzdłuż linii Pogranicza, ale pewnie tu sięga jedna z „macek” ostatniej emisji, więc akurat wszedłem na Jej terytorium. Sięgam do kieszeni po mutrę, ale potem zmieniam zdanie – wyciągam sprasowaną puszkę, rzucam przed siebie. Czysto. Podchodzę kilka kroków, podnoszę zaimprowizowany znacznik, rzucam dalej.

Dopiero gdy puszka z niegłośnym „ting!” po prostu znika w połowie trajektorii lotu, wyciągam swoje „profesjonalne” mutry i zwalniam kroku. Co nadrobiłem, to nadrobiłem, dalej już uważać trzeba. Pod nogami zaczyna się robić lekko wilgotno, zmieniła się trawa, mech coraz gęściej piętrzy się górkami wokół usychających drzew. Muszę zbliżać się do granicy Martwego Lasu.

Drzewa wyglądają tu, jakby próbowały za wszelką cenę odsunąć się od martwej, czarnej wody, stojącej nieruchomymi bajorkami w zagłębieniach terenu – powyciągane z ziemi korzenie aż tchną awersją do smolistego płynu, który skazuje całą tutejszą wegetację na powolną śmierć z braku tlenu. Nie wiem, czy w powietrzu nie ma jakichś trujących wyziewów, więc na wszelki wypadek zakładam respirator – ostatnie, czego mi byłoby trzeba, to halucynogenne zarodniki kajf-grzybów. Lekko szarawa mgiełka spowija okolicę, odbarwiając dalsze plany widoczności i płatając figle nawykłym do polichromatycznej wizji oczom. Staram się iść po wyższych partiach terenu i przy drzewach, ale i tak szybko zaczyna mi chlupać w butach, a nogawki powoli wciągają kłującą jeszcze zimowym chłodem wodę.

Spoglądam na kompas – igła wskazuje kierunek, który i ja określiłbym jako północ, czyli póki co nie jest źle. Tu, na obrzeżach Zony, taki sprzęt jeszcze ma swoje zastosowanie, lecz nieco głębiej szybko staje się nie tylko bezużyteczny, ale wręcz groźny dla życia, gdy człowiek próbuje orientować mapę wedle mylnych wskazań. Ja mam swoje sposoby, a tutejsi swoje... Wyciągam z przedniej kieszeni opakowany w hermetyczną torebkę PDA – krzyk mody sprzed kilku lat, gdy handlarze zaczęli masowo wciskać takie barachło walącym do Zony świeżakom. Rzecz faktycznie niegłupia, ma wgrane mapy i szyfrowane łącze satelitarne, potrafi pokazać ci twoje położenie z dokładnością do kilku metrów i wskazywać zadany kierunek. No fajna zabawka, ale jakoś mnie to nie przekonuje, ja tam jestem *oldschool*, w tę całą elektronikę i gadżety nie wierzę. Z drugiej strony, jeśli trzymać się blisko Pogranicza, żeby *ustrojstwo* nie zgubiło zasięgu... Naciskam na próbę włącznik, ekranik zapala się jasnym światłem, po chwili maszynka pokazuje azymut, na który mam iść, aby dojść do wgranej przez Rudolfa trasy. No dobra, spróbujmy – ruszam za strzałką, próbując jednym okiem zerkać na wyświetlacz, a drugim lustrować okolicę w poszukiwaniu anomalii i mutantów. Na początku można dostać oczopląsu, ale jakoś łapię rytm, nawet przestając upuszczać komputerek co drugi krok i wchodzić co i rusz w jakieś dziwne opcje ustawień po ukraińsku. Ano, technika idzie naprzód, mocium panie.

Oczywiście sygnał rwie się i zanika, komputerek wariuje i pokazuje dziwne rzeczy, ale trzeba pamiętać – to tylko narzędzie, a drogę człowiek sam powinien sobie wybierać; przez środek „gazówki" przecież nie pójdę, mimo że rzekomo tam mam najkrótszą drogę... Dobra, dość tej zabawy; staję pod drzewem, wyłączam i chowam PDA, otwieram kompas, wyjmuję złożoną na naszej ćwiartce mapę... i wtedy widzę złamca.

Złamiec to przedziwny stwór, bliski człowiekowi, ale przez to właśnie nieludzki – na pierwszy rzut oka wygląda jak wysoki, zabiedzony dziad z kępkami rzadkiego zarostu na twarzy. Podobno złamce są inteligentne – wiem, że umieją imitować ludzką mowę i na pewno starają się ukrywać swą naturę przed nieświadomymi ofiarami, robiąc najbardziej ludzką z możliwych rzeczy – udają słabość, jednocześnie chowając broń. A broń złamca jest zaiste straszna, bo to jego przerośnięta prawa ręka, wyposażona w mięśnie niczym okrętowe liny i kości jak szyny kolejowe, zdolna dzięki dodatkowym stawom i segmentom jednym uderzeniem przetrącić człowiekowi kark... Atak z zaskoczenia poprzedzony udawaniem słabości, taktyka stara jak świat. A ten złamiec dokładnie to robi – wygląda ostrożnie zza drzewa, trzymając hipertroficzną kończynę za plecami.

– Woojaaak, daaj apteeeczkę... – głucho jęczy mutant. – Ja raaanny, pooomóż...

Powoli, nie wykonując gwałtownych ruchów, puszczam mapę i pozwalam jej upaść na mokrą ziemię. Nie spuszczając mutanta z oka, przesuwam lewą rękę ku prawemu ramieniu, chcąc sięgnąć po *Zbawiciela*. Może odejdzie, może odpuści...

– Wooojaak! Daaaj apteeeeczkę! Jaarannypoomóż! – słowa te same, ale intonacja zupełnie inna. Patrzę na stwora, który wysuwa się zza drzewa, już zupełnie nie kryjąc swojej zdeformowanej ręki-maczugi; teraz złamiec podpiera się nią jak laską albo trzecią nogą, pochyla się i patrzy na mnie złymi oczkami, obnażając żółte pieńki krzywych zębów: – Daaaj! Jaaaarannyyy!

Zamieram z ręką przy prawej szelce uprzęży; jeśli ruszę się kawałek dalej, to on ani chybi zaatakuje. Jeśli cofnę rękę, to stracę cenne centymetry, a wraz z nimi inicjatywę. Zostać też tak nie zostanę, bo ramię i żebra już ciągną bólem...

– Dobra, spokojnie... – odzywam się lekko drżącym głosem do mutanta, nie mając nawet pewności, czy mnie rozumie. – Apteczkę chcesz? Apteczkę?

– Aaaaapteczkędajjjjj! – wykrzywia się złamiec, wyrzucając prawą rękę do góry i z głuchym łomotem uderzając nią w ziemię. Kawałki butwiejącej kory i bryzgi błota lecą wszędzie dokoła, czuję drżenie gruntu pod nogami, po wodzie jeziorka opodal rozchodzą się kręgi; gdzieś dalej coś podrywa się z zarośli i z łopotem znika pośród drzew. Sądząc po wgłębieniu, jakie zrobiła pięść wielkości mojej głowy, to przełożenie tam ma jak na dziesięciokilowym młocie. – Dajjjj!

– Dobra, dobra, już... – Uspokajająco wyciągam rękę. – Apteczkę już daję. Muszę sięgnąć tą ręką – podnoszę lewą – do kieszeni, tam mam apteczkę i kiełbasę, i konserwę, i co tam jeszcze chcesz... Już sięgam, już, poczekaj...

Odpinam zamek ładownicy z pakietem przeciwchemicznym, wkładam w nią płytko dwa palce, lekko schylam głowę, niby chcąc zajrzeć do środka, nie spuszczając oczu ze stwora...

Tak jak czułem, złamce nie są PO PROSTU inteligentne. Są bardzo inteligentne, bo potrafią oszukiwać.

Gdy tylko pochylam głowę, mutant spina się w sobie i rusza na mnie pędem. Niesprowokowany, bez okrzyku, bez wycia, nic – po prostu rusza, żeby zabić, maksymalnie wykorzystując element zaskoczenia. Ale ja też mam swoje niespodzianki – prawą ręką wyszarpuję z kabury glocka, z którym nie muszę tracić czasu na odwodzenie kurków ani bezpieczniki, po prostu rzucam się szczupakiem w prawo, starając się maksymalnie ograniczyć zasięg morderczej łapy stwora, i wciskam spust.

Lufa wypluwa z siebie pierwszy pocisk, gdy złamiec jest już naprawdę blisko – ZBYT blisko, jak na mój gust. Nie wiem, gdzie go trafiam, bo bardziej zajmuje mnie lecąca na mnie z prędkością i siłą fortepianu prawa kończyna – odpycham się tylko nogami od jakiegoś pnia, przetaczam na bok, gdy martwa sosna obok z głośnym, suchym trzaskiem pęka w fontannie próchna i szczap na pół tam, gdzie przed chwilą miałem bark. Drzewo z jękiem przekrzywia się i wali na bok, ja puszczam kolejną serię w mutanta, który z rykiem rzuca się ku mnie, kręcąc swą ogromną ręką niczym cepem – ziemia jęczy głucho, gdy kolejne uderzenie chybia celu, przeskakuję za obrośniętą mchem zwaloną brzozę, która chwilę później zamienia się w chmurę drzazg i wirującego w powietrzu pyłu...

– Stój!!! – krzyczę ostrzegawczo do stwora, już gotowego na kolejny atak. – Stój, mówię!...

Mutant patrzy na mnie, potem na dymiący pistolet w prawym ręku i trzęsącą się od adrenaliny lewą dłoń, której wskazujący palec trzymam wsadzony w zawleczkę granatu wiszącego przy szelkach.

– Stój, bo obydwaj zginiemy! – dyszę ciężko i decyduję się na blef, robiąc krok naprzód.

Złamiec odsuwa się do tyłu, wyraźnie spłoszony. Musiał mieć już kontakt z wojskowymi, skoro per „wojak" do mnie wołał, więc wie, jak działają i co robią granaty.

– Ja mam rękę słabą! – wołam do niego, jednocześnie próbując cokolwiek wyciągnąć prawą z kieszeni. – Długo nie utrzymam... Masz! – Rzucam mu dwa batoniki energetyczne, odsuwam się dwa kroki, żeby mógł podejść.

– Aaaapteeeczkę... – Złamiec niepewnie podchodzi bliżej, potem jednym ruchem długaśnej kończyny zagarnia słodycze z ziemi i odskakuje do tyłu. Widzę, że krwawi z kilku przestrzelin, ale o ile znam Zonę, to do wieczora się zregeneruje. – Dajjjjj...

– A teraz won! – Odganiam go pistoletem. – *Paszoł!*

Patrzę, jak śmiertelnie niebezpieczny stwór znika pomiędzy drzewami, oglądając się jeszcze raz i drugi. Ze złamcami można się przeważnie dogadać, sam raz i drugi się takiemu wykupiłem... Ale ten musiał być naprawdę głodny; od początku widać było, że nie zadowoli się zwykłym datkiem i że ma chrapkę na mnie w całości. A tak nie tylko człowieka nie zjadł, a jeszcze ołowiu dostał. On się zregeneruje, a ja...

...o Jezu...

Ledwo mogę oddychać z powodu bólu żeber, ale odnajduję nadepniętą mapę, zmieniam magazynek i szybkim krokiem oddalam się z feralnego miejsca, tym razem już ze strzelbą w ręku. A miała być rekonwalescencja, żadnego wysiłku po kontuzjach i postrzałach, spokojny wymarsz na płytką Zonę... No i mam za karę, nie trzeba się było durną elektroniką bawić.

Idę na azymut przez podmokły las, mając nadzieję natknąć się na starą drogę Zielonyj Mys – Horodiszcze. Teoretycznie powinien to być asfalt, a praktycznie... Praktycznie to będzie dobrze, jak znajdę cokolwiek. Widać, że mocno działały tu anomalie grawitacyjne, ziemia pozapadała się, tworząc nierówne kałuże i bajora, które – sądząc po stromych brzegach – mogą mieć po dwa-trzy metry głębokości albo i w ogóle nie mieć żadnego dna. Gdzie indziej znów kuriozalnie wypiętrzone pagórki zasłaniają widok, zmuszając mnie do przedzierania się pomiędzy rosnącymi pod dziwacznymi kątami drzewami. Trafiam na kilka „gorących plam", gdzie powietrze oddaje tłem tak bardzo, że aż muszę zawracać i szukać innej drogi; ale to nie topografia mnie martwi, nie zgubienia drogi się obawiam.

Nie mogę pozbyć się wrażenia, że jestem śledzony. Gdy odwracam się, to oczywiście nikogo ani niczego nie widzę, ale zdarza mi się kątem oka zauważyć ruch gdzieś pomiędzy martwymi drzewami z tyłu, kiedy zatrzymuję się, żeby sprawdzić drogę albo rozejrzeć się po okolicy. Nauczyłem się poza tym przez te lata ufać intuicji, a ta podpowiada mi, bym miał się na baczności.

Wychodzę w końcu na dziwnie regularną przecinkę, biegnącą prawie że idealnie z południa na północ. Drzewa kończą się po jednej i drugiej stronie jak nożem uciął, nawet trawa ani trzcina nie rośnie w płytkiej wodzie leżących na osi polanki jeziorek i stawków. Pod cienką warstewką wody i leżących w niej liści widzę resztki linii pobocza, wymalowanej farbą na nierównym asfalcie. Czyli znalazłem drogę. Mimo że najłatwiej byłoby iść tym brzegiem, na którym jestem, to decyduję się przejść na drugą stronę, i to wcale nie dalej, gdzie mógłbym zrobić to po bardziej suchym kawałku, ale tutaj, na przełaj. Mam swoje powody... brnę po kostki w burej wodzie, licznik trzeszczy trochę, więc zaciągam kilka wdechów z podłączonego do „purchla" respiratora, żeby na bieżąco wyciągać radionuklidy z organizmu. Po drugiej stronie odchodzę kawałek głębiej w las, znajduję sobie odpowiednio zasłonięty wykrot i przyczajam się, lustrując wzrokiem pokrzywione drzewa po drugiej stronie asfaltu.

Jest.

Złamiec wygląda ostrożnie zza porośniętego zmutowanym jaszkłowcem pagórka, potem niezgrabnymi susami dopada do pobocza, patrzy na moją stronę, a potem zaczyna powoli, sprawdzając drogę przed sobą, przechodzić przez wodę. *Czort pabieri...*

Nie czekam, aż przejdzie i złapie mój trop – szybkim krokiem ruszam dalej wzdłuż dawnej drogi, starając się odgradzać od niego zaroślami, żeby nie widział mnie zbyt dokładnie. Potem wchodzę w płytkie bajorko, brnąc po kostki w błotnistej wodzie, skręcam o dziewięćdziesiąt stopni w prawo, odchodzę duży kawałek ku rzece, przy okazji znajdując zaznaczony na mapie dawny stromy brzeg. Prypeć zmieniła od tamtej pory swoje koryto, woda odsunęła się o dobry kilometr, zostawiając za sobą dziesiątki, albo i setki nawet, małych rozlewisk i podłużnych, sierpowatych stawów, zarośniętych trzciną i rzęsą, ale nie odważę się zagłębić w ich labirynt – zamiast tego zawracam na południe, gdy słyszę brzęczenie komarów wokół głowy, puszczam się biegiem; skoro są tu insekty, to znaczy, że wyszedłem z Zony i nie muszę chwilowo obawiać się anomalii. Wyciągam nogi, próbując tylko biec po suchym, nie chlapiąc i nie robiąc hałasu, w uszach gwiżdże mi wiatr...

„Trampolina" musiała być naprawdę malutka, skoro jej nie zauważyłem. A może i zauważyłem, tylko nie zdążyłem wyhamować... Czuję jedynie, jak coś uderza mnie pod kolana i po udach, ziemia nagle ucieka mi spod nóg, trzciny oddalają się i przesuwają pode mną, przebieram bez sensu nogami, czując, jak przełyk spada mi do żołądka, a żołądek w pięty, na nieskończenie krótką chwilę zatrzymuję się w powietrzu w najwyższym punkcie lotu, a potem ziemia zaczyna nieubłaganie zbliżać się do mnie, żołądek podchodzi do gardła, sprzęt nagle robi się lekki, a mi przelatuje przez głowę myśl, że lepiej byłoby upaść prosto na łeb i szybko skręcić sobie kark...

Plask!! – rozstępuje się pode mną z głośnym mlaśnięciem otchłań błota i trzciny, ale uderzenie i tak wybija mi dech z płuc, usta mam pełne śmierdzącej mazi, próbuję wytrzeć brudną twarz równie brudną ręką, gramolę się, pełznąc na brzuchu, czując, jak nogi zaczynają ciążyć i zapadać się w lepkie bagno. Łapię się ostrych trzcin, podciągam i wbijam palcami w grząski grunt, nie zważając na tnące mi skórę liście, ciągnę ku twardemu, ku suchemu... A potem po prostu przekręcam się na plecy i dyszę ciężko, próbując nie oddychać przez nos pełny czarnego błocka, usiłując jakimś cudem wyczyścić oczy z gryzącego i szczypiącego brudu. Gdzieś w środku, w trzewiach wzbiera we mnie pusty, nerwowy chichot, ale za bardzo bolą mnie potłuczone kości, więc trzęsę się tylko w paroksyzmach milczącego śmiechu.

„Trampolina"!

„Trampolina" poza Zoną, tak daleko w Pograniczu, w miejscu, w którym nie powinno jej być! Drobne muszki krążą mi wokół głowy, nade mną przelatuje ze świergotem stadko jakichś rzecznych ptaszków o zielonych brzuszkach. „Trampolina"... Mało brakowało, a połamałaby mi nogi najprostsza, najłatwiejsza do zauważenia, najbardziej niegroźna, pospolita wręcz anomalia, i to poza Zoną...

Rozklejam uwalane błotem oczy, spoglądam w czyste niebo.

– Dzięki za lekcję – zwracam się do milczącej Zony. – Przyjąłem, zrozumiałem, przepraszam.

Zona się nie stopniuje. To my, ludzie, wymyśliliśmy na własny użytek Pogranicze i ustawiliśmy Kordon, to my w ramach milczącej zgody przyjęliśmy, że anomalie mogą istnieć tylko w Zonie. A najwyraźniej Ona nie przejmuje się takimi szczegółami – ot, zagubiła się jedna „trampolina" po emisji, została tutaj, i ma się świetnie. Kto wie, może i artefakty tworzy nawet.

A przecież mówił mi bodajże Major nie dalej, jak kilka dni temu, że z każdą emisją Zona coraz bardziej podsuwa się ku RU Straholisja. Nie jakoś ostro, nie widocznie, ale po pół metra, po trzydzieści centymetrów... Tak jak w całej okolicy się nic nie dzieje podobno, to na garnizon co i rusz z bagien wyjdzie jakiś stwór, a to chłeptokrwij, a to pseudogigant; krótkotrwałych anomalii po emisji najwięcej właśnie w okolicach bazy wojskowej się tworzy, a śmigłowce mogą do Zony każdą drogą się podsuwać, byle nie na wprost, bo od strony Straholisja stoi cała ściana powietrznych „karuzel" i „wirówek". To nam, ludziom, się wydaje, że Zona POWSTAŁA; a Ona przy każdej emisji stwarza się na nowo, tak samo nieprzewidywalna, jak osiem lat temu.

Gdy ból nieco mija i mogę już odetchnąć głębiej niż tylko powierzchownie, sprawdzam po kolei wszystkie stawy na zwichnięcia i złamania. Ręce są, nogi są, głowa się rusza, nie ma zakłóceń widzenia, słuch jest – więcej szczęścia niż rozumu, nie ma co. Podnoszę się nie bez trudu, odnajduję leżącego w błocie *Zbawiciela*, bardziej podobnego teraz do wyciągniętego spod warstwy trzcin starego konaru drzewa – oblepiona brudem i kłączami strzelba wygląda jak sto nieszczęść, więc z ciężkim sercem po prostu włażę po kolana w najbliższe bajorko i opłukuję ją wodą. Chwilowo jednostka główna wyłączona z gry, trzeba będzie się przytulić gdzieś i ją wyczyścić, póki co pistoletem muszę sobie radzić. Dobrze, że nasmarowałem przed wyjściem i niestrzelana była, może nie będzie to nasza ostatnia przygoda. Nie ma szans, żebym dziś zdążył dotrzeć do punktu przerzutowego... To znaczy: szanse są, ale nie mam zamiaru ich sprawdzać. Za stary jestem na ryzykowanie w ciemno, a swoją dawkę fartu na tę *chodkę* właśnie wyczerpałem, trzeba znaleźć jakieś spokojne miejsce, żeby głowę na noc przytulić.

Stary kuter widzę z pewnej odległości – przekrzywiona na burtę rdzewiejąca łajba musiała osiąść tu na mieliźnie albo po jakiejś awarii na wodach zbiornika *Kijewskowo wodochraniliszcza* przydryfowała do brzegu i wrosła w pejzaż... Swego czasu w krajach bloku wschodniego bardzo często widywało się porzucone przy drogach zepsute samochody, które w środku kilkudziesięciokilometrowej *pustaci* odmówiły posłuszeństwa, czy to z przyczyn technicznych, czy po prostu z braku paliwa; ciekawe, czy to samo zdarzało się z łodziami? Tak czy inaczej, wrak rdzewieje pośród surrealistycznego morza trzcin; zaczyna się już powoli zmierzchać, a żelazne poszycie daje nadzieję na w miarę bezpieczne schronienie. Warto spróbować.

Po przygodzie z „trampoliną" idę bardzo ostrożnie, zachowawczo wręcz, więc gdy zbliżam się ku rufie kutra, na niebie zapalają się już pierwsze gwiazdy. Nie włączam latarki – tutaj, na Pograniczu, byłoby to głupotą, graniczącą wręcz z tendencjami samobójczymi. Nie boję się nawet mutantów, które mogą faktycznie zapuścić się tutaj z Błot; jestem głęboko przekonany natomiast, że ktoś stoi teraz z lornetką noktowizyjną na wieży RU Stracholisja i patrzy w tę stronę. Wątpię, by wojskowym chciało się przysyłać tu śmigłowiec albo nawet łódź patrolową; raczej wyślą do mnie PTURS-a, czyli kierowany pocisk rakietowy, i zapomną o sprawie.

Po omacku wspinam się po drabince rufowej, przysiadam na skraju krzywego pokładu, wsłuchuję się w noc. Odwykłem od rechotu żab i grania świerszczy, od ryb rzucających się na płytkiej wodzie – wszystko to zdaje mi się hałaśliwą kakofonią, w której z trudem doszukuję się ciszy z wnętrza wraku. Trzymając się przerdzewiałych relingów, przechodzę ku nadbudówce, szczerzącej do mnie odłamki szkła z powybijanych okien... Jakiś ptak podrywa się z głośnym łopotem z dachu kabiny, prawie tracę oparcie pod nogami, ledwo daję radę utrzymać równowagę i nie ześliznąć się po omszałym poszyciu. Serce wali mi jak oszalałe, żyłami płynie czysta adrenalina, ale wypłoszony ptaszor to dobry znak – nie powinno tu być niczego innego.

Nie powinno.

Przyczyna „awarii" kutra staje się jasna, gdy podchodzę do sterówki – dziury po wielkokalibrowych kulach układają się wstęgą korali na żelaznej ścianie, czujnik promieniowania odzywa się trzaskiem w słuchawce, gdy zaglądam do środka. Dawna łódź przemytnicza, jak nic... Kawał historii, swoją drogą, być może jedna z pierwszych jednostek wywożących z Zony artefakty w zamierzchłej przeszłości drugiej połowy lat dwutysięcznych. Jeżeli ktoś miał na tyle tupetu, żeby podchodzić do zakazanych brzegów takim złomem, to znaczy, że Kordon dopiero zaczynał się wtedy tworzyć, a wojskowa kwarantanna raczkowała. I artefakty pewnie wozili w sterówce, bez pojemników nawet. Łał. To jest prawdziwy „Stalker", a nie jakiś tam samozwaniec z przystani w Czarnobylu.

Nie zostanę w kabinie, bo szkoda zdrowia na radiację. Powoli, krok po kroku, z pistoletem w ręku schodzę po stromych schodkach do maszynowni, gdzie zapach diesla i smarów wciąż wisi w powietrzu – nakładam czerwony filtr na latarkę, zapalam światło. Czysto. Trochę wody zebrało się w rogu pomiędzy ścianą a podłogą, chociaż z racji przechyłu kadłuba żadna z nich nie pełni już swojej funkcji. Znajduję w miarę suchy i nie aż tak brudny kąt przy silniku, ściągam z siebie uwalany błotem sprzęt, rozwieszam pod sufitem kurtkę do wyschnięcia, wyciągam zestaw do konserwacji broni i kawałek po kawałku, metodycznie, na pamięć rozbieram i czyszczę *Zbawiciela*. Potem wykruszam tyle brudu z ciuchów, ile dam radę, zjadam skromną kolację... Zwalczam w sobie durną pokusę, żeby wyjść na zewnątrz i popatrzeć na noc, na pograniczu Ziemi i Piekła, układam się pomiędzy rurami, gaszę latarkę, zamykam oczy.

Kim jestem?

Budzę się z tą przerażającą myślą pośród śmierci i ruin, okutany szmatami i w towarzystwie trupów. Nie pamiętam, jak powinna wyglądać moja twarz, nie rozpoznaję zdeformowanych rąk, które podnoszę ku ledwo widzącym oczom. Moje plecy to płonący bólem pręt kręgosłupa, nie mogę nawet schylić głowy. Nie wiem, kim jestem, nie wiem, kim byłem. Myśli chwilę trzepoczą się w klatce głowy, potem zamierają, gasną i opadają zimnym prochem w spokojny bezmiar czarnej nicości, która przynosi ostateczne ukojenie. Chłodna pustka wypełnia moje myśli, wyciąga ostatnie iskry żaru z węgli cierpienia, zabiera mroźnym wiatrem ból wraz z istnieniem.

Podnoszę głowę, spoglądam po Spopielonych, stojących bez ruchu pod ścianami.

Czuję głód.

Po omacku, obijając sobie nogi o wystające elementy instalacji, wyczołguję się po schodach na górę, w ciemny chłód wiosennej nocy. Po prostu kładę się na plecach na wilgotnym pokładzie, oddycham głęboko, próbując uspokoić rozszalałe po koszmarze myśli. Jeżeli jakiś żołnierz gapi się w tę stronę przez termowizjer, to po mnie; ale nie dałbym rady zostać ani chwili dłużej w duszącej, dławiącej, wlewającej się do nosa i ust gęstej ciemności żelaznych trzewi kutra.

Zakrywam twarz dłońmi, zaciskam oczy. Uspokój się, stalker. Chcesz, to zejdź na dół, weź kredki i blok, porysuj sobie; a nie, to uspokój się i posiedź po prostu.

Jak nazbyt często przed świtem, obracam w rękach wyciągnięty z kabury pistolet. Bawię się kanciastym kształtem broni, wodzę palcem po kabłąku spustu, przeciągam paznokciem po wyfrezowanych nacięciach zamka. Nie mam zamiaru strzelać sobie w skroń – ale świadomość tego, że MÓGŁBYM, że jeszcze mam jakiś wybór, daje mi siłę, żeby dotrwać do rana. Jest zimno, trzęsę się w samej *tielniaszce*, ale nie mam ochoty schodzić do maszynowni. Za bardzo lubię te krótkie chwile przed świtem, zanim słońce wychyli się zza horyzontu, a jeszcze tutaj, nad rzeką, będzie oszałamiająco pięknie. Poczekam.

Najpierw słyszę, potem widzę złamca, brnącego przez trzciny kilkadziesiąt metrów ode mnie. Przesuwam się za żelazną przybudówkę, tak żeby stwór mnie nie zauważył, ale on tylko przechodzi obok, ginąc gdzieś w bezmiarze bagien i zarośli. Patrzę w ślad za nim, nie zauważając nawet, kiedy wstaje słońce.

Nie wiem skąd, nie wiem dlaczego, ale mam pewność, że to ten sam.

Ruszam przez łęgi na północ, jak tylko robi się jasno. Sprzęt jako tako przesechł przez noc, błoto odpadło, smród bagiennej zgnilizny został; *Zbawiciel* podaje amunicję, mechanizm działa bez szczególnych zgrzytów, ale nie odważę się go na automacie zostawić, trzeba będzie ręcznie pompować. Rozejrzałem się z dachu łodzi przez lornetkę, wydaje mi się nawet, że widzę w oddali cel mojej wyprawy; akurat na późny poranek dojdę.

Bieriozowaja kładź wygląda teraz bardziej jak chatka czarownicy albo siedziba zbójców niż gospodarstwo łowieckie – zbudowany na wbitych w błotnisty brzeg solidnych palach drewniany domek przekrzywił się i osiadł na jednym rogu, bierwiona ścian poczerniały i zarosły podejrzanie wyglądającym mchem. Okoliczne brzozy dawno już obumarły i obrosły „żrącym puchem" i „rdzawym włosiem", zamieniając niegdyś zapewne urokliwy sielski pejzaż w scenkę rodem z koszmaru. Kilka „karuzel" kręci się tu i tam, nie zostawiając cienia wątpliwości co do tego, że Zona króluje tu niepodzielnie. Tu właśnie miałem dotrzeć.

Wychodzę spomiędzy trzcin, zupełnie się nie kryjąc – kontakt Rudolfa miał przybyć na miejsce wczoraj i czekać dziś do południa, więc zakładam, że powinien już tu być. Rzeczywiście, na bagnistym brzegu leży proste, drewniane czółno i dwa wiosła, z domku unosi się przez otwór w dachu ledwo widoczna strużka dymu. Na pewno widział mnie wcześniej, więc...

– *Ruki wwierch!* – słyszę głos skądś z tyłu i z boku. – Ty kto?

– Ty nie bój się, ja swojak. Ty Dziad Mróz? – Odwracam się przez ramię, ale zaglądam prosto w podwójną lufę obrzyna, więc dość szybko wracam do postawy zasadniczej, tylko z rękami za głową.

– Ty kto, pytał ja? – Obrzyn wciska mi się pod ucho, czuję zapach marnego samogonu w oddechu pytającego.

– Ech... – wzdycham sobie ciężko. Nie lubię ja tych korowodów i haseł, ale tak tu są umówieni. – *Ja Śnieguroczka, przyleciała ja na kryształowych skrzydłach.* Może być? To obrzyna zabierz, bo lać mnie się chce.

– *Przyniosła ja mróz zimowy, śnieg i zimę dzieciom...* Lej, jak chcesz, stalker. – Lufa odjeżdża mi od karku, więc w końcu mogę obejrzeć sobie mojego rozmówcę. Faktycznie, wypisz, wymaluj Dziad Mróz... Wielka broda, krzaczaste brwi, czerwono-fioletowy kinol alkoholika, małe oczka pod futrzaną czapą; i tylko ciuchy nie te, bo nie ma ani haftowanego kaftana, ani epickiej futrzanej czapy. Ten koleżka mógłby zgarniać nagrody w konkursie na strój *bomża* z dowolnego dworca kolejowego głębokiej Rosji... Pewnie dlatego, że dla niego to nie „przebranie", a normalne ubranie.

– Ty *chabar* przyniósł? – przechodzi od razu do rzeczy Dziad. – A to naczekał się ja na ciebie...

Bez słowa podaję mu plecak, on, nawet nie zaglądając do środka, wrzuca go do łodzi.

– Twoje rzeczy w środku są, znajdziesz sobie. – Spycha na płytką wodę kanałów swoją dłubankę, usadza się w środku, odpycha kijem od dna. – No, dobrej tobie Zony, stalker.

– I tobie nie chorować, Dziad! – Patrzę z fascynacją, jak znika pośród trzcin. Prawdziwy pełnoetatowy stalker, przy takich ludziach to my wszyscy jesteśmy gnoje, dyletanci i szczeniaki...

Zabieram z domku plecak z lekarstwami, amunicją, żywnością i innym wyposażeniem, korzystając z relatywnego bezpieczeństwa czterech ścian, urządzam sobie krótki postój, przegryzam wojskowych sucharów przełożonych topionym serem z puszki, łykam zaległe z wczoraj tabletki. Jak zwykle, zgaga przychodzi palącą falą żółci w przełyku, krzywię się, popijam ciepłej wody z zostawionego przez Dziada imbryka. Pora wracać, bo tam Chudy czeka na swoje prochy.

Znajduję resztki starej nawierzchni dość szybko – tutaj dla odmiany nie działa kompas, a PDA nie będę już wyciągał, więc po prostu idę na południe wzdłuż wstęgi asfaltu, chcąc dojść tak daleko, jak dam radę. Tutaj nie ma aż tyle wody, droga biegnie niewysokim nasypem, stanowiąc dość dobrą, bo suchą i w miarę równą trasę. Znowu nie mogę pozbyć się wrażenia, że mam „ogon" – tym razem nie widzę nic podejrzanego, ale po prostu czuję włoskami na karku, że ktoś – COŚ – patrzy mi w plecy. Jeżeli to znowu „mój" złamiec, znaczy to, że mam problem – skoro tak się na mnie zawziął, to może nie odpuścić. Decyduję się na klasyczną ofiarę przebłagalną dla złego ducha – na widocznym miejscu pośrodku drogi układam lwią część dzisiejszej kolacji i jutrzejszego śniadania; dwadzieścia cztery godziny bez jedzenia jakoś przeżyję, a głodnego mutanta na swoim tropie niekoniecznie. Nie czekam, żeby zobaczyć, czy bóstwo przyjmuje moje dary; starając się jak najlepiej wykorzystać (mam nadzieję) kupiony czas, wyciągam nogi i maszeruję w kierunku na Straholisja.

Drogę zostawiłem za sobą, skręciwszy na azymut w las. Jednak nie ma co zbliżać się za bardzo do garnizonu, nawet jeśli oznacza to konieczność zejścia z wygodnej ścieżki; nieznana Zona to śmierć prawdopodobna, a wojsko to pewna. Staram się poza tym iść Pograniczem – nie tym wyrysowanym od cyrkla, a rzeczywistym. Na tyle głęboko w Zonie, żeby nie niepokoili mnie żołnierze, jednocześnie tak dalece na Jej obrzeżach, żeby nie użerać się cały czas z anomaliami i nie ryzykować spotkania z Jej bękartami.

Zapada już wieczorna szarówka, gdy wychodzę na ogrodzenie wokół starej Strefy. Bez trudu znajduję miejsce, gdzie mogę przecisnąć się przez zerwany kolczasty drut, przeciągam za sobą wcale nie lekki plecak. Dobrze, zmierzcha już – kurza ślepota to sprzymierzeniec stalkera, przez takie niebezpieczne odcinki trzeba o świcie albo o zmroku przechodzić, wtedy nawet snajperzy ślepną. Widzę już ruinki dawnego Zielonego Mysa, pozostaje przeczołgać się przez wilgotną trawę ku relatywnemu bezpieczeństwu ścian.

Jestem... no nie wiem, pięćdziesiąt? sześćdziesiąt? metrów od najbliższej kępy krzaków na miejscu niegdysiejszego domu, gdy w szybko zapadającej ciemności i ciszy rozlega się wyraźny szczęk przeładowanego karabinu.

– Stój, bo strzelam! Wstań powoli, ręce w górę, żadnych gwałtownych ruchów!

KURWA.

Nieskończenie powoli wstaję z ziemi, zaplatam po raz drugi tego dnia ręce za głową, próbując na słuch ustalić pozycję, z której wypatrzył mnie pieprzony trep.

– Powoli podejdź!

Aha, czyli tam jest. W sensie GDZIEŚ tam jest. Ruszam, bo co mam zrobić? Plecak ciąży jak cholera do dołu, ciągnie się po ziemi za mną... Nawet jakbym chciał uciec, to ta nieszczęsna dryfkotwa mi nie pozwoli.

– Stój, wystarczy! Na kolana!

Pokornie klękam, czując przede wszystkim palący wstyd – tak się dać złapać!...

Od krzaków po prawej odrywa się cień – nie jaśniejszy, nie ciemniejszy, a po prostu cień, idealnie zlewający się z tłem kawałek tła. Sylwetka rozmyta przez maskujący kostium snajpera, tylko okulary noktowizora wystają spomiędzy ścinków materii... Przez chwilę zastanawiam się, czy dam radę na szybko błysnąć mu po oczach latarką, ale nawet jeśli, to co dalej? Uciec nie ucieknę, do broni sięgnąć nie dam rady, a on mnie zdąży zastrzelić, tym bardziej że ma z czego – jego AS Wał to argument ostateczny na krótkim i średnim zasięgu. I tak już za późno, zsunął nokto na czoło, nie spuszczając mnie nawet z celownika, lewą ręką włącza zestaw słuchawkowy. Żeby wintoreza miał, to może by się nie zdążył do optyki złożyć, a to widać, że lepszy kozak...

– Starszy lejtnant Chmielnicki, starszy lejtnant Chmielnicki, wzywam bazę, baza odbiór... Baza, dajcie mi tu eskortę na zet-dwadzieścia jeden, mamy tu stalkera do odstawienia na dołek...

– Uważaj, za tobą! – krzyczę, ale lejtnant tylko uśmiecha się kpiąco. No tak, nie z nim takie numery...

Złamiec wychyla się z ciemności niczym duch utkany z mgły – głowa znika z ramion żołnierza wraz z uśmieszkiem, ohydne chrupnięcie kości i mlaśnięcie rwanych tkanek czuję aż w żołądku. Wyciszony karabin z metalicznym szczękiem upada na ziemię.

Gdy otwieram oczy, przede mną jest tylko ciemna kępa krzaków; jedynie leżący w pokrytej nocną wilgocią trawie AS Wał świadczy o tym, że cała sytuacja nie była wyłącznie wytworem mojej wyobraźni. Nie ma czasu na przemyślenia – zza muru bazy już podnosi się błyskający szperaczami śmigłowiec, więc zarzucam tylko plecak na ramię, podnoszę broń z ziemi i puszczam się biegiem przez łąkę.

Jestem już dość daleko, gdy za mną rozpętuje się piekło światła i ognia, słychać głuche detonacje rakiet i rwany stukot wielkokalibrowych karabinów. Kanonada nie cichnie jeszcze długo, rozświetlając noc Pogranicza krwawą łuną napalmu.

Nie wiem, czy złamiec uciekł. Nie wiem, jaka kierowała nim logika.

Wiem natomiast, że od tamtej pory zawsze w połowie pierwszego dnia wymarszu zostawiam na ścieżce konserwę i paczkę sucharów.

Tak na wszelki wypadek.

KaPePe

Hornostapil – 121,1 – kilka jeziorek na zachodzie. Dalej droga nasypem, sosna, wzdłuż kanału i pod linią napięcia. 126,5 – wzdłuż linii, potem Pieski, sosna, Karpiłowka mostek, trójkąt linii na słupach...

– Podobno „wiedźmi kisiel" dali radę z Zony wynieść.

...sosna, Karpiłowka mostek, zbieg linii, Tieriechow i przecinką na północ...

– Mówię ja, że „wiedźmi kisiel" z Zony wynieśli.

– Hm? – Podnoszę głowę znad mapy, spoglądam na Majora, rozwalonego na wyciągniętej przed dom starej kanapie.

– „Wiedźmi kisiel" wynieśli. – Stalker zaciąga się skrętem z podłej machorki, powoli wypuszcza obłoczek smolistego dymu, patrząc, jak słońce gra refleksami na zawirowaniach szarobłękitnej chmurki. – Wojskowi znaczy się, do spółki z naukowcami. Cała ekspedycja była.

– Jak to, „wiedźmi kisiel" wynieśli? – Potrząsam głową. – Cały?

– Nu, ty co, Misz? – Patrzy na mnie jak na niedorozwiniętego. – Toż trochę tylko zabrali, a cała reszta dla nas została.

– Aha. Tobie na Dużej Ziemi mówili? – Uśmiecham się, sięgam po kubek z rozwodnionym do granic przyzwoitości kompotem z rabarbaru.

– Ano, chodzą słuchy. – Major przeciąga się, zadowolony z siebie jak kundel po owocnej nocy łajdaczenia. Wrócił do Zony po urlopie raptem dwa dni temu, a widać, że nadal się z wakacji cieszy, wystawia twarz na ciepłe słoneczko, rusza palcami w pocerowanych białych skarpetach. Jest w nim coś, co przypomina mi Tribika (*niechmuZonalekkąbędzie*). Wiecznie uśmiechnięty, dwumetrowy bydlak o odstających uszach i szelmowskiej twarzy chuligana z czwartej klasy podstawówki, chodzący bez względu na porę roku i pogodę w piankowych rybackich kaloszach i czapce uszance, wciąż bujający się ze swoim rozklekotanym M4. Major jest zdecydowanie przyczynkiem do tak zwanego lokalnego kolorytu. – Z tamtego brzegu ponoć skądś brali, cały desant wysadzili, drużyna specnazu, transportery pod helikopterami nawet przewieźli...

– Znaczy się z mojego? – dopytuję, bo już mi samemu zaczyna się to mieszać: „ten" brzeg, „tamten" brzeg...

– Ano – kiwa głową – pod Teremcami się zlądowali, a dalej kolumną ruszyli podobno.

– No i co, jakie straty?

– A kto ich tam wie, do tego ci się nikt nie przyzna. – Wzrusza ramionami. – Ale były w prasie nagłówki na pierwszej stronie: „Zona uchyla rąbka tajemnicy" albo „Wyprawa po złote runo Czarnobyla", czujesz ty?

Zanosi się kaszlem, który pewnie w założeniu miał być śmiechem.

– No i co, co z nim zrobili?

– Zabrali do kompleksu badawczego. Specjalny stop jakiś wynaleźli, biokompozyt czy coś... W gazecie było, ale nie pamiętam. Zrobili z niego pojemnik i w tym wieźli.

– I co, nie przeżarło im? – Wykazuję nieudawane zainteresowanie. To może być cenna informacja.

– No popatrz ty, nie przeżarło – rozkłada ręce Major. – Ja tylko od razu pomyślał, a jak niby nałożyli oni?

– Co? – Nie rozumiem.

– Nu, „kisiel" w pojemniku mieć to fajnie, a jak go tam włożyć? W sensie jak podnieśli, żeby go nie wkurzyć, i z czego szpatułka do nakładania?

– Może z tego samego... Albo z byle czego, wrzucili potem do środka. No i co z nim zrobili dalej?

– Wywieźli do instytutu badawczego.

– No popatrz, popatrz... – Kręcę głową z niedowierzaniem.

„Wiedźmi kisiel" to chyba najgroźniejsza anomalia Zony, bo zupełnie nie do zatrzymania. „Kisiel" normalnie leży sobie w kałużach, gotuje się w nich bąblami, które podnoszą się i opadają z powrotem, nie szkodzi nikomu, nawet opary nie są trujące. Wystarczy jednak zrobić cokolwiek głupiego – wrzucić coś w niego, kichnąć w pobliżu, nie daj Czarny Stalker wdepnąć – żeby anomalia oszalała. Nagle zaczyna wrzeć i pryskać na wszystkie strony, podnosić się i wydymać, piąć w górę po ścianach... Ano tak, bo przecież o tym jeszcze nie wspominałem – „wiedźmi kisiel" jest lżejszy od powietrza. To znaczy nie do końca tak, to taki skrót myślowy – bąble „kisielu" samoczynnie lecą kawałek ku górze, potem drżą kilkadziesiąt centymetrów nad anomalią i powoli opadają znów do głównej kałuży, więc w jakimś sensie muszą być od powietrza lżejsze, potem się pewnie ochładzają albo coś tam się w nich zmienia... Trudno powiedzieć. W każdym razie jak się „wiedźmi kisiel" podrażni, to cały zaczyna płynąć pod górę, wbrew normalnej grawitacji, więc nagle włazi po ścianach, pełza po sufitach i w ogóle wyczynia przedziwne rzeczy. Potem się uspokaja i osiada poprzednią kałużą albo migruje do nowej... O ile jest komu to potwierdzić, bo „kisiel" przeważnie nie zostawia świadków – sama istota tej anomalii, lekko fosforyzująca zielonkawa glutopodobna maź, jest w ogóle silnie żrąca... Co znaczy „silnie"? Ano, nikt nie wie, bo nikomu nie udało się zmierzyć, jako że „wiedźmi kisiel" rozpuszcza wszystkie mierniki i nawet szklane słoje. Na tyle żrąca, że wszystko, co w niego wpadnie, rozpuszcza się i de facto zamienia w „kisiel".

– I co z nim tam zrobili? – dopytuję się.

– Ano, do *rabolatorium* zabrali na testy. – Stalker spuszcza nogi na ziemię, chwilę gmera pod kanapą, wyciąga i nasuwa na nogi w białych skarpetkach schodzone gumowe klapki marki Kubota. – I testować zaczęli.

– No i...? – dopytuję, już wietrząc pointę opowieści. Swoją drogą, przypomina mi to fragment z jakiejś książki, czytanej w zamierzchłej młodości; pewnie nie tylko ja książki czytam, ale to i tak nie ma znaczenia, skoro *historia magistra vitae* jednak *non est.*

– No i jak otworzyli pojemnik, to im wykipiał. Spalił stół, laborantów i podłogę, zeżarł maszyny i mierniki, wyjarał drzwi, rozlazł się na ściany i zaczął przeżerać piętro. Byłby się uspokoił, ale włączyli zraszacze pożarowe...

– Uuuuu... – Wykrzywiam się fałszywym współczuciem. – Jak bardzo?

– Do cna. – Major wstaje, przeciąga się i rusza ku piwniczce po piwo. – Jak w „Wiestjach" pokazywali na trzecim kanale, to tylko wypalona dziura została, a podobno budynek był na trzy piętra.

– Ot, durny naród. – Pochylam się znów nad mapą. – Słuchaj ty, tam koło Karpiłowki jak przejść?

– A to nie wiem ja, ty u Seby spytaj! – dobiega z betonowego podziemia. – On tam chodzi, tak może i wie...

A Seba nie dalej jak wczoraj wyprawił się z Patykiem na Dziciatki. Jak dobrze pójdzie, to spotkam ich po drodze, a jak nie, to trudno, przecież nie będę czekał, aż wrócą.

– Rudolf, mnie do Zony trzeba. – Wchodzę w chłodny cień warsztatu, gdzie nieoficjalny szef Horno majstruje przy starym telewizorze ze sterczącymi antenkami. Jakoś tak się utarło, że to zawsze mechanik przejmuje na siebie funkcję i handlarza, i lokalnej starszyzny – zdaje się, że to prawda dla każdej stalkerskiej bazy, w jakiej dane mi było być.

– Nu, tak czego czekasz? – Wygląda do mnie zza kineskopu, uśmiecha się zaczepnie. – Droga wolna przecież...

– Ty nie wydurniaj się, Rudolf, a składzik lepiej otwórz. – Poklepuję łysego specnazowca po ramieniu. Równie dobrze mógłbym klepnąć zwój okrętowej liny... albo drzewo. – Zapasów wziąć muszę, a i amunicji zdałoby się. Dziś nocą ruszam.

– Ty daleko? – Wyłącza lutownicę, wyciera ręce w pasiastą *majkę*.

– Wysypisko.

– Uuu, kawał drogi będzie. Kto z tobą idzie?

– Nikt, ja sam.

– Ty co, Miszka, z byka spadł? – Patrzy na mnie pytająco, mocując się z kłódką na drzwiach do magazynku. – Sam jeden na Wysypisko chodzić będziesz?

– Ja zawsze sam. Nie lubię ja partnerów tracić.

– No, prawda, jak człowiek zginie, to sam po sobie nie zapłacze. – Drzwi otwierają się ze zgrzytem, ze środka czuć chłód i zapach wojskowego magazynu, mieszaninę kurzu, towotu, gumy i wosku. – Tobie czego i ile dać?

– Nabojów do śrutówki daj, jak są, to ze dwadzieścia sztuk parabellum dorzuć... granaty jest?

– Dziewięć w dziewiętnaście mam ci ja siedem sztuk, tyle ci dać mogę. Jedna ergiedeszka wolna.

– To daj, też wezmę. I jedzenia na dwa tygodnie.

– Ty co, zdurniał zupełnie? – Rudolf wyłania się z czeluści składziku z naręczem paczek i pudełek. – Wszystkie mutanty po drodze karmić będziesz?

– Składzik zrobię gdzieś, na później zostawię. Ile trzeba, zjem, a resztę schowam.

– Ty na Agroprom pójść chcesz, a? – Bierze się pod boki.

Patrzę mu chwilę w oczy, zawsze uśmiechnięte i zawsze zimne, jak słońce na śniegu.

– Tak. – Nie ma sensu kłamać.

– Był ja raz tam, ledwo wrócił. – Kiwa głową w zadumie. – Tylko popatrzył i wystarczyło, co pod rękę weszło, to zebrał ja, a potem w te dyrdy do siebie. Dziwne tam miejsce, niby pusto i spokojnie, a ludzie giną.

– Drogę muszę sprawdzić, zapasy porobić.

– Jasne. – Stawia na stole karton wojskowych racji. – Przebierz, co chcesz, weź i zrzuć na Wysypisku w helikopterze którymś, tam tło wysokie, to nikt się pchać nie będzie. Tylko antyradu ja tobie nie dam i tabletek witaminowych, bo Chudy jeszcze się podkurować musi... A jedzenia bierz ile wlezie, ja tobie po pół ceny policzę, ale ty weź więcej i dobrze schowaj.

– Ty sam by znów poszedł, co? – Przeglądam pudełeczka i puszki, wybierając co mniej obciążające dla żołądka.

– Nu, może i pójdę. Ty mapę zrób, a jak wrócisz, to spróbuję i ja twoim śladem kiedyś.

– Jeśli wrócę, Rudolf; jeśli.

– Wrócisz, Misz, co masz nie wrócić! – Zabiera pudło. – Wracać do czego jest, nu, ty popatrz sam: u nas wszystko! I żarcie jest, i popić czym, i telewizja będzie zaraz... Tylko babę by się przydało jaką, a?

– Ano... – Zgarniam towar do torby, rzucam na stół plik banknotów. – Dobrej tobie Zony, Rudi.

– I tobie nie chorować!

Rudolf wie, że nie wrócę.

Gdy odchodzę z bazy na Horno, stoi w podcieniu budynku i ćmiąc machorkowego skręta, patrzy w ślad za mną. Znam ten rodzaj spojrzenia, wiem, co myślą sobie ludzie, gdy brat-stalker wychodzi w Zonę, a oni po prostu CZUJĄ, że widzą go po raz ostatni. Nikt nie daje po sobie nic poznać; głos, ruchy, słowa są te same, ale pomiędzy wierszami wibruje niewypowiedziane napięcie.

Nie to, żebym jakoś szczególnie długo tu zabawił – co to jest w końcu, niespełna pięć tygodni. Dokładnie tyle, ile było mi trzeba na zalizanie ran i odzyskanie sił, zdążyłem nieco poznać tutejszą Zonę i dowiedzieć się o kilka w miarę bezpiecznych ścieżek. Dałem radę jako tako nadrobić braki witamin w organizmie, częściowo uzupełnić zapas amunicji... Mimo że gotówki za artefakty przyniesione z głębokiej Zony zgarnąłem całkiem niegłupio, to niestety większość jej zabieram ze sobą w wodoodpornym pakieciku – Rudolf nie zdążył ściągnąć wszystkiego, co chciałem, a ja po prostu nie mogłem czekać dłużej.

Nie po tym, co przydarzyło mi się dwie noce temu.

Śniło mi się, że idę przez bezmiar czarnej, zimnej pustki. Dokoła mnie przesuwały się huczące ciszą cienie, utkane z fragmentów cudzych wspomnień i twarzy ludzi, których nigdy nie widziałem. Od czasu do czasu próbowałem wyciągnąć rękę, aby uchwycić uciekającą w mrok myśl albo wspomnienie, ale wszystko, czego dotknąłem, zamieniało się w popiół, ulatujący szarą chmurą w nicość.

Potem z ciemności wyłoniły się zarysy betonowych pomieszczeń, zacząłem widzieć lampy w żelaznych, kratowych kloszach, wiązki przewodów biegnące po ścianach labiryntów korytarzy. Otwarte drzwi do podziemnych laboratoriów tchnęły w twarz zapachem antyseptyków, martwe komputery odbijały w pustych monitorach moją twarz, której jednak nie byłem w stanie zobaczyć – kontury płynęły i falowały, jakbym miał głowę owiniętą kilkoma warstwami folii... Paliło mnie bólem lewe ramię, na którym śruciny przesuwały się pod skórą, układając się w kolejne trzycyfrowe numery tatuaży.

Popchnąłem drzwi do laboratorium. Sala była zalana światłem lamp bezcieniowych, ale zarazem tonęła w głębokich cieniach, tańczących gdzieś na granicy widoczności. Na samym środku, na żelaznym stole operacyjnym, leżał przywiązany pasami człowiek. Nie musiałem podchodzić, bo i tak wiedziałem, kto to jest – poorane zmarszczkami czoło, szpakowate włosy i okulary w rogowej oprawce. Na stoliku leżała karta pacjenta:

Anatolij Gieorgijewicz Łabodkin.

Powoli, niespiesznie obszedłem dokoła nieruchome ciało. Tyle miesięcy, tyle lat, tyle wieków szukałem go, a teraz jest w zasięgu mojej ręki... Biorę w dłoń leżący na stoliku lancet, staję nad nim, niczym kucharz nad wykwintnym daniem.

Biorę głęboki wdech.

Biorę głęboki wdech.

Stoję w półmroku niedużej salki, pachnącej lekarstwami i odkażaczem. Przede mną w poplamionej, pożółkłej pościeli zwędzonej z jakiegoś ambulatorium leży na polowym łóżku Chudy. Na szafce obok butelka z wodą, bateria buteleczek i listków z pigułkami, gdzieś z tyłu ćmi się pojedyncza żaróweczka.

W ręku ściskam coś twardego.

– Kto?... Rudolf, to ty? – porusza się w łóżku stalker, słowa brzmią niewyraźnie, wyrywając się spomiędzy spękanych warg. Mówił jeszcze dziś, że zęby go kurewsko bolą, ledwo gadać może.

Chcę coś powiedzieć, ale gardło mam ściśnięte jak żelaznymi kleszczami.

– Miszka? – Chudy podnosi się na łokciu, spogląda na mnie oczami bez rzęs, pozbawiona brwi i włosów twarz niezbyt dobrze wyraża emocje, ale musi być zaskoczony. – Misz, ty co? Która godzina?...

– Ja... – wykrztuszam z trudem, chowając rękę za plecy. – Spać nie mógł ja. Pomyślał, zobaczę, jak ty się trzymasz.

– Żyję. – Opada ciężko na poduszkę, zanosi się suchym kaszlem, sięga po wodę. – Ale co to za życie, a?...

– Ty śpij, Chudy. – Odwracam się. – I drzwi zamknij, jak możesz. Coś noc niespokojna dziś.

Wysuwam się na korytarz, wychodzę z lazaretu na dwór, na zimne powietrze nocy. Czuję, jak pot ścieka mi po skroniach i karku, strużka wody leci wzdłuż mokrych pleców. Spocone ręce parują, jakbym wyszedł z sauny. Osuwam się po ścianie na podmurówkę domu, rozwieram zdrętwiałe palce. Nóż z brzękiem upada na beton, odbija się i spada na ziemię.

Chowam twarz w dłoniach. Mam ochotę wyrzucić z siebie emocje, ale nie jestem w stanie zmusić się do płaczu. Trzęsę się jak w febrze, mięśnie palą bólem, gdzieś głęboko w piersiach wzbiera niemy krzyk przerażenia. Odchylam się do tyłu, oddycham głęboko, próbując uspokoić rozszalałe serce.

Muszę stąd odejść.

Wzdragam się na samą myśl o tamtej nocy. Tak bardzo inaczej myśli się, gdy świeci słońce, nawet słońce w Zonie – szare, chłodne, wiecznie zasnute chmurami, a mimo to dające nadzieję... Ale noce stają się dla mnie prawdziwym koszmarem, i to koszmarem na jawie. Dopóki musiałem borykać się wyłącznie z nawiedzającymi mnie snami i chroniczną bezsennością, nadającą całemu życiu otoczkę nierealności i alienacji, to byłem w stanie jako tako sobie z tym poradzić. Ale to?! Już wcześniej przypuszczałem, że mogę lunatykować; ze dwa razy zdarzyło mi się obudzić poza posłaniem, błoto na butach było zbyt świeże. Ile jednak brakowało tym razem, żebym...

Żebym go zabił?

Zamykam oczy, biorę wdech, wstrzymuję powietrze w płucach, powoli wypuszczam.

Tak, miałem taką myśl. Nie wtedy, gdy przez sen wszedłem do pokoiku śpiącego Chudego. Nie wtedy, gdy obudziłem się na stojąco z nożem w ręku. Palące pragnienie pojawiło się chwilę przed tym, jak zmusiłem się, żeby odwrócić się i wyjść, bo wiedziałem, że długo nie dam rady się utrzymać w ryzach. Rudolf patrzył na mnie jak na głupiego, gdy z samego rana zaniosłem mu w depozyt całą moją broń i amunicję – ale wiedziałem, że nie mogę pozwolić samemu sobie nawet na cień szansy zrobienia czegoś straszliwie nieodwracalnego.

Otwieram oczy, lustruję teren przed sobą. Nieco po lewej kręci się „karuzela", kawałek dalej pulsuje sobie w sporym leju „grawikoncentrat”, poza tym pozornie czysto. Spycham na dno świadomości czające się na obrzeżach kory mózgowej myśli, wyrzucam z głowy wszystko, co nie jest potrzebne tu i teraz. Jedyne, co liczy się w tej chwili, to marszruta, na której postawię kolejny krok.

Nie będzie mi łatwo trafić na ślad Patyka i Seby – nie tylko dlatego, że słabo znam tutejszą topografię. Nie chodzi nawet o to, że ruszyli dobre czterdzieści osiem godzin przede mną, więc mogą być teraz dokładnie gdziekolwiek; możliwe jest, że miniemy się o paręset metrów, gdy oni będą już wracać do bazy, a dzielić nas będzie gęsty młodniak albo połać zmutowanej trawy. Nie, akurat to nie będzie problemem.

Problemem jest ten, kto za mną idzie.

Odwracam się, korzystając z tego, że akurat wszedłem w plamę cienia, który powinien nieco rozmyć moją sylwetkę. Akurat teraz nie widzę go, ale nie sądzę, żeby tak po prostu odczepił się i poszedł gdzie indziej. Jeszcze mniej prawdopodobne jest to, że to ja dałem radę go zgubić... Nawet ten młodziak zna tutejsze ścieżki lepiej ode mnie, do tego pewnie idzie moim tropem.

– Hej, Misz, słuchaj...

Podnoszę wzrok znad rozłożonego na żelaznym stole szpeju. Część już udało mi się upchnąć do plecaka albo porozkładać w miarę równomiernie po ładownicach, ale sporo jeszcze leży luzem. Konserwy i żarcie od Rudolfa będę musiał w ogóle nieść w dwóch torbach na ramieniu, bo inaczej nie dam rady przecież... Torbę zawsze można z siebie ściągnąć szybko, zrzucić w trawę i potem wrócić po nią – albo i zostawić w cholerę, jeśli będzie taka konieczność. Ech, kiedyś jakoś dawał radę człowiek na lekko po Zonie chodzić, a teraz wydaje mi się, że z wymarszu na wymarsz coraz więcej na sobie taszczę. A może ja po prostu już za stary jestem? Sprzętu tyle samo, a cięższy się wydaje... Też możliwe. Jak człowiek młodszy był, to i sił miał więcej, bo głupota gnała naprzód. Zupełnie jak jego.

– Czego? – warczę.

– No bo ja... – Robak ma minę kogoś, kto jeszcze chwilę temu doskonale wiedział, co ma powiedzieć, a teraz nagle pogubił się w kartkach scenariusza. – Wychodzisz w Zonę?

– Nie, lecę kopać studnie w Sudanie. – Wracam do pakowania rzeczy. Amunicja dziewięć mili – *czek*. Breneka sztuk sześć – *czek*. Drobny śrut rezerwowo sztuk osiem – *czek*. Wolfram trzy sztuki...

– A którędy idziesz?

Zamykam oczy, zaciskam pięści. Gdybym mógł, to wbiłbym knykcie w blat.

– Nie. – Spoglądam na stojącego przede mną stalkera. – Odpowiedź brzmi: nie.

– Ale...

– Robak, głuchy jesteś? Nie.

– ...?

– Nie idziesz ze mną.

– Ale posłuchaj!... – Skacze za mną, obiega stół, gdy odwracam się i odchodzę, żeby nie powiedzieć albo nie zrobić czegoś strasznego. – Ja drogę znam! Ja wiem, jak przez Karpiłowkę iść. Major mi mówił...

Odwracam się gwałtownie, on prawie wpada na mnie z rozpędu, niemalże wybijając sobie oko o mój nos. Ręka sama sięga do lewego ramienia, palce zaciskają się – na pustce. Nóż w pochwie tkwi przytwierdzony do szelki sprzętu, a całość wisi na żelaznej ławeczce pod ścianą dawnego piętrowego domku. Zamykam oczy, biorę głęboki oddech, staram się uspokoić rozszalałe myśli, stłamsić kłębiące się pod powiekami wizje pełne krwi i poszarpanych wnętrzności, oczu pełnych cierpienia i przerażenia w pustych twarzach, idących za mną chwiejnym krokiem żywych-nieumarłych i ciał na stołach operacyjnych.

– Robak... – szepczę drżącym głosem. – Nie. Ja idę sam, rozumiesz? Sam. Tylko ja. Bez ciebie.

– Misz, weź posłuchaj ty przecież – zaczyna ponownie swoją śpiewkę. – Toż we dwóch raźniej będzie, bezpieczniej. A ja daleko z tobą iść nie chcę, ja tylko ciebie przez Karpiłowkę poprowadzę, i hyc! z powrotem ja. A ty sobie potem dokąd chcesz, nawet i na Radar iść możesz. Albo na Prypeć nawet...

Nie mogłem nie zauważyć drgnięcia głosu przy tym ostatnim zdaniu.

– Ty chcesz, żeby ja tobie drogę do Prypeci pokazał. – Odsuwam go na bok, wracam do stołu z moimi rzeczami. Patrzę na to wszystko chwilę, ale zupełnie nie mogę myśli zebrać. Okręcam się dwa razy dokoła własnej osi, jak pies, co chce się położyć, w końcu siadam ciężko na betonowym ocembrowaniu szamba. Opieram się łokciami o kolana, chowam twarz w dłoniach, próbując wcisnąć sobie palcami oczy w głąb czaszki.

– No... tak ja myślał, że może ty by powiedział mi? – Nie otwieram oczu, ale wiem, że stoi oparty o ścianę obok. Pewnie jeszcze patrzy na mnie z nadzieją.

– Człowieku... Życie tobie niemiłe, a?

– No toż ty przeszedł przecież! – wybucha. – Cały i zdrowy!

– Tak myślisz? – Spoglądam na niego dziko. – Naprawdę? Cały? I zdrowy do tego? A wiesz ty, co Prypeć z ludźmi robi? A skąd ty wiesz, co u mnie w głowie siedzi, a? Skąd wiedzieć tobie, że mi się nocami w Prypeci rozum nie pomieszał?!

Ostatnie zdanie musiałem powiedzieć chyba trochę za głośno. Wykrzyczeć w zasadzie. I nie jestem do końca pewien, kiedy zdążyłem poderwać się i złapać Robaka za fraki.

– Misz, spokojnie ty... spokojnie... – chrypi stalker. Dopiero po chwili orientuję się, że mówi przez zaciśnięte gardło dlatego, że to ja go za to gardło trzymam. – Puść...

W bezsilnej wściekłości odpycham go od siebie, podchodzę do stołu, walę pięścią w blat. Raz, drugi, trzeci. Aż do krwi. Wiem, że Robak patrzy na mnie jak na wariata. Widzę Majora, wyglądającego dyskretnie przez zapyziałe okno. Pewnie obserwuje mnie też skądś Rudolf, zastanawiając się, czy lepiej będzie pozwolić mi odejść, czy też stuknąć mnie tu i teraz.

Lepiej dla niego i dla mnie.

Muszę odejść.

Zbliża się wieczór. Idę przez szarogranatowy przestwór pustej ziemi, starając się trzymać mniej więcej środka przesieki, głębokim pasem wcinającej się w połać zmutowanego lasu. Nie zauważyłem tu co prawda typowej roślinności anomalnej, ale drzewa z całą pewnością nie są też do końca normalne... Jeszcze ze dwieście kroków i będę odbijał na wschód, gdzie według mapy powinny znajdować się jakieś budyneczki.

Tak, miejscowi oferowali się, że powiedzą mi wszystko. Chcieli pokazywać na mapach bezpieczne schronienia, zaznaczać pola anomalii, opowiadać o najbezpieczniejszych marszrutach. Prawie się poszarpałem z Majorem, jak mi na siłę chciał po mojej mapie rysować.

Nie chcę ja cudzej wiedzy. Nie chcę i koniec. Zona nie toleruje brania takich rzeczy na krechę, nie przyjmuje tego, że można coś dostać ot tak, za darmo, nie płacąc. Wiedza jest... jest... no, jak buty jest. Jeśli sam buty kupisz, to ułożą się do twojej nogi; a weźmiesz czyjeś, niby w tym samym rozmiarze – i już niewygodnie będzie. Nie na początku, co to, to nie; najpierw będzie świetnie i przyjemnie, że niby sprawdzone i wypróbowane. A potem się okaże, że nie możesz biec tak szybko, jak byś chciał... i zeżre cię posokowiec. Albo ślepe psy. Albo się potkniesz i w „karuzelę" wpierdolisz. Nie, wiedzę trzeba zdobywać samemu. Choćby i na błędach – bo wolę zrobić błąd na własną odpowiedzialność, niż zginąć przez czyjeś dobre serce. Więc idę po swojemu, po swoich starych mapach.

Las o zmroku jest cichy i ciemny... Na tyle cichy, że aż przystaję na jego skraju i długą chwilę zbieram odwagę, żeby zrobić krok do przodu. Niby wiem, że powinno (zaznaczam: powinno) być go raptem trzysta metrów, a potem łęgi po drugiej stronie - ale tu już Zona, nigdy nie wiadomo, co może czyhać w głębinach zarośli i dokąd zaprowadzą człowieka nogi. Sprawdzam pistolet w kaburze, kciukiem macam bezpiecznik *Zbawiciela*, rzucam mutrę - czysto.

Drzewa ledwo widocznie fosforyzują żywicą przesączającą się pomiędzy płatami kory, poskrzypują z cicha gałęzie w lekkiej, nocnej bryzie. Chrzęszczą i szeleszczą kruche krzewy jaszkłowca, którego gęstwina po lewej lśni poblaskiem światła, załamującego się w kryształach igieł o krawędziach ostrych niczym obsydian. Brakowałoby jeszcze tylko aromatu sosny i świerku... Ale zamiast tego czuć tu butwiejące liście i wilgotną ziemię o zapachu przywodzącym na myśl cmentarz po deszczu. Na chwilę dominującą nutą wybija się lekko mdławy odór śmierci: gdzieś tu musi leżeć jakaś padlina.

Omijam łukiem „tresera", dobrze widocznego w nocnym powietrzu; poszarpane, pokryte naciekami zastygłych soków pnie drzew dokoła świadczą, że anomalia musiała pojawić się tutaj po ostatniej emisji. Widzę już jaśniejsze plamy nieba pomiędzy czarnymi sylwetkami pni - to dobrze, znaczy, że jeszcze się nie zgubiłem i jako tako trzymam azymut. Schodzę ostrożnie na dno głębokiego rowu przecinającego pod kątem las. Nie wygląda to na twór natury ani tym bardziej rąk ludzkich - z jednej strony zbyt równy, biegnie jak sierpem rzucił z lewa na prawo, a z drugiej widać, że drzewa stoją tu poprzekrzywiane, ledwo trzymając się gleby, która jak gdyby po prostu kiedyś usunęła się spod ich korzeni, zostawiając tych nieszczęsnych akrobatów na łaskę i niełaskę wiatru. Wygląda to trochę jak tąpnięcie na terenach postindustrialnych - więc albo gdzieś tam głęboko siedzi potężna anomalia grawitacyjna o nietypowym kształcie... albo biegnie pode mną zawalony teraz podziemny korytarz. Spoglądam w jedną, w drugą stronę. Kto wie, może RU Straholisja nieprzypadkowo powstał właśnie w tym miejscu; może była to po prostu rozbudowa i „uoficjalnienie" czegoś, co już wcześniej działało długie lata na poziomie utajnionym? Podziemny korytarz tak blisko Pogranicza, hm. Muszę zapytać o to kogoś, kto będzie wiedział lepiej.

O ile kogokolwiek takiego jeszcze spotkam.

Ostrożnie, przemieszczając się od drzewa do drzewa i nasłuchując, wychodzę na przecinkę. Drzewa są tu dużo mniejsze, bardziej chuderlawe, przeważają rozkrzewione zarośla i wysoka, ale też rzadka trawa. Po lewej stronie widzę pozostałości zwalonej ścianki, mijam samotny słupek ogrodzeniowy; pod nogami zardzewiała siatka zgrzyta o ukryty pod warstwą zbutwiałych liści beton.

Przykucam, przypadam do ziemi, gdy gdzieś w gęstwinie lasu rozlega się przeraźliwe miauczenie indykota. Dźwięk w pierwszej chwili przywodzi na myśl zupełnie ludzki krzyk bólu, dopiero potem rozciąga się w modulowanym, skrzeczącym wrzasku, żeby urwać się na najwyższym tonie. Chwila ciszy i to samo... Skądś z oddali odpowiada mu podobne zawołanie. Jakieś mutancie gody akurat mają czy co? Jeśli tak, to muszę mieć się jeszcze bardziej na baczności - zwykły ryś ze zwykłej puszczy potrafi być śmiertelnie niebezpieczny, a co dopiero jego napromieniowana wersja rozwojowa z 2006 roku.

Resztki składu paliw ledwo wyglądają spomiędzy gęstwiny krzaków, częściowo zwalone żelazne zadaszenie jakimś cudem trzyma się na jednym jedynym żelaznym słupie, wisząc skosem nad pojedynczym przedpotopowym dystrybutorem. Rzucam przed siebie znacznik, bandaż spadającej już mutry zaczepia się o jakąś gałązkę – do tego miejsca czysto. Powoli, nie spiesząc się, idę krok za krokiem wyznaczoną trasą, rozglądając się dokoła. Wiatr uspokoił się, więc żaden dźwięk nie mąci ciszy wczesnej nocy.

Dochodzę do bocznej ściany budyneczku stacji, wsłuchuję się w dzwoniącą w uszach ciszę we wnętrzu. Nie ma co próbować nawet zaglądać przez wybite okna, i tak jest za ciemno, a latarki nie będę palić. Znajduję żelazną drabinkę prowadzącą na dach, wspinam się po śliskich, pordzewiałych klamrach na górę. Dłuższą chwilę staram się wypatrzeć cokolwiek więcej w otaczającej mnie ciemności, ale równie dobrze mógłbym próbować na dotyk zgadnąć kolor dachu, na którym klęczę. Widzę tylko otaczającą mnie z dwóch stron ścianę lasu, zarys rumowiska daszku... Za budynkiem z ziemi sterczą jakieś rury, za nimi chyba zapadlisko, być może zarwana podziemna cysterna – trudno powiedzieć, widać tylko ziejącą dziurę. Nieistotne.

Układam się w rogu daszku, okrywam pałatką na wypadek, gdyby w nocy miało padać. *Zbawiciel* pod ręką, śpię w pełnym sprzęcie – nie będzie wygodnie, ale trzeba zachować ostrożność na nieznanej ziemi.

Zamykam oczy, układam głowę na przedramieniu.

Duszę się.

Nie jestem w stanie zaczerpnąć tchu, nie mogę nabrać powietrza. Twarz zakrywa mi jakaś aparatura, czuję rury wchodzące mi przez nos i usta, ale nie dochodzi nimi tlen. Rzucam się w gęstej substancji wypełniającej szklaną kadź, uderzam kolanami i łokciami o pancerne szkło, które głucho rezonuje echem.

Widzę nad sobą twarz bez wyrazu, oczy za szkłami okularów patrzą zimno na moje cierpienia. Ręce jak żelazne kleszcze trzymają mnie za gardło, zakrywają twarz. Chcę krzyknąć, ale nie mogę nabrać tchu.

Łabodkin uśmiecha się sardonicznie, coś mówi.

Duszę się.

– Misz!

Duszę się, rzucam, nie mogąc złapać powietrza...

– Misz! Misz, spokojnie, to ja...

Widzę nad sobą twarz Robaka. Rzucam się jeszcze raz i drugi, ale ramiona mam przyciśnięte do ziemi jego kolanami. Obydwoma rękami zakrywa mi usta, żebym nie wrzeszczał.

– Misz! – Nachyla się nade mną, syczy przenikliwym szeptem. – Miszka, do kurwy nędzy! Uspokój się, głupi!...

Oddycham ciężko przez nos, uspokajam się powoli. Kiwam głową, ale Robak nie zabiera zatykającej mi usta ręki.

– Miszka, durak ty!... Ciebie co podkusiło tu łazić, a? – mówi do mnie, ale spogląda gdzie indziej, jakby wypatrując czegoś w otaczających budyneczek zaroślach. Robi mi się nagle zimno, bo uświadamiam sobie, że Robak ani razu nie podniósł głosu ponad teatralny szept. – Ty już, a?

Kiwam głową, on powoli zabiera rękę.

– Ty suko bura, ty kurwo z Polski jedna... – syczy Robak, złażąc ze mnie. – Ty jeden głupi, a ja drugi... I po co ja lazł za tobą, a? Po jaki chuj szedł ja za tobą, ścierwo ty radioaktywne, w pizdu się ładował, żeby uratować *abrieczionnowo...*

Tego słowa nie znam akurat, ale to nieistotne. Znaczenia się domyślam po intonacji.

– Robak... co jest? – Podnoszę się do pozycji siedzącej, wyciągam rękę po *Zbawiciela*. – Co tu?...

– Ćśśś... – Kładzie palec na ustach, widzę w półmroku przedświtu, że jest naprawdę przerażony. – Cicho, kurwa mać!... Jak najniżej głowa, na czworakach najlepiej!... I za mną, palancie niemyty, za mną dawaj!...

W jakiejkolwiek innej sytuacji bez wahania zamalowałbym mu w ryj za takie odzywki. Nawet za samą „kurwę z Polski" bym zęby wybił... Ale coś mi mówi, że to nie pora na unoszenie się narodową dumą. Pełznę na czterech za Robakiem, który co i rusz przystaje, nasłuchuje, widzę, że palec drży mu na spuście pistoletu, którego najwyraźniej nie chce schować do kabury. Nastrój paranoi i zagrożenia udziela się też mnie, rozglądam się i wypatruję oczy w mrok. Robak jako pierwszy spuszcza nogi na drabinkę, chwyta się klamry...

– Ha......... – Robak nagle znika jak zdmuchnięty. Jakby coś ściągnęło go w dół. Wciąż widzę tylko przerażoną twarz i szeroko rozwarte oczy...

Powoli, nieskończenie powoli przesuwam się ku skrajowi dachu, wodząc lufą strzelby z lewa na prawo. Fak, fak, fakkk... Dochodzę do drabinki, wyglądam za krawędź...

...i widzę Robaka, który właśnie zeskakuje na ziemię, ściąga z pleców karabin i wychyla się za róg. Biała, poranna mgła snuje się pasmami, tłumiąc dźwięki kroków stalkera. Robak rozgląda się, patrzy na drabinkę, na mnie, robi ponaglający gest: „no chodźżeż!".

Obserwuję go krótką chwilę, ale gdy raz jeszcze podnosi na mnie oczy i rozkłada ręce, kręcąc z dezaprobatą głową, upewniam się, że to nie żaden majak ani iluzja. Przekładam nogi, schodzę na dół, Robak ruchem ręki daje mi znać: tędy, dziesięć kroków, on zamyka. Kiwam głową, ruszam jako pierwszy wskazanym azymutem.

Odchodzimy od stacji paliw spory kawałek, kierując się na otwarte pola po prawej stronie; wiem, że moje zadanie to prowadzić, ale nie mogę powstrzymać się, żeby się nie obejrzeć na stalkera, który bezustannie zerka przez ramię ku niknącym we mgle budyneczkom. Wciąż przerażony...

– Misz! – woła mnie w końcu. Odwracam się, Robak podchodzi bliżej i szeroko, z zamachu wali mnie w mordę.

Och ty, ma facet parę w ręku. A z pozoru taki chudy... ale wysoki za to. Otrząsam się na klęczkach, wycieram krew z rozharatanej wargi, pociągam nosem. Patrzę na niego chwilę, potem wstaję, poprawiam sprzęt.

– Ty co, ochujał w ogóle? – głos ma niby spokojny, ale ewidentnie powstrzymuje się, żeby nie krzyczeć; prawie że czuję, jak gotuje się ze złości. – Popierdoliło cię, weteranie jeden drugobrzeżny? Ty myślisz, suko, że co, jak ty w Zonie od dziesiątego roku, to już wszystko wiesz ty, a? A u was jak powie ktoś „za mną!" – to co, kurwa? Siedzisz i się gapisz na niego, a?

– Ty mi powiedz lepiej, co to na drabince tam miało być. – Spluwam krwawą flegmą, sprawdzam, czy mi szczęki nie wybił. – A to ja prawie ze strachu zesrał się...

– Poślizłem się ja – krzywi się Robak, chyba cokolwiek zażenowany. – Co, nie wolno...

– Wszystko wolno. – Wzruszam ramionami. – Tylko jak chodzić po drabince nie umiesz, to w ryj mnie za to nie bij, a? Ja myślał, że cię zeżarło coś.

– Ot, głupi – kręci głową Robak. – Tam nie zżera.

Patrzę za nim, gdy wysuwa się na prowadzenie. Wzdycham ciężko, ruszam po jego śladzie.

Idziemy.

– Robak.

– A?

– Co tam na tej stacji paliw jest?

– Nie pytaj, Misz. – Zatrzymuje się. – Nieważne. Jest, i tyle. Ty dużo szczęścia miał, że nocą podszedł... A jeszcze więcej, że ja zdążył za tobą.

– A ty czego za mną polazł, a? – Przekrzywiam głowę pytająco. – Na co ja tobie zdał się?

– Nu, z początku to tylko, żeby ty mi drogę na Prypeć pokazał – uśmiecha się Robak. – A potem, jak zorientował się ja, że ty na paliwówkę idziesz, to żeby uratować... Albo dobić.

– Mhm. A teraz?

– A teraz ty na Karpiłowkę idziesz, nie? To i ja tak samo. Powiem ci, jak przejść, a ty mi powiesz o Prypeci.

– Interesowny z ciebie zwierzak, Robak.

– Za to życie ja uratował tobie. Dobry interes chyba, a?

– A resztę wydajesz drobnymi?

– *Paszoł ty na chuj.*

Idziemy przez las, omijając wykroty i zwalone drzewa. Robak prowadzi sobie tylko znanymi ścieżkami, kluczy i halsuje, skręca od czasu do czasu i nadkłada drogi, żeby posprawdzać anomalie, które mogły od ostatniej emisji coś jeszcze z siebie wypluć.

Naprawdę czuję się tutaj, na Drugim Brzegu, dziwnie. Cała sytuacja jest... nierzeczywista. Już po raz drugi idę tu z kimś – za kimś! – i to wdzięczny za uratowanie mi tyłka. Oczywiście, istnieje też możliwość, że nic tak naprawdę mi nie groziło, a Robak po prostu wciskał mi kit, żeby wydębić ode mnie szlak na Prypeć. Zawsze istnieje taka możliwość – tak samo jak prawdopodobne jest, że to wszystko tylko nam się śni albo że leżymy w śpiączce podłączeni pod aparaturę na OIOM-ie i mózg tworzy nam te obrazy, żeby nie oszaleć. Albo już oszaleliśmy. Oczywiście, że może być i tak... Ale ja nie mam zamiaru ryzykować sprawdzania, więc Robakowi wierzę.

Na tyle, na ile potrafię.

– Miszka, towarzystwo mamy – odwraca się do mnie stalker.

Przyklękam na jedno kolano, jednocześnie odwracając się i podnosząc lufę *Zbawiciela*, muszka i szczerbinka od razu układają się w równą linię. Tamte krzaki po lewej zdają się dość dobrym punktem ogniowym; pamiętam, że mijaliśmy rów melioracyjny, można by się nim przekraść, a potem...

– Misz! Co jest? – syczy z tyłu Robak, który też rymsnął jak długi w trawę. – Co tam?

– Te krzaki chyba – odpowiadam półgębkiem. – Pilnuj przodu, co do mnie leziesz tu!

– A ty widział coś?

Mrugam oczami, opuszczam strzelbę. Oglądam się na Robaka, pełznącego przez mokrą trawę.

– Sam żeś mówił przecież, że towarzystwo mamy...

– Polaczku ty zasrany jeden... – Robak przyciska twarz do ziemi, kilkukrotnie uderza czołem o grunt, zaciska ręce.

– No co? Co znowu, a?

– Nie no, Misza, to ja z tobą naprawdę zajebię się. – Robak się podnosi, utyrmolony i mokry, otrzepuje kurtkę i spodnie z brudu. – Się wezmę i się zajebię.

– Co? – Rozkładam bezradnie ręce, chociaż już chce mi się śmiać, bo czuję, że wiem, co zaszło.

– Co ja powiedział, a? Powiedział ja: „towarzystwo mamy", tak, kurwa mać? Nu, a ty co? Na ziemię i broń w gotowości...

– Dobra, mów ty, o co chodziło tobie. – Macham ręką. – Co za towarzystwo?

– PDA kontakt złapał... – krzywi się Robak, wyciąga z kieszeni komputerek, puka we włącznik ekranu. – No, zapalaj się, złomie jeden... O, jest. Seba i Patyk są.

– Działa? Tak w Zonie?

– Nu, co ma nie działać? – Stuka palcami w klawisze. – Bezpośrednio się łączy jeden do drugiego, po radiowych falach którychś tam. Nie dalej jak kilometr będzie... Pewnie na Dziciatkach siedzą, zaraz dopytam. Jakby co, to pójdziemy i my.

Wzdycham ciężko. Nocleg zapowiada się jak w akademiku normalnie.

Siedzimy wieczorem we czterech na dawnym punkcie kontrolnym KPP Dziciatki. Paskudna, ceglano-betonowa konstrukcja z przełomu tysiącleci, na zewnątrz opierdzielona białą, łuszczącą się teraz farbą emulsyjną, od środka wyłożona drewnianym sidingiem z nieśmiertelnym linoleum na podłodze... Jedyna zaleta tego budynku to prowadzące na pięterko żelazne schodki z kratki, po których przynajmniej czworonogi powinny bać się włazić. Wyglądam przez zakurzoną, trzaśniętą szybę okna – po drugiej stronie jakiś budyneczek z paskudnie geometrycznym spadzistym daszkiem z blachodachówki, dalej komórki, garaże... po prawej placyk dla oczekujących na wjazd do Strefy debili, na którym po dziś dzień stoją dwa samochody o szybach pokrytych od środka burymi bryzgami krwi. Ciemne okna domów, wyziębione kominy, zarośnięte trawniki.

– ...a on mu na to: „Taki stary, a jeszcze w Życzeniospełniacz wierzysz!" – ha, ha, ha!

Oglądam się na kompanów, zaśmiewających się z jakiegoś żartu, którego początek zupełnie mi umknął. Butelka krąży już jakiś czas, ja też czuję w głowie przyjemny szum procentów, podobno skutecznie zwalczających radiację. Patrzę po kolei na każdego z nich: chudy jak szczapa Patyk, żylasty, długoręki Robak i okrągły, jowialny Seba. Galeria bohaterów, jak u Norblina normalnie... Niegolone policzki, twarze osmagane wiatrem, wiecznie brudne ręce, znoszone, pocerowane stalkerskie łachy. Ciekawe, jak oni widzą mnie?...

– Miszka, a nu dawaj ty bliżej, a? – wyciąga do mnie flaszkę Patyk. – Za spotkanie w Zonie! Rozpijem do końca, a potem dopiero kto spać, a kto na wartę...

Uśmiecham się z przymusem, odbieram „połówkę", pociągam łyk. Nie mam ochoty na nocleg w czyimkolwiek towarzystwie, ale w końcu na tyle dokładnie wyłożyli mi drogę dalej... Odmówić nie wypada, a przyznać muszę, po raz pierwszy od bardzo długiego czasu poczułem się dziś prawie że wyluzowany. Jest tak... tak naturalnie bardzo. Jak dawno temu na Jołczy, jeszcze zanim Czarny Stalker zaczął po kolei zabierać znane twarze.

– Misz, weź no ty coś opowiedz, a to stanął ty tam i gapisz się przez okno, jakby nie wiadomo co widział! Nu, dawaj! O polskich babach opowiedz coś! – Robak szturcha siedzącego obok Sebę w bok, nachyla się do niego, śmiejąc się w twarz.

– Fuuu, Robal, weź ty miętówkę jaką albo co... – Seba odchyla się do tyłu, krzywi z obrzydzeniem i macha ręką przed sobą. – No jak zwykle no, wypił ćwiartkę i normalnie oddech wymarłych światów.

– Nie znam ja żartów. – Siadam obok Seby.

Miejsca jest pełno, cała podłoga wolna, a mimo to stalker odruchowo posuwa się kawałek; pewnie nawyk wyniesiony jeszcze z Dużej Ziemi, gdzie podobno „tłustym pierdunem" go koledzy z pracy przezywali. Sewastian Wiktorowicz – bo tak się wtedy rzekomo nazywał – znosił to spokojnie przez kilka lat, aż pewnej nocnej zmiany zastrzelił trzech strażników, z którymi miał akurat służbę, i poszedł do Zony. Nie wiem, ile w tym prawdy, ale nie wygląda to na zmyśloną historyjkę, szczególnie że sam Seba opowiedział mi ją przy pierwszym spotkaniu, wciąż ściskając podaną mu na przywitanie rękę. Poza tym jest w stu procentach normalny – lekko przy kości, uśmiechnięty facet, pomocny, sympatyczny, nie chojraczy, nie przeklina. Raz w życiu wypuścił parę i w zupełności mu wystarczyło... Sam bym tak chciał, a zamiast tego gotuję się w środku i tylko pokrywka mi lata.

– Ja nie od kawałów jestem – powtarzam, zagryzając suchara z resztką podgrzanej na suchym spirytusie wojskowej racji. – A i na babach się nie znam. Była taka jedna...

Towarzysze nastawiają uszu, spoglądają na mnie wyczekująco. Scenka rodzajowa jak ze starego obrazu... Podniesiony do ust kęs chleba, wstrzymana w pół ruchu butelka, zastygła ręka z nabitym na bagnet kawałkiem tuszonki. Zamykam oczy, kręcę głową, strząsając czar.

– Była. Dawno temu, po tamtej stronie. Kto pierwszą wartę bierze?

– Ty czeho, Misz? – patrzy na mnie ze zdziwieniem Patyk. – Noc jeszcze dłuha, pohadać nam, a ty już spać wysyłasz?

– Jak chcecie. – Wzruszam ramionami. – Ja spać idę, mogę drugą wartę wziąć.

Patrzą na mnie, gdy rozkładam śpiwór, moszczę głowę na plecaku. Leżę z otwartymi oczami, patrząc w ścianę, słucham dzwoniącej w uszach, niezręcznej ciszy. W końcu któryś porusza się, brzęka puszką, inny odchrząkuje, trzeci przeciąga: „Nu, taaak...". Do wtóru cichych rozmów zapadam w ciemną otchłań sennego niebytu.

Idę, poruszając nie swoimi nogami. Spopielony przemieszcza się niezdarnie, jego ruchy są nerwowe, szarpane, bo umysł jeszcze wciąż próbuje walczyć z moją kontrolą. Pociągam siłą woli za ścięgna jego palca, który zgina się na spuście – seria z karabinu kosi uciekającego człowieka, rzuca nim o ziemię niczym tłumokiem starych szmat. Jedno, drugie szarpnięcie ciałem – kule rwą powolną mi skorupę, orząc krwawe dziury w tkankach i prując naczynia krwionośne. Szybko przezwajam połączenia nerwowe, odcinam ośrodki bólu, spowalniam serce, odwracam mojego wojownika w kierunku, z którego padły strzały. Wysyłam falę swojej woli ku temu, który wychylił się zza rogu – nie na tyle silną, by przejąć jego umysł, ale wystarczającą, by zatoczył się jak pijany, prosto pod lufę mojego-niemojego karabinu. Szarpnięcie odrzutu, kolejna kukła z podciętymi sznurkami osuwa się na ziemię, próbując zatamować krwawienie z przestrzelonej jamy brzusznej. Odwracam się, szukając trzeciego, który ukrywał się gdzieś za hałdą betonowych płyt. Potrójne widzenie – moje i dwóch Spopielonych – utrudnia i ułatwia zarazem orientację w terenie, wizje nakładają się i przenikają nawzajem... Któraś z par oczu widzi ruch – pociągnięcie za spust, huk, szarpnięcie...

Pociągnięcie za spust, huk, szarpnięcie.

Mrugam oczami, niepewny, co się dzieje. Dokoła jest w zasadzie zupełnie ciemno, poblask gwiazd i księżyca ledwo wyciąga z mroku kontury świata dokoła, spowite teraz przez chmurę sinobiałego dymu. Patrzę zaskoczony na trzymaną w rękach dymiącą strzelbę, rozglądam się...

– Tam jest! – okrzyk niemalże zlewa się w jedno z serią z karabinu. Nurkuję instynktownie, gdy pociski uderzają głucho i rykoszetują od betonowego profilu, odczołguję się na bok przez mokrą trawę, szarpaną pociskami z drugiego kałasza, który odezwał się nieco z boku. Czekam, aż palba ustanie, chwilę słucham zapadłej nagle ciszy, podrywam się i rzucam biegiem w bok, po drodze dając dwa razy ognia w kierunku, gdzie widziałem błysk płomienia wylotowego. Krzyk przestrachu – może wściekłości? – i ponowna kanonada, wpadam za róg jakiegoś domu, kule tłuką szyby i masakrują meble w porzuconym wnętrzu.

Faaaaakk!

Co jest, co jest?! Myśli kłębią mi się huraganem w głowie, gdy wpadam między komórki, przeskakuję przez niewysoki płotek, przypadam do ziemi, gdy znów zaczyna grać karabin – ale tym razem ogień skierowany nie jest na mnie, kule gwiżdżą gdzie indziej, musiałem chwilowo ich zgubić... Ale kogo?! Kto do mnie strzela...?!

Nagle światło latarki zalewa podwórko, przez które się przekradam. Świecą skądś z daleka i z góry, ale wystarczy – huk wystrzałów i bitej eternitowej dachówki gdzieś obok, szczupakiem wpadam za stojący w rogu samochód, jakaś kula przebija z głuchym brzękiem dach i tłucze szybę, zasypując mnie deszczem szklanych odłamków.

Co jest, do kurwy nędzy?!

Czołgam się do pobliskiej szopy, zapach zbutwiałego siana i kurzu aż zatyka... W środku zupełnie ciemno, nawet księżyc nie świeci przez dziury w dachu. Chyba pierwszy raz jestem w szopie, w której nie ma dziur w dachu. Zwalniam kroku, staję; jednak nawyki silniejsze. Gmeram w ładownicy, wyciągam mutrę –

– *mam na sobie pełny sprzęt. Szelki, ładownice, maska, plecak. Znalazłem się nie wiem jak, nie wiem kiedy, w kompletnym wyposażeniu na dworze, w środku strzelaniny. A najgorsze jest to, że mam niejasne podejrzenia co do tego, kto zaczął...*

Rzucam mutrę, słyszę, jak odbija się od klepiska, więc idę na czuja. Jeśli coś wisi tu w powietrzu, to...

Nie wisi. Wyślizguję się przez uchylone drzwiczki, chowam w zarośla. Znowu ktoś zapala latarkę, omiata zabudowania.

– Tam był! – słyszę głos zza piętrowego domku. Robak. – Dawaj, cztery-dwa i potem kółko!

Ot, zasrańcy. Jakieś swoje sikretne kody będą uskuteczniać.

Przekradam się za ogrodzeniem z prefabrykatów, przechodzę przez sień i wynurzam się kuchennymi drzwiami, wchodzę w zarośnięty ogród na tyłach domu. Po lewej drży powietrze nad „żarnikiem", „żrący puch" otula gęstą warstwą gałęzie zdziczałych jabłoni. Zadzieram głowę, spoglądam w rozgwieżdżone niebo. Cholera, piękna noc... Czyste powietrze takie, świeże, aż się żyć chce. A tu głupia śmierć za rogiem.

Przesuwam się wzdłuż ściany budynku, krótkimi przebieżkami dopadam do asfaltowego chodnika. Gdzieś w oddali ujadają ślepe psy... albo i nie one, przecież miało ich na tym brzegu nie być. Przeskakuję przez betonową barykadę, znowu widzę, że ktoś świeci latarką z piętra KPP. Prześlizguję się za zardzewiałą skrzynią kunga, przysiadam za terenówką na sflaczałych oponach, myślę, co zrobić...

...i wtedy słyszę ruch. Zaraz obok, przy ścianie posterunku. Ostrożne, miarowe kroki. Podnoszę do ramienia *Zbawiciela*, naciskam przycisk latarki.

Żarnik wycina z mroku krąg oślepiającego światła, w którym widzę Patyka. Zamarłego w pół kroku, znieruchomiałego, z odwróconą do mnie twarzą zastygłą w wyrazie idiotycznego przerażenia. Jak siedzący nocą na środku szosy zajączek w światłach osiemnastokołowej ciężarówki. Odruchowy skurcz palca... ale nie strzelam.

– Patyk – głos mam nieswój, jakby mówił kto inny. – Patyk, ręka ze spustu.

Stalker mruży oczy, pochyla głowę, ale odsuwa dłoń od chwytu.

– Wypnij magazynek. Nabój wyrepetuj, kałasza w trawę rzuć.

Powolnymi ruchami, jak skazaniec na chwilę przed egzekucją, odpina i upuszcza magazynek, pociąga za rączkę zamka. Błyszczącym łukiem wylatuje z komory nabojowej i ginie w ciemnościach Zony jego ostatnia nadzieja; karabin ze szczękiem upada na ziemię.

– I co, zastrzelisz mnie? – ponuro pyta Patyk. – Jak Sebę?

– Sebę? – Robi mi się zimno.

– Pytasz jeszcze? – Krzywi się. – Kto ho wie, może zipie jeszcze. Szkoda, że cię nie trafił...

– Patyk, posłuchaj mnie. – Kręci mi się w głowie, nogi mam jak z waty. – Ja... Nie chciałem ja. Nie wiem ja, co stało się. Nie pamiętam.

Stoimy naprzeciwko siebie – on bez broni, ja trzymam go na muszce. Gdzieś pomiędzy budynkami dokoła przekrada się jego towarzysz.

– Misz... – Kiwa głową, wyciąga rękę. – Oddaj broń, Misz. Będzie dobrze, ułoży się. Oddaj broń.

– Nie. Nie mogę. Ja iść muszę, Patyk... Muszę.

Nie może mnie widzieć pod światło, ale patrzy mi prosto w oczy.

– Muszę iść, Patyk. Jeśli Seba żyje, to... przeproś go ode mnie. A jeśli nie... – łamie mi się głos. – To powiedz, co chcesz. Ale ja muszę iść.

– Dobrej Zony, Misza. Powodzenia.

– I tobie nie chorować.

Wycofuję, się nie spuszczając go z oka, gaszę latarkę. Pochłania mnie mrok.

Allah akbar

Okolice sioła Pieski, kilka dni później

Kiedyś były tu pola uprawne. Ziemia do dziś jeszcze nie zarosła do końca, tylko niskie drzewka i krzewy powysiewały się młodymi pędami pośród równiutkich skib, które pozostały po wiosennej orce kwietnia zero szóstego roku. Równe pasy zagonów, zadbane obejścia gospodarstw, stojące przy stodołach traktory gotowe do wyjazdu w pole... I tkwiący pośrodku wielkiej pustki pomiędzy lasem i domami wypalony wrak skorupy T-80. Ogromny czołg z zerwaną gąsienicą wygląda zupełnie surrealistycznie w otoczeniu tego nieziemskiego spokoju martwej przestrzeni, taki milczący i zimny pośród morza zielonej trawy. Nie mam pojęcia, ani dlaczego, ani jak dał radę się tu zapuścić – jechał chyba od południa, po drodze staranowawszy i rozwłóczywszy róg drewnianego domku we wsi. Chyba też strzelał w kierunku zabudowań – wlazłszy na pordzewiałą wieżę, widzę dwa wyrwane w równym polu kratery po odłamkowych. Cały pancerz zasypany jest poza tym popalonymi łuskami od broni wszelkiego kalibru; czubkiem buta potrącam magazynek od pistoletu, który z metalicznym brzękiem zsuwa się do wnętrza przedziału bojowego przez otwarty właz. Skoro amunicja nie eksplodowała, to znaczy, że wywalili cały zapas. Stracili gąsienicę w anomalii, zakopali się, może strzelali tu już ostatnią rezerwą, potem powstał jakiś pożar, dowódca podjął decyzję o opuszczeniu unieruchomionego żelaznego cielska. Ostrzeliwali się, wychodząc; woleli strzelać z pancerza płonącego czołgu, niż schodzić na ziemię. Czy udało im się przetrwać? Czy poginęli w anomaliach albo pod łapami, kłami i pazurami mutantów? A może do dziś szwendają się po Zonie?

Nigdy się nie dowiem.

Wyciągam lornetkę, przysiadam na włazie dowódcy i powoli, metodycznie lustruję całą okolicę. Mam stąd jakieś półtora-dwa kilometry widoczności, dobre miejsce... Nie spiesząc się w najmniejszym stopniu, lustruję uważnie każdy kawałek landszaftu, szczególnie długo wgapiając się w leżącą nierównymi pasami trawę i przecinki pomiędzy drzewami. Sfora czarnobylców wyłania się z niskiego zagajnika, długimi susami pokonując otwartą przestrzeń do zarośniętego rowu melioracyjnego, jako ostatni pokazuje się burobiały psionik. No tak, sprytny przywódca nigdy nie pcha się na pierwszą linię ognia. Stado zapada w ścianę zieleni i już więcej ich nie widzę – dalekawo były, ale pamiętać trzeba. Tam z kolei widzę kręcący się w „karuzeli" artefakt, pewnie „krewkamień" albo „wywich", ale też nie to mnie zajmuje, nie tego szukam przez szkła lornetki. Czego jeszcze, zapytacie, miałby bać się stalker, jak nie mutantów ani anomalii?

Ludzi.

Otóż dziś nocą widziałem gdzieś w tej okolicy ogień. Nie płomień „żarnika", nie „błądzący ognik", a normalne ognisko, takie, jak palą na postoju stalkerzy. Tyle tylko, że stalker nigdy nie zapaliłby ogniska w takim miejscu, by było je widać z daleka... A już na pewno nie paliłoby go tych trzech stalkerów, którzy mogą kręcić się w pobliżu, czyli Patyk, Seba i Robak – szczególnie dlatego, że oni na pewno zawrócili już na Horno. Chyba że idą za mną... Ale mam nadzieję, że nie, tym bardziej, że ogień widziałem przed sobą. Oczywiście, jest ryzyko, że chcą przeciąć mi trasę, bo wiedzą, którędy mogę iść – ale właśnie dlatego szedłem dużym łukiem, przedzierając się o własnych siłach przez anomalie i pozalewane rowy melioracyjne. Noce zbyt ciepłe na ogień, jedzenia mają ze sobą dość, a Seba... Cholera, no właśnie – Seba. Sprawdziłem potem – miałem wtedy załadowany drobny śrut, mam nadzieję, że się facet wylizał. Patrzcie, jaka złośliwość Zony – taki ostrożny, zapobiegliwy stalker, woli na zimne dmuchać, podobnie jak ja latarek nie lubi i do anomalii nawet nie podchodzi, ostrożnością kompensując słaby wzrok i chroniczną nadwagę, wodę filtruje po dwa razy i tabletek żre całe garście, słowem – pełne behape i dju dilidżens. I taki był ostrożny, a postrzelił go przygodny Polak na spokojnym postoju. Nie, to nie oni. Ogień palił tu kto

inny, ktoś, kto nie czuje się na tym terenie dość pewnie, a mimo to lubi okazywać siłę...

Co w zasadzie sprowadza się do bandytów.

Wzdycham ciężko, chowam lornetkę, zakładam na siebie rzeczy, zapinam szelki, sprawdzam bezpiecznik *Zbawiciela*... pora ruszać dalej.

Do mostku przez rzeczkę Wiereśnię podchodzę ostrożnie, skradając się od domku do domku, chowając za rozłożystymi krzakami bzu i wyglądając pomiędzy deseczkami omszałych drewnianych płotków. Cisza i bezruch działają na nerwy, tylko pobliska „elektra" syczy i trzeszczy wyładowaniami, tylko wiatr porusza czasem liśćmi na drzewach, których przynależności gatunkowej nie odważyłby się teraz określać żaden botanik. Po prawej do wsi podeszły zarośla zmutowanego barszczu Sosnowskiego, więc tam się nie będę pchał, muszę przejść środkiem, przez dom... Gramolę się przez wybite okno, starając się nie stąpać po zaściełających posadzkę kawałkach szkła, przechodzę przez środek czyjegoś salonu, wyglądam na korytarz. Czysto. Obciągnięty zetlałą pergaminową skórą szkielet szczerzy zęby z podłogi sypialni, na szczęście zaciągnięte ciężkie story nie wpuszczają dużo światła, więc nie widzę szczegółów, przechodzę na drugą stronę wąskiego korytarza, trzymając się z daleka od fosforyzującego grzyba boazerii na ścianach. Drzwi wciąż zamknięte na zamek, więc najciszej jak się da otwieram zasuwę i wychodzę na zewnątrz. Rzucam jedną mutrę i drugą, wymijam podejrzaną plamę na podwórku i przesuwam się wzdłuż ściany komórek, przechodzę ponad resztkami zwalonego ogrodzenia, zapadam w krzakach wzdłuż dawnej miedzy.

Pusto. Chowam lornetkę, podnoszę się i krótkimi odcinkami - od mutry do mutry, od przykucnięcia do przykucnięcia - pokonuję otwartą przestrzeń byłych pól uprawnych, schodzących ledwo wyczuwalnym obniżeniem terenu ku rzeczce. Kępa krzaków, znowu lornetka, sprawdzam najpierw tyły, potem drogę przed sobą... niby spokój, ale wiem, że to tylko wrażenie.

Nieduży, betonowy mostek przerzucony nad zarośniętą rzęsą i szuwarami Wiereśnią ucierpiał nieco w trakcie którejś z emisji - wyrwany, przeżuty i wypluty kęs zbrojonego betonu to pewnie robota „wyżymaczki", ale bardziej od konstrukcji mostu zajmuje mnie leżący na jego środku w kałuży burej krwi mutant. Słyszałem strzały już jakiś czas temu, stąd właśnie moja ostrożność na podejściu - chciałoby się powiedzieć „nadmierna", ale w Zonie ostrożność się nie stopniuje, a jedynym słowem, z jakim tworzy związki frazeologiczne, jest przymiotnik „zbawienna". Ktokolwiek zastrzelił snorka, zrobił to fachowo i oszczędnie - strzelali tu pojedynczymi, nie marnując bez sensu amunicji, ale jeszcze bardziej zajmujące jest to, że strzelców było co najmniej dwóch, może trzech nawet... Dość wyraźnie było to słychać, podchodziłem właśnie do Karpiłowki, gdy rozległy się pierwsze strzały. Podnoszę leżącą na betonie łuskę - pod palcami zdaje się jeszcze ciepła, wciąż wyraźny zapach prochu drażni nozdrza. Brak oznaczeń na denku to jedno, ale kaliber nie do pomylenia - długość gilzy znajoma, łatwo to za kałacha wziąć, ale zbyt szeroka gardziel szyjki na ten kaliber. Taaak, dziewięć na trzydzieści dziewięć mili... Piękny nabój, takie SP-5, szesnastogramowa półpłaszczowa kula z przemieszczonym środkiem ciężkości dosłownie wyrywa z butów jeszcze na dwustu metrach, oddając całe swoje sześćset dżuli energii kinetycznej i gwarantując, że do człowieka dwa razy nie trzeba strzelać – to znaczy o ile ma się takiej amunicji więcej niż kilka sztuk. A to przecież towar ścisłego zarachowania, do Zony nie przesącza się nawet w najmniejszych ilościach. Mimo że każdy marzyłby o wintorezie z drewnianą kolbą o wyraźnym rysunku słojów, to co komu po takiej zabawce, jak w magazynku pusto? Niestety, obawiam się, że to nie bandyci strzelali na tym mostku.

Wojsko.

Przyklękam za betonową barierką, po raz kolejny wyciągam lornetkę i patrzę na leżące wzdłuż zapuszczonej drogi zabudowania Karpiłowki, rozlewiska rzeki po prawej i las po lewej stronie. Cholera. Dawno kłopotu nie miałem, że też ze wszystkich nieprzyjemności Zony akurat na tych bydlaków musiałem się narwać... Co oni tu robią, tak głęboko w Zonie? Kolejna idiotyczna ekspedycja może albo jakieś spec-zadanie mają – z grubsza nieistotne, i tak trzeba ich unikać.

Rzucam mutrę, przebiegam jej śladem przez mostek, przyczajam się w krzakach po lewej, jednocześnie intensywnie myśląc, co zrobić dalej i którędy pójść. Wojskowi jak wojskowi, ale jeśli to wojenstalkerzy... Ci pierwsi poszliby na pewno asfaltem, ci drudzy postaraliby się ominąć potencjalnie ryzykowne stawy i bajorka po prawej, zakładając pesymistycznie, że idą w tę samą co ja stronę. A ja – a ja pójdę sobie w takim razie ostro w lewo, omijając nieduży lasek i zupełnie zbaczając z ustalonej trasy, co może mi wyjść tylko i wyłącznie na zdrowie. Ruszam ku najbliższemu domostwu, żeby tam przepatrzeć jeszcze raz mapę i wytyczyć roboczą marszrutę.

Pomiędzy zabudowania wsi Potoki wchodzę już przy blasku czerwonawego księżyca, wiszącego dziś nad Zoną niczym zardzewiała mutra. „Księżyc władcy demonów" – przelatuje mi przez głowę wspomnienie jakiejś czytanej w zamierzchłej przeszłości książki fantasy, autorstwa bodajże Wagnera; nie wiem, zawsze mi się zdawało, że Wagner to muzykę pisał, i to dość poważną taką, raczej walkirie i inne nibelungi, a nie plastikowe heroic fantasy. Nieważne. Dość, że księżyc nad Zoną dziś nieciekawy, w taką noc lepiej się nie szwendać po nieznanym terenie.

Idę prosto przed siebie, nie wchodząc do pierwszego napotkanego domu... ani do drugiego. Nie wolno się spieszyć, nie wolno okazać strachu. Ani przed sobą, ani przed nimi. Co z tego, że widzę kątem oka poruszające się w cieniach postacie, co z tego, że słyszę z podwórek domów szuranie butów po zasłanym liśćmi betonie. Idę spokojnym, miarowym krokiem, i tylko pot leci mi ciurkiem po plecach, tylko palce zaciskają się nerwowo na plastikowym łożu *Zbawiciela*, tylko kciuk co chwila popycha bezpiecznik do przodu. Byle spokojnie, byle bez nerwów. Iść swoim krokiem, nie odzywać się, nie włączać światła. Za żadne skarby nie włączać światła! I nie patrzeć za siebie, nie zwracać uwagi na milczący tłum, który już podąża moim śladem, powoli, ale nieubłaganie, jak sunąca ku bezbronnym hawajskim wioskom lawa. Wiatr wieje mi w plecy, przynosząc falę zatykającej dech w piersiach stęchlizny, zaciskam tylko zęby, powstrzymując mdłości, wyciągam i nasuwam na twarz respirator. Omijam bokiem, przez podwórko spalonego domu, pulsujący na drodze „grawikoncentrat", skręcam i idę wzdłuż ogrodzenia z pordzewiałej siatki, wdrapuję się na dach zaparkowanego obok mikrobusa i przeskakuję na drugą stronę ogrodzenia. To powinno dać mi chwilę wytchnienia, trzeba znaleźć jakieś spokojne miejsce i przeczekać noc. Przyspieszam kroku, żeby wyprzedzić wyłaniającą się ze ściany domku zjawę, ale nie biegnę. Nie biegnę, chociaż serce wali mi jak młotem. Po prawej we framudze drzwi ruch, spoglądam odruchowo, ale staram się nie widzieć tego, w co zmieniła się po tylu latach niegdysiejsza gospodyni domu. Księżyc odbija się w granatowym polistyrenowym fartuchu w kwiatki... Tym samym tempem podchodzę do stojącego przed domem ZIŁ-a, wspinam się po zderzaku na maskę, potem na kabinę, zeskakuję na dół, na pustą krypę wywrotki, spokojnym ruchem siadam, układam się na żelaznej skrzyni ładunkowej, dopiero wtedy zaczynam zdejmować z siebie sprzęt, rozpinam pasek, wykręcam się z uprzęży i plecaka, starając się leżeć jak najniżej i nie wystawiać głowy ponad żelazne burty. Słyszę odgłos od strony kabiny, tak jakby ktoś, idąc na oślep, uderzył głową w żelazne drzwiczki. Wyciągam śpiwór, rozwijam... Kolejne uderzenie od strony moich nóg, skrobanie, niczym paznokciami o pordzewiałe żelazo. Nie ściągając butów, wsuwam się do nieprzemakalnego kokonu, wyjmuję paczkę sucharów i pakiecik dżemu, gryzę małymi kęsami, popijając z flaszki odkażoną tabletkami wodę o smaku basenu i wsłuchując się w kakofonię otaczających mnie odgłosów. Nie myślę o tym, co może je powodować, nie próbuję wyobrażać sobie kłębiących się wokół ciężarówki cieni, nie zastanawiam się nad całą sytuacją z jednego prostego powodu: musiałbym wtedy oszaleć. A tak kończę skromną kolację, układam pod ręką *Zbawiciela* i otulam się szczelniej śpiworem, moszcząc się do snu na otoczonym przez upiory napromieniowanym wraku.

Chłód.

Chłód przenika mnie do szpiku kości, gryzie w poranione stopy, kłuje w broczący krwią i ropą kręgosłup. Idę noga za nogą, nie do końca świadom kierunku, niewiele widząc przez mgłę zasłaniającą udręczone oczy. Idę, bo dałem radę się ruszyć, żyję tylko dlatego, że nie umarłem. Uciekam, sam nie wiedząc, dokąd ani od czego. Uciekam, by nigdy już nie wrócić tam, gdzie byłem – do wąskich korytarzy i betonowych cel, do białych sal zabiegowych i zimnych stołów operacyjnych, do cierpienia ponad zrozumienie.

Ktoś jest przede mną. Czuję płomień jego umysłu pośród pustki świata, niemalże mogę dotknąć jego myśli. Przytajam się, nieskończenie powoli podchodzę bliżej. On czuje, że coś się zbliża, ale nie wie, co mógłby zrobić, więc nie robi nic. Nie spiesząc się, przeczesuję jego myśli, gładzę korę mózgu, badam strukturę zwojów i patrzę na błyski neuronów... A potem chwytam jego umysł w stalowe kleszcze.

Nawet nie walczy. Widzę świat i jego, i swoimi oczami, niezgrabnymi ruchami podchodzę bliżej, czując przerażenie jego umysłu, gdy jego oczy patrzą na mnie. Nie pamiętam, jak miałbym wyglądać, więc pewnie tak powinno być. Tak jest. Sortuję i gaszę niepotrzebne emocje, uczucia i wiedzę... Dochodzę do tego, co daje mu ciepło. Tak, to będzie dobre.

»Uczyń mnie nie-zimnym, jak siebie«.

Spopielony nie waha się, bo nie wie już, co to wahanie. Niezgrabnymi ruchami rozpina guziki munduru, ściąga kurtkę, mocując się z rękawami. Potem nakłada na mnie jeszcze ciepłe ubranie, daje radę zapiąć tylko trzy guziki, nim niepotrzebnie mocnym szarpnięciem woli zrywam kruche nici asocjacji motorycznej. Spopielony zawiesza się niczym maszyna, ale już spełnił swoje zadanie.

»Jestem głodny. Chcę zjeść. Pomóż mi«.

Znów widzę siebie jego oczami – moja sylwetka rośnie i podnosi się, gdy Spopielony klęka przede mną na wilgotnej podłodze podziemnego korytarza. Część jego umysłu chyba tli się jeszcze gdzieś pośród synaps, bo otwarte przerażeniem oczy płaczą, gdy niewolne ręce wkładają lufę karabinu do ust. Spoglądam w te pełne ludzkiego, tak ciepłego przerażenia oczy, nim każę mu pociągnąć za spust.

JAK

– Hhhhaaa! Łaaa! – budzę się z krzykiem, rzucam w uwięzi wojskowego śpiwora. Wykopuję się, chyba rozdzieram przy okazji suwak, wyrywam i zrzucam z siebie płachtę, toczę dokoła błędnym wzrokiem, potem upadam na kolana, przewracam się na bok, czuję, jak wzbiera we mnie szloch. Daję radę usiąść, wyciągam z plecaka flaszkę, pociągam łyk podłej wódki, potem drugi i kolejny... Opieram się plecami o kabinę kierowcy i siedzę, patrząc na wstający nad Zoną świt. Serce wali mi jak oszalałe, ręce się trzęsą niczym liście osiki. Spałem większą część nocy, ale czuję się, jakbym nawet oka nie zmrużył. Coraz dłuższe te koszmary, coraz bardziej rzeczywiste... Coraz trudniej się obudzić, coraz dłużej muszę sam siebie przekonywać, który świat jest prawdziwy, a który tylko rezonuje echem odbitych w mojej głowie martwych myśli.

Zaczyna siąpić delikatny deszczyk. Dokoła pusto, tylko domy patrzą bezmyślnymi oczodołami okien, tylko firanki wiszą strzępami na resztkach pobitych szyb. Pakuję się, zbieram, narzucam na bolące ramiona ciężki plecak. Pora dalej.

Las jest tu nierówny, jak strup na poparzeniu kwasem – miejscami trafiają się kępy zupełnie normalnych drzew, potem zaraz obok powykrzywiane, zrakowaciałe potwory otulone dziwnego koloru porostami. Teren jest wyjątkowo niewdzięczny, pełny jarów i wykrotów, niespodziewanych ustępów i zapadlin, jak gdyby pod stopami brakowało substancji, by wypełnić ubytki w strukturze ziemi. Boję się nawet myśleć, czy mijane przeze mnie głębokie jamy i nory powstały w sposób naturalny, czy też są dziełem mniej lub bardziej zamyślonej działalności czegoś, co może tu w okolicy mieszkać... Znajduję po drodze „ochłap" i „świetlika" – niby nic szczególnego, ale zawsze miło, schowam razem z jedzeniem na Wysypisku, żeby sobie Rudolf potem odebrał. Ramiona już mi prawie odpadają od napchanego konserwami i racjami żywnościowymi plecaka, lewa noga wyje tępym bólem – chyba mi się odcisk robi, diabli nadali... Ot, źle się skarpeta ułoży i już problem. Ale tu butów nie będę ja rozsznurowywać, o nie. Najwyżej po powrocie będę musiał skarpety odmoczyć i po kawałku zdejmować, tak jak po dojściu do Horno – krew, limfa i ropa przykleiły je wtedy na amen do stóp, a dopóki się czegoś takiego nie rusza, to da się jeszcze chodzić... O ile dokądkolwiek jeszcze kiedyś wrócę.

Zagryzam usta, koncentruję się na obserwowaniu okolicy zamiast na bólu.

Widzę już tańczące pomiędzy słupami wysokiego napięcia kolumny falującego powietrza, ale tutaj anomalia nie jest aż tak silna - wydaje mi się, że po prawej jest mała przerwa, może dam radę się prześliznąć. Ostrożnie, powoli zbliżam się do wiszących nad głową linii; od wschodu płynie po przewodach kłąb wyładowań elektrycznych. Przedziwne zjawisko syczy i szumi jak nieduży tramwaj, przelatuje nade mną i znika gdzieś za drzewami na zachodzie, zostawiając za sobą tylko mrowienie w nogach i woń ozonu w powietrzu. Ciekawe – błądząca „elektra" czy zapętlony poltergeist? Zasadniczo nieważne, ale znaczy to, że na słupach przenocować się nie da, a przecież taki był plan... Trzeba będzie improwizować.

Idę na północ, mając nadzieję dojść do dawnej drogi. Jest już dobrze po południu, słońce znowu chowa się za ołowianymi chmurami, w lesie robi się od razu ciemno i ponuro... jeszcze bardziej ponuro. Słyszę nawoływania indykotów, drących się do siebie gdzieś pomiędzy drzewami, raz i drugi szary, pręgowany cień przemyka się głębiej w gęstwinie. Zielone oczy obserwują mnie spod liści, migają za krzewami jaszkłowca i gwóźdź-sosny... Staram się mieć na wszystko baczenie, ale nie jest to takie proste, gdy trzeba jeszcze wymijać pułapki na nieznanym terenie. Koty podchodzą coraz bliżej, widać, że nie podoba im się moja obecność – –

– i wtedy przede mną otwiera się przecinka starej trasy Wiereśnia – Potalijewka. Idę jeszcze kawałek wzdłuż rowu melioracyjnego, omijając młodziutką brzytwa-trawę, potem wspinam się na niewysoki nasyp i wychodzę na asfalt. Uuffff... No dobra, to ruszamy w takim razie dalej, jeśli dobrze liczę, to powinienem się przed zmrokiem wyrobić. Nie próbuję nawet iść po drodze, bo anomalie powypiętrzały teren w tak niewiarygodne góry i doliny, że czasami trzymanie się asfaltu jest czystą niemożliwością.

Zaraz.

Coś jest nie tak. Patrzę na las wokół siebie, na drogę, na trujące zarośla pobocza... na niebo. Niby wszystko się zgadza, a coś jest nie tak. Czuję to, po prostu czuję to w kościach. Właśnie stało się coś bardzo, ale to bardzo niedobrego.

Starając się zachować maksymalny spokój, patrzę pod nogi, na rozmyty na nierównej nawierzchni cień. Wyciągam kompas, przypatruję się, jak igła ustawia się na kierunek. Z trzaskiem zamykam wieczko, wzdycham rozdzierająco, chowam kompas do kieszeni.

Przed chwilą szedłem na północny wschód. Teraz idę na południowy zachód.

Poza tym wszystko się zgadza – droga, drzewa i w ogóle; tylko słońce jest nie tam, gdzie było. Pytanie, co się odwróciło: niebo, świat czy ja?

Nieważne.

Przede mną Wysypisko.

Wychodzę – a jakże – od północno-wschodniego krańca, gdzie dźga w niebo wieżyczka reflektorowa z panelem potężnych jupiterów na szczycie. W stojącej obok budce kiedyś siedział pewnie znudzony cieć, pilnujący nie wiedzieć po co i dla kogo cmentarzyska martwych maszyn. Ogrodzenie z drutu kolczastego dawno już przeżarła rdza i porwały anomalie, ale biało-czerwony szlaban nadal twardo broni wjazdu na teren... W zasadzie to nie wiem, czemu nazwa „Wysypisko" tak bardzo się przyjęła wśród braci stalkerskiej, bo nijak nie licuje ani z przeznaczeniem, ani wyglądem samego miejsca. Może chodzi tu o ogromne hałdy ściągniętej na kupę techniki, ciężkiego sprzętu, ziemi i wszelkiego złomu, które rzeczywiście upodabniają *kladbiszczie tiechniki* – „cmentarzysko maszyn" – do zwykłego wysypiska śmieci. To ciekawe, bo na zdjęciach sprzed 2006 ich nie widać, czyli musiały utworzyć je jakieś potężne „grawikoncentraty", które po prostu zgarnęły w jedno miejsce cały sprzęt z promienia swojego oddziaływania; tłumaczy to też podwyższone tło Wysypiska i stosunkowo bogaty urodzaj artefaktów, jakie czasem wynoszą stąd szczęśliwcy... oczywiście ci, którzy wracają z wyprawy żywi.

Zakładam respirator, na głowę naciągam kaptur. Jakoś stąd ma być podobno przejście w kierunku INB Agroprom... Ale najpierw wywiążę się ze słowa danego Rudolfowi.

Powoli, rozglądając się na boki, wchodzę pomiędzy stojące karnymi, milczącymi rzędami maszyny. Licznik potrzaskuje miarowo, wskazówka na mierniku wychyłowym drży niespokojnie, ostrzegając o czyhającej pośród zwalisk żelaza niewidzialnej, jonizującej śmierci. Puste, przerdzewiałe wraki patrzą na mnie wyłupionymi reflektorami, rozwierając paszcze i pokazując rozszabrowane na części radioaktywne silniki. Potężne maszyny, których nazw, typów ani przeznaczenia nie śmiem nawet się domyślać, za swą ofiarną służbę przy likwidacji radioaktywnego piekła zegnane tutaj i po prostu zostawione, jak wierny pies stróżujący, którego właściciele pewnego dnia wywożą w las i przywiązują do suchej sosny, a on do ostatnich uderzeń słabnącego serca czeka, kiedy po niego wrócą... Dalej po lewej całe rzędy wojskowych BTR-ów i BRDM-ów, niczym na parkingu w bazie wojsk pancernych, pomiędzy nimi dziwnie kolorowe kwiatki niebiesko-żółtych cystern i okazjonalny zabłąkany zaporożec, dokoła piętrzą się pozwalane byle jak barakowozy bez kół, skrzynie ciężarówek i żelazne skrzynie kungów, „elektry" syczą w siąpiącym deszczu, pulsują „grawikoncentraty" i szemrzą liśćmi „karuzele". Wchodzę pomiędzy gigantyczne cielska śmigłowców transportowych Mi-6, które na zdjęciach satelitarnych przypominają raczej kruche pająki topiki o wysmukłych odnóżach, a dopiero z właściwej perspektywy zamieniają się w szkielety ongiś potężnych podniebnych bestii, które przewoziły tu najcięższy sprzęt i zrzucały tony cementu w bezdenną otchłań stopionego Reaktora... Tak, tu będzie jak znalazł. Wyciągam z plecaka mój chlebaczek z podstawowymi rzeczami, zostawiam na zewnątrz, a sam nurkuję do wraku śmigłowca. Wsuwam wypchany konserwami i suchą żywnością pakunek pod siedzenie, oddzieram kawałek tapicerki, żeby zwisająca tkanina zasłaniała mój skarb; burty maszyny oddają ostro tłem, ale nie będzie to leżało Czarny Stalker wie jak długo, a promieniowanie faktycznie zagwarantuje, że nikt się tu po próżnicy nie będzie pchał.

Wychodzę na zewnątrz kilka kilo lżejszy i od razu bardziej zadowolony, dopinam przyjemnie lekki chlebak do szelek, poprawiam sprzęt. O, no proszę – kawałek dalej, na samym środku ścieżki, leży sobie „księżycówka", dorodny okaz! Jak to od razu świat nabiera jaśniejszych barw, gdy tylko człowiek brzemię z siebie zrzuci. Rozglądając się dokoła, przebieżkami zbliżam się do wraku czołgu inżynieryjnego, chwilę lustruję okolicę... czysto, tylko mój artefakt sobie podskakuje na samiusieńkim środku zarośniętej drogi. Podchodzę bliżej, już po drodze przesuwając sobie na przód hermetyczny pojemnik i odkręcając wieczko; no leży sobie tutaj, śliczny, dorodny okaz „księżycówy", a nawet nie widać anomalii, w której miałby się utworzyć. Jak to się śmiesznie układa czasami, normalnie można by uwierzyć, że celowo go ktoś tu...

Waham się chwilę, zwalniam, gubię krok i rzucam się w bok, w lewo, ku najbliższej hałdzie żelastwa. Huk wystrzałów i fontanny pocisków rwących ziemię w miejscu, gdzie powinienem właśnie stać, przychodzą praktycznie jednocześnie, ale ja już odtaczam się w bok, nie patrząc na to, że wysypują mi się pozbierane wcześniej artefakty i że wpadam prosto w błotnistą kałużę. Nad głową gwiżdżą mi kule, rykoszetując od burty starego transportera i wyrywając dziury w drewnianej ścianie barakowozu. Przy pierwszej sposobności wychylam się minimalnie, daję ognia raz, drugi i trzeci, zamieniając w sito bok ciężarowej naczepy i rwąc na strzępy oponę niedużej osobówki.

– *Allahu akbar...!!* – słyszę okrzyk, który prawie kosztuje mnie prawe płuco; autentycznie zaskoczony nie reaguję dość szybko, kula trafia mnie pod ręką, czuję piekący ból, gdy upadam na ziemię, sprawdzam drżącą dłonią bok... Powierzchowny, dzika jego mać, tylko mnie drasnął! Niewidoczny strzelec póki co przestaje mnie ostrzeliwać – musiał widzieć, że dostałem, może myśli, że jestem ranny albo nie żyję. Takiej szansy nie wolno zmarnować.

Odpełzam błotnistym parowem w lewo i do przodu, chcąc wykorzystać osłonę drewnianych kryp ciężarówek do skrócenia dystansu. Marna to zasłona, akaem przebija to próchno na wylot pod dowolnym kątem, ale z zasady nikt nie strzela przecież na ślepo... Kilkoma szybszymi susami przekradam się naprzód, ignorując ostrzegawcze wycie licznika, przeczołguję się pod stalowym brzuchem beteera, chowam za wrośniętym w ziemię ciągnikiem gąsienicowym. Musi być gdzieś tam, na tej hałdzie, możliwe, że siedzi pomiędzy ramieniem łuszczącego się żółtą farbą dźwigu a leżącym na boku autobusem, którego wnętrze może wykorzystać jako korytarz do zmiany pozycji. Poleżymy, poczekamy.

Długą chwilę nie dzieje się nic. Tylko deszcz bębni po dachach porzuconych maszyn, szumią i ciurkają strużki wody, spływającej po radioaktywnym sprzęcie. Czasami góry złomu zgrzytają i jęczą, ziemia osiada i przemieszcza się pod działaniem anomalii. Takie momenty spokoju są niebezpieczne, bo wtedy człowiek toczy walkę sam ze sobą – pierwotny móżdżek próbuje przekonać zimny rozsądek, że nie ma żadnego zagrożenia, że się myliliśmy i że można wyjść. Albo chociaż się przemieścić. Albo poruszyć. Nagle zaczynają boleć wszystkie mięśnie, wszystko swędzi i drapie, robi się potwornie niewygodnie, gdy napompowany adrenaliną mózg stara się na wszelkie sposoby zmusić ciało do jakiegokolwiek ruchu... ale ty wiesz, że jeśli się ruszysz, to po tobie. Więc czekasz.

Nie wiem, ile mija czasu – minuta? pięć? kwadrans? pół godziny?...

Nie dzieje się absolutnie nic, aż w końcu widzę ruch między kawałami żelastwa. Biorę sylwetkę na cel, gdy brodata postać wychyla się zza korpusu samochodu, pociągam za spust...

– Allah! – słyszę okrzyk przerażenia, bezładna seria z karabinu łomocze o pancerz mojego ukrycia, a ja już cieszę się, że spudłowałem.

– Szahid! – próbuję przekrzyczeć kanonadę. – Szahiiiid!!!

Staccato ognia urywa się, wokół mnie znów tylko szum deszczu.

– Szahid, zali tyś to? – drę się, już uśmiechając się sam do siebie. – *Assalamu lalajkum*, Szahid!

– *Lalajkum assalamu!* – dobiega mnie lekko stłumione wołanie. Ostrożny, nie wychyli się. – Ty kto?

– Szahid, ty co, wilka-brata nie poznał? – wołam. – Wychodzę, Szahid, ty nie strzelaj! *Ciecziency w spinu nie strieliajut!*

Na lekko gumowych nogach wstaję, trzymając ręce w górze, obracam się przodem do hałdy złomu.

– Misza! – słyszę okrzyk radości, zza autobusu wygląda ciemna, brodata twarz. – Misza, *suna bekh ma billa! Dukha han ju hio ganza...!*

– Szahid, powoli, *as nohczijn mottsa bujcu...*

– Misza, *brat-wołk!* – zeskakuje po radioaktywnych samochodach czeczeński partyzant. – Allah wielki jest zaiste, że ciebie mi tu zesłał!

– Dobrze cię widzieć, Szahid. – Wyciągam rękę do dawno niewidzianego druha.

Szahid. Nie przypuszczałem, że stary wilk jeszcze żyje, a na pewno nie spodziewałem się go tu spotkać. Weteran walk w Groznym w pamiętny Nowy Rok dziewięćdziesiątego piątego, członek oddziału bojowników niesławnego czeczeńskiego watażki Salmana „Cyborga" Radujewa i uczestnik jego rejzy na Dagestan oraz późniejszej masakry rosyjskiego specnazu w Pierwomajsku, po rozbiciu oddziału swego pułkownika ukrywał się aż do 2007 w górach Czeczenii, prowadząc podjazdówkę przeciwko „zdrajcom i sprzedawczykom", jak sam nazywał ówczesny rząd Iczkerii, aż w końcu dwa lata później uciekł do Zony, ciągnąc za sobą ogon łowców głów i agentów sił specjalnych całej Federacji. Do naszej bazy na Jołczy zawitał jakoś w 2011 bodajże, ale nie zagrzał długo miejsca – jego ulubioną rozrywką było wyprawianie się samojeden na patrole rosyjskojęzycznego UNFOR-u i nękanie żołnierzy nocnymi napadami. Naturalnie, sam Szahid twierdził, że w ten sposób kontynuuje wojnę o wolność Czeczenii – „każdy zabity tutaj Rosjanin to jeden mniej, którego mogą wysłać na naszą świętą ziemię" – ale było oczywiste, że partyzant po prostu nie potrafi już żyć bez rozlewu krwi i ciągłej walki. Ja jeszcze jako tako się z nim dogadywałem – wspólna historia prześladowań przez silniejszych zaborców, kultura powstańczo-martyrologiczna, te sprawy – ale Dr dał mu jasno do zrozumienia, że powinien ruszać dalej. Została po nim tylko kolekcja zajeżdżonych kaset magnetofonowych i przekazane mi zamiłowanie do czeczeńskich pieśni wojennych przy gitarze...

– Misza! – Żylasty góral z Kaukazu bierze mnie w żelazny uścisk potężnych ramion. Nie mogę nie zauważyć, jak trzeszczy przy tym słuchawka mojego licznika... Szahid nigdy nie używał antyradów ani jodu, nazywając je „pokusami doczesności" i twierdząc, że „Wszechwysoki Allah ochroni wiernych przed promieniami Iblisa". Patrząc na jego cerę i zęby, mogę powiedzieć tylko, że nie miał chyba racji.

– Szahid! – Uśmiecham się mimo wszystko, bo w końcu to jednak znajoma gęba. – Ty czego strzelał do mnie, a?

– Szejtan oczy mi zaćmił, Misza, nie poznał ja ciebie! – Rozkłada ręce, na twarzy ma wymalowaną absolutnie rozbrajającą szczerość. – Za wojennego ja ciebie wziął, wybacz ty!...

– Nu, pomylić można się każdemu. – Wzruszam ramionami, bo co mam niby zrobić. – Szahid, brat, ty tu skąd?

– A, przed ruskimi najeźdźcami skrył się ja! – Wyszczerza do mnie pożółkłe pieńki zębów. – Wilkom góry potrzebne, nawet jeśli to tylko góry śmiecia... a z tobą kto?

– Szahid, ty co? – Spoglądam na niego uważniej, chowając do kontenera pogubione artefakty. – Ja sam przecież.

– Misza, toż ja widział na swoje oczy, jak was czterech wchodziło przez bramę! – zaperza się Czeczeniec. – Nie dalej jak dwie modlitwy temu!...

Dwie modlitwy. Niespełna kwadrans.

– Szahid. – Patrzę w oczy watażce. – Ja sam przyszedł. I będzie, że ja już z pół godziny tutaj...

– *As'bud taj bo chia!* – Nie rozumiem ani słowa, ale sądząc po minie Szahida, raczej nie wychwala on piękna bożego stworzenia. – Misza, ja czterech widział, jak wchodzili, a zaraz ty się pojawił! Ja myślał, ty przednia czujka wojskowych, a jeśli nie, tak...

– ...tak u nas problem – kończę za Czeczeńca, pociągając go w bok, pomiędzy żelazne skrzynie ciężarówek.

Rychło w czas – wychylam się nieco i dosłownie chwilę potem widzę, że zza zakrętu drogi wyłania się lufa karabinu z przyklejonym do spustu specnazowcem. Drugi żołnierz idzie pomiędzy transporterami po lewej, kolejny właśnie wspiął się na cielsko śmigłowca, pewnie strzelec wyborowy... muszą myśleć, że jesteśmy kawałek dalej, tam, skąd strzelał Szahid, nie spodziewają się, że cofnęliśmy się po moje pogubione łupy, bo skąd niby mają o nich wiedzieć. Wszystko to przelatuje mi przez głowę dosłownie w ułamku sekundy, rejestruję to jako całość sytuacji, jednocześnie myśląc, co by tu zrobić dalej...

– Szahid, dawaj do tyłu, ściągnij ich na siebie – szepczę do Czeczeńca. – Postrzelaj trochę, ale amunicji za dużo nie trać.

– Aha! – Kiwa głową, uśmiechając się drapieżnie. – *Insz' Allah*, Misza!

– Jasne, kniaź Jarema ucztuje, a Subagazi poprowadzi janczarów – mruczę pod nosem, przeładowując na szybko *Zbawiciela* breneką. Tylko cztery sztuki, cholera, mało... Szahid znika niczym duch pośród radioaktywnego złomu, zostaję sam na sam ze sobą i bębniącym o pordzewiałe pancerze deszczem. Czekam, aż wojskowi podejdą odpowiednio blisko, rzucam mutrą w niedaleką „elektrę" – anomalia eksploduje wyładowaniem, trzask rozchodzących się po wodzie łuków elektrycznych i zapach ozonu wypełniają wilgotne powietrze. Chwila przerwy, jeszcze jeden rzut – „elektra" syczy wściekle i miota swoimi błękitnymi mackami we wszystkie strony, teraz mam gwarancję, że tędy nie pójdą. Tym bardziej że zaraz zajmie ich co innego...

– Allah! *Wa imia gazałłata!* – słyszę okrzyk, zaraz potem seria rozdziera powietrze, odbijając się echem od żelaznego złomu.

Wojskowi popadali pewnie jak dłudzy w radioaktywne błoto, snajper aż się spocił z wrażenia, teraz desperacko szuka jakiegokolwiek celu przez lunetę, a tu nic, pusto... Szahid strzela jeszcze kilka pojedynczych, żeby żołnierze zrozumieli, że to nie oni są celem. Teraz zapewne pokazują sobie jakieś frymuśne sygnały taktyczne, machając rękami i robiąc skomplikowane figury geometryczne z palców... Zaraz ruszą naprzód, chcąc wykorzystać to, że cel zajęty jest czym innym.

– *Allahuu akbaaaar!* – drze się za hałdą złomu Szahid, gdy nie dalej jak dwadzieścia kroków ode mnie między samochodami widzę sylwetkę przebiegającego wojskowego. Dosłownie tylko błysk, zaraz potem prostokąt prześwitu znów jest czysty, ale mnie wydaje się, że widziałem wszystkie szczegóły, nawet dystynkcje sierżanta na pagonach... Złudzenie, naturalnie, ale to zabawne, jak mózg domyśla sobie niektóre rzeczy. Czekam chwilę jeszcze, żeby mieć pewność, że moją kryjówkę minął nie tylko ten, ale i ostatni z oddziału, po cichu wysuwam się spod przewróconej żelaznej krypy i ruszam ich tropem, starając się tak dobierać trasę, żeby nie rzucać się w oczy snajperowi. Ślady są dość wyraźne w mokrej trawie, przede mną szło dwóch... czyli jeszcze jeden gdzieś z boku będzie.

Gdy widzę przed sobą plecak i tył hełmu żołnierza, od razu przypadam do ziemi. Serce pompuje adrenalinę, oddech płytki i przyspieszony, wyostrzony wzrok i słuch... czuję nosem zbliżającą się walkę, mimo wszystko uśmiecham się – ot, atawistyczny odruch pokazania zębów w reakcji na pobudzenie. Wychylam się ostrożnie zza fragmentu żelastwa, wojacy znikają właśnie za załomem hałdy, jeszcze dwa uderzenia serca i ruszam sprintem na przeciwległą stronę drogi, gdzie przyczajam się pod rytmicznie buczącą „trampoliną" powyżej. Mam nadzieję, że snajper mnie nie zauważył... I wtedy słyszę strzał, potem drugi – to Szahid zaczyna kąsać prześladowców.

Wyłaniam się zza zakrętu z bronią przy oku – od razu zaraz przed sobą widzę wojskowego, który właśnie zbiera się do przebieżki. Specnazowiec dostrzega mnie kątem oka przez żółte gogle taktyczne, odwraca się, chcąc podnieść broń, ale nie ma szans. Z tej odległości strzał z trzydziestosześciogramowej breneki dosłownie podrywa go w powietrze, ciska do tyłu i odrzuca na burtę beerdeema, krótka seria puszczona z jego grozy na szczęście idzie bokiem i w ziemię, ale nie mam za bardzo czasu cieszyć się swym fartem. Odskakuję w bok, od razu przypadam do ziemi, pełznę pod górę wzdłuż ramienia podnośnika hydraulicznego, słysząc, jak narasta trzask słuchawki licznika... Nic to, powtarzam sobie – nic to. Słyszę, że Czeczeniec ponownie daje ognia, tym razem bijąc krótko, mierzonymi; mam nadzieję, że nie strzela na oślep, tylko czeka na pewniaki, bo inaczej marny nasz los. Ześlizguję się na tyłku w dół po mokrym gruncie, opieram nogami o dno przewróconego autobusu, przekradam dalej, mając nadzieję, że dam radę wyjść nad wojskowymi. Zatrzymuję się na końcu maszyny, szukając wzrokiem Szahida – jest! Stary wilk macha do mnie gorączkowo, pokazuje za mnie ręką i podnosi jeden palec. Kiwam głową, wskazując na niego i na drogę za sobą, sam zeskakuję na dół, kryjąc ogniem stary spychacz i podejście do górki, na której przytaił się mój góral.

Czekam. Tylko woda szumi, ściekając strumyczkami po starym sprzęcie, wybijając jednolity rytm na blaszanych dachach i dzwoniąc o potłuczone szyby. Krople zbierają się i skapują powoli z ronda kaptura, ściekają lodowatym strumyczkiem po nadgarstku do wnętrza rękawa. Zaczyna drętwieć mi noga, przesuwam się nieco w lewo, poprawiam broń. To najgorszy moment, kiedy człowiek tak na chwilę traci koncentrację i...

Huk strzału niczym grom odbija się od stoku radioaktywnej hałdy, niesie echem ku ścianie pobliskiego lasu. Słyszę, jak coś upada i zgrzyta o żelazo z prawej strony i z tyłu ode mnie, potem do nóg stacza mi się OC-14 z podwieszonym zestawem granatnika. Patrzę chwilę na bezpiecznik, który musiał przełączyć spust w tryb odpalania rakietowego granatu WOG, spoglądającego mi z gwintowanej lufy wydłużonym, tępym nosem prosto w brzuch. Potem cieknąca pod nogami strużka brudnej wody zabarwia się różem, następnie szkarłatem; wyglądam z ukrycia, widzę leżącego twarzą w dół w błocie żołnierza, macham w stronę Szahida.

Gdy spotykamy się na dróżce, widzę, że nie jest dobrze – Czeczeniec idzie, krzywiąc się z bólu i trzymając za bok, między palcami sączy mu się krew. Wyciągam od razu zabraną żołnierzowi apteczkę, ale on tylko kręci głową.

– Misz, nie czas nam na to! Sługi dwugłowej potwory jeszcze idą ku nam, nam odchodzić trzeba...!

Chwilę zastanawiam się, co ma na myśli, potem zatrybiam:

– Aha, niby że Rosjanie... mnie coś się widzi, że to Ukraińcy jednak są, wiesz?

Bojówkarz wykrzywia twarz pogardliwym grymasem.

– Allah jest wielki, Misza! Nie wolno pozwolić, by zwiodły nas oczy ciała doczesnego, tylko czysta dusza bojownika Wielkiego Dżihadu widzi prawdę. A powiedział nam Prorok, by niszczyć wrogów islamu wszędzie, gdzie sięgnie...

– Szahid, nam jeszcze snajper tylko został, ale sam się do nas nie ruszy, a jego nie ma co podchodzić przecież – przerywam rozkręcającą się pseudoreligijną tyradę, upychając jednocześnie po kieszeniach zdobyczną amunicję i żywność. – Zanim on zdecyduje, że tamci padli, to po nas i śladu nie będzie!... Daj, ranę ci opatrzym.

– Nie pora nam na to, brat! – Potrząsa głową. – Tu zaraz cały *wzwod* będzie!

– *Wzwod?*... – Teraz to ja patrzę na niego w zdumieniu. – Szahid, ty co, pluton specnazu na siebie ściągnął?

– Ano, hurmem ruszyli na nas wrogowie! – wyszczerza pożółkłe zęby stary wilk. – Ale niczego, Miszka, nie dzień nam dziś umierać... A teraz dawaj, brat, odchodzim!

Ruszam biegiem za Czeczeńcem, próbując jednocześnie dogonić huragan własnych myśli. No, czyli nieźle im zalał Szahid sadła za skórę, jeśli tak głęboko za nim ruszyli. Od strony wejścia na Wysypisko rozlegają się wystrzały, szesnastogramowe kule świszczą nad głowami i rykoszetują od pancerzy beteerów, słyszę głuche uchnięcie granatnika, po prawej od nas rozrywa się kwiatem ognia i deszczem odłamków maska starej ciężarówki.

– Dawaj, Miszka-brat, dawaj! – drze się Szahid, klucząc pomiędzy anomaliami. Lecę za nim, starając się tylko nie stracić z oczu migającej pomiędzy wirami „karuzel" i słupami „żarników" burobrązowej kurtki mudżahedina. Nie ma co, musi dobrze znać teren, skoro na takie biegi przełajowe sobie pozwala. Przebiegam za blisko anomalii, ryczący słup ognia tryska zaraz obok, osmalając mi twarz, czuję zapach spalonych brwi i nadwęglonego kaptura, ale lecę dalej, nie zważając na nic, bo zatrzymać się teraz albo zgubić przewodnika, to przecież pewna śmierć...

Szahid wali się w końcu na ziemię i zwija z bólu, gdy podbiegam do niego, widzę, że całą połę kurtki ma czerwoną od krwi. Nawet nie pytając górala o pozwolenie, podciągam mu ubranie, na szybko zalewam ranę wódką, wkłuwam antyseptyk i zakładam opatrunek. Nie jest łatwo, bo mudżahedin klnie cały czas po czeczeńsku i uparcie stara się usiąść, próbując trzymać na muszce ścieżkę pomiędzy napromieniowanymi maszynami... To czysta paranoja, jeśli wojskowi nie znają tych terenów, to pokonanie naszej trasy zajmie im co najmniej pół godziny, ale po tym się właśnie poznaje wytrawnego stalkera – nigdy niczego nie pewny, wiecznie węszący niebezpieczeństwo,

zawsze zabezpieczony na wypadek najgorszego. Kończę wiązanie bandaży, i tak widzę, że opatrunki już przesiąkają krwią, ale pomagam mudżahedinowi wstać. Obydwaj dyszymy jak miechy kowalskie, pot ciurkiem leci po głowach i zalewa oczy, ale zarzucam sobie jego ramię na szyję i powoli, krok za krokiem zwiększamy odległość od przeciwnika, brnąc głębiej w Wysypisko.

– Misza, brat!... teraz na prawo tutaj, między te dwie *żeliezki!...* – charczy Szahid, ja bez pytania czy słowa sprzeciwu idę tam, gdzie kazał. Kilka razy jeszcze skręcamy, aż ja sam zaczynam tracić orientację, raz przeciskamy się pod górą złomu wnętrzem zasypanego ziemią autobusu, przez którego wybite okna sypie się do środka miałki piach i zaglądają fragmenty innych maszyn, jak chciwe ręce próbując złapać ostrym zadziorem żelaza za połę kurtki... Praktycznie wyciągam Szahida na zewnątrz przez właz w dachu, wleczemy się potem na skos przez rzędy porzuconych czołgów, zmierzając ku kolczastemu ogrodzeniu. Góral chyba dochodzi trochę do siebie albo może to przeciwbólowy zaczyna działać, dość, że rusza się już nieco żwawiej, zaczyna nawet odtrącać moją rękę, gdy próbuję mu pomagać przy trudniejszych odcinkach.

– Teraz tędy! Nu dawaj, Miszka, żywiej! – Pokazuje ręką pomiędzy dwie „wyżymaczki", kiedyś najwyraźniej odpowiedzialne za wciągnięcie całej sekcji płotu okalającego cmentarzysko maszyn. Kręcę tylko głową i przełykam przekleństwo, które spod samego serca podeszło mi do gardła – przed chwilą ledwo zipał i nie mógł usiąść, trzeba go było jak kalekę na sobie taszczyć, a teraz będzie mnie tu przynukiwał... No, ale w zasadzie takim właśnie go zapamiętałem z Jołczy, więc nie mówię ani słowa i śladem watażki przemykam się pomiędzy anomaliami, czując tylko, jak w porywach wiatru łopocze mi kaptur wokół głowy.

– Szahid, poczekaj no! – wołam do towarzysza, który zdążył już rozpędzić się na fali opiatów i zaraz gotów w ogóle mi uciec. – Szahid, nam dokąd teraz?

– No, tam już nie wracać. – Pokazuje kciukiem w kierunku Wysypiska, trzymając się za przestrzelony bok. – A stąd nam albo na Ordżonikidze, ale tam mnie ostatnio Kowun kazał wynosić się, Moskal jebany, tfu!... – spluwa z pogardą na ziemię. – Albo możemy na Agroprom pójść. Ty chodził tam kiedyś?

Czuję pomimo zmęczenia i potu, że z wrażenia robi mi się gorąco.

– Szahid, ty drogę na Agroprom znasz? – pytam, próbując nie pokazać podekscytowania.

– Nu, kilka razy Allah dał dojść swemu pokornemu słudze. – Wzrusza ramionami. – To złe miejsce, Iblis chowa się tam w cieniach pełzających po ścianie.

– Jasne. – Puszczam mimo uszu ostatnią pseudoreligijną uwagę. – To co, na Agroprom poprowadzisz?

– Ty masz tam jakieś *dzieło* swoje, *Misza-wołk* – kiwa głową Szahid. – A widać, że Wszechwysoki postawił cię na mojej drodze, żebyśmy razem przeciwko dwugłowej hydrze walczyli... Niech będzie, powiodę ja ciebie. *Insz' Allah!*

– Miszka.

– A? – Podnoszę głowę znad rysunku, na którym ściana pustych okien piętrzy się na tle płonącego czernią nieba.

– Jakich Kozaków posłał car w góry?

Siedzimy przy ogniu w rozwalającym się domku, gdzieś na obrzeżach pola anomalii, które kiedyś było wsią Rassocha. Wszędzie dokoła kręcą się wiry „karuzeli" i „wyżymaczek", syczą i trzeszczą „elektry", każde zagłębienie terenu pełne jest „żrącego puchu". A my siedzimy sobie, ognisko trzaska wesoło, flaszkę sobie podajemy i tylko Szahid krwawi.

– Jakich znów Kozaków, Szahid? – Spoglądam zaniepokojony, czy aby Czeczeniec majaczyć nie zaczął. – U ciebie w porządku wszystko?

– Ty mnie, *giaur*, nie bierz pod włos. – Grozi mi palcem i uśmiecha się słabo. – Pieśń jest, pamiętasz? Ja już drugi rok wspomnieć słowa nie mogę: *Car pakarić rieszył sjedye gory, w Cziecznium pasłał on nananana kazakow*. I jakich on *kazakow* posłał, a?

– *Nrawych? Riabych? Słabych?* – Desperacko próbuję wygrzebać z otchłani pamięci potrzebny kawałek tekstu.

– Nie-a, ja już próbował tak! – niecierpliwi się. – A ty powiedz, kasety moje gdzie?

– Na Jołczy wszystko, jeszcze grają. – Uśmiecham się. – Teraz leżą tam, w schronie...

– A ty czemu na ten brzeg poszedł, a, Miszka? – Przymyka oczy, międląc w palcach paciorki frędzlastego różańca *tasbih*. – Ty idziesz tam, gdzie rysunki twoje będą, a?

– Tak mnie trzeba było – odpowiadam krótko. – Przeznaczenie.

– A, przeznaczenie. *K'hel.* – Uśmiecha się. – Wielka to rzecz, los zapisany w gwiazdach. A ja tam był, ja te budynki widział. I wkrótce ty zobaczysz, *brat-wołk*...

– *Brawych* – rzucam.

– Co?

– *W Cieczniu pasłał on brawych kazakow.*

– *Brawych*... – smakuje słowo Szahid. – Nu, może tak i było... A co za słowo w ogóle, *brawych*? Jest takie po rosyjsku?

– A ja tam wiem. – Dorzucam do ognia kilka szczapek. – Po angielsku jest, tak może i po rusku.

– Allah jest wielki – kwituje mój towarzysz.

Siedzimy długą chwilę w milczeniu; ja patrzę w ogień, Szahid oddycha płytko i szybko, trzymając się za przesiąknięty krwią opatrunek.

Wzgliani wakrug, uwidzisz ty
wsju krasatu radnoj zjemli...

– zaczynam cicho, nieśmiało wręcz, urywam w pół wersu.

...sjedych wierszyn bliescjaszczij snieg,
bieżyt patok uż tysczu liet...

– podejmuje Szahid, uśmiecha się do mnie niezdrowo błyszczącymi oczami.

I manalit surowych skał
jeszczio nikto nie pakariał;

paliot arła i woj wałkow,
nam wsjo dastaloś at atcow...

– ciągniemy dwoma nierównymi głosami melancholijną, czeczeńską pieśń w samym sercu Zony.

Idę.

Idę przez wymarłe wsie i zarośnięte pola, krok za krokiem przemierzając swój szlak Golgoty. Świat wokół mnie to tylko bezbarwne plamy i jaśniejsze błyski, wyróżniają się w nim wyłącznie płomienie jaźni i umysłów. Czasem gaszę te płomienie dla zabawy, ale nie pamiętam już, co to słowo oznacza; czasami spopielam je i zabieram ze sobą, by służyły mi jako pomoc i pożywienie.

Istnieję.

Tylko to pozostało.

– Ej, Szahid!

Cisza.

– Szahid, ty czego nie zbudził mnie, a?

Patrzę na sylwetkę wciąż siedzącego na krześle Czeczeńca, trzymającego wartę już ponad pięć godzin.

– Szahid?

Zapalam latarkę. Snop światła wyciąga z szarugi poranka dziwnie spokojną, nieruchomą twarz czeczeńskiego partyzanta, gra światłocieniem na ustach, które zdają się drgać w lekkim uśmiechu, odbija się w szklanych, już niewidzących oczach.

– Szahid...

Patrzę na pergaminowo bladą twarz Szahida, leżącego teraz w płytkim grobie, który dałem radę wykopać saperką pomiędzy zerwanymi deskami podłogi. Koło niego leży wierny kałasznikow, w rękę włożyłem mu różaniec i wyświechtany, zaplamiony krwią kieszonkowy Koran, pod głowę wsunąłem zwinięty w rulon spłowiały i przeżarty przez czas dywanik modlitewny... Odruchowo chcę się przeżegnać, najpierw prawosławnie, potem po naszemu, w końcu dociera do mnie, że on chyba żadnego z tych gestów by sobie specjalnie nie życzył. Uświadamiam sobie, że nie mam pojęcia o muzułmańskim obrządku pogrzebowym, nawet nie wiem, jak się zachować.

– Niech ci Zona lekką będzie, *modżahed.* – Przykrywam ciało płaszczem, zaczynam przysypywać piaskiem. Kolejna znajoma twarz oddana ziemi... Czuję, że powinienem powiedzieć coś więcej, może pomodlić się, ale nie mogę znaleźć słów, nie tu, nie w tej przeklętej krainie. Po prostu robię łopatką, koncentrując się na prostej, fizycznej czynności i na bólu lewego ramienia, wciąż słabego po postrzale.

Kończę, zatykam w ziemi zbity z desek krzyż.

...no nie.

Chwilę zajmuje mi zrobienie ze spróchniałego budulca w miarę porządnego niechrześcijańskiego nagrobka, który udaje mi się jako tako umocować u nóg zmarłego, nożem wycinam koślawe litery imienia, żeby druh mógł przeczytać, kim był, jak wstanie...

– Tylko nie za prędko, Szahid, ja ciebie bardzo proszę – rzucam słabym żartem nad stalkerską mogiłą. Przy nagrobku ustawiam krzesło, na nim układam równym rządkiem amunicję do kałasza w kartonowych pudełkach, maskę przeciwgazową w torbie, kompas i temu podobne wyposażenie – ot, typowa stypa w Zonie, kto przyjdzie, to coś weźmie, coś od siebie dołoży, nad mogiłą głowę pochyli, o zmarłym ciepło pomyśli. Dla siebie zabieram tylko skąpe racje żywnościowe i tabletki do odkażania wody, reszta przyda mi się tutaj, jak wrócę... Jeśli wrócę.

Wychodzę z chatynki już dobrze koło południa – znowu sam.

Za sobą zostawiam kolejnego martwego przyjaciela.

Przede mną przeznaczenie.

Instytut

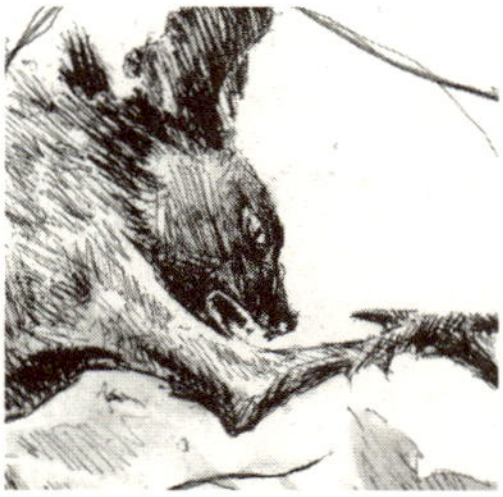

Jestem.

Nie zostało nic innego.

Egzystuję w zimnych korytarzach pod zrujnowanym światem, bez przeszłości i przyszłości.

Być może kimś byłem – kiedyś. Nie pamiętam. Czasami, gdy oczy bez powiek uciekną w oczodoły, widzę fragmenty wspomnień, których nie rozumiem – zielone liście na drzewach, śmiech przy butelce piwa, kobieta, nocne spacery po Kijowie. Widzę te rzeczy, ale nie wiem, co znaczą, bo nie budzą we mnie żadnych skojarzeń ani emocji; to jak przepisywanie tekstu w nieznanym języku, gdy symbole nie łączą się w słowa.

Szukam znaczenia w myślach i mózgach innych, filtrując wspomnienia i przeżuwając tkankę. Jestem niczym tchnienie lodowatej zimy, które próbuje pocałować płomień *świecy – pali się, póki go nie dotykam; gdy ja podchodzę, on umiera.*

„Śmiercią się stałem, światów niszczycielem".

Leżę bez ruchu długo po tym, jak udaje mi się obudzić. Płuca bolą mnie niemiłosiernie, świat dokoła krąży w zawrotnym tempie, żołądek podchodzi do gardła, przed oczami latają czerwono-czarne plamy. Nie wiem, jak długo nie oddychałem; boję się, że któregoś ranka po prostu się nie ocknę.

Wrak wypalonej ciężarówki w rowie to nie najmilsze lokum – wciąż czuć sadzę i stopioną gumę, ścianki kunga brudzą ręce – ale przynajmniej tu nie pada. Zjadam skromne śniadanie, patrzę chwilę na mapę, ale potem po prostu wpycham ją do plecaka; jestem zbyt głęboko, tutaj i tak mi się na nic nie przyda.

Deszcz szumi o liście brzóz, gdy wspinam się po mokrej trawie na niewielkie wzgórze. Na samym szczycie – krzyż z przybitą maską przeciwgazową, kolejna stalkerska mogiła. Zapadnięty kopczyk i rozwłóczona ziemia dobitnie pokazują, że ktokolwiek w niej leżał, długo nie zagrzał miejsca. Rozglądam się, odruchowo dotykając chwytu *Zbawiciela.* Pusto. Tylko indykoty krzyczą w zaroślach po lewej, tylko wiatr świszcze w koronach drzew. Naciągam kaptur głębiej na twarz, krok za krokiem zaczynam schodzić w dół, ku spowitej szarym tumanem dolince.

Przede mną Agroprom.

Trudno mi ocenić rozmiar samego kompleksu, bo najwyraźniej był z założenia budowany tak, by nie rzucać się w oczy – najwyższy budynek biurowy ma raptem trzy kondygnacje, poza tym płaskie dachy przysadzistych hal i laboratoriów porosła już trawa i mech, rozmywając rzeczywiste kontury. Widzę przynajmniej dwa... trzy zbudowane z falistych segmentów, półokrągłe ni to garaże, ni to hangary oraz kilka pomniejszych budowli. Na wysokości piętra któregoś z budynków, zaraz obok żelaznych schodów zewnętrznych, jakiś dowcipniś wymalował ogromne, czarne graffiti, wyglądające niczym rozmyta plama atramentu; z tej odległości wydaje się, że kawałki rysunku drżą i przemieszczają się po ścianie, wypuszczając i chowając amebowate odnóża. Kimkolwiek był bezimienny artysta ścienny, musiał być zdrowo nienormalny, by przychodzić tu w takim celu. Widzę też podstację transformatorową, do której dochodzi oddzielna linia; spora ta linia, jak na „zwykły" instytut naukowo-badawczy, rzekomo zajmujący się botaniką i rekultywacją terenów skażonych, ale większa część Agropromu nie znajduje się podobno nad poziomem ziemi.

Miejscowi - Rudolf, Patyk, Major - opowiadali mi sporo o osławionych „podziemiach Agropromu", ale znać było, że w większości to opowieści w najlepszym razie z drugiej ręki. Wiem, że doszedł tu na pewno pierwszy z nich, a reszta raczej powtarzała to, co im kiedyś opowiadał ktoś, czyj znajomy z kolei... no, znacie ten mechanizm. Pomimo ogromnych rozbieżności co do położenia, sposobów dojścia i wyglądu samego ośrodka badawczego, wszystkie relacje jednak zgodne były w jednym.

Trzeba tu uważać.

Jestem już prawie w połowie wzgórza, gdy dostrzegam ruch pod ścianą lasu po prawej. Podnoszę do oczu lornetkę – człowiek! Człowiek, a zaraz obok, za krzakami, kolejny, obydwaj w pstrokatym wyposażeniu nie od kompletu, więc najwyraźniej stalkerzy. Ale coś mi tu nie gra, coś mi nie pasuje... Są zbyt pasywni, po prostu stoją tam w krzakach, nie poruszając się, potem robią kilka sztywnych kroków naprzód i znów stają w miejscu. Próbuję złapać ostrość na ich twarzach, bo kiełkujące we mnie straszne podejrzenie nabiera kolorów, gdy widzę, jak jeden z nich trzyma broń – kurczowo zaciśnięta pod pachą kolba i nasadzony na lufę akaemu bagnet nie są typowym dla wolnej braci sposobem używania broni, a zatem...

Pomiędzy gałęziami, głębiej w zagajniku, widzę mignięcie twarzy – szerokiej, jakby rozdętej głowy i maluśkich, czarnych jak noc bez gwiazd oczek. Przez chwilę wydaje mi się, że pomimo dzielącej nas odległości te oczy patrzą wprost na mnie, we mnie... a potem z trudem odrywam lornetkę od twarzy, opieram się plecami o drzewo i osuwam na ziemię, dysząc szybko. Gdy znajduję w sobie odwagę, by spojrzeć tam ponownie, to nie ma już nic – ani stalkerów z wypalonymi mózgami, ani eskortowanego przez nich kontrolera. Tylko cichy las kołysze się niespiesznie od wiatru, tylko gawrony kraczą złowieszczo na martwych drzewach.

Przebieżkami po cztery-pięć metrów, od krzaka do krzaka, od wykrotu do wykrotu, pokonuję pozostałą część zbocza. Wieżyczki strażnicze świecą pustką, ale jakoś nie mogę pozbyć się wrażenia, że martwe ślepia wygasłych reflektorów obserwują każdy mój ruch; na szczęście zagajnik kryje podejście, idę więc pod osłoną młodych brzózek, rozglądając się tylko dokoła i nasłuchując każdego dźwięku. W tej zielonej gęstwinie może kryć się cokolwiek...

Upsa! Dosłownie w ostatniej chwili udaje mi się wyhamować i przenieść ciężar na drugą nogę, by nie wpaść w odkryty właz podziemnej studzienki. Częściowo przesłonięty trawą kwadratowy otwór ma chyba z osiemdziesiąt na osiemdziesiąt, widzę rząd żelaznych klamer zbiegających w mrok i ciemny zarys własnej głowy w prostokącie światła, odbitego w lustrze wody na dnie. Głęboko, będzie z pięć metrów... Świecę na dół, widzę prześwit na wpół zalanego korytarza biegnącego w dwie strony, jakieś rury i zawory; dobrze wiedzieć, zawsze to miejsce na przeczekanie ewentualnej emisji. Próbuję zamknąć odrzucony na bok właz, ale zawiasy klapy przyrdzewiały na amen, ani drgną; no nic, trzeba uważniej patrzeć pod nogi.

Po drodze do płotu z betonowych prefabrykatów wyciągam jeszcze krążący sobie po obrzeżach „karuzeli" artefakt – drobnica, ale zawsze się przyda, nawet na jednorazowe podleczenie poważniejszych ran. Przysiadam na nogach, nastawiam ucha, gdy słyszę trzask łamanych gałęzi z prawej. Charakterystyczne pochrząkiwanie i sapanie jednoznacznie wskazują na prypeć-kabana, ale jeśli będę odpowiednio cicho, to może...

Nie wiem i nie potrafię wyjaśnić, co powodowało mną w tej akurat chwili. Może to przeczucie, może zwykłe doświadczenie, a może iskra objawienia, nieważne. Ważne jest to, że obracam się na pięcie, przypadam do ziemi i ściągam spust – raz, drugi, trzeci! – zamieniając zieloną gęstwinę w sieczkę. Słyszę kwik i charkot, jednocześnie kaban, którego zauważyłem wcześniej, podrywa się przerażony do biegu za moimi plecami, tratując wszystko na swojej drodze i przedzierając się na oślep przez młodniak. Ziemia jęczy ciężko pod racicami oddalającego się zwierza, jeszcze chwila i wszystko cichnie... Wypuszczam powietrze, bo przed oczami zaczęło robić mi się już ciemno, zaczynam oddychać szybko i głęboko, podnoszę się z wilgotnej trawy.

W krzakach, przez które strzelałem, nie ma nic – nic poza kilkoma bryzgami gęstej, czarnej krwi na zielonych liściach rozłożystego łopianu. Cokolwiek tu było, dało radę uciec... widzę ślady posoki na gałęziach, ale nie mam zamiaru ruszać tropem rannej istoty. Żaden ze mnie tropiciel, a tym bardziej już samobójca. Otrzepuję kolana i łokcie, doładowuję *Zbawiciela*, oddalam się szybszym krokiem – ze skrytego podejścia już nici, ale nie znaczy to, że mam tu sterczeć. Zaraz zlecą się na odgłos strzałów miejscowe mutasy, a wolałbym być wtedy już gdzie indziej.

Zakradam się na teren Instytutu przez przerwę w betonowych segmentach – „komarza łysica" dawno już zniknęła, ale został po niej idealnie równy, ubity na klepisko owal ziemi, na którym widać jeszcze jaśniejszą smugę sprasowanego na grubość mikronów ogrodzenia. Przeskakuję przez dawną anomalię i – –

– – o cholera!

Podnoszę się z ziemi, wypluwam krew z ust, krzywię się, gdy stłuczone kolano odzywa się tępym bólem. Co to było? Anomalia nie anomalia? Jakiś chwilowy *blackout*? Rozglądam się – gdzie ja jestem? Nigdzie nie widać wyrwy w murze, musiałem odejść – odbiec? – spory kawałek. Zaciskam oczy, próbując złapać ostatnie nitki wycofującej się do podświadomości myśli...

...szyby płyną i skapują na ziemię wrzącymi kroplami, mozaika na ścianie tańczy w odblaskach zielonego ognia. Idę chwiejnym krokiem przez zalany purpurą podwórzec, a nade mną rysują się pionowe klify betonowych ścian...

...otwieram oczy, potrząsam głową. Nie. Nie dam się zwariować, nie teraz, nie, skoro jestem już tak blisko miejsca, które nawiedza mnie w snach od prawie roku. Najprościej byłoby po prostu puścić wodze kontroli i zanurzyć się w otchłań szaleństwa, przestać walczyć z koszmarami i odpłynąć na spokojne wody obłędu... Ale nie poddam się. Będę szedł dalej, wbrew wszystkiemu, wbrew sobie – żeby udowodnić światu, że dam radę.

Ruszam spokojnym, miarowym krokiem wzdłuż ślepej, betonowej ściany. Na piętrze rząd szerokich okien w aluminiowych ramach, przez wybite szyby tu i tam wylewają się na zewnątrz buroszarą kaskadą strzępy firanek, gdzieniegdzie „rdzawe włosie" zagnieździło się na futrynach – nieprzyjemne swędzenie pod czaszką nieodmiennie każe odejść kawałek dalej, ominąć anomalię łukiem. „Rdzawe włosie" i „żrący puch" same z siebie nie są aż tak groźne, ale niejednemu stalkerowi zdarzyło się nieopatrznie wleźć w zarośnięte nimi miejsce, odskoczyć w bok z bólu i władować się prosto w „wyżymaczkę"... Ilu to już znałem takich, co zginęli głupio?

Niski, ponury ryk odbijający się echem od ścian kompleksu przywraca mnie do rzeczywistości – gdy adrenalina wypełnia żyły, od razu wraca ostrość widzenia i odczuwania, zbędne myśli ulatują jak zdmuchnięte. Ja znam ten ryk i niestety wiem, co oznacza.

Chłeptokrwij.

Rzucam od razu trzy mutry, biegnę ich śladem ku pobliskiemu parterowemu budyneczkowi. Otwieram kopniakiem rozchwierutane drzwi, zamek wylatuje z chrzęstem mechanizmu w fontannie próchna, skrzydło uderza o ścianę, a ja już wpadam do środka, zamykam i opieram się o nie całym ciężarem ciała, rozglądając się w panice po pomieszczeniu i myśląc, co tu zrobić dalej. Nie mam zbyt dużego wyboru... Podciągam pod rozeschnięte drzwi przerdzewiały stelaż łóżka z jęczącymi sprężynami, przekręcam i stawiam do pionu, jako tako barykadując wejście. W suficie widzę klapę na poddasze, ale co mi po tym, skoro jest zamknięta!... Podrzucam *Zbawiciela* do oka, odstrzeliwuję skobel wraz z kłódką, drewniany właz opada na dół, majtając się na jednym zawiasie, a z zewnątrz, naprawdę blisko, rozlega się kolejny wściekły ryk, od którego krew ścina się w żyłach. Na chwilę autentycznie zamieram, niczym przerażony króliczek kulący się przed pytonem, ale zaraz włączają się mechanizmy przeżycia – jak nakręcony ściągam z siebie sprzęt, jakimś cudem z zamachu za trzecim razem wrzucam na górę przez klapę, z jednym jedynym granatem w ręku podskakuję do zawalonego wejścia...

Jestem o krok od szkieletu łóżka, gdy drewniane drzwi nagle trzeszczą i wypaczają się do środka, jakby naciśnięte z zewnątrz z ogromną siłą. Zastygam, drzwi skrzypią i jęczą, opierając się o żelazną ramę... Wyrywam zawleczkę z cennej alhambry, wciskam ją między ścianę a stelaż, blokując łyżkę, odskakuję i biegnę ku klapie, słysząc, jak drzwi skrzypią i jak zaczyna zgrzytać o podłogę żelazna konstrukcja... a potem z cichym

„pszting-pyk!" odskakuje łyżka granatu i odpala się chemiczny spowalniacz zapalnika. Jednocześnie potwór na zewnątrz, jak gdyby czując mój strach, ryczy i ze zdwojoną siłą napiera na drzwi, widzę już, jak jego ogromna łapa wciska się przez szczelinę, szukając blokującej wejście konstrukcji. Podciągam się na rękach... na Czarnego Stalkera! nie dam rady! Nie dam rady, brakuje mi lewego ramienia, jakby nie było tam w ogóle mięśni, a posokowiec wali i łomocze drzwiami, już pysk z wijącymi się wściekle mackami wsuwa się przez szparę, już druga łapa – – drzwi nie wytrzymują i puszczają, rozlatując się deszczem drzazg, ogromny burobrązowy mutant wpada do korytarzyka, na chwilę więźnie w żelaznym rusztowaniu, ale potem przedziera się i wyskakuje krok dalej, ja już wiszę na zgiętych łokciach w otworze klapy, sięgam prawą ręką przed siebie w półmrok, podciągam się na legarach sufitu – a wszystko to w zaledwie trzy i pół sekundy, które dzielą zapłon spowalniacza od momentu, gdy chemiczny płomyk dojdzie do zapalnika. Na chwilę ogienek w aluminiowej rurce zapalnika gaśnie, potem z cichym puknięciem i błyskiem odpala wysokociśnieniowy detonator, od którego całe sto piętnaście gramów oktogenu w jednej chwili zamienia się w błyskawicznie rozprężające się gazy, bez trudu rozrywające w proszek kompozytową koszulkę odłamkową i zamieniające zatopione w niej stalowe kuleczki w śmiercionośną chmurę szrapneli, przenikających w potwornym pędzie drewno, tynk, żelazo i ciało. Widzę jeszcze tylko swoje majtające się w otworze nogi, pod nimi rozwartą otchłań paszczy mutanta, a potem wszystko to zmiata w nicość fala podmuchu.

„Przerażającym snem jest życie".

Chowam się w ciemnych korytarzach, w których schroniłem się przed światem. Szedłem – uciekałem – tak długo, że aż zwątpiłem w to, czy prześladujące mnie wspomnienia są naprawdę moje. Każda noc jest koszmarem powracających do mnie sal zabiegowych i pustych twarzy, każde przebudzenie w dzień – powrotem do cierpienia i pustki istnienia bez celu. Nie ma dla mnie spokoju, nie ma odpoczynku. Ledwo się poruszam, ale z bólu nie mogę leżeć; nie jestem głodny, a trawi mnie głód; nie chcę pić, a odczuwam pragnienie. Nie chcę zadawać cierpienia, ale nic innego już nie potrafię.

Patrzę w oczy moich ofiar, każąc im po kawałku odcinać sobie członki i podawać mi do ust. Zmuszam ich, by sami otwierali sobie czaszki, aby nie męczyć słabych rąk. Przychodzą za mną do mojego podziemnego legowiska, jak ptaki umysłu trzepoczące się w klatkach bezwolnego ciała – przerażeni, lecz milczący, a jedyny wrzask strachu widzę w ich oczach.

Nie jestem nikim.

Świadomość wraca do mnie powoli, na raty, jak przedawniony kredyt z karnymi odsetkami. Zawroty głowy i fala nudności niczym gigantyczna karuzela w tandetnym ruskim lunaparku kręcą mi się kolorowym wirem pod czaszką – nie otwierając oczu, kawałkami, powoli, udaje mi się doczołgać dłonią do pokrowca i wyciągnąć apteczkę. Kilka lat mocuję się z tytanową folijką opakowania, kolejną erę geologiczną poświęcam na wypiętrzenie moreny zamknięcia, aż w końcu wieczko odskakuje, a wszystkie pojemniczki i tubki usłużnie rozsypują się po ziemi. Po omacku znajduję oznaczone czterema podłużnymi graniami pudełeczko przeciwwymiotnego, nie mając siły walczyć z manierką, rozgryzam ohydne tabletki etaperazyny na sucho; żołądek buntuje się, ale mam już wprawę w dławieniu tych jego małych, zupełnie bezzasadnych fochów.

Gdy w końcu odrastają mi w miarę sprawne ręce, a głowa zsiada z kolejki górskiej, mimo wszystko sięgam do pasa po manierkę. Poza tym nie wykonuję żadnych ruchów – jeśli nawet okaże się, że mam przetrącony grzbiet i straciłem władzę w nogach, to zastrzelę się przynajmniej napity, a nie o suchym pysku. Zapijam obrzydliwe okruszki równie obrzydliwą, śmierdzącą szczynami z basenu wodą, żołądek odpowiada przeciągłym, dojmującym beknięciem.

Żyję.

Powoli wraca mi ostrość wzroku, zaczynam dostrzegać jaśniejsze plamki na tle czerni – to dziury w dachu powyrywane przez odłamki... Na zewnątrz musi być już noc, ale obce gwiazdy nad Zoną i tak świecą jasno, więc i mój prywatny firmament lśni ich rozproszonym blaskiem. Całą lewą łydkę mam mokrą – to pewnie krew, musiał mnie zaczepić juchociąg, albo może rykoszetem dostałem? Swoją drogą, mogę dotknąć nogi i czuję ten dotyk, więc najgorsze przeszło bokiem. Lepi mi się też głowa – łuk brwiowy już przestał krwawić, ale czoło mam spuchnięte, jakby mi ktoś śliwkę pod skórę wepchnął. Po ciemku, nie zapalając światła, wkłuwam sobie w nogę antybiotyk, łykam przeciwbakteryjny, zakładam opatrunek, przewiązuję głowę... Wszystko to w rzutach, nierównymi kawałkami, bo świadomość odpływa jeszcze ze dwa albo trzy razy – nie do końca, ale na tyle daleko, żeby miała skąd do mnie wracać. W końcu polewam wódką wyciągnięty z pojemnika „ochłap", wciskam pod bandaż na nodze podobny w dotyku do świeżej wątroby artefakt, łykam jeszcze porcję witamin i profilaktycznie zjadam na sucho koncentrat owocowy z racji żywnościowej.

Echo niesie moje kroki po pustych korytarzach.

Jestem sam, wszystko i wszyscy dokoła to trupy. Chłód podziemnego żelbetu przenika do szpiku kości, nie czuję już nawet kamieni raniących stopy; ból jest obok mnie, ból to już nawet nie uczucie, a jego ulotny cień.

Wracam do swego leża po kolejnym dniu bezcelowej egzystencji.

Ciemność spowija jeszcze niebo, gdy znajduję w sobie siłę, żeby wygramolić się przez dziurę w dachu na zewnątrz. Na szczęście artefakt pomógł, bo noga nie spuchła, a rany zaczęły już się zasklepiać, ale czuję za to sto innych bolących miejsc – starzeję się, taka prawda. Siadam na szczycie dwuspadowego daszku, patrzę na masyw betonowych budynków INB Agroprom, na błyskające pomiędzy wijącymi się rurami ognie anomalii, na zjadliwą luminescencję „wiedźmiego kisielu" w wypalonych wnętrzach.

Starzeję się.

Organizm wyczerpany czterema sezonami brodzenia po radioaktywnych pustkowiach Zony nie regeneruje się już tak szybko, coraz bardziej i coraz dotkliwiej męczą się mięśnie. Kiedyś nawet nie odczułbym takiej ekwilibrystyki – ot, myślałby kto, podciągnąć się na prostych rękach, uciekając przed posokowcem i falą uderzeniową granatu – a teraz czuję się, jakby przejechał mnie sowiecki walec drogowy. Do tego jeszcze sen, który nie przynosi ukojenia ani odpoczynku. Wyciągam z plecaka rysunki, po kolei oglądam i zrzucam w dół, prosto w syczącą „elektrę": masyw budynku biurowego... płonąca stróżówka... komin kotłowni i stacja transformatorów... mozaika na ścianie. To, co udało mi się zapamiętać i narysować, to tylko impresje, rozmazane i niedokładne wizje, ale teraz, gdy jestem tutaj, na miejscu, to każdy z nich wydaje się wiernym odwzorowaniem fragmentu rzeczywistości. Nie potrzebuję ich już, skoro mam miejsce z moich koszmarów na wyciągnięcie ręki.

Zsuwam się z dachu na stryszek, stamtąd zeskakuję na dół, do dawnej sypialni koszarowej; nogi uginają się pode mną niebezpiecznie, ale jakoś daję radę ustać. Pomieszczenie uległo dość gwałtownemu przemeblowaniu – granat cisnął żelaznym stelażem na środek, wyrwał drzwi z zawiasów i wypchnął je na dwór, rozrzucając na wszystkie strony kawałki desek i przestawiając drewniane szafki. Na ścianach i podłodze widać bure ślady zastygłej krwi, ale – wbrew moim nadziejom – nigdzie nie ma ścierwa chłeptokrwija. Żywotne bydlę musiało przeżyć i teraz zaszyło się gdzieś w podziemiach, żeby lizać rany, czyli trochę czasu mam, nim mutant wydobrzeje na tyle, żeby myśleć o zemście. Nie zapalając latarki, w szarym półmroku świtu wychodzę na dwór.

Kompleks musiał być imponujący w latach swojej świetności – co do tego nie mam najmniejszych złudzeń. Potężny segment betonowo-blaszanych garaży na kilkanaście dużych pojazdów wraz z częścią remontową, stołówka pracownicza, spora część mieszkalna, dwa duże skrzydła laboratoryjne, składy i magazyny... to tylko to, co mogę zidentyfikować na szybko, obchodząc częściowo Instytut po zewnętrznym obwodzie wzdłuż betonowego muru. Nie brakuje tu zarówno anomalii, jak i bardziej przyziemnych pułapek – wysoka trawa skrywa w sobie poskręcane druty zbrojeń i gniazda hydrantów, niewidoczne pod brązowo-zielonym kobiercem zapadliny puszek elektrycznych i sekcje porwanej, niemiłosiernie trzeszczącej i skrzypiącej żelaznej siatki. Nie mogę pozbyć się wrażenia, że puste oczodoły okien wciąż mnie obserwują; dzwoniąca w uszach cisza działa na nerwy, wiatr wygwizduje niepokojące melodie w prześwitach opuszczonych laboratoriów. Jest jeszcze ciemnawo, budynki z tej perspektywy wyglądają zupełnie inaczej – nijak nie mogę znaleźć tego, na którym widziałem to psychodeliczne graffiti. Nawet nie zauważam, kiedy wstaje mglisty świt i na niebie pojawia się zimne, kłujące w oczy słońce.

Wbrew swoim zwyczajom zjadam lekki obiad – głównie po to, żeby nie faszerować się prochami na pusty żołądek – i koło południa decyduję zapuścić się na eksplorację budynku biurowego.

Biurowiec wita mnie zwykłą już dla Zony ciszą, zapachem wilgoci i pleśni. Odłamki szkła chrzęszczą pod nogami, gdy krok za krokiem, z bronią w pogotowiu, skradam się przez puste korytarze, zaglądając do zdewastowanych pokojów. Moją uwagę przykuwa od razu w holu wejściowym ogromna gazetka ścienna – zdjęcia, felietony i artykuły z prasy zajmują całą długość ściany, zaczynając się od roku 1983 i ciągnąc nieprzerwanym pasmem sukcesów aż po zero szósty... „Instytut Selektywnej Uprawy i Genetyki" - głosi napis cyrylicą. Ciekawe, czy...

„Witajcie w Instytucie Selektywnej Uprawy i Genetyki". Nie wiem dlaczego, ale prześladuje mnie w koszmarach ten czerwony transparent – chyba pierwsza rzecz, jaką udało mi się dostrzec w tych krótkich chwilach, gdy pancerna ciężarówka bez okien wyładowała nas na placu po pięciogodzinnej podróży z Biłocerkowskiej 35. Kolonii Poprawczej. Potem były krzyki i gumowe pałki, paralizator i fotel ze skórzanymi pasami, wrzaski bólu i ramię, krwawiące moim nowym imieniem:

– 037 –

...podnoszę się z kolan, na trzęsących się galaretą nogach daję radę dowlec się do rozeschniętego krzesła w rogu. Głowa pulsuje mi uderzeniami młota, oczy mają ochotę wyskoczyć z oczodołów... Pociągam łyk wody z flaszki, polewam ręce i omywam twarz, uderzam się raz i drugi otwartą dłonią w policzek. Nie myślę, nie zastanawiam się. Jeśli teraz zwątpię i odejdę stąd, to już po mnie. Jedyna droga to brnąć głębiej w nadziei, że gdzieś tam jest dno, od którego można się odbić.

Wchodzę na piętro, nasłuchując każdego podejrzanego szelestu i szmeru, ale w korytarzach wisi tylko martwa cisza. Przestępuję przez zetlałego trupa w masce przeciwgazowej starego typu i pozbieranym z kawałków wyposażeniu, przyglądam się chwilę rozsypanym po podłodze łuskom i wyrwanym w ścianie dziurom po kulach. Ktoś tu był, ktoś tu strzelał, ktoś tu zginął – ale teraz nie ma to żadnego znaczenia. Popycham drzwi do pokoju biurowego; nie jestem tu pierwszy, na podłodze i biurku walają się porozrzucane dokumenty i zielone tekturowe teczki z papierami, na ścianie zdjęcia kombajnów i glebogryzarek, wypłowiałe sowieckie i ukraińskie dyplomy i *pacziotnyje gramoty*. Na jednym ze zdjęć, pośród grupki zadowolonych z siebie rolników i przebranych w źle skrojone garnitury oficjeli, stoi w białym laboratoryjnym fartuchu Łabodkin. Wygląda zupełnie jak wycięty i wklejony z innej fotografii - nieobecna twarz bez wyrazu, ściągnięta grymasem wąska blizna ust i wielkie okulary w rogowej oprawce; widać, że gardzi tymi ludźmi i tym zdjęciem, nawet patrzy nieco w bok, jakby już teraz chciał odejść do ważniejszych spraw i bardziej istotnych kwestii.

Wychodzę z pokoju, zaglądam do kolejnego i następnego – w zasadzie ta sama historia, wszędzie chaos papierów i druków, w ostatnim stoją jeszcze przedpotopowe komputery i siermiężne drukarki w plastikowych obudowach koloru brudnych majtek. Na plakatach maszyny rolnicze i pola, wyblakłe kalendarze z 2006 zdobne fotografiami półnagich, uśmiechniętych rumianych dziewoi nieumiejętnie żnących nieudolnie trzymanym sierpem wysokie zboże. Przeglądam kilka teczek – „Zamówienie na treblinki ćwierćcalowe łożyskowane", „Wstępny raport z zasiewów ozimych 2003", „Problemy technologiczne a wyrób 65c"... Rzucam to wszystko w kąt – jest to warte mniej niż szorstki papier, na którym ktoś to wykaligrafował; to wszystko zasłona dymna, papierowe bzdury, których ogrom miał przykryć prawdziwą działalność Agropromu. Cały ten biurowiec to jedna wielka makieta, ale ma dzięki temu zaletę...

Będę tu relatywnie bezpieczny.

Sprawdzam też wyższe piętra – czysto, spokojnie. Jest tu kilka stosunkowo niegroźnych, bo dobrze widocznych anomalii, w tym jeden „grawikoncentrat", łączący wyrwaną w stropie dziurą dwa poziomy, i sporo „rdzawego włosia" bliżej dachu. Aluminiowe ramy okien najwyższego piętra od północy są osmalone i powykrzywiane, widać, że w pomieszczeniach musiał szaleć pożar – nawet farba na ścianach od strony CZAES łuszczy się i odchodzi, tło promieniowania jest takie, że nie odważam się chociażby nogą przejść za próg.

Jestem akurat na piętrze, gdy słyszę zza okna dziwny odgłos, coś jakby szurających po asfalcie suchych liści – zupełnie tak, jakby ktoś ze szczytu stromych schodów wysypał ich cały kubeł w dół, na klatkę schodową... Wyglądam przez wybite okno, widzę przemykający przez podwórzec rój tuszkanów – nie stado, a rój właśnie, bo musi być ich ze trzydzieści sztuk. Napełniając powietrze piskiem i wizgiem, małe gryzonie wylewają się z jakiejś ciemnej dziury pomiędzy drzewami, przebiegają przez wyasfaltowany placyk przed biurowcem i chowają się w okna podpiwniczenia stołówki; cisza znowu opada gęstą zasłoną. Po raz kolejny czuję się jak reżyser filmu przyrodniczego, obserwujący dziki świat z bezpiecznej wysokości ambony w buszu... tyle tylko, że w Zonie żadna wysokość nie jest bezpieczna. Odwracam się tyłem do scenki rodzajowej, ruszam na dół po zasłanych arkuszami papieru i fragmentami tynku schodach.

Żeby dojść do hali laboratoryjnej, muszę pokonać nieduże poletko lokalnych anomalii – powietrze drży i faluje, utrudniając oszacowanie faktycznych konturów i zasięgu pułapek, liście i wszelki drobny śmieć wirują na obrzeżach pól grawitacyjnych. Idę spokojnie, co krok rzucając drobne kamyczki i pozbierane w biurowcu zaimprowizowane próbniki – długopisy, magnesy, pieczątki... Ostatni odcinek drogi pokonuję, pełznąc na brzuchu, czując liżący mi kark ognisty podmuch „żarnika", w końcu udaje mi się przeczołgać na tyle daleko, by wstać bez ryzyka. Już-już mam się podnieść – i widzę przed sobą czubki butów.

Zamieram. Nie ruszam się, przestaję w ogóle oddychać, przez głowę przewala mi się tabun myśli i wariantów, wpatruję się tylko jak zaczarowany w noski schodzonych wojskowych *bierców*... Biorę głęboki wdech, spinam się cały; najszybciej jak potrafię wyszarpuję z kabury pistolet, przetaczam się na plecy i daję ognia dwa razy w stojącą nad sobą postać – –

...pierwsza kula wyrywa fragment futryny drzwi, druga rykoszetuje od sufitu i trafia w okno, które z głośnym brzękiem rozsypuje się błyszczącymi odłamkami i wypada w trawę na dworze. Patrzę z niedowierzaniem na pusty otwór wejścia, potem wzrok wędruje w dół, gdzie zaraz za progiem stoi para wojskowych glanów. Glock dymi w ręku, podrywam się i okręcam dokoła raz i drugi, patrzę ponad przyrządami celowniczymi na okolicę. Był tam! Ktoś tam był, widziałem go przecież, były też nogi!!! Trzęsącą się ręką próbuję schować pistolet, nie mogę zapiąć guzika zabezpieczenia, palce nijak nie chcą trafić w zatrzask; w końcu wkładam go do kabury, opieram się o ścianę, wycieram ręką spocone czoło.

Zaczyna mnie giąć. Czuję, jak powoli tracę kontrolę nad samym sobą... Nie mogę uwolnić się od tej myśli, badając pomieszczenie po pomieszczeniu zdewastowane laboratorium. W końcu odwieszam nawet *Zbawiciela* na plecy – to już po tym, jak dwoma strzałami roznoszę *w driebiezgi* drewniane drzwi tylko dlatego, że wisi na nich zielony fartuch, który biorę omyłkowo za stojącą tam postać. Z trudem utrzymuję ostrość wzroku, głowa kołysze mi się na boki – ze zdwojoną siłą daje o sobie znać zmęczenie organizmu, wycieńczonego długimi rajdami w głąb Zony i ciągłym narażeniem na promieniowanie przenikające. Wyciągam z apteczki wojskowy dopalacz, popijam tabletki energetykiem...

Idę pomiędzy budynkami, na ścianie przede mną płynie ciężkimi soplami szklana mozaika. Deszcz płonących dokumentów opada martwymi ptakami z fioletowego nieba, ludzie dokoła wrzeszczą, próbując wepchnąć z powrotem kipiące im przez uszy mózgi. Jakiś żołnierz strzela na oślep do wszystkich, kosząc serią naukowców i urzędników, techników i skazańców. Gdy kończy mu się amunicja, z rykiem przerażenia odrzuca karabin i wyrywa zawleczkę z wiszącego w ładownicy granatu – patrzy jak zaczarowany na strużkę dymu, sączącą się z zapalnika, a potem detonacja rozrywa go na strzępy.

Budzę się.

Leżę na stole operacyjnym, nade mną pochyla się pozbawiona wyrazu twarz w rogowych okularach. Widzę zjeżdżające ku mnie wysokoobrotowe wiertło, podłączone do ssawek drenów. Mój krzyk ginie w wizgu diamentowej głowicy, przerzynającej się przez cienką kość skroni.

Budzę się.

Siedzę zgarbiony na kupie szmat w zapomnianych od Boga i ludzi wilgotnych korytarzach, gdzie ściany porasta fosforyzujący grzyb. Wokół mnie walają się na wpół ogry-

zione kości, pordzewiały sprzęt i gnijące szmaty ubrań, których nie umiem sam na siebie założyć. Pod ścianą leży Spopielony, który nie ma już sił się poruszyć – nie nadaje się ani na pomocnika, ani na jedzenie. Jedną myślą ucinam nić jego życia, pozbawione funkcji życiowych ciało chwilę rzuca się w drgawkach, potem zastyga w bezruchu. Podnoszę się, ruszam ku wyjściu. Czuję głód.

Budzę się.

Budzę się.

Leżę na podłodze zdewastowanego laboratorium, czując, jak pulsuje mi mózg.

Powoli gramolę się na czworaki, dopełzam na kolanach i rękach do żelaznego stolika, po którym daję radę wspiąć się i przyjąć pozycję pionową. Na ziemi została rozsypana apteczka i rozlana woda... Czekam, aż zawroty głowy ustaną; schylając się powoli, niczym starzec, zbieram swoje dobro i upycham do torby. Na dworze robi się już ciemno, nie wiem, jak długo tu leżałem... Obchodzę jeszcze dwa pokoje, szukając innej drogi wyjścia. Wspinam się na parapet, w prawie kontrolowany sposób wypadam na dwór, podnoszę się i chwiejnym krokiem ruszam pomiędzy anomaliami do biurowca.

Nie pamiętam nawet, jak układam się spać.

Wychodzę przez zrujnowany bunkier na powierzchnię. Nocne powietrze drażni nozdrza, chłodny deszcz ścieka po pokrytej bliznami głowie, łaskocze w pozostałości małżowin. Ruszam na poszukiwanie pożywienia.

Zwierzak trafia się szybko – prymitywny umysł nawet nie zauważa, gdy przejmuję kontrolę nad ścieżkami neuronów i zaczynam sączyć do jego mózgu swoje rozkazy.

Czekam.

Kolejny świt w Zonie.

Nie wiem już, ile razy oglądałem ten spektakl, a i tak zawsze robi to na mnie ogromne wrażenie. Jest niczym chwila spokoju w świecie, który jest w nieustannym biegu, jak błysk światła w ciągłej szarości. Tak muszą czuć się ludzie szczęśliwi, takie są zapewne myśli błogosławionych – czyste i przejrzyste, bez skazy i cienia. Takim wstaje dzień nad Czarnobylem – i jest to najbardziej chyba zwodniczy i nietrwały jego moment.

Idę pomiędzy betonowymi ścianami, rozglądając się na lewo i prawo; gdzieś tu widziałem przemykający się między żelaznymi garażami cień, słyszałem donoszące się stąd hałasy. Nie jestem żadnym łowcą mutantów, ale muszę upewnić się, że nic nie wlezie mi na plecy, gdy zacznę eksplorować budynki.

Wychylam się zza rogu, wystawiając przed siebie lufę *Zbawiciela* – czysto. Rzucam mutrę, przebiegam wzdłuż ściany, lekko schylony, by nie było mnie widać w świetle okien, przyczajam się za kołem wojskowego ZIŁ-a, patrzę w odchodzącą w lewo uliczkę, na której końcu psychodeliczna mozaika lśni szklistą glazurą w pierwszych promieniach wschodzącego słońca.

Obracam się na plecy, przypadam do ziemi, celując wysoko nad siebie, gotów w każdej chwili ściągnąć spust i posłać rój dwunastu zabójczych śrucin w ich dziewiczy, śmiercionośny lot – nade mną nie ma nic, pusta, ślepa ściana, tylko żelazna konstrukcja schodów pożarowych przyklejonych do muru i otwory drzwi ewakuacyjnych... Ale słyszałem – czułem! – ruch gdzieś w górze. Mutant mógł zdążyć schować się za krawędź, więc może być teraz wyżej ode mnie; trzeba mieć baczenie na okna pięter. Gdzieś z góry słychać szelest suchych liści, sunących w porywach wiatru po dachu.

Cholera! To tu, na tej ścianie, widziałem to dziwne, czarne graffiti! Jestem już przy rogu, ale odwracam się gwałtownie, patrząc na betonową ścianę. To było tutaj, a teraz!... wpatruję się w mur, na którym czarnymi smugami wyraźnie odznacza się malunek o kształcie nieregularnego, ciemnego wiru z poszarpanymi końcami. *Czort pabieri*... Wzrok chyba płata mi już figle, gotów byłbym przysiąc, że przed chwilą ściana była pusta. Potrząsam głową, ruszam dalej, łukiem omijając przesączający się przez beton „wiedźmi kisiel".

Zaglądam nieśmiało do przybudówek części technicznej Instytutu – plątanina rur i przewodów pod sufitem, wyraźnie czuć w ciepłym powietrzu wilgoć... Pewnie gdzieś tam czeka na swą ofiarę „szybkowar" – straszliwa anomalia, najczęściej siedząca właśnie przy starych rurach c.o. i rurociągach, uderzająca na kilka metrów słupem rozgrzanej do kilkuset stopni Celsjusza pary wodnej pod ogromnym ciśnieniem, potrafiącej dosłownie obrać ciało z kości w przeciągu paru zaledwie sekund. „Szybkowar" ma tę zaletę, że umiejętnie używany potrafi zapewnić całkiem miłe i ciepłe, choć lekko wilgotne lokum albo posłużyć jako chałupnicza sauna... o ile znajdzie się ktoś na tyle durny, by biegać po podziemiach Zony na bosaka i owinięty ręczniczkiem, a potem wskakiwać do beczek pełnych radioaktywnej deszczówki. Zapalam tylko latarkę, roboczo oświetlam pomieszczenie, ale głębiej nie wchodzę, nie ma głupich.

Już-już mam wyjść z kotłowni, gdy znowu słyszę ten szelest liści – tym razem naprawdę blisko. Jest to tym dziwniejsze, że nie ma najlżejszego nawet podmuchu wiatru... Przykucam w przejściu, zastanawiając się tylko, na ile rozsądne jest odwracanie się plecami do niezbadanych, ciemnych pomieszczeń, ale nie mogę przemóc się, by wyjrzeć na zewnątrz; po prostu czuję w kościach, że nie powinienem.

Czekam. Chwilę, minutę, kwadrans, rok.

Ostrożnie, nieśmiało wystawiam za drzwi gardziel *Zbawiciela*, patrząc wzdłuż lufy na świat – cholera, czysto... Oglądam się w lewo, potem w prawo, jeszcze raz w lewo, jak uczniak z zerówki na pasach, wychylam się dalej, patrzę dokoła, pod nogi i w górę – no nic, nic nie ma! A mimo to instynkt stalkera trzęsie mi całym pierwotnym, zwierzęcym móżdżkiem, adrenalina wprawia w drżenie zimne dłonie, suchość w ustach staje się nieznośna... Zaciskam oczy, prostuję się, sprężystym krokiem wychodzę z kotłowni.

Rzucam za siebie okiem tylko raz. Na ścianie wokół drzwi rozłożył się smolisto czarny, rozmazany rysunek o poszarpanych, strzępiastych krawędziach. Mimo że słońce świeci jasno, rysunek nie odbija ani odrobiny światła.

Puszczam się biegiem.

Szelest liści z tyłu przychodzi bez ostrzeżenia, nawet nie tyle narastając, co od razu pojawiając się z głośnością podmuchu wichury. Lecę pomiędzy ciężarówkami, wpadam na placyk, obok mnie z głośnym hukiem rwie się „grawikoncentrat", kątem oka widzę pełznące po ścianach z niesamowitą prędkością włókna czarnego cienia, ześlizgującego się po murach i po cieniutkich mackach czarnych nici wpełzającego na fasady. Z budynku obok wylewa się z przerażonym piskiem stado tuszkanów, przez chwilę biegniemy razem – staram się skakać między szczurkami i mierzyć kroki, ale i tak raz czy dwa nadeptuję na któregoś z nich, a wtedy chrupnięcie delikatnych kości i urwany pisk towarzyszą ohydnemu mlaśnięciu ciężkiej podeszwy... Reszta stada nie zwraca nawet uwagi na miażdżonych przeze mnie pobratymców, wysoki wizg przerażenia szczuroskoczków wypełnia powietrze, w końcu rój skręca gdzieś i chowa się w otwartym włazie kanalizacji, kilka zabłąkanych sztuk rozbiega się po terenie, ja staję na środku placyku, dysząc ciężko i tocząc dokoła błędnym wzrokiem... Co to było, do jasnej cholery?! Anomalia, mutant, zjawa? Nigdy czegoś podobnego nie widziałem, nawet nie...

Szelest znów napływa z prześwitu pomiędzy budynkami, smolisto czarny cień bez ostrzeżenia ześlizguje się z betonowej fasady, sunąc po asfalcie w moją stronę. Podnoszę *Zbawiciela* i z czystej ciekawości, nie wiążąc z tym gestem szczególnych nadziei, strzelam w podpełzającą już ku dogorywającym tuszkanom plamę – materia rozstępuje się i otwiera tam, gdzie uderzyły śruciny, potem płynnie zasklepia nowymi włóknami, cały czerniak – czerniak! mam nazwę! – jakby zastanawia się chwilę, wypuszcza na próbę kilka macek w różne strony, w końcu muska ciało jednego z gryzoni. Patrzę zafascynowany, jak włókna kawałek po kawałku oplatają jeszcze drgające mutanty, czerniak po prostu otula je sobą niczym płachtą grubej folii malarskiej, szelest nasila się... Nie czekam na efekty, mimo że zżera mnie ciekawość – po prostu rzucam za siebie mutrą, ta jak na złość trafia prosto w „karuzelę", rzucam kolejną, ruszam jej śladem, modląc się tylko do Gospodarzy Zony,

by pełzający cień chociaż na chwilę zajął się ścierwami gryzoni. Dopadam do żelaznej drabinki wiodącej na dach parterowej hali, wspinam się szybkimi ruchami, cały czas wydaje mi się, że słyszę za sobą szelest liści... Krzyk przerażenia wyrywa mi się z gardła, gdy sprzed samej twarzy podrywa mi się do lotu czarny cień - gawron! cholerny gawron... Wskakuję na dach, odwracam się - czerniak jest tam, gdzie był, ale po jego ofiarach nie ma już nawet śladu, znikły wypukłości, którymi wcześniej znaczyły się pod powierzchnią tej przedziwnej anomalii (a może istoty) ich kruche ciała... A potem strzępiasty cień odpływa ku budynkom, zostawiając za sobą - nic. Ani kępki sierści, ani ogryzka kości. Nic.

Oddycham ciężko, śmieję się głośno i nerwowo, próbując rozładować napięcie, ale jednocześnie rozglądam się dokoła, bo teraz każdy mur, każda fasada może skrywać śmiertelne zagrożenie. Drobne chmurki przepływają przed dyskiem bladego słońca, rzucając na cały kompleks nierówne, postrzępione cienie, płynące powoli po ścianach... Obracam się w lewo, w prawo z bronią w pogotowiu, w końcu dostrzegam klapę wiodącą z dachu do środka - pociągam za uchwyt, o dziwo, właz niechętnie, ale się uchyla. Zaglądam najpierw ostrożnie z pistoletem w ręku, potem spuszczam nogi i schodzę po szorstkich, zimnych klamrach.

Korytarz rozjaśnia skąpe światło, wpadające przez brudne okna gdzieś dalej. Nasłuchuję chwilę, ale poza własnym oddechem nie słyszę nic. Powoli przestawiając nogi, ruszam z bronią gotową do strzału naprzód.

Oglądam akurat dużą salę przy wejściu, w której do dziś stoją jeszcze fragmenty pokazowych maszyn rolniczych, gdy nagle głośny brzęk żelastwa upadającego na ziemię rozlega się echem w pustych wnętrzach. Podrywam broń, próbując ustalić, z której strony mógł dobiec dźwięk, chowam się do najbliższego pomieszczenia, najciszej jak potrafię przymykam za sobą drzwi. Przez popękane szyby widać półokrągłe hangary z blachy falistej i tańczące na żelaznym ogrodzeniu wyładowania pobliskiej „elektry"... Słyszę jednocześnie, jak coś idzie korytarzem, sapiąc głośno i szurając po pokrytej warstwą kurzu i brudu podłodze. Nie zastanawiam się długo – otwieram skrzydło wybitego okna, wyślizguję się na zewnątrz, w kłującej trawie przypadam do ziemi. Biorę na cel otwór okienny nad sobą... Drzwi w pokoju skrzypią, otwierając się, uderzają klamką o ścianę, słyszę kroki – raz, dwa, trzy, cztery... – potem wciąż niewidoczny dla mnie gość zatrzymuje się.

Cisza. Staram się nawet nie oddychać.

Wytrzymuję na bezdechu tak długo, jak to tylko możliwe – minutę? dwie? Potem płuca zaczynają szarpać się i rzucać, żądając tlenu, słyszę łomot krwi w uszach – zaczerpując jednocześnie głęboki haust powietrza, podrywam się, celując przez okno do środka, gotów w każdej chwili pociągnąć za spust – –

Pusto.

Patrzę w niedowierzaniu na pusty pokój i zamknięte drzwi, obite obłażącą paradermą. Serce wali mi jak oszalałe, rozglądam się dokoła, patrząc, czy nie zobaczę gdzieś na ścianach podejrzanych czarnych cieni... Ale tylko słońce odbija się w tandetnej mozaice na ścianie biurowca.

Przyglądam się chwilę refleksom i grze światła na nierównej powierzchni, mrużę i przymykam oczy, gdy blask staje się nie do zniesienia – –

Czuję gdzieś na obrzeżach inny umysł – to mój Sługa przygonił dla mnie mniejszą zdobycz. Obydwa stwory podchodzą mi do nóg, mniejszy wkłada łeb do paszczy większego… Trzask i chrupnięcie kości, łapy mielą chwilę ziemię, potem zastygają pośmiertnym skurczem – schylam się i palcami wybieram fragmenty miękkiej tkanki mózgu, wyciągam włókna instynktu i chrząstkę odruchów.

Nie jest to człowiek, ale na dziś wystarczy.

Leżę twarzą w dół. Całe moje ciało dygoce, trzęsą mi się ręce i nogi, nie potrafię utrzymać nieruchomo głowy. Czuję, jak strużką ścieka mi po brodzie ślina, jak źdźbła trawy łaskoczą mi podniebienie.

A potem nagle atak mija. Zanoszę się kaszlem, zwijam w kłębek, próbując odzyskać kontrolę nad własnym ciałem. Zaciskam zęby i oczy aż do bólu, nie mogąc połapać się w pędzących przez głowę myślach – zupełnie jakbym obudził się w środku nocy z niesamowicie rzeczywistego koszmaru i nie mógł się przekonać, że to już jawa, a nie sen.

Jawa, a nie sen.

Przekręcam się na plecy, wyjąc z bólu, którego nie da się opisać ani poczuć ciałem – bólu pękniętej duszy. Przez półotwarte powieki dostrzegam masyw kotłowni z charakterystycznym kominem, który tak często widziałem w moich koszmarach.

Uspokajam się choć trochę, podnoszę chwiejnie, staję na nogach. Muszę oddychać, muszę iść, muszę dać radę. Nie pozostało mi już nic innego, wszystko poza tym straciło znaczenie.

Spoglądam na betonową fasadę bloku badawczego.

Wracam do mojego mrocznego, wilgotnego królestwa po nocy polowania, wciąż czując drażniący smak krwi w ustach. Idę przez podziemne korytarze, mijając ciemne klosze lamp i skrzyżowania tuneli biegnących w nicość.

Gdybym tylko mógł, ruszyłbym szybciej. Zawsze wydaje mi się, że w ciemności za plecami słyszę echo kroków siepaczy. Nieustannie boję się, że nagle zapłonie oślepiającym światłem okrągła lampa bezcieniowa, a nade mną nachyli się pusta twarz oprawcy.

Potrząsam głową, wizja rozmywa się, świat wraca do normalności. Przede mną masywny, betonowy budynek z wąskimi oknami o żelaznych okiennicach... Do połowy wciągnięta przez „grawikoncentrat" wojskowa ciężarówka tkwi na boku jak martwy zwierz, drewniane skrzynie z zaopatrzeniem leżą porozrzucane bezładnie jak klocki lego. Zaglądam do jednej – racje żywnościowe... Kuszące, ale nie odważę się wziąć czegoś, co tyle lat leżało w Zonie pod gołym niebem.

Słyszę znajomy już szelest suchych liści – nie czekam ani chwili, rzucam mutrę, wskakuję jej śladem w wejście do budynku.

Długi, szary betonowy korytarz ciągnie się w dal, przepalone lampy zwisają z zakurzonego sufitu. Rząd ciężkich, żelaznych drzwi po lewej stronie, w każdych z nich wizjer z klapką, potężne zamki na masywne klucze... Na podłodze rozerwany na kawałki szkielet strażnika, wywleczonego chyba z zakratowanej stróżówki przez wyrwane z ram okienko.

To było tutaj. To tutaj byłem, tu mnie trzymali, to tu stałem się tym, kim byłem.

Wspomnienia uderzają niczym młotem, zataczam się i lecę w otchłań niepamięci.

Czuję.

Czuję na skraju mojego umysłu jakiś inny, przerażony i słaby, ale też pełny desperackiej agresji. Nie zdążam go złapać, bo umyka mi nieco dalej, ale czuję, że ma silną wolę przeżycia... nawet jako Spopielony będzie mógł mi dobrze i długo służyć. Nie wiem, skąd wziął się w moim legowisku – może zabłądził tam pod moją nieobecność. Nieistotne. Ruszam ku niemu, wyciągając macki umysłu tak daleko, jak tylko mogę sięgnąć.

Człowiek jest przestraszony, ale też świadom mojego nadejścia – strach miesza się u niego z gniewem, czuję, że próbuje coś robić, chyba szykuje jakąś broń. To nieważne. Tutaj nie będzie miał dokąd uciec, a ja znam te korytarze. Broń ludzi kąsa i zadaje ból, ale jeżeli oni widzą mnie, to ja widzę ich – a wtedy wynik starcia jest jasny. A ten jest tylko jeden.

Jest mój.

Idę.

Najpierw słyszę swój własny, ciężki oddech, potem bicie serca, narastający szum krwi... Gdy tylko zaczynam kontrolować swoje ciało, łapię się żelaznej kraty w oknie, zwisam ciężko na samych rękach, osuwam się po ścianie na ziemię. Serce wali mi w piersiach jak oszalałe, tłukąc się o żebra niczym przerażony kanarek w klatce. Zamykam oczy, czekając, aż organizm nieco się uspokoi, popijam wódki z flaszki, trzęsącymi się rękami wyłuskuję z opakowania resztkę tabletek pobudzających. Nie mogę, nie mogę tu spać, nie na jawie, nie teraz! Czując, jak w żyły wchodzi nowa porcja sztucznej energii, podnoszę się, sprawdzam broń i sprzęt – to cud, że niczego nie zgubiłem.

Jestem... jestem – na piętrze? Musiałem wejść tu jakimiś schodami chyba, ale kiedy? którędy? Nie mam pojęcia. Po prawej mam jakieś pomieszczenia biurowe, pomarszczone i zapleśniałe kartki wciąż tkwią w segregatorach o twardych okładkach, wywrócone biurko blokuje wejście. Zaglądam do środka – „karuzela" kręci się na samym środku, wirujące w niej setki, może tysiące szklanych fragmentów szyb odbijają wpadające przez okna światło, rzucając na ściany wielobarwne refleksy i wycinki tęczy. Bardzo powoli, starając się nawet nie oddychać, chowam się za framugę drzwi – gdyby ten szklany *maelstrom* miał się teraz rozkręcić, to wir odłamków pociąłby mnie na strzępki...

Idę dalej korytarzem, słysząc, jak moje kroki odbijają się echem w wymarłych salach.

Człowiek wie, że po niego idę – odsuwa się i ucieka, próbuje walczyć i wyślizgiwać się moim myślom. Nie potrwa to długo, to nawet dobrze, że stawia opór, tacy potem są najbardziej przydatni...

Idę powoli, nieustępliwie, zaganiając człowieka w najdalszy kąt korytarza. Widzę już światło, które musiał porzucić w ucieczce – to dobrze, ludzie w ciemności stają się potulni i łatwo ich zastraszyć. Czuję jednak, że na coś czeka... uciekł, odsunął się, ale jego myśl rezonuje echem. Po co, czemu miałby chcieć, żebym podszedł bliżej?

Budzę się skulony na ziemi. Przede mną zakurzona, matowa ściana szklanej kadzi, we wpadającym przez wąskie okna snopie światła widać pierścienie brudnego osadu, pozostałe po wysychającym stopniowo płynie owodniowym. Plątanina przewodów i karbowanych rurek we wnętrzu pojemnika wygląda jak trzewia jakiegoś przedziwnego stwora...

Podnoszę się, rozglądam po sali, omiatając snopem światła ciemne kąty. Kilka obciągniętych resztkami skóry szkieletów w zetlałych mundurach, na podłodze zalegają gęstym kobiercem rdzewiejące łuski... Drzwi musiały kiedyś być zabarykadowane ściągniętym pod nie żelaznym złomem – stołami i stolikami, szafką na instrumenty mechaniczne, kilkoma metalowymi skrzyniami – ale cokolwiek przez nie weszło, nie miało szczególnego problemu z rozepchnięciem i rozrzuceniem tego wszystkiego na boki. Najpierw strzelali stąd, stojąc w luźnej linii, potem zaczęli cofać się pod ścianę... dalej łuski leżą zupełnie chaotycznie, cała sala upstrzona jest dziurami po kulach, żelazne meble podziurawione są przestrzelinami, nawet pancerna kadź nosi na sobie ślady lodowych pajączków po pociskach niedużego kalibru. Trupy leżą porozrzucane, niczym szmaciane lalki ciśnięte przez rozgniewane dziecko w kąt albo zmięte w bezkształtną kulkę. Konsole sterowania i monitory patrzą pustymi oczami wyświetlaczy, gdy obchodzę dokoła tę zbiorową mogiłę. Tutaj widać, że detonował granat...

Wychodzę, opieram się czołem o zimną ścianę. Odruchowo dotykam ręką lewego ramienia, bojąc się, że wyczuję przez materiał kurtki zgrubienia blizn po brutalnie wykonanym tatuażu z numerem identyfikacyjnym. Świat wokół mnie wibruje i drga, czuję, jak żołądek podchodzi mi do gardła, skręcam się wpół, gdy fala żółci przelewa się przez zęby.

Błyszcząca linia żelaza.

Wizerunek w umyśle człowieka jest tak mocny, że aż prawie namacalny. Staję, wytężam słabe oczy... widzę rozciągnięty w poprzek korytarza drut. Drut... stalowa linia. Ale to mnie nie zatrzyma, sam każę to człowiekowi zdjąć i zawinąć sobie wokół szyi, gdy już go Spopielę... lecz sam drut to nie wszystko, widzę na jego końcu coś – coś, czego kształt niepokoi mnie wspomnieniem jak z innego życia, wrażeniem strachu i huku, bólu i zagrożenia. Więc drut i to... coś... są związane. Śmieszny człowiek, chciał zastawić na mnie pułapkę.

Otwieram oczy. Nade mną siedmiooki talerz ogromnej lampy, na nieproporcjonalnie chudym pałąku zwieszającej się z sufitu. Światło latarki na *Zbawicielu* przygasło już nieco, muszę leżeć tak czas jakiś... Czuję ucisk na skronie, jakby ktoś wkręcił mi głowę w imadło. Podnoszę się z zasłanej odłamkami szkła podłogi, rozglądam po tonącym w mroku pomieszczeniu.

Białe kafelki, białe szafki, resztki białych parawanów. Białe płótno na stolikach z nierdzewnej stali, białe wysięgniki i białe gniazda zasilania w ścianach. Nie wiem tylko dlaczego, ale mi ten pokój kojarzy się z zupełnie innym kolorem.

Krew

Potrząsam głową, starając się wygonić nie swoje wspomnienia. To tutaj, to tu się to wszystko odbywało... Podchodzę na miękkich nogach do stołu operacyjnego z rzemiennymi pasami, przeciągam dłonią po śrubach uchwytu na głowę, dotykam opuszkami palców nieruchomej teraz tarczy wysokoobrotowej piły do lobotomii. Zamykam oczy, a pod moimi powiekami sala ożywa...

KREW

Zataczam się, opieram o coś – z brzękiem lecą na ziemię lancety i szczypce, rozsypując się lśniącymi bierkami na idealnie gładkiej podłodze, jakaś okrągła końcówka toczy się po wylewce i zatrzymuje przy kratce odpływowej, do której tylekroć spływała krew.

Moja krew

Ściskam głowę rękami, czując, jak mózg próbuje wypłynąć mi przez uszy. Huk krwi i łomot serca stają się głośne jak nadjeżdżający pociąg i walenie młotów w kuźniach piekieł, wizja zaczyna drgać i tracić ostrość, a do mnie dopiero teraz dociera, co dzieje się na świecie poza tymi murami.

Emisja.

Zataczając się, ruszam ku nieco jaśniejszemu prostokątowi wyjścia, po drodze schylam się po strzelbę, prawie potykam o własne nogi i upadam, łapię się futryny, próbuję wesprzeć o drzwi, ale doskonale wyważone skrzydła tylko poddają się mojemu ciężarowi, otwierając się jeszcze szerzej, przed sobą widzę korytarz... nie myślę, nie zastanawiam się – po prostu ruszam tam, dokąd tylekroć byłem wleczony i wożony na noszach, ku jedynemu miejscu, które czasami dawało mi pozór spokoju, z którego przez zakratowane okienko widać było ślepą betonową ścianę hali i komin kotłowni...

Walczę o każdy krok, zmuszając do tytanicznego wysiłku odmawiający posłuszeństwa organizm, zrywam się do nierównego, desperackiego biegu, rozdziawiam usta, niczym ryba wyrzucona na brzeg usiłując zaczerpnąć powietrza. Nie widzę nawet, dokąd biegnę, bo przede mną jest tylko potrzaskana posadzka korytarza, odbijam się od zamkniętych drzwi szybu windy, zlatuję, spadam prawie po schodach, potykam się i lecę przed siebie, ziemia podnosi się i uderza mnie w plecy...

Z trudem podnoszę jedną nogę, czując, jak stawy wyją bólem. Zapłaci mi za to, jeszcze kilka kroków, a będę miał go w swoim zasięgu... Już teraz głaszczę i mierzwię jego myśli, filtrując i spopielając tyle, ile dam radę złapać. Nasze umysły są tak blisko, że jesteśmy prawie jednym, czuję jego wspomnienia i myśli przemieszane ze swoimi. Przestępuję przez drut potykacza...

...wstaję, gramolę się z ziemi, podrywam – nogi niosą mnie w zasadzie same, potykam się i upadam, ale brnę przed siebie, mimo że świat dokoła zaczyna falować i płynąć mi przed oczami. Przedziwne wizje biegną na mnie i przenikają na wylot, świat traci barwy jak płowiejąca w słońcu tania gazeta. Ryk niebios zagłusza wszystko inne, ziemia tańczy pod nogami, z sufitu osypuje się tynk, rozjarzające się i gasnące lampy skaczą pod stropem, rzucając obłąkane cienie na ziemię. Wpadam przez żelazne drzwi do skąpanej w szkarłatnym blasku celi, którą tylekroć przecież widziałem w moich snach, upadam na ziemię, próbuję doczołgać się do żelaznej pryczy, ale nie daję rady. Ręce nabiegają ołowiem, płynna rtęć wypełnia żyły, mięśnie płoną ogniem, a żołądek skręca się w supeł. Wrzask rozpaczy i bólu wyrywa mi się z gardła, przechodzi w rzężenie i charkot, kiedy plecy wyginają się w łuk, ręce szarpią i rwą ubranie w spazmach cierpienia... a potem moja świadomość zapada się w sobie i nie ma nic.

...przestępuję przez drut potykacza, gdy nagle czuję falę tryumfu i ekscytacji w mózgu człowieka. Nie mam

czasu myśleć o tym, co mógł zrobić, bo widzę – słyszę! – jak napręża się drut, wyrywając kółko zawleczki z drugiego granatu, który z trzaskiem gubi łyżkę i sycząc, stacza mi się pod nogi. Ryk wściekłości wyrywa mi się z gardła, wrzeszczę całym cierpieniem i bólem, jakich zaznałem w swym bezsensownym, bezcelowym i pustym życiu, sięgając tak głęboko w jego umysł, jak tylko dam radę, rwąc i szarpiąc w bezsilnej złości i przerażeniu, patrzę na granat, który nagle przestaje syczeć... a potem rozrywa się na strzępy, unosząc ze sobą w nicość mój i jego umysł.

Nie ma nic.

Nie ma nic.

Budzi mnie krakanie gawrona, rezonujące echem pod sklepieniem czaszki. Dźwięk wwierca się w uszy, napręża do granic wytrzymałości bębenki słuchowe, wysyła fale nerwowego przyboju w najczulsze regiony mózgu.

Bezgłośnie modlę się o śmierć.

Niestety, świat nie jest aż tak prosty ani łaskawy.

Podnoszę się z betonowej podłogi, dłonie ślizgają się w kałuży zasychającej już limfy i żółci. Cały policzek ciągnie mnie i szczypie od zastygłej krwi, która najwyraźniej sączyła mi się z nosa. Gawron z niezadowolonym krakaniem podrywa się do lotu, skacząc z zakratowanego okienka w strugi lejącego się z ołowianoszarego nieba deszczu. Ciężki, basowy grom przetacza się groźnym pomrukiem nad Zoną.

Nie ma chyba w moim ciele mięśnia ani włókna, które by mnie nie bolały. Twarz to zastygła maska wymiocin, krwi i śliny, mam połamane paznokcie u rąk, potłuczone kolana i łokcie, wszystkie stawy wyją cierpieniem.

Powoli, jak paralityk na rekonwalescencji, zaczynam rozwiązywać buty. Zzuwam ciężkie, wojskowe *biercy*, ściągam podwójne skarpety, zdejmuję z siebie, zwijam w kulę i ciskam w kąt nienadające się już do niczego spodnie razem z kalesonami i bielizną. Rozpinam paski i sprzączki szelek, wyswobadzam się z ciężaru sprzętu, zdejmuję rękawiczki bez palców, zrywam z nadgarstka kompas, ściągam przez głowę pokrytą plamami krwi bluzę maskałatu, schodzoną górę od munduru, *tielniaszkę* i podkoszulek z Czeburaszką z ruskiego bazaru. Trzęsę się z zimna, gdy trzymając się ścian, daję radę plątaniną korytarzy wyjść na zewnątrz.

Biorę głęboki wdech, zamykam oczy i wychodzę nagi prosto w strugi lejącego się z nieba deszczu.

Dotyk zimnej wody na skórze jest absolutnie niesamowity, lodowate strumyki spływają mi po głowie, kapiąc z nosa i brody, ściekając rzeczką pomiędzy łopatkami i ciurkając po wewnętrznej stronie ud. Śmieję się i płaczę na przemian, wystawiając twarz i wznosząc ręce ku obojętnym niebiosom, przeczesując włosy i trąc brudne, niegolone od całych dni policzki. Jest przerażająco zimno, stopy aż wyją cierpieniem przenikającego do szpiku kości chłodu, ale to wszystko nie ma teraz znaczenia, bo nie jest to ból śmierci, a ponownych narodzin.

Wracam do celi, chichocząc i śmiejąc się z własnej głupoty. Wycieram się śmierdzącym stęchlizną prześcieradłem z pryczy, od razu łykam podwójną dawkę antyradu, polewam się resztką gorzały, w której wcześniej rozpuszczam kilka tabletek odkażacza, zaczynam ubierać się od butów, jako że i tak nie mam spodni, które mógłbym naciągnąć na tyłek. W idiotycznym stroju stalkera-ekshibicjonisty wyglądam na korytarz, chichocząc już na wyrost na myśl o minie każdego minimalnie choćby inteligentnego mutanta, który miałby mnie w czymś takim zobaczyć.

Szafki przebieralni na parterze nie są może butikiem CK, ale udaje mi się tam znaleźć jedną jedyną rzecz, jaka miała szansę przetrwać Dzień Zagłady i kilka lat leżenia w wilgotnej, napromieniowanej szafce... Śmiejąc się w głos, naciągam ocieplane spodnie od ortalionowego dresu w kolorze głębokiego granatu i z nieodzownymi czterema żółtymi paskami na bokach; napis „Abibas Toroisn" dumnie lśni mi na samym tyłku, tam, gdzie jego miejsce.

Przeładowuję *Zbawiciela*, naciągam na głowę kaptur – przede mną długa droga powrotna na Właściwy Brzeg... Uśmiecham się do własnych myśli.

Swoją drogą, w tym stroju będę miał szczęście, jeśli mnie ktoś uczynny nie zastrzeli jako bandyty.

Chimera

Megality Prypeci wznoszą się w szare niebo niczym zabawki porzucone przez szalonego olbrzyma konstruktora. Rzędy wymarłych balkonów i puste okna obserwują moją drogę, gdy przemykam pod ścianami bloków, chowając się w wykrotach i przysiadając za wrakami samochodów.

Dopadam do wypatroszonego sklepu spożywczo-przemysłowego, przez wybite okno wciskam się do środka, przeskakuję przez ladę i zastygam w bezruchu, wodząc tylko lufą *Zbawiciela* od lewej do prawej.

No chodźcie...

Pierwszy żywy trup pojawia się w oknie dokładnie tam, gdzie się go spodziewałem – przegniła twarz z wystającymi przez szarą skórę kośćmi policzkowymi, wyżarte wargi odsłaniające rząd nierównych zębów i ciemne oczodoły w miejscu oczu. Biorę umarlaka w wyposażeniu wojskowego na cel, modląc się do Czarnego Stalkera, żeby jednak mnie nie zauważył. Dziewięć sztuk, DZIEWIĘĆ SZTUK... – niczym mantrę powtarzam stan ilościowy gwałtownie kurczącego się zapasu amunicji do strzelby. Glock zamilkł już dwa dni temu, gdy ku memu przerażeniu oksydowany na czarno zamek nie powrócił do pozycji gotowości, zamierając w tyle i z wyrzutem pokazując dymiące, puste wnętrze komory nabojowej i dno dosyłacza w magazynku. Wtedy, na Janowie, prawie kosztowało mnie to odgryzioną rękę; teraz, w labiryncie wymarłych ulic Prypeci, tak tanim kosztem się chyba nie obejdzie.

W prześwicie pojawia się drugi zombak – czapka uszanka nasunęła mu się głęboko na czoło, pokryta burymi plamami rozkładu kraciasta koszula rozchełstana na piersiach odsłania masywny łańcuch z czerwonego złota z dyndającym smętnie maluśkim, prawosławnym krzyżykiem. Ot, takie sobie uosobienie całej Rusi, gdzie...

– Abaaaahyyyy! – wydziera się suchym głosem trup żołnierza i otwiera bezładny ogień. Przypadam do ziemi, lada nade mną eksploduje deszczem odłamków i szkła, wypluwam z ust kłujące drobinki i klnąc na czym świat stoi, czołgam się w głąb sklepu, starając się zejść cholernym zombasom z oczu. Gdy tylko słyszę, że nieumarły *awtomatczik* kończy magazynek i próbuje niezdarnie wpiąć nowy, podrywam się, mierzę krótko i daję ognia – breneka trafia trupa prosto w mostek, z suchym chrzęstem wyrywając mu w chmurze pyłu pół pleców i posyłając na glebę. *Bljadź!* Po jaką cholerę ja strzelałem! – przeklinam sam siebie w myślach, wpadając w ciemne korytarzyki zaplecza. Zapalam latarkę na dymiącej wstydem strzelbie, z ciężkim sercem wyłuskuję z pasa i wsuwam w magazynek nabój – OSIEM... I to same breneki, żelazna rezerwa z owiniętego taśmą izolacyjną pudełka na dnie plecaka, niepozwalająca na fuszerkę i wymagająca precyzyjnych, mierzonych strzałów. Tyle tylko, że nie tak bezsensownych, jak ten ostatni.

Jeszcze zakręcik, drugi, przed sobą widzę już jaśniejszą smugę światła pomiędzy skrzydłami drzwi, napieram na nie barkiem – opa! Zamknięte, a to ci niespodzianka... Wymacuję ręką rygiel, przesuwam, popycham znowu...

Faakk! Zamknięte! Słyszę i widzę chrzęszczący od zewnątrz łańcuch z kłódką. No naprawdę no, co to za porządki, żeby w rozszabrowanym na wylot mieście miały być gdzieś zamknięte drzwi! Przez chwilę chcę rozwalić zawias, nawet przymierzam się już do strzału, ale w końcu rezygnuję, nie ma co tracić amunicji. No dobra, to wrócimy do sklepu i przez wyjście dostaniemy się na zaplecze socjalne, a stamtąd...

– Yyyyyhhhyy... – słyszę głuchy jęk, odbijający się echem od ścian wąskiego korytarzyka wyłożonego tandetnymi kafelkami klejonymi na beton. – Ghhyy...

O, do czarta!

– Aaayyy... – jęczą żywe trupy, powoli, ale nieubłaganie zmierzając ku mnie korytarzem. No dobra, to chyba pora zapytać samego siebie, jak w piosence Megadeth – *is this my final stand?* Przykucam na klapie studzienki ściekowej, klękam na prawe kolano, na lewym opierając trzymającą *Zbawiciela* rękę. Snop światła latarki wyznacza idealny okrąg śmierci na ścianie kilkanaście kroków przede mną, ale będę musiał podpuścić ich bliżej, na pewny strzał. Gdyby się ustawili rządkiem, to może dałoby się dwóch jedną kulą, ale raczej...

...jedną chwilę.

Podnoszę się i świecę w dół, pod nogi, na żeliwny właz studzienki. Prawie że odrzucam na bok strzelbę, upadam na kolana, próbując złapać paznokciami za krawędź klapy, odgrzebać w nabitym przez lata radioaktywnym brudzie uchwyt... Szybciej, szybciej! Stękanie i jęczenie zombi dochodzi do mnie coraz głośniej wraz z falą dławiącego, trupiego smrodu. W końcu udaje mi się wsunąć w twardą warstwę brudu jeden palec, potem kolejny, wyciągnąć na zewnątrz klamrę, zapieram się nogami i ciągnę do góry, czując, jak krew dudni mi w skroniach, zastany właz w końcu puszcza, przewracam się do tyłu, lecę na ścianę – w tym samym momencie pierwszy truposz wyłania się zza zakrętu.

– Whhhyyyybyyyyy!! – drze się zombi, wyciągając do mnie szponiaste ręce. Wsuwam nogi w otwór, strzelam mu prosto w łeb (chooooleeraaaaa, SIEEDEEEEM!), trzęsącymi się rękami podpinam *Zbawiciela* do szelek i chowam się w ciemny, tchnący stęchlizną otwór, widząc jeszcze nogi maszerujących ku mnie umarłych.

Schodzę po zimnych, śliskich klamrach na dół, latarka wciąż się pali, więc w jej tańczącym świetle zeskakuję na dno kanału, w głęboki po kostki, lekko wilgotny szlam. Odchodzący stąd korytarz nie może mieć więcej jak półtora metra średnicy, zmieścić się zmieszczę, ale garba dostanę, jak nic... Zresztą będzie to chyba najmniejszym z moich problemów – zepchnięty w otwór przez masę kompanów na górze, któryś zombi wpada do studzienki, lecąc bezwładną szmacianą lalką w dół i zaczepiając się przegniłą stopą o wpuszczone w ścianę klamry. Chrupnięcie wyskakującej ze stawów nogi czuję aż gdzieś w żołądku, żywy trup zawisa głową w dół na wysokości mojej twarzy – nie czekam, aż wyciągnie do mnie łapska, tylko z chyżością królika nurkuję w ciemny otwór kanału.

Przeciskam się klaustrofobicznie wąską, cuchnącą rurą ściekową, brnąc po kostki w zaschłych nieczystościach. Światło latarki nie sięga do końca przejścia, więc widzę zaledwie kilka metrów przed sobą... Staram się nie myśleć o zamkniętych przestrzeniach, nie zastanawiać się nad zasadą działania imadła ani dziadka do orzechów, nie wyobrażać sobie kilkumetrowej warstwy betonu i mokrej, ciężkiej ziemi nad głową, ale i tak nie mogę nie zauważyć, że ściany kanału coraz bardziej się kurczą, a dla mnie zostaje coraz mniej miejsca... Oddycham ciężko i szybko, czując, że powietrze też robi się coraz rzadsze, pot występuje mi na czoło i ścieka strużką po plecach, przez pachwinę i aż gdzieś do butów. Spod nóg wyskakuje mi dorodny szczur, wrzeszczę i rzucam się w panice, uderzam ciemieniem o strop i upadam na kolana w błoto, podrywając się i znów bijąc głową o beton.

Kiedy w końcu, po całych latach tułaczki, wypadam na skrzyżowanie z nieco szerszym kanałem, muszę zagryzać zęby, żeby nie skamleć z przerażenia. Świecę latarką w jedną i drugą stronę, obydwa kierunki są równie ciemne, milczące i ohydne, w końcu na chybił trafił ruszam w prawo; tu jest niby odrobinę wyżej, ale i tak muszę iść przygarbiony, ze schyloną i przekrzywioną nienaturalnie na bok głową. Zastanawiam się, czy nie byłoby zasadne iść pod górę kanałów, w nadziei, że spływają one raczej ku podziemnym kolektorom, a wznoszą się ku studzienkom, ale błoto dawno już zaschło skorupą, nie ma szans na wytyczenie kierunku.

Po prostu idę.

Wyłączam licznik, którego trzask zaczyna mnie potwornie irytować – promieniowanie i tak jest tu kilkukrotnie wyższe niż na powierzchni, jednak woda latami ciągnęła na dół radioaktywny pył z całego miasta. Byleby nie poleźć do dzielnic bliższych CZAES, bo tam nawet tło jest potworne... Nasuwam na twarz maskę, świat przez warstwę kauczuku i okrągłe oczka wizjerów od razu wydaje się bardziej odległy.

Idę.

Kanał zauważalnie obniża się, pod nogami zaczyna ciamkać i mlaskać mokry szlam, niedługo później brodzę w płytkiej, gęstej wodzie. Dochodzę do kolejnego skrzyżowania, staję, rozglądam się... Gaszę na chwilę latarkę, mając nadzieję zobaczyć poświatę dnia w którejś z odnóg, ale zapalam ją czym prędzej – ciemność dławi i dusi, wciskając się przez uszy i nos. Ruszam... tym razem w lewo.

Słyszę odbijający się echem cichy, szybki plusk wody – jakby coś małego biegło przez bezmiar korytarzy. Zamieram, przykucam, patrząc ponad fluorescencyjną muszką i szczerbinką w ciemną gardziel burzowca przed sobą. Echo rozmywa się, zanika i cichnie – i tylko szum krwi w uszach zakłóca idealną, martwą ciszę świata pod światem.

Jestem sto osiemdziesiąt siedem kroków dalej (zacząłem liczyć), kiedy widzę blady poblask światła, wpadającego przez kratkę odpływu przy którejś z ulic Prypeci. Przyspieszam kroku, staję pod wylotem studzienki burzowca – mdłe światło dnia jakoś przesącza się przez warstwę nawianych liści i śmieci, ale dla mnie i tak jest to doskonała wiadomość. Przecież mógłbym zabłądzić na przykład pod wybetonowany na gładko plac Uniwermagu albo władować się w jakiś głęboki region zlewni... A tak jest szansa, że dam radę wyjść na powierzchnię w przewidywalnej przyszłości.

Po jeszcze kilku skrzyżowaniach i dochodzących z boku rurach, gdy zaczynam już powoli tracić nadzieję i humor, wreszcie widzę przed sobą upragnioną żelazną drabinkę. Zarzucam strzelbę na ramię, prostuję bolące od ciągłego schylania się plecy – na Dimę Szuchowa, ależ się zastałem! – biorę w zęby mniejszą latareczkę, powoli wspinam się po pordzewiałych, zimnych klamrach. Przez chwilę zastanawiam się, w jaki sposób otworzyć właz – w sensie pchać rękami, głową, barkiem? To wcale nie takie proste, gdy stoi się w kilkumetrowej studzience na szczebelku, w który ledwie wchodzi jeden but... W końcu przekładam prawą rękę przez klamrę, łapię się tej niżej, a lewą, ramieniem, uchem i głową napieram z całej siły na cholernie ciężki żeliwny krąg. Przez chwilę nie dzieje się nic, tylko powietrze z sykiem uchodzi mi przez zęby, skronie nabiegają krwią, wydymam policzki, pcham – wreszcie z ciężkim jęknięciem klapa częściowo unosi się, czuję na twarzy powiew świeższego powietrza, nagle właz robi się zaskakująco lekki, więc siłą rozpędu wychylam się z otworu – i nosem dźgam prosto w ogromny pysk szczerzącego zęby czarnobylca.

Bydlę musiało sobie leżeć na żelaznym włazie, pewnie drzemiąc spokojnie pod cielskiem rozkraczonej ciężarówki. Gdy poruszyłem klapą, pseudopies obudził się, spanikował i zeskoczył, a teraz warczy głucho, tocząc ślinę i cofając się na ugiętych łapach. Robi mi się zimno, potem gorąco – wychylając się z kanału z latarką w zębach muszę wyglądać niczym leżący na półmisku łeb świniaka z jabłkiem w mordzie. Patrzymy sobie bardzo głęboko i uważnie w oczy, a potem powoli, bez zbędnych ruchów, chowam się z powrotem w czarną otchłań.

Żelazne tąpnięcie włazu nade mną jest niczym opadające wieko trumny.

Lezę dalej przez kanały pod Martwym Miastem.

Jestem brudny jak nieboskie stworzenie, musiałem zmienić akumulatorki, bo światło zaczęło mi przygasać. Dwa razy już musiałem zawrócić – a nie lubię ja zawracać, oj, nie lubię – z powodu zagradzających mi drogę anomalii. Idę zgięty *w tri pagibieli* – jak to się po polsku mówi? no... jak paragraf! – zmieniając tylko stronę, na którą mam przekrzywioną głowę; skurcze łapią mnie w łydki, plecy ciągną jak nieszczęście...

– Co się gapisz?! – warczę do stojącego w bocznym korytarzu tuszkana. – *Paszoł won, swołocz!*

Stworek nie reaguje; dopiero gdy sięgam po broń, odwraca się i ucieka, znikając w głębi tunelu. Wzdycham sobie ciężko – jak nie wolno strzelać, to akurat człowieka świerzbi palec wskazujący, a tu tylko siedem sztuk zostało.

Kolejny właz, kolejne rozczarowanie – tutaj nie muszę nawet wspinać się po drabince, żeby wiedzieć, że tędy na powierzchnię nie wyjdę, metaliczny posmak w ustach i stające dęba włosy na całym ciele aż nadto wyraźnie zwiastują, że na górze rozłożyła się „elektra". Bez szczególnych nadziei przekopuję nogą błocko w studzience, może chociaż jakiś artefakt z niej wypadł... Nic; ani wyjścia, ani artefaktu na pocieszenie.

Na zewnątrz – na powierzchni – zaczęło chyba padać, bo cienkie strumyczki wody ściekają z pozapychanych rur zlewowych i łączą się w większe rzeczki, zamieniające zalegający na dnie kanału brud w mlaskające pod stopami radioaktywne błotko. Mam tylko nadzieję, że się nie rozpada, bo mogę się tu jeszcze utopić.

Nie wiem, ile jeszcze zakrętów i skrzyżowań pokonuję; gdy w końcu widzę przed sobą oświetloną szarawym światłem popołudnia studzienkę, to nawet niespecjalnie już się cieszę. Ot, otwarty właz, i niby co z tego? Na pewno za to urwane klamry do wyjścia. Albo „grawikoncentrat" w otworze.

Podchodzę pod studzienkę; no, drabinka jest. Zadzieram głowę do góry, patrząc, jak wiatr goni deszczowe chmury po niebie; drobne krople mżawki lecą mi na twarz, wpadają do oczu. Na próbę wyjmuję i rzucam do góry mutrę – mutra oczywiście nie wraca. Aha. Rzucam jeszcze jedną, próbując wypatrzeć, jaka to anomalia porwała pierwszą – ta z kolei wraca, uderzając mnie prosto między oczy. Cholera! Rozcieram bolące czoło, rzucam jeszcze dwie – jedna odbija się o brzeg studzienki, druga znika gdzieś poza krawędzią. No tak, niełatwo jest rzucić idealnie pionowo w górę.

Wyłażę z kanałów bodajże na ulicy Kurczatowa, pomiędzy dawną przepompownią ścieków a dworcem autobusowym. Od razu zerkam w dozymetr – o, kolego sympatyczny, jest nieźle. Chowam się pod wiatę dawnego przystanku autobusowego, łykam podwójny antyrad, popijam wodą tabletkę poliwitaminową, maskę zamieniam na respirator z podłączonym „purchlem", żeby wygonić od razu radionuklidy z organizmu. Ech, wypić by się przydało, ciemnym chlebem zagryźć, ogóreczka przekąsić... A tu tylko zgaga przypomina o śniadaniu z konserwy.

Szybkim marszem, rzucając przed siebie znaleziony po drodze śmieć, ruszam ku parterowemu sklepowi na rogu. *Raduga* bodajże się to kiedyś nazywało, czyli Tęcza po naszemu. Od razu przypomina się widziany kiedyśtam na Dużej Ziemi film: „»Tęcza«? A może »Zorza«?". Uśmiecham się do wspomnień, znikając w półmroku zdewastowanych pomieszczeń; kiedyś były tu półki ze zbyt twardymi ołówkami, zeszytami przedziwnego formatu o absurdalnie małej ilości ośmiu kartek i niezniszczalnej konstrukcji cyrklami, do których nie dało dokupić się grafitu, a teraz nie ma nic.

Zatrzymuję się dopiero, gdy ogromne masywy betonowych bloków chowają mnie przed oknami hotelu Polesie i widokiem na centralny plac miasta. Za żadne skarby nie poszedłbym ja na ten plac, nie ma mowy. Nie poszedłbym, i tyle. I tak mam cały czas wrażenie, że ktoś mnie obserwuje... Wyciągam z *planszetu* mapę miasta, patrzę chwilę na rozkład budynków, siatkę ulic i zaznaczone kreskami strefy opadu radioaktywnego. Tjaaaaa. Na wschód nie ma co dalej iść, tam zbyt ostry

przeciąg, więc nie ma rady – do przystani, tam nocleg i skoro świt wzdłuż brzegu zatoki robimy duże koło, żeby wyrwać się z Martwego Miasta w okolice mogilnika. My, znaczy się ja i *Zbawiciel*, bo On zawsze ze mną. Tam drogę już jako tako znam, raz przecież szedłem, więc powinno pójść szybciej. Szybciej albo i wcale, jeśli się rozkład anomalii pozmieniał.

A pozmieniał się na pewno.

Wzdycham sobie w respirator, poprawiam szelki sprzętu, ruszam wzdłuż ściany bloku, płonącej pomarańczowym światłem powoli zachodzącego po ulewie słońca.

Na przystań wychodzę jakiś czas później – kuriozalnej architektury budynek ledwo widać zza rozrosłych się dzikich drzew, nawet przedziwna nadbudówka upodabniająca go do komina transatlantyku ginie pośród liści. Wyglądam zza winkla – czysto; szybką przebieżką dopadam do wejścia, chowam się do pachnącego starym tynkiem wnętrza. Widzę już stąd zielonkawe wody zatoczki na Prypeci, dalej po prawej stronie, przy brzegu, na wpół zatopiony statek rejsowy tkwi na przybrzeżnej mieliźnie jak martwy wieloryb na plaży. Rzucam mutrę głębiej do pomieszczenia, przemykam się ku schodkom na górę.

Widok z pięterka zapewne zapierał kiedyś dech w piersiach – z „mostku kapitańskiego" schodzą amfiladą ku samej Prypeć-rzece szerokie jak na „Pancerniku Potiomkinie" schody, dalej tylko równa tafla spokojnej, martwej wody... Słońce zachodzi purpurowo nad wymarłym miastem, potrzaskane, brudne szyby rzucają na ściany fantasmagoryczne cienie. Z ulgą rozpinam paski, ściągam i zrzucam oporządzenie, prostuję się...

Patrzę na ścianę, gdzie na podświetlonym kolorem maliny tynku pojawiła się jeszcze jedna ciemna plama. To jestem ja, stoję wyprostowany z rękami założonymi za głową, to poprzeczki i ramy okien, to rozwalony, przekrzywiony stół i zwalone na kupę krzesła, a obok... Odwracam się niezmiernie powoli i spoglądam prosto w oczy chimery.

Nigdy nie widziałem czegoś równie pięknego i przerażającego zarazem. Ogromny kotowaty, podobny do lwa albo pumy, cętkowana szara sierść, bijący po bokach ogon – i dwie prawie-ludzkie głowy, z równą nienawiścią patrzące na mnie pełnymi złej inteligencji oczami. Zauważam, że jedna z głów nie ma prawego oka – zarośnięte, różowe miejsce bez sierści i postrzępiona resztka sterczącego ucha wskazują miejsce, gdzie ołowiany walec breneki ledwo musnął ogromnego mutanta.

Chimera robi krok do przodu, obnażając zęby, ja podnoszę *Zbawiciela*. Uświadamiam sobie, że przemieszczający się potwór nie robi najmniejszego nawet hałasu ani dźwięku, mimo że musi ważyć dobre paręset kilo... Nawet gdy ostrzegawczo wyszczerza kły, nie warczy, nie syczy ani nie robi nic. Po prostu jest tu, raptem cztery metry ode mnie, i samo to jest już groźbą.

Stoimy tak i patrzymy na siebie – ona gotowa do skoku, ja z palcem na spuście; najstraszliwszy mutant Zony i samotny stalker.

– To nie musi się tak skończyć – z trudem wydobywam głos z nagle zaschniętego gardła. – Ty skoczysz, ja strzelę. Mamy równe szanse.

Stwór przekrzywia jeden łeb, patrzy drwiąco; dociera do mnie, że ona rozumie... Musi rozumieć!

– Przepraszam – rzucam najbardziej absurdalne chyba słowo, jakie można sobie w takiej sytuacji wymyślić. – Postrzeliłem cię wtedy, a teraz przepraszam.

Stoimy naprzeciw siebie w pustej przystani wymarłego miasta, w ostatnich promieniach zachodzącego słońca.

Chimera obnaża zęby, warczy głucho, większa głowa patrzy na tę postrzeloną... A potem bez ostrzeżenia, bez dźwięku, szybciej, niż mógłbym kiedykolwiek zareagować, zeskakuje z piętra i znika w zaroślach.

Jestem sam, ze strzelbą wzniesioną do strzału i mokrymi od zimnego potu plecami.

Wypuszczam powietrze, opuszczam broń. Patrzę na słońce, chowające się już za linię horyzontu, zachodzące tak samo dla mnie, jak i dla wszystkich ludzi, gdzieś tam, hen, na Dużej Ziemi.

Jutro wstanie nowy dzień.

Powrót

Idę miarowym rytmem stalkerskiego marszu wzdłuż zardzewiałych torów kolei, biegnącej znikąd i donikąd – spinającej absurdalnym paskiem nikomu niepotrzebnej cywilizacji nieistniejące sioła i zrównane z ziemią stacje niczym tandetne koraliki rozrzucone pośród bezmiaru ziemi, w której zegary zatrzymały się 26 kwietnia 1986.

Widzę już błyszczący w słońcu białymi kafelkami budyneczek na peronie dawnej stacji Jołcza, ale skręcam w lewo, ku bazie. Porośnięte mchem dachy starego gospodarstwa rolnego wyróżniają się równymi krawędziami na tle przyrody, za wszelką cenę starającej się przysłowiowym listkiem figowym zieleni przykryć hańbiące piętno Zony na obliczu planety.

Mijam część mieszkalną, patrzę na zamknięte drzwi do mojej kwatery. Marzę o letnim prysznicu, o zimnym piwie, o papierosie na progu... Kto wie, może i naprawdę sobie zapalę? Gdzieś dalej, pomiędzy budynkami, widzę Buolkiego – pozdrawiamy się gestem ręki. Obydwaj wiemy, że nie ma się co wyrywać; nie było mnie ponad pół roku, człowiek po tak długiej nieobecności chciałby opowiedzieć wszystko, a nie potrafi wykrztusić ani słowa; opowieści przyjdą z czasem, a na razie ruszam ku świetlicy.

– Powitał, stalker! – od progu odzywam się do Dra, majstrującego coś przy lampach na żelaznym stole z narzędziami.

– O, powitał, włóczęga! – Mechanik uśmiecha się szeroko, ociera przedramieniem pot z czoła. Fakt, parno jest, duszno, chyba na ostatnią letnią burzę się zbiera. – Tak ty wrócił jednak, a?

– Nu, jakoś dał radę... – Uśmiecham się przepraszająco, wyciągam rękę. Obejmujemy się mocno, „na niedźwiadka", po przyjacielsku. – Dobrze w domu być, wiesz... Ty rzeczy moje wyrzucił wszystkie czy co lepsze sobie zostawił?

– A ty mówił, rok trzymać, tak i stoi wszystko... No, prawie tak, jak zostawił ty, wychodząc, ale co tam w środku, ja nie wiem teraz.

– Jak to, prawie? – Najeżam się nieco. – Ty co, wpuszczał tam kogoś?

– Ano, trzeba było – uśmiecha się zagadkowo Dr. – Nieco ponad półtora miesiąca temu będzie, że klucz ja twój oddał. Ale ty nie bój się, na przechowanie tylko.

– Dyry, nie żartuj ty! – Patrzę na przyjaciela, ale jego twarz to nieprzeniknoiona maska.

– Idź ty, Miszka, do siebie. Ona chyba akurat tam...

Ona.

Myśli gonią mi przez głowę wściekłym tabunem, gdy idę jak pijany na swoją kwaterę. Mam ochotę śmiać się i płakać zarazem, nie wiem, czy cieszyć się, czy... czy co? Spoglądam na swoje odbicie w zamazanej szybie – ubrudzona, zmęczona i wychudła twarz, pobrużdżona liniami wcześniej niewidzianych zmarszczek, na włosach widoczne siwe pasmo... Ale to chyba w końcu ja, prawda?

Staję przed wejściem, nerwowo zaciskając i otwierając dłonie. To moje lokum, a mimo to czuję się jak gimnazjalista na pierwszej randce... przed progiem stoją ubłocone wojskowe buty, na oko jakiś rozmiar trzydzieści sześć. Ze środka słyszę szum wody pod prysznicem i nucący coś głos.

Zamykam oczy, biorę głęboki wdech.

Popycham drzwi, za którymi czeka na mnie cała reszta mojego życia.

Koniec

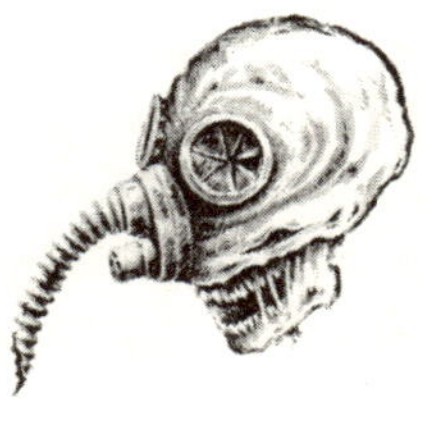

Spis treści

WYDANIE I

ISBN 978-83-7574-993-9

PROJEKT I ADIUSTACJA AUTORSKA WYDANIA Eryk Górski, Robert Łakuta

FOTO NA OKŁADCE © stokkette

PROJEKT OKŁADKI Dark Crayon, „Grafficon” Konrad Kućmiński

ILUSTRACJE Szymon Radomski

REDAKCJA Dorota Pacyńska

KOREKTA Agnieszka Pawlikowska

SKŁAD Dariusz Nowakowski

SPRZEDAŻ INTERNETOWA
fabryka.pl ponad normę

ZAMÓWIENIA HURTOWE
Firma Księgarska Olesiejuk sp. z o.o. sp.j.
05-850 Ożarów Mazowiecki, ul. Poznańska 91
tel./faks: 22 721 30 00
www.olesiejuk.pl, e-mail: hurt@olesiejuk.pl

WYDAWCA
Fabryka Słów sp. z o.o.
20-834 Lublin, ul. Irysowa 25a
tel.: 81 524 08 88, faks: 81 524 08 91
www.fabrykaslow.com.pl
e-mail: biuro@fabrykaslow.com.pl

DRUK I OPRAWA OPOLGRAF S.A. www.opolgraf.com.pl